순백의 진실

진실을 구하는 시간

www.bbulmedia.com

www.bbulmedia.com

순백의 진실

오지혜 장편 소설

진실을 구하는 시간

DAHYANG ROMANCE STORY

contents

0.

[사흘 전, 김포의 한 야산에서 발견된 어린아이 시체 두 구를 기억하십니까? 그 사건의 용의자가 검거됐다는 소식입니다. 그들의 끔찍한 악행이 상상을 초월할 지경입니다. 박상철 기자의 보돕니다.]

2000년, 새 천년의 기대감으로 세상은 한참 어수선한 나날들이었다. 그중 어느 한 날, 서울역에 모인 사람들이 갑자기 발걸음을 멈추고 하나둘, 대형 TV 브라운관 앞으로 모여들기 시작했다. 그들은 인상을 찌푸리며 뉴스 앵커를 뚫어지게 쳐다보았다. 화면은 곧 앵커에서 벗어나 시체가 발견된 야산 현장과 어느 낡은 건물 하나를 비추었다.

[시체가 발견된 야산 바로 앞에 위치한 이 건물, 정식 등록 절차를 밟지 않은 고아원입니다. 고아원이란 말이 무색하게 건물 안은 폐허나 다름없습니다. 이 고아원을 운영한 원장 부부가 두 아이의 살인 용의자로 지목돼 검거됐습니다. 더욱이 놀라운 것은 고아원에

있던 다섯 아이들의 상태입니다. 네 아이가 모두 방 안에 갇힌 채로 발견되었고, 마지막 한 아이는 시멘트로 채워진 작은 틈새에서 극적으로 구해졌습니다. 이들은 오랜 학대를 당해 온 것으로 밝혀졌습니다. 수사반은 적극적으로 아이들을 보살피기 위해 아동 보호 센터와 협조 중이며 추가적인 조사에 들어갔습니다.]

'김포 고아원 살인 사건'의 첫 머리였다.

† † †

2개월 후.

김포국제공항, 막 게이트 입구를 나오는 세 식구의 모습에 주연은 양팔을 높이 흔들며 격한 반가움을 드러냈다. 까맣게 탄 얼굴에다 해진 벙거지 모자를 푹 눌러쓴 중년의 남자가 주연을 발견하곤 결코 뒤지지 않을 기세로 손을 번쩍 들어 보였다.

"처제!"

"형부! 언니! 우진아!"

그러나 이들의 만남이 채 성사되기도 전에 갑자기 어디선가 몰려든 기자들로 인해 금세 그들 사이는 멀어져 갔다. 근 3년 만에 귀국한 지우석 변호사를 향한 플래시가 터지고 있었다.

비밀리에 입국한다고 했는데 어떻게 기자들이 알고 몰려든 건지 주연은 당황하며 울리는 핸드폰을 급히 받았다. 주연의 언니, 혜연의 목소리가 기자들의 웅성거림 사이로 들려왔다.

"응응, 알았어. 차 밖에 대고 기다리고 있을게. 그래. 조심히 나와."

통화를 마친 주연은 북적이는 그곳을 빠져나갔다. 주연이 먼저 나가 차를 약속한 입구 쪽에 대자, 얼마 안 있어 공항 보안요원의 도움을 받아 겨우 나오는 우석 일행이 보였다. 우석과 혜연, 우진까지 차에 올라타는 걸 확인한 주연은 얼른 차를 출발시켰다.

"세상에, 이게 뭔 일이래. 아니, 형부! 무슨 연예인이에요? 웬 놈의 기자들이 이리 몰려든대."

"아유, 그러게 다 늙어 빠진 남자 뭐 찍을 게 있다고 카메라를 들이미는 건지. 미국에 있을 땐 몰랐는데 내가 한국에서 좀 먹히는 얼굴인가?"

능청스레 받아치는 우석의 농담에 주연은 크게 웃음을 터트렸다.

21세기에 지우석 변호사하면 국내에 모르는 사람이 있던가. 고졸 출신으로 사법시험에 응시해 단번에 변호사 명함을 달았고, 시작부터 인권변호사로 활동하다 미국으로 건너가 미국 변호사 자격증을 따고 범세계적인 인권운동가로 한층 더 반경을 넓혀 나갔다. 미국과 한국 간의 통상이나 국제적인 협정에 맞춰 자문 법조인 역할로 한국 정부를 위해 일하기도 했다.

최근엔 미국 뉴욕에 본부를 둔 유엔인권위원회의 위원을 거치면서 미국을 시작으로 선진국의 자발적인 구호 캠페인을 부추겼으며, 특히 기업들을 상대로 제3세계의 투자 발전을 도모하는 등, 보통 조사 차원에서 끝나는 인권위원회의 활동을 폭넓게 실행해 꽤나 그쪽 분야에서 평판이 좋은 인물이었다.

더더구나 지우석 변호사에 쏠린 관심은 곧 그의 가족까지 확대되면서, 우석의 부인인 혜연 역시 마찬가지로 긴급구호 활동을 펼치는 민간구호단체의 장을 맡고 있다는 사실이 또 다른 화제가 되기도 했었다.

"정말 얼굴들 한번 보기 힘들어. 내 가족 얼굴을 신문 기사로나 보니. 이번엔 푹 쉬다 들어가는 거죠? 위원직도 그만뒀잖아."

"글쎄, 언제 급한 일이 터질지 모르니 우리야 쉬는 시간 동안에도 늘 비상 대기지. 그나저나 주연이 너, 대체 시집은 언제 갈 거야?"

앞좌석으로 얼굴을 쓱 밀며 톡 쏘아붙이는 혜연의 모습에 주연은 혀를 내둘렀다.

"언니, 내 나이가 몇인 줄 알아? 왜 여자 나이는 크리스마스 케이크와 같다는 소리 못 들어 봤어? 스물다섯 넘어도 팔릴까 말까라는데 이 몸뚱인 거기에 열흘이 더 지났으니 나 같은 케이크 누가 사 가겠냐고."

말은 그렇게 하지만 주연의 머릿속엔 순간 명학의 얼굴이 스쳐 지나갔다. 어젯밤까지만 해도 같이 있던 명학의 존재를 혜연이 아는 순간, 주연은 꼼짝없이 웨딩드레스부터 골라야 할 것이 분명했다. 가족한테 소개는 아직 시기상조다.

"요즘은 할인 가격으로 많이들 사 갈 걸요."

어디선가 툭 튀어나오는 중저음의 목소리에 마침 빨간 불로 바뀐 신호 앞에 차를 세운 주연이 휙 뒤를 돌아봤다. 기자들 북새통에 정신없이 달린 터라 재회의 기쁨을 제대로 만끽하지 못한 조카의 얼굴을 신기한 듯 쳐다보는 그녀였다.

"너 목소리가 왜 그래? 요거 요거, 남자 됐네! 애기처럼 앵앵거리던 게 엊그제 같은데. 그러고 보니 너 키가 몇이야? 대체 뭘 먹고 이리 컸어? 언니랑 형부는 남 아이들 보살피며 돌아다니느라 네 밥도 제대로 안 챙겨 줬을 텐데."

변성기를 다 보냈는지 성인 남자 목소리를 내는 조카가 주연은 낯설면서도 대견스러웠다. 언제 이리 큰 건지.

우진은 그런 이모의 소란스런 반응에도 보고 있는 책에서 눈을 떼지 않은 채 시큰둥했다.

"우진이 올해 몇 살이지? 고등학생인가?"

"열일곱."

혜연의 대답을 들으며 주연은 파란색으로 바뀐 불에 다시 핸들을 쥐었다.

"세월이 진짜 빠르다, 언니. 그럼 학교는 어떻게 하려고? 그대로 계속 거기서 다니게 하는 거야?"

"안 그래도 우진이 한국에서 학교 보내려고."

"어머, 진짜? 언니랑 형부는?"

"앞으로 더 바빠질 것 같아. 우진이가 외국에서 혼자 있는 것보다 그나마 너랑 있음 낫지 않을까 싶고."

"뭐야, 그 말은 우진이만 완전히 들어온다는 거야? 나랑 같이 살게 하려고?"

"처제, 힘들 것 같음 거절해도 돼. 이 녀석, 한두 살 먹은 어린애도 아니고 자기 앞가림은 할 수 있어."

"형부도 참. 아무리 강하게 키운다지만 그래도 아직 미성숙한 청소년이에요. 게다가 요즘 애들이 얼마나 예민한데."

순간적으로 자주 집에 오는 명학이 맘에 걸렸지만 주연은 꺼리는 내색을 할 수 없었다. 세계의 아이들을 돌보느라 정작 본인들의 자식은 품 안에 끼지 못한 언니 부부였다. 워낙에 타고나길 독립심이 강하고 똑똑한 우진은 의연하게 그런 부모를 존중하고 존경했지만 그래도 다친 아이들을 많이 돌봐 온 의사로서, 또 이모로서 주연은 우진이 많이 신경 쓰였다.

"그나저나 그 일은 어떻게 됐니?"

혜연이 묻는 그 일이란 것이 무엇인지 주연은 대번에 눈치채고 눈살을 찌푸렸다. 생각만 해도 속이 꽉 막힌 듯 답답해져 왔다.

"세상이 관심을 돌리니 아동센터에서도 더 이상 아이 부모 찾는 건 그만두고 다른 거처를 결정 내려야 한다는 입장이야. 경찰들도 수사 종결했으니 차후의 복지 문제는 떠넘길 뿐이고."

'김포 고아원 살인 사건'의 담당의인 주연을 통해 자세한 이야기를 들을 수 있었던 혜연과 우석은 다섯 아이 중 네 명의 아이가 부모를 찾았고 가장 늦게 발견된 여아 한 명만이 시설에 남았다는 얘기에 가슴 아파했다.

"도저히 부모를 찾을 방법이 없다니?"

"벌써 몇 개월이 지났는데 그 애, 아직까지 단 한 마디도 하질 않아. 나랑 눈도 안 마주쳐."

"신체적 장애가 있을 수도 있죠. 아예 말을 할 수 없는."

불쑥 끼어든 우진의 말에 주연은 단호히 부정했다.

"아니. 아무 장애도 없어. 이건 순전히 그 애 의지에 따른 거야."

잠시 차 안엔 무거운 정적이 돌았다. 그 정적을 깬 건 주연의 시끄러운 핸드폰 벨소리였다.

"네, 나주연입니다. ……뭐라고요!"

끼이이익—

주연의 고함 소리에 맞춰 잘 가던 차가 그대로 불법 유턴으로 가는 방향을 바꾸기 시작했다.

"미친 거죠? 대체 뭐 하는 사람들이에요! 어떻게 애 하나를 못 보냐구요, 어떻게! 한 명이라도 애 옆을 지켜 주라 했잖아요! 아이 혼자 두는 경우가 어디 있어요!"

"아니, 선생님. 저희도 할 만큼 했습니다! 여기 센터에 노는 직원이 어디 있습니까. 하루에 터지는 아동 학대 사건이 몇 건인 줄 아십니까? 그니까 차라리 병원으로 데리고 가라 하지 않았습니까! 무슨 여기가 소아병동인 줄 아세요?"

"말 다 했어요?! 기자들이 떼 지어 몰려들 땐 최선을 다해 돌보겠다 어쩌겠다 하더니 세간의 이목이 없어지니 필요 없다 이거잖아요, 지금!"

"말 심하게 하시네요! 그럼 애초에 그렇게 아이 걱정하는 선생께서 도맡아 돌보지 그랬습니까! 본인은 볼일 볼 거 다 보시면서 우리 쪽 직원한테만 책임 전가하는 경우가 어디 있습니까!"

"뭐가 어째……!"

"주연아."

강압적인 억양의 음성이 잔뜩 흥분한 주연을 옭아맸다. 바로 옆에서 주연을 계속 말리던 혜연과 우석은 저들 말에는 아랑곳 않고 날을 세우던 주연이 순식간에 말을 멈춘 것을 놀라워하며 갑자기 등장한 남자를 유심히 보았다.

명학은 자신에게 꽂힌 두 사람의 시선에 깊게 머릴 숙여 인사했다.

"처음 뵙겠습니다. 정명학이라고 합니다."

주연은 혜연의 호기심 어린 눈빛에 머리를 거칠게 넘기었다. 엎친 데 덮친 격이다.

인천지검 소속으로 이 사건의 담당 검사라는 명학에 대한 혜연의 궁금증도, 그에 대한 주연의 해명도 우선은 차후에 논할 일로 미루고 그곳에 모인 모두가 발 벗고 사라진 아이 찾기에 돌입했다.

김포에 대대로 뿌리박고 살았다는 어느 한 재력가가 세상을 뜨면서 전 재산을 기부해 설립된 센터는 4층짜리 본관 건물 하나와 2층짜리 별관 건물이 큰 마당을 끼고 있었다. 작은 정원이라고 해도 무방할 뒷마당이나 아이들이 놀 수 있는 놀이터, 가깝게 있는 호수로 연결된 산책로까지, 아이를 쉬이 찾기 어려울 규모였다.

"우선 흩어져서 찾고, 찾은 사람은 바로 안내 방송해서 알려요."

"그렇게 하죠. 자자, 빨리들 움직입시다."

명학의 재빠른 판단에 의해 각 층별로 인원이 나눠지고, 사람들은 맡은 구역 곳곳을 뒤지기 시작했다. 아이가 있어야 할 방 앞엔 우진과 주연만이 남아 서 있었다.

주연은 혹시나 싶어 방 안으로 들어갔다. 침대 밑이며 장롱과 커튼 안까지 들춰 본 주연은 텅텅 빈 공간에 실망을 금치 못했다.

"이거 걔 거예요?"

주연이 돌아보자, 우진이 손에 하얀 실내화 한 짝을 들고 덜렁덜렁 흔들어 댔다.

"어, 맞아. 여기 있으면서 단 한 번도 바깥에 나간 적이 없었거든. 산책이라도 시켜 줄라 치면 잔뜩 겁에 질려 해서 줄곧 방 안에서 벗어나려 하질 않던 앤데, 대체 어딜 간 거야."

주연은 창문을 열고 목을 길게 빼 바깥을 두리번거렸다.

"근데 한 짝밖에 없네요."

우진의 말을 듣지 못했는지 주연은 대답하지 않았다. 잠시 우진은 제 검지에 걸쳐져 있는 실내화를 가만히 쳐다보다 말없이 방을 나서 계단 쪽으로 향했다.

본관 밖으로 나오니 여기저기 뛰어다니며 동분서주하는 사람들의 모습이 우진의 시야에 잡혔다. 우진은 여태 쥐고 있던 실내화를 현관 유리문 옆에 성의 없이 던지고는 기지개를 쭉 펴며 하품이나 길게 해 댔다.

워낙 잠자리에 민감해 비행기 안에선 한숨도 자지 못했는데 공항에 도착하고는 날파리처럼 꼬이는 기자들 때문에 또 얼마나 짜증이 났던지. 겨우 집에 가 눈 좀 붙일까 했더니 이건 또 웬 귀찮은 일인가 싶다. 조용히 쉴 곳이 필요했다. 우진은 두리번거리다가 사람이 없는 쪽으로 움직였다.

별관 뒤편에 버려져 있는 컨테이너는 굳게 잠겨 있었다. 우진은 그 옆에 놓인 사다리를 제대로 세우고 힘들지 않게 컨테이너 위로 올라갔다. 위에 올라가자마자 그대로 벌러덩 누워 버린 우진은 멀리서 들려오는 사람들의 웅성거림을 무시하며 눈을 감았다. 그 웅성거림 속에 간간이 우석과 혜연의 목소리가 섞여 들렸다. 그 목소리가 귀를 파고들 때마다 우진의 눈썹이 꿈틀댔다.

햇살이 너무 뜨거워 잠에 들지 못하고 뒤척이던 우진의 눈에 하얀 실내화가 들어온 건 얼마 안 있어서다. 제 손으로 버린 한 짝의 실내화는 본관 건물 입구에 고이 놓여 있을 테니 저기 개집 옆에 굴러다니는 실내화는 그 다른 한 짝인 게 분명했다.

우진은 똑똑히 그걸 보았지만 못 본 척 옆으로 몸을 돌려 누웠다. 그러나 곧 자리를 박차고 일어난 우진은 머리를 박박 긁고 사다리에 다리를 내렸다.

개집은 버려져 있었다. 빨간 페인트칠이 다 벗겨지고 뿌연 먼지와 모래 알갱이들이 쌓인 지붕이 그걸 증명했다. 주위에 개를 묶을 만한 목줄도 없고 개밥그릇도 보이지 않았다. 그것들이 있어야 할 자리엔 오로지 하얀 실내화뿐이었다.

우진은 저벅저벅 그 개집 앞으로 걸어간 다음 망설임 없이 덮개처럼 땅에 붙어 있던 개집을 힘껏 뒤로 젖혀 버렸다. 우당탕, 소리와 함께 반은 망가져 있던 개집이 형편없이 뒤로 나뒹굴었다.

"……."

우진의 얼굴이 종잇장처럼 구겨졌다.

마주친 두 눈동자가, 아무렇게나 잘려 나간 듯 목덜미 근처에서 뻗쳐 있는 머리카락이 지나치게 검었다. 뼈밖에 남지 않은 앙상하고 작은 몸뚱이는 혈관이 훤히 보일 정도로 새하얗다. 아이가 입고 있는 하얀 원피스조차 그 색이 바랜 듯 보일 정도로.

개집이 사라진 바닥 위에 드러난 것은 공처럼 둥글게 몸을 말고 있는 작은 아이였다. 제 무릎을 턱 밑까지 바짝 당겨 안고 옆으로 누워 있는 아이는 자신을 가리는 무언가가 사라졌다는 것에 놀랐는지 경직된 표정으로 꼼짝도 하질 않았다.

영 이상해 보이는 아이를 물끄러미 내려 보던 우진은 천천히 쪼그리고 앉아 떨어져 있던 실내화를 주워 들고 아이의 얼굴 앞으로 가져다 댔다.

"네가 걔지? 이건 네 거고."

아이의 검은 눈동자가 잠시 실내화에 머물다가 우진의 얼굴로 다시 돌아왔다. 우진은 시꺼먼 그 눈동자가 갈 곳 없이 흔들리는 모습에 모래를 씹은 듯 입안이 까슬대는 느낌을 받았다.

"말은 못 해도 말귀는 알아듣는 것 같네. 그만 일어나. 지금 너하나 찾겠다고 시끄러우니까. 안 일어나?"

미동도 않는 아이의 태도에 슬슬 짜증이 치솟기 시작했다. 우진은 생각했다. 지금 이 아이를 원래 있던 곳에 데려가면 곧바로 집으로 가 편히 잘 수 있겠네, 하는.

우진은 꽤나 거칠게 두 손을 아이의 겨드랑이 밑으로 넣었다. 움직이려 하질 않으니 손수 안아서라도 데리고 갈 생각이었다.

그러나 갑자기 발작하듯 몸부림 쳐 대는 아이의 행동에 우진은 그만 균형을 잃고 아이를 놓치며 뒤로 넘어졌다. 돌부리에 그대로 찍힌 제 손바닥을 들여다보는 우진의 표정이 험상궂게 변해 갔다.

"에이 씨!"

윽박지르듯 신경질을 내던 우진은 제 손에서 시선을 떼고 고갤 든 순간, 아이의 모습에 당혹감을 감추지 못했다.

아이는 빌고 있었다. 바닥에 넙죽 붙어 두 손을 머리 위에 올리고 정신없이 손바닥을 비벼 대며 덜덜 떨어 댔다. 우진이 화를 내는 소리를 듣고 경기를 일으키듯 몸을 떨다가 그리 빌기 시작했다. 너무도 익숙하게, 당연하다는 듯 잘못했다고.

'창문 하나 없는 곳에 수일을 갇혀 있었대. 그 원장 부부란 사람들, 아니 사람이라고 할 수도 없지. 그 괴물 같은 것들이 아이가 단식하는 시간을 지키지 않고 자기들 몰래 음식을 먹었다는 이유로 가둬 두었대. 근데 경찰이 사실 확인을 아이한테 했을 때 걔가 어떻게 했는지 알아? 빌더라. 뭐 먹어서 혼난 거야? 이렇게 물었더니 애가 막 빌어. 그걸 볼 수가 없어 그냥 나와 버렸어.'

미국에 있던 혜연에게 전화를 한 주연이 울먹이며 소리치던 게 떠올랐다.

"으, 으……!"

겁에 질려 목소리조차 나오지 않는 듯 잇새로 끅끅 소리만 내는 아이를 보며 우진은 돌멩이 찍혀 피가 맺힌 손바닥에 손톱이 파고들 정도로 세게 주먹을 쥐었다. 누가 숨통을 죄어 오는 것처럼 가슴이 콱 막혀 왔다. 온몸의 피가 식는 것처럼 피부가 차가워지고 입안엔 쓴물이 올라오는 듯 침 한 번 제대로 삼킬 수 없었다.

사람이 사람에게 느낄 수 있는 감정에 인색한 자신을 누구보다 잘 파악하고 있었다. 단 한 번도 타인을 대상으로 동정 따위의 감정을 가져 보지 않았다. 홀로 있어야 하는 시간이 많은 것은 부모님의 사랑을 전 세계의 많은 이들과 나눠 가져야 해서라는 걸 안 순간부터 그는 일부로라도 타인을 측은해하지 않았다.

근데 뭔가 이상했다. 마음에 가시가 솟은 듯 온몸이 따끔거리는 기분이었다.

우진은 아까 전과는 달리 천천히 아이에게 손을 뻗었다. 그리고 아이의 양손을 부드럽게 감쌌다. 덫에 걸린 새가 파드득 날갯짓하듯 부르르 떨던 아이를 놓치지 않고 세게 붙들었다.

"잠깐만. 잠깐만 좀 있어 봐. 너한테 아무 짓도 안 해. 때리지도 않을 거고 가둬 두지도 않아. 네 잘못 아냐. 넌 아무 잘못도 안 했어. 그니까 괜찮아. 안 빌어도 된다고."

아이의 거부반응이 잦아들긴 했으나 여전히 아이의 몸 전체에서 떨림이 그대로 전해져 왔다. 우진은 한 손으론 아이의 양 손목을 그러쥐고 나머지 한 손으론 아이의 발바닥에 묻은 흙을 털어 주었다. 그리고 버려져 있던 하얀 실내화 한 짝을 신겨 주었다.

"설사 잘못했다 쳐도 사람들은 너처럼 빌지 않아. 그니까 앞으론 그렇게 하지 마. 안 빌어도 돼. 무슨 말인 줄 알아? 알아들었음 대답 좀 해라. 고개라도 끄덕여."

우진의 말을 듣고 있는 건지 아닌 건지 아이는 목을 움츠리고 우진의 손에 잡혀 있는 제 두 손을 멍하니 쳐다만 보았다. 우진은 서서히 아이의 손을 풀어 주었다. 아이의 손이 툭, 밑으로 떨어졌다.

"그래. 괜찮아, 이제."

우진은 어설픈 손짓으로 아이의 헝클어진 머리를 빗어 주었다.

"여자애가 머리가 이게 뭐냐. 대체 뭐로 자른 거야? 너 미용실 좀 가야겠다."

그리고 아이의 구겨진 원피스를 반듯하게 펴 주었다.

"여자애가 조신하지 못하게. 하얀 옷이 빨기 얼마나 힘든 줄 알아? 흙먼지 잔뜩 뒤집어써서는. 대체 개집엔 왜 들어가 있던 건데?"

그러다가 아이의 목덜미 주변으로 자잘한 흉터들이 새겨져 있는 걸 발견하곤 잠시 멈칫하기도 했다. 뭐로 맞으면 이런 흉터가 박힐까. 하얀 피부 위로 연분홍빛의 울퉁불퉁한 살갗이 참 아파 보였다.

우진은 자신도 모르게 그 흉터로 손을 뻗었다. 뜨거운 체온에 놀라 손을 뗐던 우진은 다시 조심스레 흉터를 어루만지었다.

"여기…… 아프지."

혹시 어디가 모자란 걸까. 말을 다 잊어먹은 걸까. 아님 처음부터 말을 배우지 못했던 건 아닐까.

"너……."

'말 좀 해.' 그 말을 하려 했다. 그러나 우진은 불시에 찾아든 시선에 목구멍이 막힌 듯 아무 말도 할 수 없었다. 칠흑 같은 아이의 두 눈이 너무도 똑바로 자신을 담아냈다. 꽤 오랫동안.

두 사람은 한동안 서로 쳐다보기만 했다. 그사이 아이의 떨림이 완전히 멈췄단 것을 우진은 알아채지 못했다.

"어? 저기! 저기예요, 저기 있네!"

"어디? 찾은 거야?! 찾았어?"

사람들의 웅성거림에 우진은 번쩍 정신을 차렸다. 점점 가까워져 오는 사람들 발소리에 우진은 아이에게서 손을 떼고 벌떡 일어났다. 그리고 사람들이 오기 전 자리를 피하기 위해 몸을 돌렸다. 그러나 우진은 한 발짝도 그 자리에서 벗어날 수 없었다. 우진은 천천히 자신의 손을 보았다. 그 아이가 꼭 붙든 제 손을.

"아……."

아이의 입 모양이 동그랗게 벌어지고 있었다.

"……안 아파."

우진의 눈이 커져 갔다. 아이가 말을 했다는 것에. 그것도 너무나 또렷한 발음이란 것에. 그러나 그것보다 우진을 더 놀라게 한 건 필사적으로 자신의 손을 쥐고 있는 아이의 행동이었다. 낭떠러지에서 구명줄을 잡는 것처럼 매달리는 아이의 끈질긴 눈빛에 우진은 숨이 탁 막혔다.

"우진아!"

제일 먼저 뛰어온 주연은 우진이 아이와 함께 있단 사실에 놀란 표정을 지었다.

"어휴, 정말 속 썩이네."

뒤이어 달려온 무리 중 센터 직원 하나가 아무 생각 없이 아이를 데리고 가기 위해 손을 뻗었을 때였다. 아이가 반사적으로 한 팔을 들어 얼굴을 보호했다. 여전히 한 손은 우진의 손을 붙든 채였고 우진은 고스란히 아이의 떨림을 느껴야만 했다.

매 맞는 아이의 습관 같은 행동에 모두의 얼굴이 굳어졌고, 특히나 센터 직원은 겸연쩍어하며 아이에게서 물러섰다.

"아가."

혜연이었다. 아이의 앞으로 다가가 무릎을 굽히고 눈높이를 맞춘 혜연은 아이에게 잡혀 있는 우진의 손을 잠시 응시하다 입을 열었다.

"아가…… 너 아줌마네 갈래?"

혜연의 말 한마디에 주변이 시끄러워졌다.

"응? 그럴래? 여기 이 오빠 따라갈까?"

아이는 굳게 다문 입술을 떼지 않았다. 대신 제 몸을 더욱 우진의 다리 옆으로 밀착시켰다.

우진은 제 손을 쥐고 있는 아이의 힘이 점점 세지는 걸 느꼈다. 아이의 두 눈동자가 절대 놓아주지 않을 것처럼 우진을 옭아매 오고 있었다. 훈풍이 불자, 아이의 치맛자락이 휘날렸다. 아득함이 몰려왔다.

1.

素眞

힘찬 붓질 아래 먹이 화선지를 물들였다.

"흴 소에 참 진이다. 어떠냐, 우진아."

큼지막하게 쓰인 두 글자가 적힌 종이를 들어 보이며 만족스럽게 웃는 우석을 우진은 보는 듯 마는 듯 하였다.

몇 날 며칠 이어진 혜연과의 대화가 끝이 나자 우석은 곧바로 서재에 박혀 나오지 않더니 두 글자를 가지고 나왔다. 우진은 그게 뭔지 바로 알아챘지만 별 다른 반응을 보이지 않았다.

"어떠냐니까."

"괜찮아요."

"녀석, 쌀쌀맞긴. 네 동생 이름 짓는 데 적극적이면 좀 좋아?"

동생이라……. 순간, 우진은 묘한 기분이 들었지만 티를 내진 않았다. 출생신고를 했는지 안 했는지도 모르는 아이는 새 이름이 필요했다. 이름을 지어 주는 건, 책임이 필요한 일이었다. 그리고 여

22

태껏 아이가 이름이 없었다는 건 누구도 책임을 지려 하지 않았다는 의미였다.

"괜찮다니까요."

"애가 워낙 희고 고와야지. 원래 딸한텐 돌림자를 쓰는 거 아니라지만 난 차별하는 거 같아 싫다. 딸이건 아들이건 똑같은 거지."

"예, 예. 그렇겠죠."

애교라곤 일절 없는 아들의 성격을 모르는 것도 아니지만 우석은 괜히 섭섭한 맘이 들어 우진을 흘기었다. 그러거나 말거나 우진은 잠시 내려 두었던 책을 다시 집어 들었다. 그때, 작은 방 문이 열리더니 그 사이로 혜연과 아이가 모습을 드러냈다. 아이에게 예쁜 원피스를 입혀 준 후였다.

아이가 온 첫 날부터 혜연은 한 손 가득 여자아이 옷과 신발, 머리끈 같은 걸 사들였다. 오늘도 저녁 장을 보고 들어오면서 산 원피스를 바로 입혀 주었다. 아이는 혜연의 손길을 어색해하며 몸을 움츠리긴 해도 거부하지는 않았다. 장족의 발전이었다. 그러나 방을 나오자마자 혜연의 손을 그대로 놓고 우진의 옆으로 쪼르르 달려가는 건 절대 변하지 않는 모습이었다.

우진의 옆에 바싹 붙은 아이는 습관처럼 우진의 팔에 손을 올려두었다. 슬쩍 책을 바꿔 들고 아이가 자신의 팔을 편히 쥘 수 있도록 하는 우진의 행동을 혜연과 우석은 놓치지 않았다. 부부는 서로를 보며 소리 없이 웃었다.

"소진아. 소진아. 소진아? 지소진? 흐음. 소진이. 지소진. 예쁜 소진이."

"너 지금 뭐 하니?"

이른 아침부터 쳐들어온 주연이 하는 꼴을 지켜보다 못해 혜연이 어이없어하며 물었다. 무릎을 꿇고 앉아 오늘도 어김없이 우진의 곁에 고목나무 매미처럼 딱 붙어 있는 아이를 똑바로 쳐다보며 주연은 장난스럽게 아이를 부르고 또 불렀다.

"익숙해지라고. 네 이름은 이제 소진이다, 알려 주는 거야."

"어련히 시간 지나면 알까."

"그냥. 좋잖아."

그러나 말과 다르게 주연의 표정은 무덤덤했다. 어쩌면 그 이름을 익숙해하라는 건 아이가 아닌 주연, 본인일지도 몰랐다.

"나와서 차나 한잔해. 애들 그만 귀찮게 하고."

혜연이 주연을 데리고 나가자, 우진의 방은 고요함이 찾아왔다. 침대 헤드보드에 비스듬히 기대 노트북을 만지고 있던 우진은 슬쩍 눈동자를 굴려 침대 가장자리에 떨어질 듯 말 듯 아슬아슬하게 앉아 있는 아이를 살폈다.

무릎을 안고 턱을 괴고 있던 아이는 졸음이 오는지 무거운 두 눈을 느리게 깜빡이며 자꾸 머리를 밑으로 떨어트렸다. 우진은 노트북을 닫아 옆으로 치우고 아이를 가만히 들여다보았다.

예기치 않게 제 옆을 차지하고 앉은 이 아이, 꼭 강아지마냥 한시도 제 옆을 벗어나지 않고 졸졸 쫓아다니며 제 존재감을 드러내는 이 아이. 모든 게 참 갑작스러운 일이었다.

"어, 어? 야!"

아이의 몸이 기우뚱하더니 침대 밖으로 떨어지려 하는 걸 가까스로 우진이 잡아 안았다. 우진은 놀라 소리치는데 아이는 멍한 눈으로 쓱 한번 우진을 보더니 그대로 우진의 품 안에서 다시 눈을 스르륵 감아 버렸다. 아이의 옅은 숨소리가 우진의 가슴 위에서 오갔다. 우진은 따뜻한 아이의 몸의 온도를 느끼며 한동안 움직이지 못하고 작게 한숨만 내쉬었다.

"지……소진. 되게 이상하네."

어색한 부름이었다. 그리고 첫 부름이었다.

"네 형부랑 상의를 해 봤는데 아예 출생신고를 하면서 친자로 입적할까 싶어."

"그렇게 몰래 입양하는 사람들 많긴 해. 근데 소진이는 이미 언론을 통해 알려진 아이기도 하고 나중에 친부모를 찾겠다 나서면 어쩌려고."

"그럼 어떡하는 게 좋겠니?"

"우선 소진인 지금으로선 부모가 버린 아이라고 해서 기아라고 판단하고 따로 조서 작성을 해야 한대. 그 조서가 곧 출생신고서가 되는 거고. 그 이후에 입양 절차를 따로 밟는 게 좋을 것 같아."

"시간이 오래 걸리겠지?"

"아마도. 남의 아이를 데려오는 게 작은 일은 아니니까."

요즘 주연은 혼자 있을 때마다 여러 번 고민했다. 아이를 가슴으로 낳은 자식으로서 받아들이겠다는 혜연의 선택이 과연 모두에게 옳은 것인가에 대해.

그 온 세상을 돌아다니며 많은 아이들을 돌본 언니가 어째서 이번엔 이런 식으로 성급한 결정을 내리는지 도통 이해가 가지 않았다. 후견인으로서 아이가 자립할 수 있을 때까지 도울 수 있는 방법도 있었다. 꼭 부모가 돼 주지 않아도 되는 일이었다.

"저기, 언니……."

"어, 잠깐만. 나 전화 좀."

때마침 울린 혜연의 전화에 주연은 미처 말을 다 하지 못하고 입을 다물어야 했다. 다 식은 커피를 마시며 주연은 커피보다 더 쓴 입안을 달래었다.

"네, 이 팀장님. 이 시간에 어쩐 일이세요? 거긴 지금 새벽 아니에요?"

혜연이 속해 있는 구호 단체의 팀원 중 한 명의 연락이었다. 반가움에 얼굴에 웃음꽃이 폈던 혜연은 그러나 이내 전화 너머 들려오는 사건 소식에 표정이 굳어졌다.

급하게 김포공항에 도착하자마자 우석은 항공 티켓을 끊으러 가고 혜연은 주연의 손을 잡고 당부에 당부를 거듭했다.

"애들 좀 부탁할게. 특히 소진이, 알지? 우진이가 알아서 잘 하겠다마는 그래도."

우진은 아직 사람이 많은 곳엔 나올 수 없는 아이 때문에 같이 공항에 오지 못한 상황이었다.

"걱정 말고 가서 일 잘 마무리 짓고 와. 너무 위험한 일은 나서지 말고."

"그래. 아참, 그리고 소진이 출생신고. 네가 좀 대신 해 줄 수 있지?"

"걱정 마. 명학 씨랑 아동센터장한테 이미 얘기해 놨어. 출생년도 추정해서 조서 작성하고 신고하면 된대."

"그래."

혜연은 초조한 듯 자꾸 시계를 보며 시간을 확인했다. 티켓 발권을 끝낸 우석이 뛰어오는 게 보였다. 혜연이나 우석이나 하도 급하게 짐을 꾸리느라 따로 수화물 부칠 것도 없었다.

"30분 후 거야. 미리 들어가서 수속부터 밟자."

"그래요. 주연아, 그럼 부탁 좀 하자."

"그래, 처제. 그만 가 봐. 애들한텐 처제가 설명 좀 해 주고."

주연에게 가 보라고 손짓하고 급히 돌아서 게이트로 향하는 언니 부부의 뒷모습을 지켜보던 주연이 갑자기 혜연을 불렀다.

"언니!"

혜연은 걸음을 멈추고 뒤돌아서 주연을 보았다. 주연의 얼굴에 불안감이 스쳐 지나갔다.

"언니가 가야 하는 일인 거지?"

아프리카 수단에 설치되어 있던 난민 캠프가 무장 괴한에 의해 방화가 되었단 연락이었다. 그로 인해 수십 명이 다치고 사망했단 설명이 덧붙여졌다.

그 안엔 혜연이 가족처럼 여기던 구호단체 직원도 여러 포함되어 져 있었다. 급히 긴급대책반이 꾸려졌고 구호 단체 팀장이었던 혜연이 불러들여졌다. 꽤 위험한 상황에 혜연 혼자 보낼 수는 없기에 우석 또한 같이 따라나선 자리였다.

"갔다 올게!"

혜연은 밝게 웃으며 손을 흔들었다. 그러나 주연은 끝끝내 같이 손을 흔들어 주지 못했다. 그날, 언니의 뒷모습이 주연의 머릿속에 평생의 잔상으로 남을 거란 걸 미리 예측이라도 한 듯.

[……긴급 소식입니다. 수단에서 민간 구호 단체의 비행기가 추락해 탑승자 28명 전원이 사망한 것으로 전해지고 있습니다. 이 비행기에는 국내에 잘 알려진 지우석 변호사와 나혜연 구호팀장이 타고 있었다는 충격적인 보돕니다. 이들은 수단에서 발생한 난민 캠

프 방화 사건을 해결하기 위해 수단 남부로 향하던 중 변을 당했습니다.

사고 비행기는 추락하기 전에 두 차례에 걸쳐 착륙을 시도했지만 기상 악화로 성공하지 못하고 산과 충돌한 것으로 전해졌습니다. 한편, 무장 단체의 습격은 아니었는지 자세한 조사가 필요하다는 입장이 제기되고 있으며……]

어느 화창한 초여름의 오후였다. 끔찍한 흉보(凶報)가 들려온 것은.

✝ ✝ ✝

끼이이익—

새벽녘 푸른빛이 가득한 방 안에 작은 소리가 유난히 크게 들렸다. 침대에 옆으로 누워 의미 없이 창문 밖을 내다보고 있던 우진은 발소리도 내지 않고 다가오는 인기척에 돌아보지 않고 눈꺼풀을 닫았다.

침대가 한 차례 반동을 일으켰다. 이불이 부스럭거리고 주인 없던 베개를 가져가는 손짓이 잇따랐다. 그 모든 걸 느끼면서도 우진은 끝끝내 눈을 뜨지 않았다.

톡톡, 우진의 등을 하얀 손가락이 건드렸다. 얇디얇은 작은 검지가 꿈쩍도 않는 우진의 등을 지나 어깨를 거쳐 그의 머리까지 올라갔다. 접혀 있던 손가락을 천천히 펴 우진의 검은 머리카락을 덮자, 미동도 않던 우진의 몸이 아주 미세하게 움찔거렸다. 그 놀람에 우진을 건드렸던 손이 좀 머뭇거리는가 싶더니 다시 우진의 머리 위에 살포시 내려앉았다.

"치워."

낮게 깔린 목소리가 아이의 손을 다시금 흠칫하게 만들었지만 아이는 손을 거두지 않았다. 우진은 눈을 떴다. 여전히 눈앞엔 해가 뜨지 않은 새벽의 차가움만이 가득했다.

"혼자 자라고. 혼자 자는 법 좀 익히라고."

아이는 충분히 혼자 잘 수 있었다. 과거 혼자 갇혀 있던 기억이 무섭게 자리 잡아서인지 오히려 아동센터의 사람들이 북적거리는 환경을 더 낯설어했었다. 그러던 것이 우진의 집에 오면서 달라졌다. 아이의 옆엔 늘 우진이 있었고, 혜연이 있었다. 아이가 잠들기까지 그들이 번갈아 가며 돌보았고, 책을 읽어 주었으며, 한 침대에서 잠이 들곤 했다.

그러나 우진은 장례가 끝나 집에 와서는 한동안 방문을 잠그고 아이의 침입을 허용치 않았다. 받아들이기 힘든 현실의 상황을 견디는 동안, 우진에게 아이는 그저 타인일 뿐이었다.

온갖 감정의 찌꺼기가 쏟아져 나오는 밤에 우진은 아이와 함께 있는 것이 불편했다. 그건 비단 아이여서가 아니라 그저 타인에게 제 약한 모습을 들키는 것이 싫은 열일곱, 남자아이의 마음이었다.

"좀 나가라. 건드리지 말고 나가라고."

"……진……아."

"!"

우진은 자기도 모르게 놀라 몸을 일으켰다. 그리고 고갤 돌려 아이를 보았다. 침대에 앉아 베개를 끌어안고 있는 아이가 손을 허공에 띄운 채 자신을 빤히 보고 있었다.

"뭐?"

잘못 들은 걸까 싶었다. 그래, 잘못 들었다, 했다.

"……우진아."

아이의 떨어진 입술 사이로 아주 작은 목소리가 느릿하게 흘러나왔다. 우진은 순간 어이가 없어 헛웃음을 터트렸다.

"뭐라고?"

아이는 아무 말도 하지 않은 것처럼 다시 입을 꾹 다물었다. 우진의 입가에 걸려 있던 웃음기가 천천히 사그라졌다.

'우진아, 우리 아들!'

'야, 우진아. 아빠한테 얘기해 보라니까.'

'우진아, 많이 놀란 거야?'

'우진아!'

참 그들의 입을 통해 많이 불렸던 이름이었다. 다른 누가 부를 때보다 세상에서 제일 소중하게 불리는 이름, 그 누구도 그토록 그 이름이 의미하는 바가 큰 존재는 없었다. 그런 사람들이 한순간에 사라져 버렸다. 그런데 그들이 했던 대로 따라 배워 버린 아이가 있다. 아이는 너무도 익숙하게 우진의 이름을 부르고 있었다.

"누가 네 맘대로 그렇게 부르래. 내가 네 친구냐?"

일부러 과장해서 말하는 우진의 얼굴이 부자연스러웠다. 금방이라도 이 아이 앞에서 그들에 대한 그리움을 터트릴까 두려운 나머지 그랬다.

"우진아……."

"…….."

그러나 우진은 더는 태연한 척 굴 수 없었다.

"우진아, 여기……."

아이의 손이 우진의 가슴 위를 가리켰다.

"아프지?"

우진은 숨 쉬는 걸 잊은 듯 꼼짝도 못 했다. 처음 이 아이를 만난 날, 우진이 물었던 말.

'너 여기 아프지?'

아이의 목덜미에 드러난 흉터들을 가리키며 물었었다. 그리고 아이는 한참 후에야 답했다. '안 아파.' 라고. 근데 우진은 지금 그때의 아이처럼 답할 수 없었다. 보이지도 않는 상처를 가리키는 아이를 향해 우진은 괜찮은 척 굴 수 없었다. 우진의 고개가 밑으로 떨어졌다. 동시에 우진의 입에서 흐느낌이 터져 나왔다.

혼잡하던 장례식장에서도 목 놓아 울지 못했었다. 묵묵히 세계 각국에서 애도를 표하며 찾아온 조문객들을 맞이했다. 몰려든 기자들을 향해 악을 내지르고 넋이 빠져 울다 지쳐 잠들길 반복하는 주연보다 더 의연히 장례를 치러 냈다. 그랬던 우진이 지금 아이의 말 한마디에 무너져 내렸다.

이제야 우진은 어미 잃은 짐승처럼 서럽게 울음을 터트렸다. 꺽꺽대며 모든 걸 토해 내었다. 우진의 옆에서 아이는 함께 울었다. 제 눈물이 버거운 우진의 슬픔을 나눠 가져갈 수 있도록 그리 울어주었다. 그들의 울음소리가 새벽빛이 희미해질 때까지 서로를 쓰다듬고 위로하였다.

침대 위에 서로 머리를 맞대고 잠든 두 아이의 손이 얽혀 있었다. 어둠이 가시고 환한 햇빛이 눈물 자욱한 그들의 얼굴 위에 내려앉았다.

2.

2013년, 서울.

여러 번 씻은 손의 물기를 손수건으로 닦아 냈지만 찝찝함은 가시질 않는다. 직접 손대지도 않고, 단지 보기만 했을 뿐인데 사체의 피 냄새가 손에서 배어 나오는 것 같았다. 살인 사건은 언제 맡아도 피가 거꾸로 솟는 듯, 기분이 더럽기 짝이 없다.

손수건으로 닦아 내는 걸 넘어서 북북 문질러 대는 그의 행동에 사무원, 김정석이 교활하게 눈웃음을 쳐 댔다.

"검사님, 오늘 칼퇴는 글렀습니다."

"뭐?"

안 그래도 짜증이 올라오는데 눈치 없이 다가오는 정석을 우진은 번뜩이는 눈빛으로 응시했다.

"아, 왜 그런 말 있다 하지 않습니까. 부검한 날엔 무조건! 밤 12시를 넘어 귀가해라! 안 그러면 죽은 영혼이 집까지 따라간다고요. 으흐흐, 무서워라."

두 손가락을 턱 밑에 대고 흐느적거리는 정석의 얼굴에 우진은 그대로 손수건을 던져 버렸다.

"참, 사람 한결 같아. 이제 겨우 검찰 밥 1년 먹은 사람이 그런 잡다한 지식은 아주 넘쳐 나지? 법을 그렇게 알면 얼마나 좋겠습니까, 예?"

"아, 그러지 말고 오늘은 다 같이 한잔해요! 어차피 부검 결과가 나와야 그림이 그려져도 그려질 거 아닙니까. 저희 이번 주 내내 야근에 삼 시 세 끼 자장면이었던 건 아십니까? 이 제 혀가 미각을 잃은 지 오랩니다. 삼겹살 맛이라도 좀 보여 주면 나을 것 같기도 한데."

정석은 눈짓 손짓 발짓을 동원해 가만히 앉아 있던 참여계장, 지숙에게 도움의 손길을 권했다. 지숙은 나이 쉰이 다 되도록 법조계에 몸을 담고 있는지라 우진도 예를 차리는 편이었다. 그러니 정석은 지숙이 좀 거들어 주십사, 했다. 지숙이 얼른 한마디 얹었다.

"그래요, 검사님. 오늘은 다 같이 한잔해요. 급한 일은 마무리 지었으니까, 내일부터 또 빡세게 일하면 되죠."

우진은 어쩔 수 없다는 듯 웃다가 제 책상 위에 놓인 휴대폰을 발견하곤 점점 웃음기를 지워 냈다. 핸드폰을 집어 든 우진은 꺼져 있던 핸드폰의 전원을 켰다. 부검을 옆에서 지켜보는 동안 계속 울리는 핸드폰이 성가셔 꺼 놨던 것이었다.

핸드폰 액정에 불이 들어오자마자 뜨는 메시지들을 일일이 확인하는 우진의 표정이 썩 좋지 못했다.

똑똑.

반쯤 열려 있던 문 사이로 얼굴만 내민 방문객의 모습에 세 사람의 시선이 꽂혔다. 깔끔한 단발머리에 검은 원피스를 입은 여자가 한 손엔 장미 꽃다발을 들고 서 있었다.

"최명희?"

우진의 목소리에 놀라움이 섞여 있었다. 자신의 이름을 불러 주는 우진에게 활짝 웃어 보이며 안으로 들어선 명희는 지숙과 정석에게도 차례로 다가가 악수를 청했다.

"최명희라고 해요. 여기 지 검사의 연수원 동기이자, 또 다음 주부터 한솥밥 먹게 된 사이기도 하고요. 지우진, 잘 지냈어? 보기엔 달라진 게 하나도 없는데? 카리스마 있는 눈빛이며, 잘생긴 마스크까지. 더 멋있어진 것 같기도 하고."

따발총 같은 말투는 명희의 트레이드 마크였다. 오히려 달라진 게 없는 건 명희 그녀인 듯했다.

"너 어떻게 된 거야? 이쪽으로 발령 났어?"

"그런 얘기는 밥 먹으면서 하는 게 어때? 나 지금 무지 배고픈데."

연수원 수료 후엔 따로 만남이 없어 거의 3년 만에 보는 얼굴이었다. 그럼에도 명희는 꼭 어제 본 사람처럼 친근하게 굴었다.

"아참, 그리고 이거."

명희가 내미는 꽃다발을 받아 들며 우진은 이건 뭐냐는 듯 보았다. 꽃다발을 누구한테 준 적은 있어도 졸업식이 아닌 이상 받은 적은 없었다. 그것도 여자한테.

"생일 축하해, 지우진."

"어라? 검사님 생일 알고 계시네."

정석은 책상 밑에 숨겨 두었던 케이크를 꺼내 들며 한발 늦었다고 엄청 안타까워했다. 우진은 그제야 회식 타령을 하던 정석과 지숙의 속셈을 알아챘다. 워낙 일이 바쁘다 보니 본인도 까먹는 생일을 기억해 주는 이들이 고맙지 않을 리 없었다.

"그래도 꽃은 너무하지 않냐. 이거 뭐 어쩌라고? 먹으라고?"

괜히 툴툴대는 우진의 말에도 명희는 눈 하나 깜짝하지 않았다.

"지우진이 처음으로 여자한테 받을 수 있는 게 뭘까 생각했지. 어쨌든 꽃은 처음일 거 아냐. 안 그래?"

"역시 최명희, 머리 하나 잘 돌아가."

"누구 땜에 매번 수석 놓친 내가 들을 말은 아니지. 어쨌든 오늘 시간 내주는 거지? 내가 여기까지 왔는데."

가만히 지켜보던 정석이 소심하게 손을 들어 보였다.

"저…… 저희도?"

"정석 씨! 눈치 없게 왜 이래!"

지숙이 뒤늦게 말려 보지만 정석은 진심이었는지 애처로운 눈길을 거두지 않았다. 우진은 피식 웃으며 코트를 챙겨 들었다.

"다 같이 나갑시다. 오늘 제대로 쏠 테니까."

휘파람까지 불며 앞장서 나가는 정석과 그런 정석의 등을 때리는 지숙이 뒤를 이었다. 명희는 사무실을 나가려다 책상에 걸터앉아 핸드폰을 만지작거리고 있는 우진을 돌아보았다.

"뭐 해? 안 가?"

우진은 제 손에서 진동을 울리는 핸드폰을 잠시 쳐다보다 수신 거부를 하고 주머니에 넣었다.

"아냐, 나가."

우진의 바지 주머니 안에선 다시 진동이 울리었다.

불판 위에 서너 개 남은 고기가 새까맣게 타들어 가고 있었다. 정석이 손을 들어 불을 빼 달라고 청하고 소주병의 남은 소주를 탈

탈 털어 우진의 잔을 채워 주었다.

"자자, 마지막 한 방울까지 알뜰히 잡수시죠, 검사님."

제법 혀가 꼬여 가고 있는 정석 외에 나머지 사람들은 살짝 얼굴에 술기운이 올랐을 뿐 멀쩡했다. 고작 테이블 위에 있는 빈 소주병이 넷밖에 되지 않은 걸 생각하면 정석의 주량이 매우 약하다는 얘기였다.

"정석 씨, 가만히 좀 있어 봐. 그래서요? 그럼 최 검사님이 지 검사님을 쫓아다닌 거예요?"

지숙이 제 어깨로 떨어지는 정석의 머리를 밀어 버리며 명희를 향해 눈을 빛냈다. 누군가의 사랑 얘기는 언제 들어도 참 설레는 주제였다.

"아뇨. 사법 연수생이 누굴 쫓아다닐 시간이 있나요. 공부하기도 바쁜 시간에. 그러니 시들시들 시작도 못 하고 져 버렸죠."

"같은 대학도 나오셨다면서요? 그럼 연수원 전엔 안 만났어요?"

"아, 그때요? 그때는…… 훗. 그땐, 더 못 만났죠."

묘한 웃음을 짓는 명희의 시선에 우진은 말없이 소주잔만 기울였다.

"어째서요? 지 검사님 대학 시절, 꽤 인기 많았을 것 같은데. 그래서인가? 라이벌이 많았어요?"

"아주 강력한 라이벌이 하나 있었죠. 누구도 이겨 먹을 수 없는."

"그만 일어나죠?"

빈 잔을 내려놓으며 명희의 말을 끊는 우진의 행동에 지숙은 더더욱 궁금증을 가지며 명희가 다시 입을 열기만을 기다렸다. 지금껏 가만있다가 드디어 반응을 보이는 우진이 재밌어 명희도 여기서 그만할 생각은 없었다.

"얘는 선배들이 붙잡아도 딱 어느 정도 시간이 되면 집 가야 한다고 일어섰던 애예요. 근데 그게 바로 하나뿐인 여동생 때문이라는 게 쇼킹한 일이지. 유명했죠. 동문들 사이에선. 천하의 지우진이 시스터 콤플렉스라니, 말 다 했지. 거기서 깨서 나가떨어진 계집애들도 한둘이 아니었으니까. 대부분의 시간을 여동생한테 할애하는 남자를 누가 좋아하겠어요? 물론 그런 남자 좋다고 꽃다발까지 들고 온 미친년이 하나 있긴 하다만."

"아, 여……동생이요?"

지숙이 우진의 눈치를 보며 말끝을 흐리는 걸 명희가 이상하게 생각할 때, 꾸벅꾸벅 조는 듯 보였던 정석이 갑자기 머리를 홱 쳐들며 입을 열었다.

"어! 우리 검사님, 여동생 없는데?"

"네?"

지숙이 서둘러 정석의 팔을 잡아끌고 일어났다.

"아, 저기. 정석 씨가 너무 취했네. 저희 먼저 일어날게요. 검사님, 내일 뵐게요. 최 검사님도 나중에 또 봬요. 이봐요, 김정석 씨! 정신 좀 차리지? 내일 어떡하려고 그래, 이 사람아!"

정석을 끌고 가면서 주절대는 지숙의 목소리가 점차 희미해져 갈 때쯤, 명희가 애매모호한 미소를 달고 우진을 쳐다보았다.

"여동생이 없다니, 무슨 소리야?"

"우리도 그만 일어서자. 많이 늦었다."

"대답 안 해 주겠다? 참 이상하네. 그럼 내가 봤던 그 여자애는 뭐야?"

"설명, 해야 돼?"

"여전히 싸가지 없네. 지우진."

"먼저 일어선다."

정말로 먼저 일어서 계산서를 가지고 나가 버리는 우진의 뒷모습을 지켜보면서 명희는 미지근해져 맛없는 소주를 들이켰다. 절로 인상이 찌푸려졌다. 공과 사가 확실했던 지우진, 정말 달라진 게 하나도 없었다. 그래서 더 다행이기도 했다. 옛 기억 속 그대로의 모습을 간직하고 있는 남자를 만나는 건 쉬운 일이 아니었으니까.

이어 그녀의 머릿속엔 또 다른 모습도 떠올랐다. 대학교 정문 앞에서 한 여자애를 앞에 두고 씩 웃던 우진의 모습을. 모두들 우진의 여동생이라 확신하던 그 여자애, 그 얼굴까지야 잘 기억나진 않지만 아주 어리고 가녀린 느낌이었다. 남자라면 누구나 보호본능을 일으킬 정도로 약해 보이던 여자애였는데…… 여동생이 아니라니.

"그럼 뭐야, 걘."

텁텁한 입안이 영 성가셔 명희는 손을 번쩍 들고 소주 한 병을 추가 주문했다. 청승맞게 혼자 소주를 기울이는 일은 고시원을 탈출하면서 다시는 없을 거라고 장담했는데, 인생이 제 맘대로 흘러가질 않는다.

택시의 헤드라이트 불빛이 사라지자 어둠이 내려앉은 길바닥이 보였다. 지난주 내내 비가 오더니 날씨가 확실히 추워졌다. 술기운이 달아나니 온몸에 한기가 더 서렸다. 우진은 코트 주머니에 양손을 꽂고 걸어갔다.

일부러 집 앞에서 내리지 않은 건 차 소리를 듣고 집에 있을 아이가 깨지 않게 하려던 거였는데 그럴 필요가 없었다는 걸 우진은 집 근처에 다다라서야 깨달았다.

"우진아."

우진은 잠시 제자리에 멈춰 섰다. 집 대문 앞에 앉아 있던 소진이 자신을 발견하곤 자리에서 일어나 다가오는 게 보였다. 우진은 지금이 몇 시쯤 됐는지 가늠할 길이 없어 지끈거려 오는 관자놀이를 손바닥으로 지그시 누르며 핸드폰을 켰다. 쭉 무시하고 있던 핸드폰엔 부재중 전화와 메시지가 수십 통이었다. 그리고 AM 01:15.

"우진아."

"너 여기서 뭐 해."

건성으로 메시지들을 확인하며 소진은 쳐다보지도 않고 물었다.

우진아, 언제 와?

우진아, 전화 왜 안 받아.

우진아, 밥 먹었어?

다 한 사람한테 온 메시지를 대충 넘기던 우진은 소진이 아무 말도 하지 않자, 그제야 고개를 들고 그녀를 보았다. 바로 우진의 눈살이 찌푸려졌다. 겨우 니트 쪼가리 하나 걸치고 있는 소진의 차림을 본 까닭이었다.

우진은 자신이 입고 있던 코트를 벗어 소진의 어깨에 둘러 주었다. 거친 그의 손길에도 소진은 가만히 그가 하는 대로 고분고분 따랐다.

"언제부터 나와 있었어."

"몰라. 시간을 안 봐서."

우진은 소진의 얼굴에 손을 가져다 댔다. 소진의 볼에서 느껴지는 냉기에 그의 눈썹이 일그러졌다.

"당장 들어가."

경고하듯 내뱉는 우진의 말에도 꿈쩍을 않고 있던 소진은 자연스레 우진의 한 손에 깍지를 꼈다.

"같이 들어가자. 우진아."

저를 보며 빙긋 웃는 소진에게 우진은 더는 아무 말도 하지 않았다. 그저 입을 꾹 다물고 소진의 손을 잡아당겨 안으로 들어갔다. 그리고 안으로 들어가자마자 우진은 소진의 손을 내팽개치듯 놓아버렸다. 빈손이 돼 버린 소진이 저를 바라보는 게 느껴졌지만 우진은 그저 신발을 벗고 거실을 지나쳐 제 방에 들어갔다. 좀 뒤에야 우진을 따라간 소진은 우진이 다시 나올 때까지 방문 앞을 지키고 서 있었다.

"지소진, 그만 들어가 자. 늦었어. 내일 얘기해."

문을 열지도 않은 채 방 안에서 말해 오는 우진의 목소리를 들으며 소진은 어깨에 걸쳐져 있던 우진의 코트를 벗었다.

"우진아, 나 다쳤어."

소진의 말이 끝나기 무섭게 굳게 닫혀 있던 방문이 열리었다. 무서운 얼굴로 나온 우진을 보며 소진이 빙그레 미소 지었다.

"다쳐? 어딜?"

"여기."

소진은 밴드가 감겨진 손가락을 내밀어 보였다. 우진은 소진의 손을 덥석 잡아 쥐고는 얼마큼 다쳤는지 자세히 보았다. 손가락뿐 아니라 손바닥, 손등에도 작은 밴드가 붙여져 있는 걸 보곤 하나를 살짝 들춰 보았다. 날카로운 것에 베인 듯 상처가 꽤 깊었다.

"어쩌다가 이랬어?"

"말하면 나랑 같이 밥 먹을래?"

"어쩌다가 이랬냐니까! 뭐에 다친 거야? 제대로 소독은 한 거야? 약은? 발랐어?"

"미역국이 다 식은 거 있지. 그래서 다시 뜨려고 하다가 그만 그

40

릇을 놓쳤어. 깨진 그릇 조각들 줍다가 긁혀 버렸어."

"……."

"내가 오늘 맛있는 거 많이 했는데. 아, 열두 시가 지났으니까 오늘이 아니다. 어제다, 어제. 아침에도 일찍 나가 버려서 저녁엔 꼭 미역국 해 주려고 기다렸어. 근데 우진이 너 많이 바빴지? 그래서 그냥 기다렸어. 같이 밥 먹을 때까지."

우진은 한숨을 내쉬며 소진의 얼굴을 빤히 보았다. 너무도 깨끗한 눈동자를 하고 그 안에 오로지 자신만을 담고 있는 이 아이를 마주하고 있을 때면 가끔 숨통이 죄이는 듯하였다. 그리고 요즘 특히나 그 빈도가 잦아지고 있었다.

"그래, 먹자. 밥."

우진의 말에 금세 얼굴이 환해져 주방으로 향하는 소진을 보며 우진은 피곤으로 뭉친 목덜미를 쓸었다.

이미 술자리를 하고 들어온 터라 밥이 목구멍으로 넘어갈 리 없었다. 대충 미역국 한 숟갈 정도 뜨고 물로 갈증만 해소하고 있는 우진에게 소진은 계속 반찬을 밥 위에 올려 주며 말을 붙였다.

"네가 좋아하는 계란말이 많이 해 놨어. 많이 먹어, 우진아."

물컵을 내려 둔 우진은 젓가락을 들어 소진이 준 반찬을 다시 소진의 밥 위로 옮겨 주었다.

"나 밖에서 저녁 먹고 온 거 알 거 아냐. 너나 많이 먹어. 밥 안 먹었다며."

"그래도 생일이잖아. 너 주려고 만든 거니까."

"생일은 무슨. 이미 지났기도 했고, 이제 이런 거 일일이 챙기지 마. 생일 밥 얻어먹을 정도로 한가하지 않아."

아예 수저를 딱 내려놓고 팔짱을 껴 버리는 우진을 물끄러미 보던 소진은 이내 우진이 올려 준 계란말이와 밥을 한 수저 크게 떠 입안에 쑤셔 넣었다.

억지로 다 들어가지도 않는 걸 입안에 넣고 힘겹게 씹는 소진을 보는 우진의 표정이 별로 안 좋았다. 소진이 일부러 저러는 거란 걸 너무 잘 알았다. 평소엔 얼른 물부터 마시게 하고 등을 쓸어 주며 천천히 먹으라 다독여 주었을 테지만 오늘은 전혀 그럴 기분이 나지 않았다.

'여동생이 없다니, 무슨 소리야?'

법적으론 아무 관련이 없는 소진을 설명할 길이 없었다. 그 장대한 일들을 하나씩 털어놓을 수 있는 누군가가 생기긴 할까. 여러 차례 이성적으로 다가오던 상대들, 그 상대들에게 단 한 번도 소진에 대해 이렇다 할 설명을 해 줄 생각을 한 번도 해 보지 않았다. 같이 일하는 동료들이 어림짐작으로 그와 소진의 관계를 추측할 뿐이지, 우진 본인의 입으로 소진에 대해 말을 한 적이 없었다.

그러던 것이 요즘 들어 스스로도 이 애매한 관계에 대한 회의감이 들기 시작했다. 나이가 점점 들어가고, 사회적 지위가 생기면서 분명 지우진은 변해 가고 있었다. 문제는 변해 가는 지우진 옆에 단 하나도 변하지 않은 지소진이 있다는 것이다.

"켁켁!"

결국 고집대로 밥을 먹던 소진이 목이 막혀 컥컥대는 모습을 보면서도 우진은 본인의 생각에서 빠져나오질 않고 있었다. 기침을 하던 소진이 아무 행동도 취하지 않는 우진을 글썽이는 눈으로 쳐다봐도 우진은 가만히 소진을 주시할 뿐이었다.

"목이 막히면 물 먹어. 날 볼 게 아니라."

원망의 눈초리로 우진을 노려보던 소진은 물을 마시며 억지로 음식물을 다 넘기고 다시 우진을 보았다.

"너 화난 거야?"

"아니."

"근데 왜 그래. 너…… 우진아, 너 이상해."

"후우, 지소진."

"응, 우진아."

말 잘 듣는 아이처럼 두 손을 무릎 위에 올려 두고 우진을 뚫어지게 보는 소진이었다.

우진은 정말 피곤했다. 하루 종일 쏟아지는 사건들에 몸이 열 개라도 남아나질 않는 시간의 반복 안에서 일 외에 신경 써야 할 것이 있다는 건 정말이지 귀찮은 일이었다.

"쓸데없는 일로 전화하지 말랬지. 문자도 하지 말라고 했잖아. 그런 거 받을 시간 없다고. 괜히 일하는 사람 신경 쓰게 만들지 말라고 말했잖아. 너 알았다고 그랬고."

"……."

"오늘 큰 사건이 있었어. 살인 사건에 현장 출동에, 부검까지 하느라 녹초가 된 사람 붙잡고 투정부리는 널 어떻게 대해 줄까."

"나는 그냥 네가 생일이라."

"그놈의 생일! 한두 살 먹은 어린애도 아니고 자꾸 사람 유치하게 만들래? 너도 이제 다 컸잖아. 성인이잖아. 다 큰 여자가 돼서 사리분별 좀 할 수 없어? 왜 너만 시계가 멈춘 사람처럼 구는데!"

결국 목소리를 크게 내고 말았다. 욱 하고 올라오는 감정을 억제하지 못하고 터트린 우진은 몸을 잔뜩 움츠린 소진을 보며 바로 후회를 했지만 그냥 자리를 박차고 일어섰다.

"우진아."

우진은 차마 소진의 부름까진 무시하지 못했다.

"맞아, 나 다 컸어."

"……."

"그니까 어린애 대하듯 하지 마."

우진의 눈빛이 흔들렸다.

† † †

3시간도 채 자지 못하고 몸만 뒤척이다 거실로 나온 우진은 소파에 누워 있는 소진을 보았다. 심리가 불안정할 때 소진은 그나마 소파에서 잠을 청했다. 아니, 실은 우진의 방을 먼저 찾아왔다.

소진이 베개를 들고 오면 우진은 제 침대를 내어 주고 자신은 바닥으로 내려갔다. 그러던 것이 언제부턴가 우진이 방을 내어 주지 않으면서 소진은 거실을 서성이다가 소파에 눕곤 했다.

우진이 한 방에서 자지 않게 된 건 같이 살던 주연이 해외 의료 봉사로 캄보디아로 떠나면서부터였다. 그나마 주연이 있을 땐 소진을 커버할 대리인이 있었는데 1년 전 주연이 느닷없이 해외 봉사를 하겠다고 나간 이후부턴 소진과 관련된 모든 일을 우진이 떠맡아야 했다. 우진과 소진의 중간 입장에서 늘 적당한 균형을 이루게 만들어 주던 주연의 빈자리가 이토록 클 줄 몰랐다.

소진의 상태를 완전히 파악하지 못했던 게 실수였다. 아직 소진은 평범한 삶을 살 준비가 하나도 돼 있지 않다는 걸 잠시 잊었다. 그리고 더 이상 어린 소녀가 아니란 것도.

우진의 커다란 손이 소진의 머리를 덮었다. 사람의 온기에 머리를 움직이는 소진을 지그시 바라보는 우진의 표정엔 온정이 가득했다. 소진에게 홀로 일어서는 법을 가르쳐 주려는 시도는 여러 번 있었다. 그러나 결국 제 앞에서 넘어지는 소진의 손을 잡아 준 건 그, 본인이었다. 지금 다시 소진의 곁으로 다가온 것처럼.

홑이불 한 장 덮고 있는 게 마음에 쓰여 그냥 출근하지 못하고 우진은 소진을 조심스레 안아 들었다. 바로 제 가슴에 얼굴을 파묻는 소진을 보며 우진은 제 방으로 걸음을 옮겼다.

우진이 침대 위에 소진을 내려놓으려 하자, 계속 눈을 뜨지 않고 있던 소진이 우진의 목에 팔을 두르고 그의 품에서 떨어지지 않으려 했다. 우진은 별로 놀라지도 않았다. 잠귀가 예민한 소진이 깨어 있단 사실은 진즉에 알고 있었다.

"무거워."

"거짓말. 만날 살찌우라고 했잖아."

명확한 어조로 대꾸하는 소진의 모습에 우진은 피식, 웃지 않을 수 없었다. 우진의 웃음에 덩달아 기분이 좋아진 소진이 우진의 볼에 손을 갖다 댔다.

"화 풀렸네."

"화 안 났었어."

"그것도 거짓말. 화내지 마, 우진아. 나 너 화난 얼굴 보는 거 싫어."

"그럼 화내게 하지 마. 내 말 잘 들으면 화 안 내."

"응."

"자, 이제 누워."

소진을 침대에 눕히고 이불까지 끌어와 덮어 주는 우진의 손길이 부드러웠다.

"오늘은 정말 바빠. 중요한 일 아니면 전화하지 말고. 나 올 때까지 기다리지도 말고."

"……."

소진은 대답은 않고 그냥 눈꺼풀을 닫아 버렸다. 그게 뭘 의미하는 건지 잘 알지만 우진은 그냥 모른 척, 이불을 다시 한 번 정돈해 주고 옆에 스탠드 불을 가장 어두운 조명으로 맞춰 켜 주었다. 혼자 있을 땐 어둠을 그리 좋아하지 않는 그녀였다.

"잘 갔다 와, 우진아."

눈을 감은 그대로, 우진이 방문을 거의 다 닫을 때쯤 소진이 나지막하게 말했다.

"부패한 사회일수록 많은 법률이 있다. 사무엘 존슨."

조서 한 꾸러미를 손바닥으로 받치고 느긋하게 한 장씩 넘기며 훑어보던 명희가 흘리듯 말했다. 우진은 남의 책상 모서리에 걸터앉아 그러고 있는 명희를 힐끗 보며 미간을 구겼다.

"지금 이 대한민국은 사회가 워낙 깨끗해서 법률이 구멍투성이인가. 아님, 잘난 국회의원들이 워낙 바쁘셔서 이 모양 이 지경인가. 부패한 사회일수록 오히려 법은 허접하다! 라고 해야 맞는 거 아냐?"

"혼자 구시렁 그만 대고 나가라. 남의 사무실에서 일 방해하지 말고. 너 그렇게 한가해? 들고 있는 조서만 봐도 일주일 날밤 새울 분량인 것 같은데."

"알아주니 고맙네. 그 분량이 전부 성폭행, 아동 학대, 가정 폭행 등등 이루 말할 데 없이 사람 기분 잡치게 만드는 것들이어서 기분 전환 좀 하러 왔는데 너무 야박하게 굴지 말지?"

서울중앙지검 여성아동범죄조사부에 소속된 검사, 최명희는 출근 일주일째 하루가 멀다 하고 심신수련에 정성을 기울였다. 그러지 않으면 피의자 조사할 때의 그 분노와 절망을 견뎌 낼 재간이 없었다. 하루에도 몇 번씩이나 욕설이 입술을 뚫고 나오려 하고, 바닥에 붙어 있던 발이 놈들의 생식기를 그대로 짓밟아 버리고 싶어 들썩였다. 열심히 공소장을 작성해 기소하면 또 뭣하나. 콧방귀나 안 뀔 형량에 늘어가는 건 주름뿐이다.

　다만, 명희의 심신수련이 늘 한곳에서 이뤄진다는 것이 우진의 심기를 건드릴 뿐이다. 일간엔 최명희 검사의 사무실인 줄 알고 우진의 사무실을 찾아온 이도 있었으니, 말 다 한 일이다.

　"검사님, 점심시간인데요?"

　검사 못지않게 바쁜 게 또 검사실 직원들이라 서류에 코 박고 고개 들 시간도 없던 정석이 갑자기 말을 꺼냈다. 딴 건 몰라도 점심시간만큼은 귀신같이 알아채는 그였다. 우진은 손목시계를 한 번 확인하곤 눈살을 찌푸렸다. 아직까지 처리해야 할 사건이 산더미였다.

　"자장면 시킬까요?"

　밥 먹을 시간도 없을 땐 종종 배달 음식을 시켜 먹었다. 우진이 그냥 그러자고 막 입을 뗄 때였다. 노크 소리가 우진의 말을 제치고 먼저 들렸다. 문이 열리고 반백의 중후한 신사가 사무실 안으로 들어섰다.

　"차장님."

　우진을 비롯한 모두가 바로 자리에서 일어나 고갤 숙였다. 서울중앙지검의 차장 검사, 정명학이었다.

　"연락도 없이 찾아와서 놀랐나. 일부러 점심시간 맞춰서 온 건데."

"와, 밥 사 주시려고요?"

명학에게 반갑게 다가선 건 명희였다. 명희는 연수원 시절 검사 시보를 할 때 명학의 밑에서 호되게 당하면서 많은 걸 배운 경험이 있었다. 명학도 자신의 독설에 늘 주눅 드는 여러 연수생들 중 유일하게 끝까지 당당함을 잃지 않던 명희를 많이 아꼈다.

"최 검사가 이곳으로 왔는데 제대로 인사도 못 했으니 밥이라도 먹어야지. 지 검사는 시간 뺄 수 없나?"

"아닙니다. 나가시죠."

우진은 선뜻 자리를 털고 일어섰다. 안 그래도 요즘 명학과 자주 만나지 못해 한번 찾아가려 했다. 세 사람이 나가고 나서 잠시 조용하던 사무실에는 정석의 쾌재 소리가 들어찼다.

"계장님! 드디어 자장면에서 벗어났어요! 우린 뭐 먹을까요? 앞에 새로 생긴 초밥집 있던데, 우리 그거 먹을까요?"

펄펄 끓는 순댓국 뚝배기 세 개가 순식간에 비워져 빈 그릇이 되었다.

"정말 잘 먹었습니다, 차장님."

"맛있는 거 사 준다니까."

"이게 얼마나 맛있는데요. 차장님도 입 그렇게 고급 아니었지 않나?"

"하여튼 최명희 검사, 코흘리개 시절이랑 달라진 게 하나도 없어."

명희를 보는 명학의 시선이 다정했다. 멀리 가서 한 상, 거하게 차려 먹기엔 쌓여 있는 사건이 맘에 걸려 검찰 바로 앞에 자리한 순댓국집을 선택한 걸 모르지 않았다.

"그래, 일은 어려운 거 없고?"

"왜요? 어려운 거 있으면 제 빽 돼 주시려고요?"

"감사당하고 싶으면 얼마든지."

"아유, 무서워라. 뭐, 저야 그냥 늘 그렇죠. 못 볼 거 보는 게 한 두 번도 아니고. 예전엔 피의자한테 이리저리 감정적으로 치이는 게 정말 싫었는데 요즘엔 오히려 엄청난 사건에도 담담해지는 내 자신이 더 무서워지는 거 있죠. 이러다 진짜 내가 괴물이 되는 건 아닌지 몰라."

"괴물을 잡다가 괴물이 되는 경우가 적진 않지. 그치만 최 검사는 절대 그러지 않을 거라고 믿어. 내가 사람 보는 눈 하난 정확하잖아."

"차장님 말, 믿습니다! 그나저나 하나도 안 늙으셨어요. 아직도 멋쟁이시네. 사모님은 잘 계시고요? 옛날에 딱 한 번 뵀었는데, 사모님도 참 미인이셨어요."

"그 양반? 잘 있는지 내가 더 궁금하군."

팽하니 토라진 듯 보이는 명학의 모습에 우진이 피식 웃었다. 주연이 캄보디아로 떠난다고 했을 때 명학의 반대가 없을 리 만무했다. 그럼에도 한평생 주연에게 지고 사는 명학이니 결국엔 떠나보낼 수밖에.

"여보세요?"

갑자기 걸려 온 전화에 명희가 전화를 끊지 않고 자리에서 일어났다.

"죄송하지만 먼저 일어나 봐야 될 것 같습니다. 피의자 심문이 잡혔는데 문제가 좀 생겼다네요. 급히 들어가 봐야 할 것 같아요."

"어, 그래. 어서 들어가 봐."

"네, 가 보겠습니다. 여보세요? 어, 그래서? 지금 어디 있다는 건데?"

점점 목소리를 키우던 명희가 순댓국집을 나갈 땐 거의 악을 내지르는 정도의 대화를 나누는 것을 지켜보던 명학이 차츰 웃음기를 거두며 우진을 보았다.

"집엔 별일 없는 거지?"

"예."

"소진인 잘 있고?"

"별일 없이 잘 있습니다."

"그 녀석, 못 본 지 오래됐네."

잠시 둘 사이의 대화가 끊기었다.

"후회하시죠? 이모 그렇게 보낸 거."

한참 만에 던져진 우진의 말에 명학은 씁쓸히 웃었다.

"다 늙어 갖고 뭔 놈의 연애냐 말들 많았지. 결혼도 안 하고 산다고 어찌나 주변에서 난리들인지. 이놈의 나라는 하여튼 남 일이라면 눈에 불을 켜고 달려들어."

"그러지 않으셨어도 돼요. 우리 돌보느라 차장님이랑 같이 못 산다고 했던 이모, 그래도 끝까지 차장님 놓아주지 않았어요. 참 이기적이었어요, 우리 이모. 나랑 소진인 이모 욕할 자격도 없고 그래서도 안 되지만 차장님한텐 이모가 참 나쁜 사람이죠."

"맞아, 참 나쁜 사람이야. 며칠째 연락도 없고."

다 늙어서 무슨 사랑이냐 했다, 세상의 사람들은. 그래도 명학은 아직 사랑했다. 처음은 아니어도 주연이 마지막 사랑일 거란 건 틀림없는 사실이었다. 혼인신고도 하지 않았고, 한 지붕 아래 사는 것도 아니었다. 그래도 십 년을 넘게 서로를 배우자 못지않게 인정하고 위해 줬다. 주연이 죽은 언니와 형부의 못 다한 과제를 조금이나마 대신 해 주고 싶다고 해외 봉사를 떠난다 했을 때도 자신의 서운함을 감추고 양껏 주연을 도와줬다. 그게 남들이 보기엔 참 한심한 사랑이란 것이었다.

"그래도 지 검사, 우진아."

"예."

"기다려지더라. 언제쯤 오나 그것만 세고 있어. 늙은이가 주책이지?"

"아뇨. 이모가 복 받은 거죠. 어디서 이런 남잘 만나겠어요. 우리 노처녀 이모가."

"이놈아, 네 복도 만만치 않아. 눈이 오나 비가 오나 너 하나 기다리는 사람, 네 옆에 있다. 알지?"

"……."

우진은 아무 말도 하지 못했다.

"너무 지치지 마라. 기다리는 사람이 슬퍼한다."

명학의 평온한 말에 박힌 가시가 우진의 명치를 따갑게 파고들었다.

3.

아이스크림은 추울 때 먹는 게 제맛이라 했던가, 정석은 휴게실에 열려 있는 창문 사이로 세차게 들어오는 칼바람을 맞으며 쭈쭈바를 쪽쪽 빨아 댔다. 달달한 당 충전에 스트레스가 말끔히 해소되는 기분이었다.

"정석 씨, 맛있어요?"

"네, 오랜만에 먹으니까 좋네요. 하하."

손수 아이스크림을 쥐여 준 명희를 향해 정석은 해맑게 웃으며 답했다. 잠시 화장실을 가기 위해 나온 정석을 붙잡아 휴게실로 데려온 명희가 내민 아이스크림이었다. 처음엔 의아해하다 이미 아이스크림을 먹고 있는 명희를 보고 별다른 생각 없이 저도 한 입 물었더란다. 그저 명희의 친절이라 생각하며.

"우진, 아니 지 검사 말이야. 얼마나 알아요?"

"얼마나 알다뇨? 뭘요?"

"일적으로 말고, 사적으로. 지 검사에 대해 잘 아는 것 같아서."

"에이, 제가요? 그럴 리가요. 지 검사님 사생활이 얼마나 베일에 가려져 있는데."

"그래?"

다 먹은 아이스크림 막대를 쓰레기통에 던져 넣은 명희가 팔짱을 끼고 조금 더 가까이 정석에게 다가갔다. 저도 모르게 주춤 물러선 정석이 경계하며 명희를 보았다.

"근데 그건 왜 물으세요?"

"걱정 마요. 지 검사의 비리를 캐겠다, 뭐 그런 건 아니니까."

"진짜 캐려 해도 나올 게 없을 걸요."

"훗, 그런가. 그럼 돌려 말하지 않을게요. 저번 술자리에서 한 말 있잖아요. 지 검사에게 여동생이 없다는 거. 그거 확실해요?"

"아…… 제가 그런 말을 했던가요."

"모른 척해도 소용없어요. 그런 말 분명히 했고, 정석 씨가 기억 안 난다고 해도 나는 이미 들은 얘길 확인만 하려는 거니까."

반도 안 먹은 쭈쭈바가 더 이상 맛있게 느껴지지 않았다. 정석은 곤란한 듯 머리를 긁적였다.

"맞나 보네요. 정말 여동생 없는 거."

"검사님한테 직접 가족 얘기를 들은 적은 없고요, 그냥 우연히 검사님 가족 관계 증명서를 본 적이 있어서요. 또 계장님한테 들은 얘기론 검사님이 서울중앙지검으로 들어왔을 때, 아주 잠깐 검사님 집안에 대해 이목이 쏠렸대요."

"어째서?"

"그니까 정명학 차장 검사님이랑 지 검사님과의 사이는 아시죠?"

"알아요. 지 검사 이모님이 차장님 사모님 되시죠. 법적으론 아니지만."

"그거랑 관련돼서 검사님 집안에 대해 이것저것 알려진 게 좀 많았죠. 검사님 부모님들이 과거에 엄청 대단했던 분들이란 것도 그렇고."

"대단하다니?"

"모르세요? 하긴, 10년도 더 된 일이니까. 저도 사실 처음엔 그분들 이름 듣고도 누군지 몰랐거든요. 나중에 인터넷으로 검색해서 알았지. 엄청 유명했던 분들이란 걸요."

"어떤 분들이신데요?"

"그게……."

〈지우석 변호사 내외, 비행기 추락사.〉

〈한국을 넘어서 세계로 뻗어 나갔던 지우석 변호사, 그는 누구인가.〉

〈나혜연 구호 팀장에 대한 애도의 물결.〉

마우스를 움직여 오래된 기사들을 탐독하던 명희가 한 줄의 기사 문장을 드래그 했다.

〈……한편, 이들 내외의 외동아들 지우진 군(17)은……〉

"외동아들. 외동아들. 진짜네. 지우진, 동생 없네."

"검사님, 사건 파일 정리 끝났습니다. 드릴까요?"

"그렇다면 그때 그 여자애가 지우진의…… 뭐지?"

"검사님? 검사님!"

명희는 한 손을 들어 알아들었으니 더 이상 부르지 말라는 무언의 의사표시를 한 뒤 인터넷 창을 껐다.

"혜진 씨."

"네, 여기 파일이요."

"여동생도 아닌 여자애를 남자가 무척 소중하게 바라보고 있었다면 그 남자에게 그 여자애는 뭘까?"

파일을 달라고 자신을 부른 줄 알았는데 뜬금없는 얘기나 늘어놓는 명희를 이상하게 생각하던 혜진은 별 대수롭지 않게 답했다.

"사랑하는 사람인가 보죠. 남자한테 여자는 두 종류 아니에요? 사랑하거나, 사랑하지 않거나."

"굉장히 인정하기 싫네, 그 의견."

"네?"

"파일 넘겨요. 피의자는 몇 시에 오기로 돼 있죠?"

사건 기록을 검토하기 시작하는 명희의 눈빛은 원래의 최명희 검사로 돌아와 있었다. 혜진은 잠시 호기심 어리게 명희를 지켜보다가 다른 파일을 달라는 명희의 날카로운 음성에 얼른 잡생각을 그만두었다.

늦은 퇴근 후, 집에 도착한 우진은 평소와 다른 집 분위기를 이상히 여기며 구두를 벗고 안으로 들어섰다. 평소라면 우진의 차 소리가 들릴 때부터 모습을 드러냈을 소진이 보이지 않았다. 거실엔 어두운 조명 하나만 켜져 있을 뿐, 별다른 소리가 들리지 않았다.

우진은 겉옷을 벗어 소파에 걸치고 소진의 방으로 향했다. 방문을 여는 순간 유화물감 그 특유의 냄새가 콧속을 강하게 자극해 왔다. 우진은 그 냄새에 안도하는 스스로를 느꼈다. 원목의 이젤, 그 위에 올린 하얀 캔버스를 앞에 두고 앉아 있는 소진의 등을 바라보며 우진은 잠시나마 가졌던 걱정을 내려 두고 편안한 마음으로 문가에 몸을 기댔다.

"사람이 왔는데 알은척도 안 하네."

고 몇 분을 기다리지 못하고 우진이 투정 아닌 투정을 늘어놓아 보지만 소진은 그래도 돌아보지 않았다. 우진은 살짝 고갤 틀어 소진이 몰두하고 있는 것이 무엇인가 들여 보았다. 무릎 위에 책을 올려 두고 그것만 뚫어지게 쳐다보고 있는 소진이 뭘 보고 있는지 알 수 없자 우진은 그만 기다리고 걸음을 움직였다.

"뭘 그렇게 보기에……."

우진이 근처까지 와 책을 보려 하자 소진이 책을 덮고 자리에서 일어났다. 그리고 그제야 몸을 돌려 우진과 마주 보았다.

"우진아, 왔어?"

"나 온 거 몰랐던 것처럼 말하네. 지소진, 수상해. 뭘 보고 있던 거야?"

"그림."

"무슨 그림?"

"비밀."

생전 우진에겐 비밀이란 게 없었던 소진이 비밀이라 말하자 우진은 좀 이상한 기분이 들었다. 괜히 소진이 보던 책 표지에 시선을 던진 우진은 세계 명화집이라 쓰여 있는 표제를 보았다.

"베껴 그리고 싶은 그림이 생겼어. 다 그리면 보여 줄게."

"오랜만이네. 너 그림 그리는 거."

소진은 그냥 미소만 지었다. 우진은 그 미소에 따라 웃을 수 없었다. 소진이 유일하게 본인의 의지대로 원하고 행하는 취미가 바로 그림 그리기였다. 그것을 업으로 삼는 것이 어떻겠냐는 주위의 권유에도 소진은 그러지 않았다. 과거 사회에 발을 내딛는 숱한 시도들이 모두 실패로 돌아간 것과 같은 경우였다.

초등학교에 보냈었다. 소진은 단 한 마디도 하질 않았다. 담임은 소진의 불확실한 연령에 의심을 보냈고, 수업을 알아듣지 못한다고 말했다. 그러나 집에 온 소진은 그런 선생님의 의심을 비웃기라도 하듯 손쉽게 배운 학습을 잊지 않고 문제를 잘 풀었다.

아이들은 소진과 어울려 놀지 않았다. 소진은 그것을 힘들어하지 않았다. 그게 당연하다는 듯 쉬는 시간에도 혼자 자리를 지키고 앉아 방과 후 주연이 데리러 올 때까지 꼼짝을 하지 않았다. 6년이란 긴 세월이 똑같았다. 일부러 아이들과 친해지도록 주연이 쫓아다니며 놀이터에 데리고 다녀도 소진은 결코 아이들과 섞이지 않았다.

중학교는 일이 더 심각했다. 머리가 큰 아이들은 자신들과 다른 소진을 한눈에 알아봤고 자신들만의 구역에서 철저히 소진을 배척했다. 슬퍼하지도, 힘들어하지도 않는 소진이 더 얄미웠는지 어린 학생들치곤 꽤나 악독한 짓거리를 소진에게 퍼부었다. 결국 주연은 긴 고민 끝에 소진을 학교에 보내지 않기로 했다. 중, 고등학교 시절이 소진에겐 없었다. 우진이 소진에게 친구였고, 선생이었다.

소진은 머리가 좋았고 손재주가 뛰어났다. 곧잘 남이 하는 것을 잘 따라 해 학습 능력이 좋았다. 보고 배운 것은 잊지 않았고, 특히 책을 보고 해 보지도 않은 것을 해냈다. 그림 그리는 재주가 그렇게 해서 생겼고, 집안일을 하는 솜씨가 또 그렇게 늘었다.

검정고시도 잘 치르고 난 뒤, 그림 그리는 재주가 아까워 대학에 보내려고 했다. 전보다 대화도 늘고, 잘 웃고 해서 이제야 사회에 내놓아도 되겠다 싶었다. 스무 살을 앞두고 몇 번이고 주연이, 우진이, 명학이 돌아가며 제안을 했다. 그러자 소진은 손에서 붓을 놓기 시작했다. 그림 그리는 게 재미없다는 게 이유였다. 그렇게 소진은 또 한 발짝 세상에서 물러섰다.

"우진아."

"왜?"

"나 오늘 한 번도 전화 안 했는데."

"근데?"

"참느라 힘들었어."

무슨 얘길 하고 싶은 건가, 소진을 보는 우진이 눈으로 그리 묻고 있었다. 소진은 주저 없이 양팔을 벌리며 원하는 바를 말했다.

"안아 줘."

우진은 별다른 미동을 보이지 않다가, 한 발짝 다가서 천천히 소진을 넓은 어깨 안으로 감싸 안았다. 자신의 허리를 감아 오는 소진의 손길을 느끼며 우진은 소진의 뒷머리를 부드럽게 쓸어 주었다.

"힘들었을 테니까 안아 주는 거야. 혼자 있느라 심심했을 테니까."

'너무 지치지 마라. 기다리는 사람이 슬퍼한다.'

"기다리느라 힘들었을 테니까."

점점 팔에 힘을 주어 자신에게 꼭 달라붙는 소진의 몸을 느끼며 우진은 여러 번 생각해 보았다. 누군가를 기다리는 사람이 더 힘들까, 아님 기다리고 있는 사람에게 무조건 돌아가야 하는 사람이 더 힘들까, 하고.

† † †

"도저히 못 먹겠네. 혜진 씨, 미안한데 나 먼저 일어날게요. 천천히 먹고 와."

오전에 있던 참고인 조사 후 영 기분이 좋지 않던 명희가 결국 한 수저도 뜨지 못하고 식당을 나섰다. 자꾸 헛구역질이 나올 것처럼 속이 좋질 못했다.

　차라리 일 더미에 몸을 맡기는 것이 낫겠다 싶어 검찰청으로 향하던 명희는 공원 벤치 옆에 서서 담배를 태우고 있는 우진을 발견하고 환해진 표정으로 걸음을 그쪽으로 옮겼다.

　"어이, 여기서 뭐 해."

　담뱃재를 털어 내며 우진이 보면 모르냐고 눈으로 묻고 있었다.

　"담배 끊지 않았나? 연수원 시절에. 대학 땐 많이 피웠던 것 같은데 언젠가 용케 딱 끊었잖아. 근데 다시 펴? 그것도 검사가 금연 구역에서?"

　우진이 가볍게 웃어 보이며 쓰레기통에 담배를 툭 던져 넣었다.

　"넌 뭐 하다 오는 길인데?"

　"나? 점심시간이잖아. 밥 먹으러 나왔는데 한 수저도 못 뜨고 나왔네. 바로 좀 전에 참고인 조사 있었거든. 근데 이게 사람 입맛을 싹 가시게 만드네."

　자판기 앞으로 가 동전을 넣은 명희는 커피를 두 잔 뽑아 들고 벤치로 와 앉은 후 우진에게 하나 내밀었다. 커피를 받아 든 우진은 명희의 옆에 앉아 오랜만에 피운 담배 향이 가득한 입안을 커피 한 모금으로 적셨다.

　"친부가 친딸을 5년간 성폭행한 사건인데 딸이 겨우 가출해 신고를 해 왔거든. 참고인으로 엄마를 불러 조사했는데, 이 엄마 완전 또라이다. 지 딸이 그리 당하는 걸 알면서도 쉬쉬한 거 있지. 정말 그것도 부모라고. 애가 겨우 열다섯이야. 열 살에 처음 그런 일 당했다는 건데 그 어린 나이에…… 정말 짜증난다."

　우진의 눈에 공원 저 끝에서 젊은 엄마의 손을 잡고 아장아장 걷고 있는 아기가 들어왔다.

"뮌하우젠 증후군이라고 알아? 나도 이번에 처음 알았는데 이 애가 학교에서 거의 매일같이 선생님한테 아프다고 하더래. 처음엔 선생님도 진짜 아픈 줄 알고 많이 챙겨 주고 그랬대. 근데 그 빈도가 너무 잦으니까 선생님도 이제 슬슬 의심이 드는 거야. 애가 진짜 아픈 건지. 겉으로 보기엔 멀쩡해 보이니까."

자신을 꼭 붙든 엄마의 손 하나만 믿고 깡충깡충 제자리에서 뛰는 아이의 웃음소리에 우진의 입가에도 잠깐이나마 미소가 번졌다가 사라졌다.

"이번에 조사하면서 아이 심리 검사를 했는데 뮌하우젠 증후군이라고 하더라, 그게. 근데 이상한 건 이 증후군은 원래 어렸을 때 과잉보호 받던 애들이 남들 이목을 끌기 위해 꾀병을 부리는 거라는데 이 아이는 아니잖아. 그래서 그냥 그런 생각이 들더라. 이 아이는 학교에서 유일하게 자신을 보살펴 주는 선생님에 대한 사랑이 절실했나 보다 하고. 참 불쌍하지?"

명희는 찬바람에 금방 식은 달달한 커피를 마시며 콧잔등을 찡그렸다. 사랑이 고픈 아이들이 세상에 너무도 많았다.

"모든 아이가 모두 부모의 사랑을 받고 자란다면, 세상의 그 수많은 괴물들이 훨씬 줄어들었겠지."

다 마신 커피 종이컵을 우그러트리며 자리에서 일어난 우진이 나지막하게 말했다.

"들어가게?"

"먼저 간다."

"음! 야, 같이 가!"

다 마시지도 못한 커피를 들고 긴 다리로 휘적휘적 걸어가 버리는 우진의 뒤를 명희가 얼른 뒤따라 붙었다.

오랜만에 열어 본 물감들의 반 이상이 굳어 있었다. 어쩔 수 없이 새로 물감을 사기 위해 화방에 들른 소진은 빠르게 필요한 물품들을 챙겨 들고 계산까지 마친 후 서둘러 밖으로 나왔다.

좁은 구역에 사람들이 북적거리는 공간은 소진에게 최악의 조건이었다. 아직까지도 가끔 모르는 타인이 그녀의 몸을 스쳐 지나갈 때마다 움찔 놀라 잠깐 제자리에서 꼼짝을 못 할 정도로 소진은 낯선 상황에 대한 적응이 뒤떨어졌다.

횡단보도에 서서 신호가 바뀌기를 기다리는데, 전화벨이 울렸다. 벙어리장갑을 끼고 있던 소진은 한쪽 장갑을 벗고 얼른 핸드폰 액정을 보았다. 아주 잠깐 소진의 얼굴에 실망감이 어렸다.

"네, 소진이에요."

[녀석, 통 먼저 전화하는 일이 없구나.]

서운해하는 명학의 목소리에 소진이 옅은 미소를 지었다.

[지금 집이냐?]

"아뇨. 잠깐 화방에 왔어요. 물감이랑 붓 좀 샀어요."

[안 그래도 우진이가 너 다시 그림 그린다고 하더니 진짜였구나. 잘됐네.]

"우진이가 말해 줬어요? 나 그림 그리는 거?"

[우진이 얘기 나오니 목소리가 달라지네. 하여튼 언제나 일등은 우진이야.]

이번엔 소리 나게 웃는 소진이었다.

[녀석, 웃기는. 더 좋은 얘기 하나 해 줘야겠다. 내 우진이 편으로 미술 관람권 두 장 보내려고 하니까 주말에 우진이랑 같이 가서 봐. 우진이가 요즘 일이 바빠서 널 잘 못 챙겨 줬을 거다. 주말에도

출근하는 녀석인데 내 말 잘 해 두마. 하루 몇 시간도 못 빼겠어. 상사가 명하는 건데.]

"고마워요, 아저씨."

[그래, 조만간 집에 한번 가마. 오랜만에 소진이가 해 주는 밥 먹어 보자.]

"네, 꼭이요."

끊긴 전화를 다시 주머니에 넣고 장갑을 끼는 소진의 얼굴에 미소가 가시질 않았다. 아직 먼 주말이 벌써부터 기다려졌다. 소진은 바뀐 신호등을 확인하고 횡단보도를 건너기 시작했다.

"일로 오지 못해!"

어디선가 들려온 새된 음성에 소진이 깜짝 놀라 제자리에 멈춰 섰다. 소리가 들려온 곳을 돌아본 소진의 눈동자가 거세게 흔들렸다.

"너 누가 멋대로 돌아다니래! 아무 데도 가지 말랬잖아!"

길 건너편에 젊은 여자와 일곱 살 정도 돼 보이는 여자아이 한 명이 있었다. 여자는 아이의 팔을 거칠게 잡아 흔들고 있었다.

"엄마가 뭐랬어! 여기 꼼짝 말고 있으랬지! 얼마나 찾았는지 알아?! 왜 이렇게 말을 안 들어, 왜 이렇게! 밖에까지 나와서 엄마 고생시킬래!"

여자의 윽박지름에 결국 아이가 울음을 터트리자 여자는 더욱 화가 난 표정으로 아이를 끌어당겼다.

"어디서 울음을 터트려! 뭘 잘했다고! 당장 그치지 못해?!"

여자의 손이 높이 치켜 올라갔다. 그를 보고 있던 소진의 얼굴이 창백해져 갔다. 여자는 아이에게 뚝 그치라며 아이의 엉덩이를 손으로 때리기 시작했다. 아이의 울음소리는 점점 더 커져 가고 여자의 목소리 또한 찢어져 갔다.

"뚝 안 그쳐! 정말 크게 혼나 볼래!"

"아아앙! 엄마! 잘못했어요! 잘못했어요!"

소진의 입술이 덜덜 떨리기 시작했다.

'말을 안 듣는 아이는 혼나야지. 일로 와!'

'누가 나오랬니? 나오지 말라고 했잖아! 누가 네 맘대로 나오
래!'

'넌 악마가 쓰인 거야. 그니까 아무것도 먹어선 안 돼. 먹으면
혼쭐 날 줄 알아.'

'넌 참 나쁜 아이구나. 안 되겠다. 혼나야겠어.'

"아아…… 아니에요, 아니에요."

덜덜 떨리는 소진의 입술 사이로 흘러나오는 목소리가 잔뜩 겁에
질려 있었다.

'아악! 잘못했어요! 때리지 마세요! 안 먹을게요! 말 잘 들을게
요! 으어헝! 아파요, 때리지 마세요!'

'잘못했음 맞아야지! 그래야 악귀가 물러가지!'

'아파요! 아파요! 잘못했어요!'

파란 불의 신호등이 껌벅거리고 이내 빨간 불로 바뀌었다. 멈춰
있던 차들이 움직이기 시작하고 횡단보도 중간에 서 있는 소진을
향해 경적 소리가 연이어 울려 댔다.

빠--앙--!!

소진의 바로 옆을 빠르게 지나쳐 가는 차가 울린 경적 소리에 소
진이 그대로 털썩 주저앉아 버렸다. 사시나무 떨 듯 온몸을 어찌할
줄 모르던 소진의 손에 들려 있던 비닐 봉투가 툭, 바닥에 떨어지고
그 안에 들어 있던 물감 통이 데구루루 바닥을 굴렀다. 사방이 혼잡

한 그곳에서 소진은 온몸을 구부린 채 고개를 흔들었다.

"잘못했어요…… 잘못했어요……."

고장 난 녹음기처럼 소진은 그 한 마디만 중얼댔다. 주문과 같은 그 한 마디만을.

손님을 가려 받기로 유명한 고급 한정식 식당, 연(蓮)은 모든 자리가 룸 형식으로 되어 있고, 문이 굳게 닫히면 절대 그 안에서의 이야기는 들을 수 없을 만큼 방음이 철저한 곳이었다. 대한민국에 내로라하는 정·재계 인사들의 오고 가는 암묵적인 회담이 잦은 이곳이 약속 장소로 잡혔다는 사실 자체로 우진은 썩 기분이 좋지 못했다.

"자리 안내해 드리겠습니다."

철저한 교육을 받은 것인지 군더더기 없는 직원의 인사와 안내를 받으며 룸으로 들어간 우진은 이미 한 자리씩 다 차지하고 있는 인사들의 모습에 정중히 고갤 숙였다. 서울중앙지검 제2차장 검사 이현국, 야당 대표 국회의원 주재익, 강력부 소속의 박성준 검사, 그리고 제3차장 검사 명학이었다.

"아, 그래! 여기 미래가 유망한 인재 왔구먼."

주 의원의 알은체에 우진은 애써 표정을 가다듬으며 명학의 옆에 자리했다. 매스컴에서 여러 번 본 얼굴이긴 하지만 일면식도 없는 주 의원의 친근한 말투가 불편했다.

"내 지 검사 얘기는 많이 들었습니다. 머리가 아주 총명한 친구더군. 이런 친구들이 많아져야 이 나라가 잘 돌아가는 것인데. 안 그런가?"

"물론입니다, 의원님."

잽싸게 주 의원의 말을 받아친 이는 우진의 선배인 박성준 검사였다. 평검사가 낄 만한 자리가 아닌 곳을 늘 찾아다니는 그의 평판은 이미 지검 안에서 유명했다. 그걸 늘 남자의 야망이라고 떠드는 성준을 우진은 최대한 맞닥뜨리지 않는 편이었다.

그리고 사람 좋은 웃음을 하고 고개를 끄덕이는 제2차장 검사 이현국, 그는 다른 검사들보다 빠른 진급으로 그 자리에 올랐다. 꽤 많은 정치범을 다뤄야 할 공안부를 쭉 맡아 온 그가 승승장구할 수 있었던 이유는 지금과 같이 의원들과의 교류를 소홀히 하지 않았기 때문이었다.

우진은 이른 아침부터 각기 다른 의도로 모여 떠드는 이들을 돌아보다가 명학과 눈이 마주쳤다. 이 자리에 우진을 나오라 부른 것은 바로 명학이었다. 우진은 이해할 수 없다는 듯 명학을 보았다. 이 자리는 결코, 그동안 봐 온 명학과는 어울리지 않을뿐더러 명학은 한 번도 이런 자리에 우진을 끼게 만들지 않았다.

"잠시 실례 좀 하겠습니다."

화장실을 간다는 핑계를 대고 밖으로 나온 우진은 아예 식당 밖으로 나와 버렸다. 맘 같아선 이대로 집으로 가고 싶었다. 또다시 오래전에 끊은 담배가 간절해지기 시작했다. 찾아봐도 나올 리 없는 담배를 생각하며 바지 주머니에 손을 집어넣었다. 애꿎은 동전 몇 개가 잡힐 뿐이다.

"역시 뭐가 달라."

잔뜩 비꼬는 음성에 우진은 그 말을 던진 상대를 돌아보았다. 담배를 입에 꼬나물고 건들거리며 다가오는 성준의 입가에 비틀린 웃음이 걸쳐져 있었다.

"후우, 어쩜 그리 잘났는지. 이런 자리에 마지막으로 등장하는 건 또 뭐야? 주인공 하고 싶다 이거야?"

"하고 싶은 말씀이 뭡니까?"

매캐한 담배 연기를 일부러 우진 쪽으로 뱉으며 성준이 손사래를 쳤다.

"너무 딱딱하게 굴지 말라고. 내가 피의자도 아니고 조사하듯 굴 거 없잖아?"

"하실 말씀 없음, 들어가 보겠습니다."

"야, 지우진. 너 뭐 믿고 그리 뻗대냐?"

"뻗댄 적 없습니다."

"네가 그 뭐냐, 머리 좀 똑똑하고, 엉? 차장 검사 빽으로 됐다 치고, 또 뭐냐. 유명했던 부모 좀 둬서 몇 번 기사화되고. 그래 봤 자 이미 저세상 가신 지 오래된 분들 명성 얻다 쓸데도 없다마는."

연수원 때부터 이유 없이 시비를 걸어오는 성준을 상대로 쭉 무 시로 일관하던 우진이었다. 그러나 방금 성준이 내뱉은 소리에 우 진은 보란 듯이 인상을 구기고 성준에게 가까이 다가섰다.

"하, 왜? 기분 나쁘냐? 꼴에 내 가족은 건드리지 마라, 뭐 이거 야?"

성준은 아무런 말도, 행동도 취하지 않고 딱딱한 눈초리로 자신 을 내려 보는 우진의 태도에 더욱 약이 올랐다. 연수원 시절 때부터 촉망받는 수재 취급을 받으며 늘 고고한 척 구는 우진이 괜히 눈엣 가시처럼 느껴졌었다.

더욱이 우진이 서울중앙지검으로 오게 되면서 가끔 같은 나이대 의 검사들을 비교하는 얘기가 나오면 꼭 우진에게 빗대지는 자신의 안 좋은 평판이 더더욱 우진을 향해 악감정이 들게끔 만들었다.

"너 인마, 이런 자리 낄 때 잘해. 앞으로 계속 법복 입고 싶음 제대로 하란 말이야. 이건 선배로서 충고해 주는 거……."

"잘해라?"

자신의 말을 중간에 자르고 비아냥대듯 말한 우진의 행동에 성준은 주먹을 세게 쥐었다.

"잘하라는 게 혹시 정치인들 만나서 아양 떠는 겁니까? 어디 먹다 남은 음식 찌꺼기 하나 안 떨어질까 옆에서 꼬리 살랑살랑 흔들라고요? 그건 개죠. 그리고 비위 맞춰 주고 꼬리 살랑댄다고 해서 개가 사람이 되는 것도 아니죠. 선배, 전 사람 하렵니다. 개새끼 말고."

"뭐? 개새끼? 너 이 새끼가……!"

"박 검사!"

성준의 주먹이 그대로 우진의 얼굴에 내리꽂히기 직전에 멈추었다. 무서운 얼굴로 다가온 명학이 두 사람 사이를 멀리 떨어트려 놓았다.

"지금 뭣들 하는 거야? 길 한복판에서! 박 검사, 미쳤어? 검사가 돼서 사람한테 주먹을 쓰려 그래?"

"선후배도 없는 놈, 선배로서 가르치려고 한 것뿐입니다."

"아무리 그래도 폭력은 안 될 일이지. 그것도 선후배이자 같은 동료끼리! 그리고 지 검사, 너도 그래! 어디 선배한테 욕지거리야? 욕지거리가! 네가 정신이 똑바로 박힌 놈이야? 상하구분 확실히 못해?! 두 사람 다 나이 헛먹었어? 어디 학창 시절 뭣 모르는 놈들처럼 쌈질이야? 창피한 줄 알아!"

무안함에 얼굴이 벌게진 성준은 떨떠름하게 우진을 흘깃대다 명학에게 고갤 까닥이고 그냥 돌아서 식당 안으로 들어가 버렸다. 성준이 없는 자리에서 우진과 단둘이 마주하게 된 명학은 아직 화를 다 가라앉히지 못한 얼굴로 우진을 쳐다봤다.

"못났다. 저런 놈 상대로 평정심 하나 유지 못 해?"

"죄송합니다."

"됐어, 인마! 너 지금 내가 이런 자리 불렀다고 꽁해져 있는 거, 모를 줄 알아?"

"그러게 왜 불렀습니까, 이런 자리? 아니, 이런 자리엔 왜 껴 있는 겁니까? 어울리지 않게."

"이런 자리가 뭐 어때서? 나라고 높은 자리 있는 양반들하고 못 친해지란 법 있어?"

명학의 말이 진심으로 들리지도 않았다. 오랜 검사 생활에, 평판도 좋은 명학이 아직 지검 차장 검사밖에 오르지 못한 데엔 명학의 철저한 공사 구분과 평소 신념을 굽히지 않고 수사한 여러 사건들로 인해 번번이 적을 만들었기 때문이다. 그를 너무도 잘 아는 우진은 그래서 오늘과 같은 자리가 더 이해가 가질 않았다.

명학은 식당 쪽을 한번 보다 다시 우진을 보며 걱정스러운 한숨을 내쉬었다.

"곧 정치계가 시끄러워질 모양이더라. 여러 사건들 터트려 덮겠다는 수작이야. 그리고 저 의원 양반 조카 놈이 사기 혐의로 조사 중인데 네 앞으로 갈 거야. 널 콕 집어서 이 자리에 부른 것도 그래서고. 이 차장이 말해 주더라. 우진이 너한테 좋은 기회가 될 거라고. 이참에 잘 교육시켜서 보내라는데, 내가 널 모르냐. 너 혼자 보낼 수 없겠다 싶더라. 네가 이런 자리에서 어찌 나올지 빤하니. 그래서 내 먼저 나와 있었다."

그제야 아귀가 딱딱 들어맞았다. 우진은 자신 때문에 부러 몸에 맞지도 않는 자리를 지키고 있던 명학에게 미안함이 들어 똑바로 얼굴을 볼 수 없었다.

"지 검사, 넌 내 아들 놈도 아닌데 어찌나 날 **빼닮았는지**. 사방에 적을 만들기 쉬울 성격이야, 너."

명학의 말에 우진은 씁쓸히 웃었다.

"근데 넌 그러지 마라, 우진아. 지켜야 할 사람이 있는 사람은 더러워도, 치사해도 아군을 많이 만들어 놔야 해. 언제 어떻게 쓰일지 모르거든. 그니까 이번에 좀 참아 봐라."

우진은 더 말하지 않고 먼저 몸을 돌려 식당 입구 쪽으로 향했다. 그런 우진의 뒷모습을 명학은 근심 가득하게 보았다.

'그놈이 그런 사기 따위 칠 놈이 아니야. 내 어릴 때부터 봐 왔는데 애가 똘똘하니 사람 참 괜찮아. 어쩌다 보니 이번에 그런 고생을 하고 있는 거지. 이 정치 바닥에 있다 보면 말이야. 그게 참 그렇단 말이지. 본인은 참 괜찮은 사람인데 그 가족들이 한 실수까지 들춰내며 인성이 그르니 뭐니, 깎아내려. 이거 억울해서 어디 살겠나? 기사화되면 시끄러워질 테니, 그전에 조용히 끝내 놓는 게 좋지 않겠어? 안 그런가, 지 검사?'

빠――앙!

핸들을 내려치는 우진의 손길에 묻어난 분노를 대신 드러내듯 경적 소리가 크게 울렸다. 귀를 씻어 내고 싶을 정도로 기분이 더럽고 찝찝했다. 자신을 보며 능글맞게 웃어대던 노친네의 음성이 귓가에서 떠나가지를 않았다.

겨우 마음을 가라앉히며 차에 시동을 걸었을 때, 진동음이 들리었다.

응급실로 들어선 우진은 거친 숨을 몰아쉬며 소진을 찾기 시작했다. 침대에 누워 죽은 듯이 잠들어 있는 소진을 발견하고 나서야 우진은 모든 긴장이 풀린 듯 옆에 놓인 의자에 주저앉았다.

"지소진 씨, 보호자 되세요?"

우진의 곁으로 간호사와 경찰이 다가왔다.

"어떻게 된 일입니까."

"횡단보도에서 차량 통행을 방해한다는 신고 접수를 받고 출동했는데, 글쎄, 이 아가씨가 정신을 못 차리더라고요. 정상이 아닌 것처럼 무슨 헛소리를 막 하더니 픽 쓰러져 버렸어요. 구급차에 실려 이리로 온 거고요. 신원 조회를 해야 돼서 지소진 씨 핸드폰으로 연락드린 겁니다. 지소진 씨랑은 어떻게 되는 사입니까? 오빠 되세요?"

"……예."

"이거 참, 아픈 사람인 거 같은데 혼자 다니게 하지 마세요. 차도 많은데 잘못하다 큰 사고 날 뻔했습니다."

핏기 하나 없는 소진의 얼굴을 보며 우진은 손바닥으로 얼굴을 쓸어내렸다. 꽤 오랜 시간 없던 일이었는데.

"널 어쩌면 좋냐."

매우 지친 음성으로 그가 중얼거렸다.

소진의 눈꺼풀이 파르르 떨리더니 이내 천천히 두 눈이 떠졌다. 소진은 바로 우진이 앉아 있는 곳으로 고갤 돌리고, 우진을 보았다. 희미한 웃음이 소진에 입가에 그려졌다. 동시에 우진의 표정은 굳어 갔다.

"눈 뜨면 네가 있을 줄 알았어."

"왜 그런 거야. 어디가 아팠던 건데. 무슨 일이 있었던 건데."

소진은 미세하게 고개를 저었다.

"아무 일도."

너무 말라 안쓰러울 지경인 손을 우진에게로 뻗으며 소진이 이어 말했다.

"네가 참 보고 싶었어."

소진의 손이 우진의 얼굴에 닿을락 말락 할 그때, 우진이 자리에서 벌떡 일어났다. 어딘지 모르게 차가운 우진의 태도에 소진은 모르겠단 얼굴로 그를 보았다.

'뮌하우젠 증후군이라고 알아?'

별로 그렇게 생각하고 싶지 않지만, 머릿속을 치고 들어오는 생각을 우진은 통제할 수 없었다.

'……이 애가 학교에서 거의 매일같이 선생님한테 아프다고 하더래. ……애들이 남들 이목을 끌기 위해 꾀병을 부리는 거라는데…… 이 아이는 학교에서 유일하게 자신을 보살펴 주는 선생님에 대한 사랑이 절실했나 보다…….'

설마 그러겠냐. 아니겠지. 그렇게 생각해 보려 하지만 이미 한쪽 마음에 의심을 잔뜩 물들여 놓은 그였다. 그런 그의 마음도 모르고 소진은 우진에게 뻗은 손을 거두지 않고 있었다.

"우진아."

우진은 끝까지 소진의 손을 모른 척, 잡아 주지 않았다.

"바쁜데 나온 거야. 다시 들어가 봐야 돼. 일어날 수 있음 그만 일어나. 집까지 데려다줄 테니까. 정 못 일어나겠음 더 누워 있고."

"집에 갈래. 일으켜 줘, 우진아."

아예 양팔을 내미는 소진을 우진은 잠시 말없이 바라만 보았다. 소진은 이상한 느낌에 천천히 팔을 밑으로 내렸다.

"우진아."

"너…… 아니다. 집에 가자. 일으켜 줄게."

아무 일도 없었던 듯 평소처럼 우진은 조심스레 소진을 일으켜 앉히고 벗어 놓은 소진의 신발을 집어 들었다. 한쪽 무릎을 꿇고 앉아 신을 신겨 주는 우진의 머리를 내려 보던 소진이 손을 들어 우진의 머리 위에 올리었다. 오른쪽을 다 신기고 왼쪽을 신기려던 우진이 행동을 멈췄다.

"꼭 그때 같네. 그때도 이렇게 나 신발 신겨 줬는데."

처음 만난 그날도 우진은 흙 묻은 소진의 발을 털어 주고 하얀 실내화를 신겨 줬더란다. 우진은 못 들은 척 마저 신발을 신겨 주고 일어섰다.

"진료비 계산하고 올 테니까 먼저 나가 있어."

소진의 대답도 듣지 않고 먼저 자리를 뜬 우진의 뒷모습을 바라보는 소진의 얼굴에 슬픔이 어려 있었다.

"그땐, 그런 얼굴 아니었잖아. 우진아."

그렇게 질린다는 얼굴이 아니었다. 그렇게 귀찮다는 얼굴이 아니었다.

"그러지 마, 우진아. 나 정말 무서웠단 말이야."

들을 이 없는 말이 공중에서 흩어지고, 볼에서 흘러내린 눈물이 툭, 소진의 허벅지 위를 적셨다.

4.

"우진아."

아직 해가 떠오르지도 않은 겨울의 아침이었다. 오늘도 어김없이 이른 출근을 하던 우진은 차에 올라타려다 저를 부르는 소진의 목소리에 고갤 들었다. 언제 따라 나온 건지 열린 대문 옆으로 소진이 서 있었다. 소진이 입고 있는 얇은 원피스가 우진의 심기를 건드렸지만, 우진은 뭐라 하려던 것을 멈추고 입을 굳게 다물었다.

"있잖아, 이번 주말에 갈 거지?"

살짝 눈썹을 일그러뜨릴 뿐 아무 말도 하지 않는 우진의 모습에 소진은 안달이 나 얼른 말을 덧붙였다.

"아저씨가 미술 전시회 가라고 티켓 줬잖아."

얼마나 기다렸는지 모른다. 우진이 먼저 그 얘기를 해 주기를. 그러나 며칠이 지나도록 통 얘기를 않는 우진이었다. 혹시 티켓을 못 받은 건가 싶어 명학에게 확인 전화까지 했었다. 이미 오래전에 줬다는 명학의 말에 우진이 너무 바빠 깜빡한 것 같다며 해명도 해야 했다. 결국 주말을 하루 앞두고야 애만 태우던 소진은 출근하는 사람의 발목을 잡을 수밖에 없었다.

"우진아, 갈 거지? 응?"

"……그래."

소진의 얼굴이 눈에 띄게 환해졌다. 대답이 끝나자마자 차에 올라탄 우진은 시동을 켜고 차를 출발시켰다. 우진의 차가 아주 작아질 때까지 소진은 추위에 떨리는 몸으로 오랫동안 제자리에 서 있었다.

사이드미러로 지켜보던 소진의 모습이 더 이상 보이지 않자, 우진은 차 기어 옆에 버려두다시피 놔둔 티켓 봉투로 시선을 내렸다. 그의 시선에 여러 가지 감정이 묻어났다. 사법고시를 준비할 때, 사법 연수생일 때, 그리고 검사 초임 시절 때까지도 요즘처럼 가슴에 무거운 돌을 올린 듯 답답하진 않았다.

현실에서의 삶과, 소진과의 삶은 늘 이분되어 그를 혼란스럽게 만들었다. 사회의 냉혹한 현실 앞에서 사회적 위치를 잡고 사는 그의 앞에 늘 정체되어 있는 소진이란 존재는 항상 그에게 혼동을 주었다.

과연 자신에게 소진의 존재가 무엇인지, 지나온 세월보다 훨씬 더 많이 남아 있는 앞으로의 시간들에서 그 자신과 소진의 관계를 어찌 정리해 나가야 할지 그 결론은 언젠가는 내려야 할 문제였다. 그리고 우진은 요즘 들어 그 결론을 내릴 날이 머지않을 것임을 짐작했다.

✝ ✝ ✝

재판이 끝나자마자 법복을 벗어버리는 명희의 표정이 심하게 구겨져 있었다. 예상은 하고 있었지만 그래도 성폭행 혐의의 적은 형량은 어처구니없을 정도였다. 피해자는 불과 몇 년 후에 또다시 자유롭게 나다니는 피고인을 떠올리며 평생을 트라우마에 갇혀 살아야 한다.

　참담한 얼굴의 피해자 모습을 떠올린 명희는 분에 못 이겨 구두 굽으로 바닥을 짓이기며 법원을 나섰다.

　"최 검사님!"

　주차장으로 향하려던 명희는 제 옆에 선 차에 고개를 숙여 안을 보았다. 명희를 불러 세운 정석이 운전대를 잡고, 조수석엔 사건기록 문서를 들여다보고 있는 우진이 앉아 있었다. 명희는 제 차를 가지러 가는 걸 포기하고 잽싸게 정석의 차 뒷좌석에 올라탔다.

　"너도 재판 있었어?"

　반갑게 우진에게 말을 붙여 보지만 돌아오는 건 무시였다. 어찌나 심각하게 자료들을 보고 있는지 못마땅하게 우진을 보는 명희에게 정석이 대신 말을 쏟아 냈다.

　"재판은 아니고 잠시 볼일이 있어서요. 검사님은 재판 끝난 거예요?"

　"허구한 날 변태 새끼들만 상대하려니 미쳐 버리겠다니까."

　정석이 가볍게 웃음소리를 내며 부드럽게 핸들을 돌렸다.

　"그런 놈들 깡그리 거세시키면 참 살 만한 나라 될 텐데요. 그쵸?"

　"내 말이 그 말이네요."

　"어디 보자, 저분은 또 뭐라 썼나."

　법원을 나와 청사로 향하던 정석은 천천히 차 속도를 줄이며 길가에 서서 피켓을 들고 있는 1인 시위자를 살피었다. 서초동 이 일대는 늘 시위의 연속이었다. 어찌나 사연 있는 사람들이 많은지 각기 억울한 사연을 적어 청사와 법원 주변을 주 무대로 삼았다. 그들의 딱한 사연이 이해는 되지만 이미 나라에서 정한 법 테두리를 벗어난 요구에 법조인들은 아무것도 해 줄 수 있는 게 없었다.

"살인자에게 무기징역은 과분하고, 사형을 내리라네요. 어이쿠, 법이 놈을 심판하지 못하면 자기가 차라리 살인마가 되는 게 낫겠다는데요. 저거 너무 위험한 문구 아닌가. 아, 혹시 최근에 그 묻지마 살인 사건 피해자 가족인가."

대부분 마스크를 쓰고 얼굴을 가린 시위자들과 달리 추위에 새빨개진 얼굴로 피켓을 들고 있는 늙은 중년의 남자 얼굴이 낯익다 싶더니, 신문 기사에 그대로 사진이 뜬 피해자 여학생 아버지 되는 사람인 듯했다.

"하긴, 제 딸을 죽인 놈한테 무기징역이 가당키나 하겠어요? 왜, 교도소에 들어가서 잘 먹고 잘 사는 놈이 한둘이냐고요. 자기 딸은 이 세상에 없는데. 부모는 정말 피눈물 나지, 암. 죽이고 싶을 거예요. 정말로."

명희는 말없이 창밖의 시위자를 응시했다. 여러 사건을 맡으면서 늘 피해자 가족을 대면하는 일은 참 가슴 아픈 것이었다. 가끔 검사를 향해 원망을 토해 내는 가족들을 명희는 그저 묵묵히 감당해야 했다.

"무기징역, 그거 사실 좀 그래요. 가끔 정말 흉악범들이 무기징역 선고받는 거 보면 복장이 터진다니까요. 이번 성탄절 앞두고도 가석방 얘기 슬슬 나올 것 같던데. 10년, 20년 복역했다고 가석방해 주는 무기수들, 이미 철저히 검사하고 교화됐다고는 하지만 피해자 쪽 사람들은 진짜 소름 돋는 일 아니에요? 세상은 점점 흉흉해지고, 참 큰일이에요."

우진은 종이의 검은 글씨가 더 이상 눈에 들어오지 않는 걸 깨달았다. 정석의 말이 머릿속에 남으면서 집중력이 흐트러졌다.

'가석방이란 게 있잖아요.'

이미 청사 안으로 진입한 차 안에서 우진은 전보다 더 어두워진 눈빛으로 창밖을 응시했다.

"안 내리세요?"

주차까지 마친 차의 시동을 끄며 정석이 안전벨트도 풀지 않은 우진에게 물었다.

"최 검사, 먼저 들어가라."

명희는 우진의 심상치 않은 분위기에 더 캐묻지 않고 고개를 끄덕인 후, 먼저 차에서 내렸다. 정석은 무슨 일인가 싶어 우진을 보았다.

"하나 알아봐 줄 게 있습니다."

"예? 뭘⋯⋯."

"사적인 겁니다. 그래서 계장님 모르게 알아봐 줬음 싶고. 현재 수감되어 있는 무기수가 있는데 어느 교도소에 있는지 알아봐 주십쇼."

"아, 예. 근데 누구를 찾는 건지."

우진은 잠시 뜸을 들이다 입을 열었다.

"김석태⋯⋯ 2000년 김포 고아원 살인 사건의 범인입니다."

정석은 조사 이유에 대해 묻고 싶었으나 사적인 일이라 이미 못을 박은 우진의 얘기에 그 이상의 것을 묻진 않았다. 우진은 아주 오래전, 신문으로만 보았던 남성의 얼굴을 떠올려 보지만 흐릿한 잔상만 떠오를 뿐 구체적인 생김새는 생각나지 않는 걸 깨달았다.

무기징역을 선고받았다는 한 토막의 기사 글이 갑자기 떠오른 건 왜인지 몰랐다. 벌써 10년이 지난 일이었으나, 적어도 같은 하늘 아래 숨 쉬고 있는 누군가에게만큼은 아직도 현재의 일처럼 생생할 터였다.

우진은 단순히 확인을 하고 싶었다. 그래야 순간적으로 든 불안감을 지워 낼 수 있을 것 같았다.

안양교도소, 2평 남짓한 접견실 안엔 유리벽을 사이에 두고 두 명의 남자가 서로를 바라보고 있었다. 수감자 옆으로 면회 내용을 기록하는 감시관은 시계를 확인하며 한참을 대화가 없는 둘을 번갈아 보았다.

깊게 모자를 눌러쓰고 밑으로 시선을 내리고 있던 남자가 천천히 고개를 들었다. 죄수복을 입은 채 수형번호를 달고 있는 수감자는 하얗게 센 머리를 하고 불안정하게 흔들리는 눈동자를 이리저리 굴리며 한쪽 다리를 덜덜 떨고 있었다. 맞잡은 손으로 제 엄지손톱을 뜯으며 마른 입술을 자꾸 혀로 핥던 수감자는 순간 남자와 눈이 마주치자, 히죽 웃어 보였다.

"기분이 좋나 봐."

남자의 음성이 부드러웠다. 남자는 돌돌 말아 옆구리에 끼고 있던 신문을 꺼내 천천히 펼치었다. 원하는 기삿거리를 찾으며 느긋하게 한 장씩 신문을 넘기던 남자가 힐끗 수감자를 보았다. 또다시 눈이 마주친 수감자는 이번엔 표정을 굳히며 인상을 마구 구기었다. 수감자의 부르튼 입술 사이로 잔뜩 쉰 목소리가 흘러나왔다.

"너 맞구나? 맞지? 아버지 찾아왔구나. 그치? 그동안 아버지가 보고 싶었어? 착하네. 이렇게 다시 찾아오고. 근데 왜 이렇게 늦게 왔어? 이 녀석, 또 혼나야겠네!"

횡설수설 제정신이 아닌 것처럼 헛소리를 늘어놓는 수감자를 보며 남자는 태연했다.

"찾았다."

남자는 자신이 찾은 기사가 잘 보이도록 반듯하게 접어 유리판 앞으로 갖다 댔다. 기삿거리는 가석방을 주제로 하고 있었다. 형량을 다 채우지 않고도 여러 사유로 가석방되는 범죄자들의 실태와 차후 생길 수 있는 부작용을 다룬 기사는 줄줄이 노란 형광펜으로 칠해져 있었다.

"이 기사를 읽고 나서 잠이 안 오더라고요. 아니, 사실은 여태까지 제대로 잠을 잔 적이 없죠. 참 그래요. 같은 하늘 아래 절대로 같이 살고 싶지 않은 사람이 있다는 건, 잠도 이루지 못할 정도로 역겨운 거죠."

"……."

"참 좋은 소식이죠? 기대하셔도 좋을 것 같아요. 혹시 알아요? 다시 세상 밖 공기 마실지."

실실 쪼개다가 험상궂게 표정을 일그러트리길 반복하던 수감자의 두 동공이 확대됐다. 벌떡 자리에서 일어나는 수감자의 행동에 감시관도 덩달아 긴장하며 자리에서 일어났다. 남자는 여유롭게 신문을 다시 챙겨 들었다.

"이제 좀 기억하시지. 여러 번 찾아왔는데 왜 매번 처음 온 사람 취급하세요."

의자에서 엉덩이를 떼고 일어선 장신의 남자는 구부린 등으로 더욱 체구가 작아진 수감자를 싸늘하게 내려 보았다.

"많이 늙으셨어요. 많이 작아지셨고. 옛날엔 참 컸는데. 다가오면 오줌 질질 쌀 정도로."

"너…… . 너…… ."

"영치금 두둑이 넣어 드렸어요. 다 쓰세요, 늦기 전에. 면회 끝내죠."

수감자에게서 감시관으로 시선을 돌린 남자에게 감시관은 고개를 끄덕였다. 수감자를 데리고 가기 위해 움직이는 감시관이 앉아 있던 자리엔 아무 기록도 돼 있지 않은 빈 종이가 놓여 있었다. 남자와 감시관 사이로 묘한 눈빛 교환이 있었다.

"몸 건강히 있으세요, 꼭."

입술만 달싹이며 할 말을 찾지 못하고 버벅대는 수감자를 똑바로 쳐다보며 남자는 나지막하게 읊조렸다.

"……원장님."

교도관에게 붙잡혀 억지로 발걸음을 떼는 수감자, 김석태였다.

"현재 안양교도소에서 복역 중이더라고요."

참여계장, 지숙이 잠시 자리를 비운 순간을 놓치지 않고 정석이 얼른 말을 전해 왔다. 사건 검토 중이던 우진이 기록지를 넘기려다 멈칫했다.

"그동안 별다른 문제도 없었고, 그냥 평범하게 있던 것 같은데요?"

"혹시 찾아온 사람이 있다던가, 그런 건?"

"아! 안 그래도 면회객이 지금까지 한 명도 없었다는데, 그게 좀 이상했죠. 가족이나 지인이 아예 없는 사람인가 봐요. 범죄 기록 보니까 정말 몹쓸 놈이더군요. 세상에 뭐 그딴 놈이 다 있는지. 아니,

남의 애를 갖다가 그게 뭐한 거래요, 나 참. 그때 그 애들이 10년이 좀 넘었으니까 이제 한창 꽃필 때네요. 어우, 다들 잘 살고 있어야 할 텐데."

괜히 더 과장되게 제스처까지 취하며 말을 늘어놓는 정석의 눈은 바삐 우진의 표정을 살피었다. 13년 전의 김포 고아원 살인 사건의 전말을 이미 샅샅이 찾아본 정석은 이 일이 우진과 무슨 관련이 있는 것이고, 우진이 왜 김석태의 근황을 알아보라 한 것인지 궁금하지 않을 수 없었다. 그러나 너무도 평온한 우진의 얼굴에선 그 어떤 힌트도 얻어 낼 수 없었다.

"수고했습니다. 그만 볼일 봐요."

"예? 아, 뭐…… 예에."

결국 아무 얘기도 듣지 못한 정석이 떨떠름하게 제자리로 돌아가 지갑을 챙겨 들었다. 음료수 좀 뽑아 오겠다고 말하고 정석이 나가자마자, 우진은 하나도 눈에 들어오지 않아 보고 있는 척만 하고 있던 사건 파일을 책상에 내던졌다.

평범하게 살고 있다? 평범하게 살아서도, 살 수도 없는 놈이었다. 저지른 죗값을 톡톡히 치러야 할 놈이 여태 그 알량한 목숨을 쥐고 살고 있단다. 오히려 평범하게 잘 살아야 할 사람은 따로 있는데 말이다.

우진은 살면서 몇 번이고 공황장애를 일으켰던 소진을 떠올렸다. 식은땀으로 온몸을 적시고 겁에 질려 세상 밖을 나가기 두려워했던 아이, 진짜 감옥은 따로 있었다.

복도로 나온 정석은 휴게실로 향하려다가 불쑥 제 앞에 튀어나온 손과 그 손이 쥐고 있는 아이스크림콘을 보고 깜짝 놀라 걸음을 멈췄다. 그 손을 따라 눈을 굴린 정석은 어색하게 웃어 보였다.

"정석 씨, 저번에 아이스크림 잘 먹더라. 오늘도 콜?"

이미 먹고 있는 달콤한 바닐라 아이스크림이 묻은 입술을 혀로 쓱 핥으며 명희가 날카롭게 정석을 주시했다.

'저 진짜 걸리면 죽을 것 같아요. 왜 저를 스파이로 만드세요?'

울먹거리며 난처해하던 정석이었지만, 결국 명희는 아까부터 궁금하던 내용을 기어코 알아냈다. 그건 모두 검사의 끈기와 집념과 같은 직업병이라고 스스로 자부하며 명희는 책상 앞에 앉아 펜대를 굴리었다. 그녀의 손가락 사이에 끼워져 빙빙 돌아가던 펜이 툭, 떨어진 종이 위엔 낙서처럼 '김석태' 세 글자가 쓰여 있고 동그라미가 마구 쳐져 있었다.

"하여튼 참 사연이 많은 녀석이야, 지우진."

명희는 유혹적인 호기심이 속을 시끄럽게 만드는 걸 느꼈다. 아주 오래전의 사건은 꽤 흥미로운 내용을 담고 있었고, 만약 그것이 우진과 무슨 관련이 있는 거라면 얘기는 더 풍부해지는 것이었다.

지잉, 울리는 핸드폰 화면을 본 명희가 인상을 찡그렸다. 한숨을 한 번 내쉬고 전화를 받은 명희의 목소리는 표정과 정반대로 애교가 철철 묻어 나왔다.

"예, 아빠. 이 시간에 웬일이에요?"

전화 너머로 들려오는 말에 명희는 슬그머니 핸드폰을 귀에서 떨어트리며 건성으로 대꾸하곤 다시 '김석태' 세 글자 위로 펜촉을 세웠다. 뭔가 자꾸 구미가 당기는 사건이었다.

거실에 나 있는 통유리를 가리고 있던 커튼을 하얀 손이 꼭 쥐었다. 소진은 거리낌 없이 커튼을 홱 걷어 냈다. 통유리를 통해 그대로 쏟아지는 햇살이 실내에 가득 찼다. 요 근래 우중충하던 날씨가 하루 만에 달라져 있었다. 얼굴에 쏟아지는 겨울 햇살을 느끼며 가슴이 부풀도록 숨을 크게 한 번 들이마신 소진은 기분 좋은 듯 미소 지었다. 토요일 아침, 참 기분 좋은 하루의 시작이었다.

방문이 열리는 소리에 소진이 얼른 뒤를 돌아보았다. 안 그래도 우진을 깨우러 갈 참이었는데 알아서 일어났나 싶어 아침 인사를 꺼내려던 소진이 입을 열려다 말았다. 매끈한 정장 차림에 코트를 팔에 걸치고 나온 우진의 모습은 결코 전시회를 가는 차림새가 아니었다. 늘 출근할 때의 그 모습인 우진에게 다가간 소진은 무덤덤하게 자신을 보는 우진에게 머뭇대며 물었다.

"우진아…… 어디 가?"

"일이 많이 밀렸어."

소진을 지나쳐 현관으로 향하려는 우진의 재킷 끝이 소진의 손에 잡히었다. 우진은 정말 급한 용무인 듯 손목시계를 한번 들여다보고 살짝 미간을 찡그리며 소진을 보았다.

"……금방 올 거지?"

이미 얼굴 가득 실망한 기색이 역력한 소진을 보며 우진은 자연스레 소진의 손을 잡고 제 몸에서 떨어트렸다.

"갔다 올게."

확실한 대답도 해 주지 않고 밖으로 나가는 우진의 뒤로 닫히는 현관문 소리가 큼지막하게 들리었다. 소진은 천천히 베란다 창가 쪽으로 다가갔다. 우진이 마당을 지나 대문을 나서는 모습이 보이었다. 소진은 쳐놓았던 커튼을 억세게 거머쥐었다. 그리고 우진이 더는 보이지 않자 그 커튼을 거칠게 당기었다.

밝은 빛줄기가 사라진 실내엔 희미한 그림자 하나만이 햇빛에 반사되어 우두커니 서 있었다.

서울중앙지검 청사 로비를 지나 엘리베이터로 향하는 명희의 얼굴이 사뭇 들떠 있었다. 모처럼 주말을 집에서 보내려다 우진이 출근했단 이야기를 전해 듣고 나온 참이었다. 확실히 정석을 잘 구슬린 보람이 있었다. 여러모로 소식통으로 쓰기엔 그만한 인물이 없다.

명희는 제 손에 들린 쇼핑백을 살짝 들어 보며 만족스레 웃었다. 마침 점심때일 것 같아 급하게 장을 봐 김밥을 쌌다. 요리에 취미 따윈 없지만 제법 결과물이 나쁘지 않았다.

엘리베이터 버튼을 누르고 내려오기를 기다리던 명희는 옆에 누가 서는 인기척을 느끼곤 무의식중에 고갤 돌렸다.

"……."

정말 새하얗단 표현이 잘 어울리는 여자, 아니 여자라고 하기엔 너무나 소녀 같고, 또 그냥 소녀라고 보기엔 뭔가 여성스러움이 묻어 나오는 애매모호한 분위기를 뿜고 있는 여자애였다. 빨간 코트에 새까만 긴 머리카락을 늘어트리고 있는 여자애의 옆모습을 자기도 모르게 뚫어지게 쳐다보고 있던 명희는 엘리베이터 문이 열리고 여자애가 그 안으로 들어가자, 문득 정신을 차리고 뒤따라 움직였다.

엘리베이터 거울 안으로 비춰지는 여자애의 모습을 힐끔대며 명희는 이상한 기분을 떨칠 수 없었다. 분명 본 적 없는 낯선 얼굴인데 어딘가 모르게 시선이 얽매였다. 꼭 아는 사람을 본 듯이.

명희는 엘리베이터가 땡, 하고 소리를 내며 멈출 때서야 자신이

층 번호도 누르지 않았다는 사실을 깨달았다. 그러나 뒤늦게 누를 필요도 없이 엘리베이터는 어차피 자신이 내려야 할 4층에 멈춰 있었다. 먼저 내린 여자애의 뒤를 명희는 의도치 않게 따라가고 있었다. 그리고 여자애가 어느 문 앞에 멈춰 섰을 때, 명희는 미간을 좁혔다. 427호, 우진의 사무실이었다.

"무슨 약속 있습니까?"

쳐다보지도 않고 묻는 우진의 말에 자꾸 시계를 확인하던 정석이 화들짝 놀라며 고갤 저었다.

"약속 있음 먼저 들어가 봐요. 딱히 급한 일도 없으니까."

"아뇨, 그런 게 아니라······."

정석이 말끝을 흐리자, 우진이 그를 쳐다봤다. 정석은 머리를 긁적이며 민망한 듯 웃었다.

"사실은 최 검사님이 오신다고 하셨거든요. 도시락 싸 온다고 점심도 먹지 말라고."

"최 검사가? 둘이 그렇게 친한 사이였나?"

"에이, 저 보러 오는 거겠어요? 다 검사님 보러 오는 거지."

"나 몰래 뒤에서 연락하는 거 보니 나보다 더 친한 것 같은데?"

"검사님도 참. 그나저나, 진짜 왜 안 오죠? 온다 한 시간이 벌써 지났는데. 슬슬 출출하기도 하고 말이죠."

똑똑-

정석의 말 끝나기가 무섭게 들린 노크 소리에 정석이 반색하며 자리에서 일어났다.

"오셨나 보네. 들어오세요!"

문이 열리고, 그 사이로 매끈한 부츠 코가 가장 먼저 들어왔다.

"왜 이렇게 늦으셨어요? 열두 시까지 온대 놓고. 배고파 돌아가시기 일보 직전입니다. 먹을 건 넉넉히 싸 오신 거죠? 저 오늘 두 사람 몫은 해치울 겁니다."

부산스레 어지럽혀져 있던 테이블 위를 대충 치우며 말하던 정석은 아무 대꾸도 없이 문 옆에 서서 빤히 우진만을 보는 명희의 행동에 의아함을 느끼곤 천천히 숙였던 허리를 폈다. 쥐고 있던 펜을 놓고 걷어붙이고 있던 와이셔츠 소맷자락을 원상태로 내려 단추를 잠근 우진도 아무 말 없이 조용한 명희에게로 시선을 들었다.

"뭐 해, 거기 서서?"

별안간 명희가 싱긋 웃어 보였다. 어쩐지 유쾌하게 느껴지지 않는 웃음이었다.

"특별한 손님이 온 것 같네, 지 검사."

"무슨 소리……."

우진은 말을 다 마치지도 못했다. 명희가 활짝 문을 열어 보이자 드러난 한 사람의 모습에.

5.

"지소진."

우진의 딱딱한 부름에도 아랑곳 않고 소진은 챙겨 온 도시락을 상 위에 늘어놓기 시작했다. 갖가지 종류의 음식들이 펼쳐지자, 정석은 입을 벌리며 감탄을 마지않고 명희는 괜스레 민망해진 기분으로 들고 온 제 도시락 백을 소파 아무 데나 버려두었다.

"우진아, 배고프지? 얼른 먹어."

분명 작은 목소리임에도 불구하고 굉장히 귓가에 내리꽂는 음성이었다. 명희는 재미있단 얼굴이 되어 소진을 뚫어지게 보았다.

"우진이? 많이 앳돼 보이는데 지 검사, 널 우진이라고 부르네?"

자신의 말에 별 반응 없이 소진만 응시하는 우진과 또 그런 우진을 빤히 보고 있는 소진, 이 두 사람을 지켜보는 명희는 자신이 한순간에 제삼자로 나가떨어진 상황이 썩 기분 좋지 않아 한 발짝 그들 사이를 파고들었다.

"소개 안 시켜 줄 거야? 아님, 내가 다이렉트로 인사하면 되나?"

우진이 뭐라 하기도 전에 명희는 바로 우진에게 등을 보이고 소
진에게로 돌아서 손을 내밀었다.

"최명희라고 해요. 우진이 동창이자 연수원 동기, 지금은 같은
직장 동료고. 그쪽은 나 처음 봤겠지만, 난 얼핏 그쪽을 알 것도 같
네."

명희는 자신의 손을 한번 쳐다볼 뿐, 다시 우진만을 보는 소진의
행동에 눈썹을 찌푸리며 픽 웃었다. 무례하다고밖에 할 수 없는 이
어린 여자애가 하는 꼴이 명희의 심기를 건드렸다. 악수를 무시당
한 손을 거두고 팔짱을 낀 명희는 소진이 싸 온 음식들을 쓱 한번
훑었다.

"솜씨 좋네. 통성명부터 하려 했는데 그게 싫으면 식사하면서 천
천히 얘기 나누자고. 정석 씨, 앉아요. 우리 먼저 들죠."

"예? 아……."

정석은 잔뜩 얼어붙은 실내 분위기에서 이러지도 저러지도 못하
고 어정쩡하게 서 있었다. 돌아가는 상황이 영 목구멍으로 밥 넘길
타이밍이 아닌 듯싶다.

"내 동생이야."

한참 만에 나온 우진의 소개였다. 당당하게 자신이 싸 온 김밥도
꺼내 상 위에 올려 두며 젓가락을 든 명희는 시큰둥하게 반응했다.

"친동생 없다며? 뭐, 이복동생이라도 돼? 아님, 의남매야?"

"친동생이나 다름없는 애야, 나한텐."

"아아, 그래?"

김밥 하나를 집어 들고 입에 쏙 넣은 명희가 우물대며 소진을 힐
끗댔다. 여전히 서로에게서 눈을 못 떼는 우진과 소진의 표정이 지
금 명희의 눈엔 얼마나 우습게 보이는지 몰랐다. 소진을 동생이라

소개한 우진도, 그 얘기를 들은 소진도 못 먹을 걸 먹은 사람마냥 거북한 얼굴들이었다.

"다들 그렇게 계속 서 있을 거야? 앉아서 좀 먹지? 소진 씨? 그렇게 불러도 되겠죠? 앉아요. 원래 밥 한 끼 같이 먹으면서 친해지는 거니까. 요리 잘하나 봐요. 맛있겠네. 나도 소진 씨 거 맛 좀 봐도 되는 거죠?"

그러나 명희의 젓가락은 소진의 음식 근처에도 가지 못했다. 소진이 갑자기 자신이 벌려 두었던 도시락 통 뚜껑들을 닫으며 다시 챙기기 시작하는 소진의 행동에. 뻘쭘히 한구석에 서 있던 정석은 깜짝 놀라며 그런 소진을 멍하니 보았고, 명희는 금방이라도 웃음이 터질 듯한 얼굴이 돼서 소진을 주시했다.

"우진아, 나가자. 나 여기 싫어. 우리 나가자."

도시락 가방을 다 챙겨 든 소진이 우진의 팔을 잡으며 그리 말했다. 그 모습에 결국 참지 못하고 명희가 웃음을 터트렸다. 깔깔대며 웃는 명희에게 그제야 소진의 시선이 꽂혔다. 명희는 차갑게 자신을 응시하는 소진의 눈을 피하지 않았다.

"재밌는 아가씨네. 떼쓰는 게 꼭 어린아이 같다. 귀여워."

"우진아, 그만 나가자. 얼른."

"기분 나빠하지 마요. 악의 있는 말 아니에요. 진심으로 소진 씨가 귀여워서 그래. 내 여동생 삼으면 좋겠다."

"우진아!"

자신의 팔을 마구 흔드는 소진을 복잡한 심경으로 바라보던 우진은 이내 차 키를 챙겨 들었다.

"나가자, 데려다줄게."

"같이 가. 같이 집에 가."

"데려다준다고."

"다시 나갈 거잖아. 나랑 같이 집에 있어."

우진은 더 말없이 그냥 소진의 팔목을 쥐고 끌다시피 밖으로 나갔다. 둘이 사라지자, 정석은 참았던 숨을 내뿜듯 크게 한숨 쉬었다.

"와, 숨 막혀 죽는 줄 알았네. 저 둘 뭐죠? 확실히 남매처럼은 안 보이고."

방금 전까지만 해도 웃음기를 머금고 있던 명희가 표정을 굳히며 젓가락을 내려놓았다.

"어떤 사이로 보이는데요?"

"뭐랄까, 사연이 많을 것 같은 사이? 아무튼 여자를 상대로 저런 표정 짓는 지 검사님, 되게 어색하네요."

뒤늦게 자리에 앉아 명희가 싸 온 김밥을 손으로 집으며 정석이 신기하다는 듯 웃었다.

"근데 진짜 무슨 사이죠, 두 사람? 이름도 비슷하고. 친남매도 아니라면서. 소진 씨라고 했죠? 독특한 캐릭터예요. 나이가 어린 것 같은데 그 풍기는 아우라가, 어우. 꼭 밀랍인형 보는 기분이랄까."

김밥 두, 세 개를 마구 입에 넣고 씹어 대며 정석은 쉴 새 없이 말을 쏟아 냈다.

"그런 여자애들 있잖아요. 되게 예쁜데 분위기가 너무 차가워서 쉽게 다가가기 꺼려지는."

"정석 씨."

"예?"

"밥풀 튀겨요. 입 닫고 먹어요."

"헙!"

두 손으로 입을 턱 막고 정석은 울상을 지었다. 그러거나 말거나 명희는 혼자만의 생각에 빠져 초점 없는 눈으로 먼 곳을 보았다. 이거, 점점 더 궁금해진다.

"내려."

오는 동안 한 마디도 하지 않던 우진이었다. 집 앞에 도착하고 나서야 입을 연 우진의 말에 소진은 미동조차 없었다. 안전벨트도 풀지 않고 도시락 가방만 품에 꼭 안은 채 고집스레 앞을 보고 앉아 있는 소진을 보며 우진은 다시 한 번 말했다.

"내리라고. 다 왔잖아."

"같이, 같이 내려."

"쓸데없이 고집부리지 말고 얼른 내려."

"약속했잖아."

소진의 고개가 홱 우진 쪽으로 돌아갔다.

"약속했잖아, 나랑."

"내리라 했어."

"오늘 같이 미술관 가기로 했잖아. 나갈 때도 다시 온다고 했잖아. 근데 오지도 않고, 전화도 안 받고. 너 바쁜 것 같아서, 일하고 있는 것 같아서, 이미 도시락도 싸 놔서 그거라도 갖다 주려고 간 거야. 처음이잖아. 한 번도 너 일하는 데 간 적 없었잖아. 오늘 처음으로 간 거였잖아."

"그래서?"

우진은 어금니를 꽉 깨물며 터져 나올 것 같은 고함을 억눌렀다. 그리고 나온 우진의 목소리는 더 싸늘했다.

"그래서 그렇게 했어?"

"우진아."

"네 눈엔 내 친구가, 내 직장 동료가 그렇게 우습게 보였어?"

"……"

"사람한테 인사할 줄 몰라? 손 내미는 사람 악수 무시할 정도로 너 그렇게 예의 없는 애야? 그렇게 못 배워 먹었냐고."

소진이 하는 행동 족족 보통 사람을 볼 때와 다른 눈을 했던 명희와 정석을 떠올리며 우진은 낮게 욕설을 읊조렸다. 소진이 사무실에 와서 한 행동들이 우진을 자극했다. 처음부터 끝까지 소진은 사회성이 결여된 사람처럼 무례하게 굴었다. 그 자리에 자신만 있는 것처럼 말하고 행동하는 소진에게 향하는 남들의 시선이 거슬렸다. 그들이 소진을 어떻게 보고 생각하는지 뻔히 알기에 우진은 더는 그 자리에 소진을 둘 수 없었다.

"언제까지 그럴 거야, 너."

"말하기 싫었어."

방금 전까지만 해도 우진의 질책에 상처받은 듯 보였던 소진이 일순간 표정을 싹 바꾸며 태연히 대꾸했다.

"잘못했다고 생각 안 해."

"지소진."

"날 먼저 비웃었어. 어린애 취급했어. 이미 내가 누군지 다 안다는 듯 보면서 내가 누구냐고 묻는 여자였어."

"애먼 사람 이상하게 몰지 마."

"하지 마."

"뭐?"

"하지 마! 하지 마! 내 앞에서 그 여자 편, 들지 마!"

갑자기 악을 지르며 고개를 세차게 젓는 소진을 보며 우진은 한

계에 치달았다. 차 문을 열고 내린 우진은 그대로 소진 쪽으로 돌아와 차 문을 열고 소진의 안전벨트를 풀어 버렸다. 끝까지 버티는 소진을 우진이 힘으로 끌어냈다. 억지로 차에서 내려진 소진은 우진에게 잡혀 있던 팔을 우악스레 빼내다 그대로 넘어져 버렸고, 그런 소진의 옆으로 형편없이 도시락 통이 나뒹굴었다.

맨바닥에 소진의 무릎이 부딪쳤는지 찢어진 스타킹 위로 핏방울이 맺힌 모습에 우진이 반사적으로 손을 뻗으려다 다시 접었다.

"……아파……."

고갤 숙인 채 중얼거리는 소진의 말에도 우진은 넘어진 소진을 가만히 내려 보기만 했다.

"일어서. 네 스스로 일어서."

"우진아, 나 아파. 피 나."

"이러니까 명희가 널 어린애 취급한 거야."

"듣기 싫어. 그 여자 이름. 부르지 마, 그 이름."

지금까지 보통 사람들이 이해 못 할 소진의 행동이 많았으나, 지금 소진의 말은 더 우진에게 낯설게 다가왔다. 민감할 정도로 명희를 경계하는 소진의 모습은 타인을 거부하는 모습과는 조금 달라 보였다. 소진은 천천히 고갤 들어 우진을 보았다.

인상을 찌푸린 채 저를 보고 있는 우진에게 손을 내밀었다. 얼른 그가 자신을 잡아 일으켜 주기를, 상처를 보듬어 주기를 바라며 우진의 손길을 기다렸다.

"혼자 일어나."

아무것도 잡히지 않은 소진의 손이 그녀를 스쳐 지나가는 우진의 바지에 쓸리며 툭, 밑으로 떨어졌다. 차에 올라타 다시 시동을 켜고 그대로 출발해 버린 우진의 행동에 소진은 얼음처럼 굳었다. 소진은 덜덜 떨리는 손으로 음식들을 하나, 둘 주워 담기 시작했다. 손부터 느껴지던 떨림은 곧 전신으로 퍼져 나갔다. 무릎을 시작으로 거뭇하게 스타킹이 물들어 갔다.

두 손으로 겨우 바닥을 짚고 일어나려던 소진은 제대로 힘도 못 쓰고 다시 철퍼덕 주저앉았다. 온몸이 아파 왔다. 자신의 양팔을 감싸 안는 소진은 이가 딱딱 부딪칠 정도로 더 심하게 떨기 시작했다. 그렇게 한참을 소진이 그 자리에서 움직이지 못할 때, 차 소리가 다시 들렸다.

소진이 시야에 들어온 구두코에 고개를 들려 할 때, 그보다 더 빨리 소진의 몸이 누군가의 팔에 안겨 올려졌다. 소진은 콧속에 스며드는 익숙한 향기에 미소 지었다. 우진이었다. 보지 않아도 알 수 있는 사람, 소진에게 딱 한 사람, 우진이었다.

소진의 무릎에 조심스레 소독약을 적신 솜뭉치를 갖다 대며 우진은 따가울까, 열심히 호호 불었다. 소파에 앉은 채 우진이 약을 발라 주는 모습을 소진은 한시도 눈을 떼지 않고 지켜보았다.

"내가 안 왔으면."

반창고까지 다 붙인 우진은 바닥에 앉은 채로 소파에 등을 기댄 채, 소진을 보지 않고 말을 이었다.

"계속 그러고 있었겠지, 너."

소진은 아무 대답도 하지 않았다.

"뭐냐, 우리 대체."

우진은 뒤로 고개를 젖히며 눈을 감았다. 허파에 바람 든 사람처럼 피식대는 그였다. 1분도 견디지 못하고 소진에게 돌아온 자신이 그저 우스웠다.

"난 이게 뭐 하는 건지 모르겠다."

우진은 바닥을 짚고 있던 제 손등 위로 따듯한 촉감이 느껴지자 서서히 눈꺼풀을 들어 올렸다. 어느새 소파에서 내려와 저와 같이 소파에 등을 대고 앉은 소진이 우진의 손을 꼭 잡았다. 소진은 이 세상 유일하게 우진에게만 보이는 미소를 띤 채 우진에게 다가갔다. 우진이 뭐 어찌할 수도 없을 새였다.

"……."

우진은 자신의 시야 한가득 들어온 소진의 얼굴을 보며 제 입술에서 느껴지는 따듯한 감촉의 정체를 알아챘다. 닿을 때와 마찬가지로 금방 떨어진 입술이었다. 우진은 소진의 입맞춤에 흔들리는 눈동자로 소진을 보았다.

"우진아."

소진은 아무 일도 저지르지 않은 것처럼 평온해 보였다.

"지금처럼 나한테 와 줘야 해."

소진은 손을 들어 말없이 자신을 보는 우진의 볼을 감쌌다.

"사랑해."

"……."

우진은 끝내 굳게 다문 입을 열지 않았다.

긴 테이블 바를 앞에 두고 먼저 술잔을 기울이고 있던 우진은 제 옆에 앉는 기척을 느끼고 고개를 들었다.

"청승맞아 보인다."

명희는 잔을 하나 더 주문하고, 우진의 빈 잔에 양주를 채워 주었다.

"천하의 지우진이 다음 날 출근을 앞두고 새벽에 술이라니. 내일

해가 어디서 뜨는지 잘 확인해 봐야겠다."

피식 웃으며 양주를 한 입에 털어 넣는 우진에게 명희의 시선이 끈질기게 머물렀다.

"너 걔랑 같이 사니?"

술의 쓴맛에 인상을 구기고 있던 우진이 별말 없이 빈 잔만 까닥였다. 명희는 자신 앞에 놓인 제 잔과 우진의 잔을 차례로 채우며 지나가는 어투로 하나 더 물었다.

"같이 잤어?"

우진의 성난 시선이 명희에게 꽂혔다. 여태 아무 반응 없다가 갑자기 과민 반응하는 우진에게 보란 듯이 술잔을 들어 보이며 건배를 청하는 그녀다. 미동 없이 자신을 계속 노려보는 우진의 모습에 명희는 짠, 하고 우진의 잔에 제 잔을 부딪치고 홀로 술을 들이켰다.

"크으, 쓰다. 써."

"최명희."

"내가 못 할 질문한 건가? 별로 그런 것 같지 않은데. 걔 몇 살이야? 스무 살은 넘었지? 성인끼리 뭐 그럴 수도 있지."

"최명희!"

"그렇게 소리 안 쳐도 내 이름 최명흰 거 잘 알거든?"

"말 함부로 하지 마."

"내 말이 어때서? 이상해? 성인 남녀가, 그것도 한집에 사는 성인 남녀가 같이 잘 수도 있는 거 아닌가?"

"그딴 식으로 말하지 마. 내 동생이라고 했어."

"음, 동생? 동생 좋지. 그럼 지 검사."

빙글 의잘 돌려 앉은 명희가 우진을 바로 마주했다.

"너 나랑 연애할래?"

미간을 좁히고 아무 말도 없는 우진의 허벅지 위로 손을 올린 명희는 장난스럽게 손가락으로 톡톡 두드렸다.

"응? 해 볼래? 너 동생 있지, 임자 있단 소린 아니잖아. 임자도 없는 거 새로 하나 만들어 봐."

"장난치지 마라."

"어우, 야, 섭섭하다. 나 겉으로 보기엔 멀쩡해도 지금 속은 완전 떨려. 좀 오케이 하지?"

"마시다 가라."

"그 앤 너 오빠 아니던데."

더는 듣기 싫다는 듯, 자리에서 일어나려는 우진에게 명희의 말이 화살처럼 꽂히었다. 다시 자리에 앉은 우진의 차가운 시선이 명희에게 향했다. 그 시선을 모른 척, 명희는 새로 잔에 술을 따라 마셨다.

"무슨 소릴 하고 싶은 거야."

"그냥 신기해서. 궁금했었거든. 네 여동생인 줄 알았던 여자애. 직접 보니까 신기하더라. 널 보는 눈빛이며 말하는 말투, 손길. 친오빠한테도 그 정돈 못 하겠던데? 우진아, 라고 말하는데 난 네 이름이 그토록 애절한지 이제야 알았다?"

"……."

"여자는 여자가 보면 딱 알지. 그 애한테 너, 오빠 아냐."

명희의 말투엔 웃음기가 어려 있었지만 우진에게 향한 눈빛은 건조했다.

"처음 본 나도 알겠던데, 네가 모를까나?"

더 듣지 않겠다는 듯 자리에서 일어난 우진이 명희에게서 뒤돌아섰다.

"아님 모른 척하는 거든가."

우진은 뒤에서 들려오는 명희의 목소리를 무시하고 걸어 나갔다. 명희의 전화를 받고 어딘지 말하는 게 아니었다. 풀리지 않는 갈증을 해소하기 위해 술을 찾은 건데, 거북하던 속이 더 답답해졌다.

'사랑해.'

너무도 당당하게 그 말을 내뱉었다. 너무도 쉽게.

정말…… 말도 안 되는 소리다.

† † †

우체국 집배원이 오토바이를 타고 왔던 길 그대로 다시 돌아가는 뒷모습을 2층 베란다에서 보고 있던 소진은 천천히 계단을 내려와 거실을 지나, 현관문 밖으로 나갔다. 대문 옆에 놓여 있는 우편함을 열어 방금 집배원이 놓고 간 것을 확인한 소진의 표정이 미세하게 경직됐다.

분홍색 봉투를 가만히 내려 보던 소진은 주변을 살피다가 서둘러 감추듯 품에 꼭 안고 집 안으로 들어갔다.

넓은 거실엔 부엌을 밝히는 불 하나만이 켜져 있었다. 그 불을 따라 부엌으로 들어간 우진은 식탁 앞에 가만히 앉아 있는 소진을 보았다.

"거기서 뭐 해?"

뭔가 이상해 보이는 소진의 모습에 우진이 소진의 곁으로 가까이 다가갔다. 소진의 어깨에 우진이 손을 올리자, 소진이 고개를 들어 우진을 보았다.

"무슨 생각 해?"

"아무것도."

우진은 알 수 없는 소진의 눈동자를 빤히 들여다보았다.

'사랑해.'

달콤하게 속삭이듯 말한 소진에게.

'그래, 나도……. 너 내 동생이니까.'

한참 만에 그렇게 답했었다. 겨우. 별거 아니라는 투로.

그때처럼 자신을 깊은 심연과 같은 눈으로 보던 소진에게 우진은 또 아무렇지 않은 듯 말하고 있었다.

"늦었다. 그만 들어가서 자야지. 방까지 데려다줄게. 일어나."

말 잘 듣는 아이처럼 소진은 자리에서 일어나 우진의 손을 잡았다. 우진은 쓴웃음을 지었다. 아무 일도 없었던 것처럼 구는 것…….

소진의 방에 들어간 우진은 엉망으로 어지럽혀져 있는 소진의 방을 보고 조금은 놀란 표정을 지었다. 결벽증이다 싶을 정도로 정리 정돈과 청소를 게을리하지 않는 소진이었는데 오늘은 좀 달랐다. 이젤이 세워져 있는 한쪽 구석엔 물감과 붓, 물통, 팔레트가 아무렇게 놓여 있었고 바닥엔 군데군데 물감이 떨어져 있었다.

우진은 잠시 이젤 위 캔버스를 보았다. 크기가 꽤 큰 캔버스는 새하얗던 저번과 달리 약간의 그림이 그려져 있었다. 아직은 형체 모를 스케치였다.

"오늘 무슨 일 있었어?"

아무래도 이상해 물어보는데 소진은 고개를 가로저을 뿐이다. 소진을 침대에 앉히고 그만 자라고 말하고 일어나던 우진은 소진의 책상에 놓인 분홍색 봉투를 발견했다.

"저건 뭐야."

우진의 시선을 따라 고개를 돌린 소진이 흠칫 놀라며 자리에서 일어나 빠르게 책상 앞으로 갔다. 우진에게 등을 보이고 선 소진은 봉투를 구길 듯 꽉 쥐었다.

"웬 편지야?"

"……이모가 보낸 거."

"이모가?"

"응. 잘 지내냐고. 이모는 잘 있다고."

"서로 편지도 주고받았어? 몰랐네. 통화만 하는 줄 알았는데."

"가끔, 가끔 와."

"그래?"

"우진아, 나 졸려. 자야겠어."

"그래. 자, 그럼."

우진은 스탠드 불을 켜고 방 불을 꺼 준 다음, 아직 서 있는 소진을 잠시 바라보다가 밖으로 나갔다. 우진이 닫는 문소리를 듣고 나서야 꼼짝 않고 있던 소진이 움직이기 시작했다. 소진은 흔들리는 눈으로 분홍색 봉투를 내려 보다가 무릎을 꿇고 급한 손길로 책상 가장 마지막 서랍을 열어 재꼈다.

서랍 안은 또 다른 분홍색 봉투들이 가득했다. 소진은 그 안에 들고 있던 것도 던지듯 집어넣었다. 뜯어져 있던 봉투 사이로 삐죽 사진 끄트머리가 튀어나왔다. 소진은 못 볼 걸 본마냥 새하얗게 질린 얼굴로 서랍을 세게 닫았다. 서랍 고리를 꽉 잡고 있는 소진의 손이 떨리었다.

6.

식탁 위 반찬들이 각기 다른 문양의 도자기 그릇에 담겨 깔끔히 놓여 있었다. 소진은 애호박볶음을 집어 들어 우진의 숟가락 위에 올려 주었다. 참기름 냄새가 고소하게 퍼지는 볶음 요리를 우진은 맛있게 먹곤 했다.

"……."

아무 말 없이 숟가락을 입으로 가져가는 우진을 보며 소진은 미소 지었다. 우진의 반찬을 일일이 챙겨 주느라 제 밥은 반도 채 줄지 않았으나 그런 건 상관없었다. 우진과 이리 아침, 같은 식탁 앞에 앉은 것이 너무나 오랜만이었다. 그 사실이 소진을 충분히 배부르게 만들었다.

"나 그만 쳐다보고 밥이나 먹어."

우진의 무정한 말에 소진은 고개를 끄덕이곤 밥 조금 깨작이다 다시 우진의 밥 위로 반찬을 올려 주기를 반복했다.

"후……."

갑자기 한숨을 내쉬며 우진이 숟가락을 내려놓자, 소진의 바쁜 젓가락질도 딱 멈추었다. 우진의 밥공기에 아직 밥이 남아 있었다.

"우진아, 왜?"

해맑은 얼굴로 그리 물어보는 소진을 우진은 팔짱을 낀 채 바라보았다. 그걸 몰라서 묻냐는 표정이었다.

"너 밥 안 먹을 거야?"

"응? 아니, 먹어. 먹을 거야."

뒤늦게야 자신의 눈치를 보며 서둘러 밥을 입안에 쑤셔 넣는 소진의 행동에 우진은 얼굴을 찌푸렸다. 조금만 양을 넘게 먹어도 금방 체하는 소진이었다. 우진은 소진의 손을 잡아 멈춰 세웠다. 입한가득 밥을 넣고 잘 삼키지도 못한 채 우물대는 소진을 보며 우진은 다시 한 번 한숨을 쉰 채 식탁 위에 있던 티슈를 여러 장 뽑아 들었다.

"뱉어."

소진의 턱 밑에 티슈를 대고 뱉으라고 하는데, 소진은 고개를 가로저으며 억지로 밥알을 목구멍으로 넘겨 댔다. 고집스레 밥을 다 삼킨 소진이 큰일을 한 듯 생글 웃었다.

"다 먹었다."

우진은 기가 찬 얼굴로 소진을 보았다. 가끔 이럴 때면 소진이 다시 오래전의 아이처럼 보였다. 그것이 우진을 혼동시키는 부분이기도 했다. 소진에게서 여자를 보다가, 아이를 보다가 하는 것이 우진은 결코 맘에 들지 않았다. 여전히 티슈를 집고 있던 우진의 손을 소진이 양손으로 꼭 쥐었다.

"오랜만에 너랑 같이 아침 먹어서 너무 좋아. 매일 이렇게 얼굴 보고 밥 먹었음 좋겠다. 우진이, 네가 검사가 되기 전에는 우리 이렇게 매일 아침, 같이 밥 먹었는데. 그치?"

우진은 슬며시 소진에게서 손을 뺐다. 텅 빈 손안을 허전해하면
서도 아무렇지 않은 듯 다정하게 웃어 보이는 소진을 보는 우진의
눈이 혼란스러웠다.

아이의 얼굴은 사라지고 다 안다는 듯, 이해한다는 듯 말하는 여
자의 미소가 그는 편하지 않았다.

우진은 자신의 넥타이를 매 주고 있는 소진의 머리를 가만히 내
려 보았다. 첫 출근 날, 갑자기 자신의 옷장을 뒤지던 소진이 넥타
이를 꺼내 들었을 때가 떠올랐다. 주연에게서 넥타이 매는 법을 익
혔다며 무조건 자신이 매 주겠다고 고집을 부리는 소진에게 못 이
기는 척 몸을 내주었다.

그날, 소진이 매 준 엉성하기 그지없는 넥타이를 하고 출근해 퇴
근할 때까지 그 모양으로 왔다. 소진은 그것을 보고 소리 내며 웃음
을 터트렸다. 익숙하게 모양을 잡아 깔끔히 넥타이 매듭을 짓는 소
진은 지나온 시간만큼 능숙해졌다.

"됐다."

아침을 같이 먹지 않고 출근하는 날은 넥타이도 우진이 스스로
매고 나간 날이었다. 그래서 오랜만에 아침도 같이 하고 손수 우진
의 넥타이까지 매 준 소진은 기분이 좋다는 걸 잔뜩 티 내고 있었
다.

소진의 손길이 넥타이를 지나 우진의 셔츠 깃으로 옮겨갔다. 올
렸던 깃을 내려 정돈해 주고 우진의 어깨에 먼지 한 올이라도 있을
까 탈탈 털어 주는 소진에게 우진의 시선이 고정돼 움직이지 않았
다.

소진을 보고 있는 동안 우진의 머릿속은 수만 가지 생각이 오가고 있었다. 하나부터 열까지 우진의 곁을 차지하고 서서 하는 행동 하나, 하나 여동생의 범주에서 벗어난 소진을 보며 우진은 이 비정상적인 관계에 대한 정의를 더는 미룰 수가 없었다.

"예쁘다, 우진아."

"오빠."

자신이 매 준 파란 넥타이를 만족스럽게 보던 소진이 불현듯 들린 우진의 목소리에 고개를 들었다. 자신을 빤히 보고 있는 우진과 시선이 마주친 소진의 미소는 여전했다. 우진의 말뜻을 전혀 이해하지 못한다는 듯. 아님, 이해하지 않겠다는 듯.

"우진이가 아니라 오빠. 너랑 나, 친구 아니잖아."

우진의 딱딱한 음성에 소진의 여유롭던 미소도 점점 어색하게 굳어 갔다.

"호칭 바로 하자. 소진아."

"우진아."

"오빠. 내 이름 부르지 마."

우진의 어깨 위에 올려 있던 소진의 손이 천천히 떨어져 나갔다.

"싫어."

굳은 표정이 되어 눈엔 한가득 저항의 뜻을 담고 있는 그녀였다.

"싫어, 우진아."

"왜 싫은데? 네가 날 오빠라고 부르지 않는 이유, 너와 내가 가족이라고 인정하지 않겠다는 거냐."

소진은 입을 다물었다. 우진의 물음에 긍정도 부정도 하지 않았다. 가족이란 것, 그것이 무엇인지 배운 적 없었다. 보이는 것, 단순히 책에서, 방송에서 떠들어대는 그 가족이란 것이 소진은 태어

낳을 때부터 없었다. 그러기에 자신들을 가족이라 묶어 설명하려는 우진을 소진은 받아들이지 못했다. '가족'은 소진에게 우진을 설명할 수 있는 단어가 아니었다.

"소진아. 지소진."

"응……. 우진아."

"그만 떼쓰자. 이제 그만 밖으로 나오자."

"우진아."

"너도 보통 사람들처럼 친구도 만나고, 놀러 다니고, 그렇게 살자. 그래서 나중에 좋은 사람 만나면 연애도 하고, 결혼……."

도르르, 흘러내리는 소진의 눈물에 우진은 잠시 말을 멈췄다. 원망이 가득한 소진의 눈에 우진은 목구멍에 뭐가 탁 걸린 듯했다. 그러나 언젠가는 넘겨야 할 돌멩이기에 우진은 겨우 다시 입술을 뗐다.

"결혼도 하고."

"……."

"그래야지, 소진아."

우진이 손을 들어 소진의 두 볼을 감쌌다. 그의 엄지가 소진의 눈물을 닦아 보지만, 다시 주륵 흐르는 그 눈물이 그의 손등을 적시고 그의 가슴을 적시었다.

"나를."

눈물에 잠긴 목소리가 소진의 입술을 뚫고 흘러나왔다.

"버리고 싶은 거지?"

"!"

못 들을 걸 들은 사람처럼 우진은 경직된 표정으로 소진을 무섭게 보았다. 할 말이 있고 해서는 안 될 말이 있다. 소진은 지금 우진에게 해서는 안 될 말을 한 것이다. 소진은 우진에게 있어 버린다는 것이 상상조차 되지 않을 존재였다. 소진이 이 집에 들어온 그때, 우진의 곁을 그림자처럼 졸졸 쫓아다니기 시작한 그때, 그때부터 지금까지 우진의 인생에서 소진은 너무 많은 것을 차지해 버렸다.

"너……."

딩——동!

초인종 소리에 우진의 말이 끊기었다. 이른 아침, 예고도 없이 찾아온 방문객이었다.

"너무 정색들이시네. 찾아온 사람 무안하게."

소파에 앉아 다리를 꼬며 눈으로는 집 안 구석구석을 살피는 명희였다. 커다란 창을 가리고 있는 레이스의 커튼, 거실 중앙에 놓인 테이블을 덮고 있는 하얀 테이블보, 소파에 놓인 십자수 쿠션, 먼지 하나 얹어 있지 않은 가구, 반짝반짝 윤이 나는 바닥. 어느 한 군데 누군가의 손길이 닿지 않은 곳이 없었다.

그중 무엇보다 눈에 띄는 것은 집 안 곳곳에 놓인 사진들이었다. 작은 액자 안에 들어 있는 사진들은 장식장 안에서부터 거치대가 될 만한 무언가가 있는 곳이라면 어디든 눈에 잘 띄게 놓여 있었다. 대부분의 사진이 동일 인물들의 모습을 담고 있었다.

명희의 시선이 테이블 위 놓여 있던 사진 액자에 오래 머물렀다. 우진의 학사모를 쓰고 우진의 손에 깍지 낀 채 우진을 바라보며 환하게 웃고 있는 소진의 모습이었다. 순간, 명희가 보던 액자가 탁 뒤집어져 테이블 위로 엎어졌다. 명희는 그렇게 만든 손을 따라 고개를 들었다. 경계심 가득한 눈초리의 소진을 보며 명희는 씩 웃었다.

"미안해요. 그냥 보이기에 본 건데."

"여긴 어떻게 왔어?"

"택시 타고."

"그 말이 아니잖아. 아침부터 여긴 왜 온 거냐고? 주소는 어떻게 알고."

"이거 참, 섭섭하네. 너무 취조하는 거 아냐?"

"최명희."

"아, 오케이! 말해 줄 테니까 나가자. 어차피 출근하는 길 아냐? 같이 나가."

명희는 자릴 털고 일어나 찌푸린 얼굴을 펴지 않는 우진의 팔에 팔짱을 끼며 잡아당겼다. 그때 소진의 표정이 변하는 걸 놓치지 않은 명희는 팔을 풀려는 우진의 행동을 제지하며 더욱 힘을 주었다.

"소진 씨, 저희 이만 출근할게요. 예고도 없이 찾아와서 실례 많았어요. 그 덕분에 차 한 잔도 대접 못 받았으니 너무 미워진 말구요. 다음번엔 정식으로 초대받아 왔으면 좋겠네. 가자, 우진아."

명희가 우진을 끌고 소진을 지나치려 할 때였다. 우진의 손을 소진이 잡아챘다.

"가지 마, 우진아."

소진은 절실한 얼굴이었다. 절실하게 우진이 가지 않기를 바라고 있었다.

"소진 씨, 너무하네. 일하러 가는 사람한테 가지 말라니. 어린애 투정하는 것도 아니고."

"끼어들지 마요. 당신이 뭔데 끼어들어."

명희는 저도 모르게 깜짝 놀라 커진 눈으로 소진을 보았다. 막

울음을 터트릴 것처럼 우진을 보던 소진이 자신에게 경고를 내던지면서 보인 눈빛은 결코 아이와 같지 않았다. 수많은 피의자를 조사하는 게 일인 검사로서 눈빛에서 보이는 위협을 감지 못 할 리 없었다. 명희는 기가 차 웃음을 터트렸다. 갖고 있는 얼굴이 많은 여자애였다.

"지소진."

"우진아, 저 여자랑 같이 나가지 마. 나 저 여자 싫어."

"사람 앞에 두고 너무하네, 그렇게 대놓고 말 안 해 줘도 되는데."

"끼어들지 말라고!"

"지소진!"

빽 하니 소리를 지르는 소진의 행동에 우진의 표정이 굳었다. 명희는 소리 내어 웃음을 터트릴 것만 같아 고개를 돌리며 손등으로 입을 막았다. 그 모습이 소진을 더 자극해 왔다. 소진은 현관문을 가리키며 명희에게 쏘아붙였다.

"나가요. 여기서 나가."

"그만해, 지소진. 그만하랬어."

"저 여자 내보내!"

"그만하라고 했지! 최명희 나와."

명희의 손을 잡고 나가려는 우진을 소진이 얼른 다시 붙잡았다. 그러나 우진은 차가운 시선으로 소진을 한번 보고 소진의 손을 뿌리쳤다. 우진의 힘에 밀려 넘어질 뻔한 소진은 제 눈앞에서 쾅 닫힌 현관문을 멍하니 바라보았다.

우진의 차에 올라탄 명희는 고개를 돌려 차창 밖을 보았다. 촌스러운 파란 페인트칠이 돼 있는 지붕을 얹고 있는 오래된 2층 주택이었다. 꽃과 나무들로 꾸며진 작은 정원을 앞에 두고 한쪽엔 나무 바구니를 단 분홍색 자전거가 세워져 있었다. 그리고 그 자전거 옆에 소진이 맨발로 서서 다가올 듯 말 듯 머뭇거리고 있었다.

"정상 아니지? 저 여자애."

그 말을 뱉자마자, 우진이 거칠게 명희의 옷깃을 잡아 쥐고 돌렸다.

"입 조심해."

으르렁대듯 말을 읊조리는 우진의 얼굴은 복잡한 감정투성이였다.

"나한테까지 후회할 짓 하고 싶어, 지 검사?"

명희는 우진의 손에 잡힌 제 옷깃을 빼내 구겨진 옷감을 털며 여유롭게 웃어 보였다. 우진은 바로 앉아 몸을 시트 깊이 묻었다.

"듣기 싫겠지만 그렇게 보이는 게 사실이야. 사회성이 너무 없잖아. 이상해 보일 정도로."

잠시 눈을 감았다 뜬 우진은 차 시동을 켜고 액셀을 밟았다. 출발하는 차 안에서 명희는 창밖에 소진을 마지막으로 눈에 새기고 앞을 보았다.

"너 힘들어 보여. 알아?"

"무슨 말을 하고 싶은 거야."

"되게 버거워 보여. 알아?"

"그만해라."

"나 궁금한데, 처음부터 끝까지 네가 설명해 줄 리는 만무하고. 그 사정이야 내가 알고자 하면 어렵지 않게 알 것 같은데. 내가 알아서 파헤쳐 봐도 돼?"

"지금 검사를 상대로 뒷조사하겠다는 거지? 감당할 자신 있음 해."

"나 감당할 자신도 있는데? 나는 일개 검사지만 우리 아빠…… 아닌 거 알잖아."

우진의 차가 요란한 소리를 내며 길가에서 멈췄다.

"내려."

"아직 본론은 꺼내지도 않았는데."

"직접 끌어내 줘?"

"매너 없긴. 너 사고 쳤더라. 주 의원 조카 사건 기소했다며? 겨우 평검사 따위가 벌써부터 적을 만들면 어떡해. 그것도 야당 대표를 상대로."

"네가 상관할 바 아냐."

"오늘 아침 아빠랑 밥을 먹는데 너에 대해 묻더라고. 주 의원한테 네 얘기를 들었는지 뭐 하는 놈이냐고 묻더라. 내가 뭐라 소개했게?"

우진은 대꾸도 않고 자신의 안전벨트를 푼 다음 명희의 안전벨트도 제 손으로 풀어 버렸다.

"아빠 사위 될지도 모르는 놈."

막 차 문을 열려던 우진의 손이 멈췄다. 명희를 돌아본 우진의 눈에 짜증이 가득했다.

"나, 너 그렇게 소개했다. 그 말 해 주고 싶어서 아침부터 정석 씨 괴롭혀서 너희 집 찾아갔지…… 는 물론 적당한 핑계거리 만든 거고, 그냥 한번 더 보고 싶어서. 그 여자애가."

그렇게 말하고 명희는 당당히 차 문을 열고 차에서 내렸다. 그리고 차 문을 잡은 채 머릴 숙여 우진을 보며 말을 이었다.

"나도 알아. 오늘 내가 얄미운 짓 한 거. 잘 아니까 이만 내려 준다. 나 버리고 잘 출근해라."

어디 나 버리고 가나 보자라는 마음으로 차 문을 쾅 닫아 주었더니, 우진은 일말의 망설임도 없이 명희를 남겨 둔 채 쌩하니 출발하였다. 차 뒤꽁무니를 황당하게 바라보던 명희는 마침 울리는 핸드폰에 전화를 받았다.

"네, 아빠! 아, 오늘 차 두고 나왔어요. 누가 날 에스코트 해 줄 줄 알았거든요."

오른 손을 높이 치켜들어 택시를 잡는 그녀였다.

오늘따라 겨울 햇살이 왜 이리 눈부신 건지 거실에 이젤을 두고 그림을 그려 가던 소진은 손을 들어 얼굴 앞을 가려 보았다. 손가락 사이로 스며든 햇살이 소진의 얼굴을 비추었다. 햇살에 잠시 눈을 감고 얼굴을 내주던 소진은 이내 다시 눈꺼풀을 들어 올리고 캔버스를 보았다. 연필의 스케치가 얼추 형체가 자리 잡은 모양새였다.

넋 놓고 그림을 보던 소진은 아침에 있었던 일을 떠올렸다. 자신을 남기고 간 우진은 다시 돌아오지 않았다. 다시 연필을 종이 위로 가져간 소진은 신경질적으로 그림을 손으로 밀어트렸다. 이젤이 넘어지는 시끄러운 소리와 함께 짧은 초인종 소리가 울렸다.

퀵 서비스 배달원이 오토바이를 타고 골목길을 빠져나가는 모습을 보다 고개를 내린 소진의 손엔 분홍색 상자가 올려 있었다. 수취인만 적혀 있는 상자였다. 소진은 땀이 배어 나오는 손을 쥐었다 폈다 반복하다 상자 뚜껑에 손을 대었다. 작은 틈을 보이며 열리는 상자 안이 암흑을 담고 있는 듯했다. 여는 순간 빨려 들어갈 것 같은 그 암흑을 대면하며 소진은 입술을 깨물었다.

상자의 뚜껑이 완전히 열렸을 때, 소진은 눈을 질끈 감고 마른 목구멍에 억지로 침을 삼키었다. 그리고 다시 눈을 뜬 그녀는 다리에 힘이 풀린 듯 그 자리에 그대로 주저앉았다. 소진의 손에서 바닥으로 떨어진 상자가 담고 있던 모든 것을 토해 냈다.

소진은 온기가 가신 차가운 양손을 만지작거리며 망연자실하게 그것들을 바라보았다. 상자 속에 고이 있던 것들, 그리고 지금은 겨울 냉기에 얼어 버린 땅 위에 버려져 있는 것들, 분홍색 봉투와 단 하나의 사진이었다.

끊임없이 오던 편지들, 소진을 놓아주지 않던 그 편지가 오늘도 어김없이 배달됐다. 외면하고자 했던 것들을 이젠 마주 보기로 결심이라도 한 듯 소진은 덜덜 떨리는 손으로 뒤집어져 있던 사진을 집어 들었다. 소진은 뚫어지게 사진을 보았다. 과거의 어느 기억 한 장면을 그대로 담고 있는 사진을.

다섯의 아이들이 발가벗겨진 채 벽을 보고 서 있었다. 아이들의 몸은 시퍼런 멍과 핏자국으로 가득했다. 종아리와 엉덩이엔 회초리 자국이 선명했고, 한겨울이란 걸 드러내듯 아이들 맨발의 밑엔 눈이 소복이 쌓여 있었다. 아이들은 죄인이었다. 적어도 그때 그 사람들한텐.

'온몸을 정화시키는 거다. 곧 크리스마스잖니. 그러니 축복받는 마음으로 몸을 깨끗이, 마음을 정갈히 해야지. 착하지? 떨지 말고, 얘야. 자, 그럼 찍을까? 바로 서지 못해! 찍는다고 했잖아!!'

흠칫!

지나치게 몸을 떨며 소진은 사진을 손에서 놓쳤다. 귓가에 울리는 그 탁한 음성. 어깨에 닿았던 그 사람의 손길. 모든 게 생생해지고 있었다. 소진은 귀를 막으며 고개를 세차게 저었다. 그 목소리가 어서 멀어지기를, 기억 저 너머에 꽁꽁 감춰지기를.

고개를 마구 젓던 소진이 갑자기 행동을 딱 멈추고 분홍색 봉투를 죽일 듯 노려보았다. 시간이 모든 걸 사라지게 만들어 주었다. 그녀의 환경이 달라지면서 다시는 꺼내지 않을 기억들이었다. 그런데 저 봉투가 그 모든 것을 다시 원상태도 되돌리려 했다. 저 분홍색 봉투가.

소진은 분홍색 봉투를 집어 들어 두 손으로 마구 구기고 갈기갈기 찢어 버리기 위해 힘을 주었다.

"아악!"

단말마의 비명과 함께 소진은 손에서 봉투를 놓쳤다. 볼품없이 뜯어진 봉투 속에서 면도칼 수십 개가 쏟아져 나왔다. 소진의 손 전체에서 나는 피가 면도칼 위로 뚝뚝 떨어졌다. 금세 피범벅이 된 두 손을 내려 보며 소진은 허탈하게 웃었다. 핏방울 위엔 소진의 눈물이 함께 섞여 흐르기 시작했다.

"우진아…… 우진아……."

부장 검사실을 뒤로하고 나오는 우진은 잡히는 게 있다면 모든지 바스라트릴 듯 주먹을 모아 쥔 채였다.

'너 왜 이렇게 물, 불 안 가리고 무대포야? 얼마나 대단한 정의를 지키겠답시고 네 멋대로냐고? 여긴 위계질서가 있는 사회야. 엄연히 직장이라고. 차장님이 자리까지 만들어 너 의원님 앞에 소개시켜 줬음 알아서 눈치껏 행동해야 할 거 아냐? 뭐, 기소? 허, 참 대단한 검사님 나셨네. 평검사가 네 최종 목표야? 그럼 계속 그딴 식으로 하든가!'

가까스로 평정심을 유지하며 얼굴에 아무 것도 드러내지 않았다.

어딜 가나 썩은 물은 있기 마련이지만, 막상 그 물을 앞에 두고 마시자니 구역질이 치밀었다.

"검사님!"

우진은 헐레벌떡 제 앞으로 뛰어온 정석을 의아한 눈으로 보았다. 정석은 잠시 숨을 고르더니 매우 곤란한 표정으로 관자놀이를 긁적였다.

"무슨 일입니까."

"저 그게, 그러니까…… 지금 사무실에 말입니다. 그 누가 찾아왔는데…… 그 누구냐면 그게, 그 검사님 동생……."

정석의 말이 끝나기도 전에 우진은 뛰기 시작했다.

"아! 제 말 아직 안 끝났는데! 근데 검사님, 여동생분 상태가 좀…… 검사님!"

쾅!

지숙은 벌컥 열린 문 사이로 들어오는 우진을 보고 놀란 얼굴을 하였다. 굉장히 화가 나 보이는 우진의 표정이 피의자를 대할 때보다 더 무섭게 다가왔다. 지숙은 우진의 눈치를 살피다가 얼른 다른 쪽으로 시선을 주었다. 허리를 꼿꼿이 펴고 앉아 단 한 차례의 말도, 움직임도 보이지 않던 소진이 지금은 무척 위험해 보였다.

"지소진, 너 뭐야."

모든 감정을 억누르는 듯이 낮은 우진의 목소리에 소진은 자리에서 일어나 곧장 우진의 앞으로 다가섰다. 그러곤 바로 우진의 허리를 감싸 안고 그 가슴에 머리를 기대었다. 옆에 서 있던 지숙도, 막 사무실 안으로 들어오던 정석도 그대로 얼음처럼 굳어 그 광경을 지켜보았다. 우진만이 놀라지 않은 채 무표정으로 허공을 보았다.

"이제…… 괜찮아졌다."

우진의 허리에 두른 깍지를 더 세게 조이며 숨을 크게 들이마셨다 내쉬는 소진이었다. 숨이 잘 쉬어지지 않았다. 누군가 가슴을 압박하듯 좀처럼 가만히 앉아 있을 수가 없었다. 그래서 결국 달려왔다. 우진이 있는 곳으로. 살기 위해서 그리했다.

그러나 우진은 달랐다. 우진은 지금 이 순간 터질 것 같은 심장을 겨우 안간힘을 써서 붙잡고 있었다. 우진은 양손으로 소진의 어깨를 잡고 제 몸에서 그녀를 떼어 내었다. 아무것도 모른다는 얼굴로 자신을 올려다보는 소진의 모습에 우진은 끓어오르는 화를 억지로 집어삼켜야 했다. 우진은 소진의 팔을 잡고 그대로 사무실 밖으로 걸음을 옮겼다.

"계장님."

우진과 소진이 사라진 자리에 남은 정석은 지숙을 돌아보며 걱정스런 표정을 지었다.

"그 여자분, 많이 다치지 않았어요?"

지숙은 말없이 정석과 똑같은 표정으로 소진이 앉아 있던 자리를 보았다. 소진의 앞에 놓여 있던 책상 위엔 피 묻은 휴지가 잔뜩이었다. 처음 소진을 보았을 때 대충 손수건으로 묶어 둔 손에서 피가 새어 나오는 걸 보곤 놀라 당장 병원에 가야 하는 거 아니냐고 물어도 대꾸도 없고 우진만을 눈으로 찾기에 억지로 휴지로라도 지혈 좀 해 보라 했었다.

구급상자를 꺼내 약이라도 바르자고, 소독하고 붕대라도 감자 해도 손도 대지 못하게 하는 소진의 완강한 태도에 지숙은 아무것도 할 수 없었다.

"진짜 이상하네요. 약간 정신에 문제가 있나?"

"정석 씨, 말 함부로 하지 마. 검사님 여동생한테 못 하는 소리가 없어."

"에이, 여동생 아닌데요, 뭘. 혹시 숨겨 둔⋯⋯."

"쓰읍! 그래도!"

"근데 정말 궁금해서 그래요. 계장님 보기에도 저 두 사람 보통 사이는 아닌 것 같지 않아요?"

지숙은 아무 말도 하지 않았다. 정석을 나무라긴 했으나, 지숙이 보기에도 소진의 상태는 매우 불안정해 보였다. 뭔가 겁에 질린 아이처럼.

사무실에서 나와 복도를 지나 비상구 계단으로 들어선 우진은 소진의 팔을 들어 올려 보곤 삐딱하게 웃었다. 소진의 손에 칭칭 감겨진 손수건이 빨갛게 물든 것이 보였다. 우진은 소진의 두 손을 제 손으로 꼭 쥐고 소진을 보았다.

"다쳤어? 뭐 하다가?"

소진은 말을 할 수가 없었다. 자신을 냉랭하게 쳐다보는 우진의 시선에 입이 떨어지지 않았다.

"말 안 해? 뭐 하다 다쳤는지? 왜 말 안 해? 아프다고, 다쳤다고, 생색 내보이러 온 거 아냐? 이거 보여 주려고 여기까지 온 거 아니냐고."

"우진아."

"어, 그래. 말해. 네가 그렇게 주구장창 찾는 나, 여기 있으니까 말하라고. 대체 네가 원하는 게 뭔지! 말하라고!"

비상구 계단 전체가 울릴 정도로 우진의 고함 소리가 터져 나왔다. 소진은 자신을 윽박지르는 우진의 모습에 할 말을 잃고 멍하니 그를 보았다. 이건 그녀가 생각한 우진의 모습이 아니었다. 늘 다친 곳을 보고 걱정해 주고, 더 아파해 주고, 조심하라며 잔소리를 늘어놓는 우진이 아니었다. 그곳은 소진이 바라며 안심하기 위해 찾아온 우진의 품이 아니었다.

"그만 좀 해라, 진짜."

소진의 손을 놓으며 우진이 지친 듯 벽에 기대 그녀를 보았다.

"정신 좀 차려, 지소진. 좀 보통 사람처럼 굴라고."

"우진……."

우진의 이름을 부르며 다가가려던 소진을 우진은 손을 들어 더 이상 다가오지 말라며 막아 세웠다. 소진의 불안한 표정에도 우진은 완강히 그녀를 거부했다.

"그만."

"……."

"집에 가라. 그리고 다시는 여기 찾아오지 마."

우진이 그대로 돌아서 비상구를 나갔다. 소진은 잡을 수가 없었다. 지겹다는 표정으로 자신을 보는 우진의 눈빛이 그대로 뇌리에 박혀 소진을 옴짝달싹 못 하게 만들었다. 소진은 더 이상 고통도 느껴지지 않는 제 손을 내려 보았다.

아프다고 투정 부리려고 온 게 아니었는데. 다쳤다고 보여 주려고 온 게 아니었는데.

그냥…… 보고 싶어서 온 거였는데. 보고 나면 더 이상 무섭지 않을 것 같아서, 그래서였던 것뿐이었는데.

"아빠도 참! 택시 타고 간다니까요. 무슨 내 차를 갖다 놔요. 아아, 알았어요. 기사 아저씬 내가 지금 방금 보냈으니까 그런 줄 아세요. 네, 아빠. 저도 사랑하고말고요. 네네, 그럼 집에 가서 봬요."

핸즈프리를 끄며 명희는 못 말린다는 듯 웃어 버렸다. 은근슬쩍 기사에게 지우진이란 놈이 어찌 생겼는지 보고 오란 속내를 못 파악할 명희가 아니었다. 그래서 얼른 청사 안으로 들어오기 전 기사를 내쫓았고.

명희는 막 주차장으로 들어서려다 급히 차를 멈춰 세웠다. 조수석 창문을 열어 고개를 길게 뺀 그녀는 큰 소리로 외쳤다.

"소진 씨!"

제 부름에 청사 앞에 우두커니 서 있던 소진이 고개를 드는 것을 본 명희는 서둘러 차에서 내렸다.

"우진이 보러 온 거예요? 아님 보고 나가는 길?"

소진은 명희에게서 시선을 떼고 그녀를 지나쳐 걷기 시작했다. 말끔히 무시당한 명희는 어깨 한 번 으쓱거리곤 대수롭지 않게 다시 자기 차로 돌아가려 했다. 순간적으로 소진의 손을 보지 않았다면 그랬을 것이다. 명희는 깜짝 놀라 고갤 돌려 소진의 손을 유심히 바라보았다.

그게 다 피로 적셔져 있는 것이라는 걸 확인하는 덴 오래 걸리지 않았다. 또한 당장에 소진에게 다가가 그녀의 팔을 잡아 세운 것에도 망설임 따윈 없었다.

"이거 뭐예요? 다쳤어요?"

명희의 손에 잡힌 자신의 팔을 빼내려고 소진은 몸부림을 쳤다. 그러나 명희는 그럴수록 더욱 단단히 소진의 팔을 잡았다.

"어디서 다친 거예요? 피가 이렇게나 많이 나는데! 우진이는? 몰라요, 다친 거? 이렇게 대충 손수건으로 둘러매면 다예요? 병원을 가야 할 거 아냐! 따라와!"

자신의 차로 소진을 끌고 가려던 명희는 거칠게 자신을 밀어내고 팔을 빼 버리는 소진의 행동에 짜증스레 머리를 쓸어 넘기며 소진을 쳐다봤다.

 "야, 너 진짜 말 안 듣는다. 애가 왜 이렇게 고집불통이니? 그래, 한번 해 보자는 거지? 미안한데 내가 하도 여성을 상대로 한 범죄를 다루다 보니 여자들이 다친 꼴을 못 보겠어. 나도 네가 그닥 맘에 드는 건 아닌데 환자를 내버려 두진 못하겠다. 그니까 잔말 말고 차에 타."

 "상관하지 말고 가요."

 "우와, 말도 다 붙여 주시고. 고마워서 눈물이 날 것 같네. 타기나 해. 아님, 우진이 불러 줘? 너 그래야 병원 가겠어?"

 우진이란 이름에 소진이 반응하는 것을 보고 명희는 핸드폰을 꺼내 들었다. 우진을 불러 직접 병원을 보내든지 할 생각으로 번호를 누르던 명희는 갑자기 자기 차로 가는 소진을 보고 핸드폰을 내렸다.

 운전석에 올라탄 명희는 말없이 앞만 보고 있는 소진을 보며 의아한 듯한 표정을 지었다.

 "이상하네. 우진이 찾는 게 더 맞는 순서 아냐?"

 "병원 안 가요. 집에 갈래요."

 "안 돼. 병원부터 가. 너 딱 보기에도 심각해 보여. 피를 그 정도로 흘린 거 보면 많이 다친 것 같은데 어쩌다 그런 거야?"

 안전벨트를 하고 차를 출발시키면서 명희가 물었다. 소진은 흘깃 제 손을 보다가 고갤 돌려 명희를 똑바로 보았다.

 "병원 가기 싫어서 그래요. 집에 데려다주세요."

 여태껏 태도와 다르게 정중한 부탁조인 소진의 말에 명희는 순간

당황함을 감출 수 없었다. 쉬이 거부할 수 없는 말이었다. 정말 병원은 가기 싫어하는 것처럼 보였다. 그리고 명희는 여러 피해자들 중 소수의 사람이 병원을 극도로 피하려 하는 모습을 보였기에 억지로 소진을 병원으로 데려가기가 꺼려졌다.

명희는 핸들을 우진의 집 방향 쪽으로 꺾으며 어딘가로 전화를 걸었다.

"네, 이 박사님. 저 명희예요. 지금 바쁘세요?"

명희는 왕진 와 준 이 박사를 집 앞까지 배웅해 준 뒤, 다시 집 안으로 들어왔다. 소파에 멍하니 앉아 있는 소진을 명희는 복잡한 시선으로 보았다.

참 보면 볼수록 알 수 없는 여자애였다. 양 손바닥이 깊게 베어 각각 네 바늘, 다섯 바늘씩 꿰매는 동안에도 신음 한 번 내지 않고 눈살 한 번 찌푸리지 않았다. 그 독기에 질리면서도 한편으론 고통에 참 무딘 아이라는 것이 맘에 걸렸다. 대체 무엇에 크게 다친 적이 있어 이 정도는 아무것도 아니라는 반응을 보이는 걸까.

"주의사항 잘 들었지? 소독 잘하고. 꼬박꼬박."

대답을 들을 거라 기대도 안 했기에 명희는 그냥 뒤돌아섰다. 그러다가 보았다. 한쪽에 놓여 있는 이젤을. 밖으로 나가려던 명희의 걸음이 방향을 틀어 이젤 앞으로 옮겨 갔다.

"그림 그리나 보네. 잘 그린다, 너. 그림 배웠어?"

고개를 기울이며 이곳저곳을 보던 명희는 소진이 다가와 하얀 천을 덮어씌우는 바람에 더 오래 볼 수도 없었다.

"치사하다. 그래도 여기까지……."

"부탁할게요."

“뭐?”

“뺏어 가지 말아 주세요.”

“그게 무슨.”

영문을 모르는 표정으로 명희는 소진을 빤히 쳐다보았다.

“우진이.”

부탁이라고 말을 해 놓고 전혀 부탁 같지 않은 표정의 소진을 보며 명희는 무슨 반응을 보여야 할까 한참을 생각해야 했다.

“우진이 얘기였어? 난 또 뭐라고. 그건……”

“부탁이에요. 우진이 좋아하지 마세요.”

“말 끊지 말고 내 말 끝까지 들어. 그건 부탁할 문제가 아니지.”

“부탁할게요. 제발, 우진이 좋아하지 마세요.”

“이봐요, 지소진 씨.”

“나는.”

명희는 인상을 찌푸렸다. 남의 마음을 멋대로 하려는 소진이 너무도 주제넘게 느껴졌다.

“우진이가 없으면.”

“……”

“죽어요.”

보란 듯이 한 마디를 해 주려 했다. 사람이 죽는 게 그리 쉬울 줄 아냐고. 남이 누굴 좋아하든 말든 그건 함부로 말할 일이 아니라고. 유치하게 굴지 말자고. 다들 한창 사랑할 땐 죽으네 마네 한다고. 그치만 그래도 다 산다고. 그리 말해 줄 거였다.

그러나 소진의 눈을 정면으로 마주친 명희는 끝끝내 아무런 말도 할 수가 없었다. 정말 죽을지도 모르겠단 생각이 든 건 어째서인지 모를 일이었다.

7.

똑똑―

노크를 하고 427호실의 문을 열고 들어온 명희는 책상에 코를 박고 고개도 들지 않고 있는 우진을 보았다. 자신을 보고 일어나 인사하려는 정석과 지숙에게 간단히 손을 들어 제지한 명희는 우진의 책상 앞으로 가 섰다.

알은척도 안 하는 우진의 정수리를 잠자코 내려 보던 명희가 우진이 보고 있던 파일을 덮어 버렸다. 우진은 펜을 쥔 그대로 언짢은 시선만 명희에게 옮겼다.

"커피 한잔만 하자, 지 검사."

"바빠."

"그래? 그럼 난 이렇게 서서, 넌 그렇게 앉아서 얘기 나눠 볼까? 옆에 방청객들도 끼고. 나 방금 소진 씨 집에다 데려다주고 오는 길이거든."

우진은 굳은 얼굴로 명희를 쳐다보다가 이내 자리에서 일어났다.

겉옷을 챙겨 드는 우진을 뒤로하고 명희가 먼저 사무실을 빠져나갔다.

벽에 기댄 명희는 창밖의 해가 슬슬 저무는 광경을 보며 달달한 자판기 커피를 한 모금 머금었다.

"하려는 말이 뭐야?"

"으음, 그보다 괜찮냐는 질문이 먼저여야 하는 거 아냐? 너 소진 씨 다친 거 모르고 있어?"

"……"

"손이 엉망이 됐더라. 두 손 다 꿰매야 할 정도로 난도질돼 있었어. 뭐, 이 박사님 말론…… 아! 소진 씨가 병원 가기 싫다 해서 너희 집으로 아는 박사님 불렀거든. 칼 같은 거에 베인 상처라는데 어떻게 하다 다친 건진 끝까지 말 안 하더라. 병원도 지나치게 싫어하고, 생살을 꿰매는 데 눈살 한 번 찌푸리지 않고. 참 희한하더라."

우진은 말없이 명희가 보고 있던 창밖으로 시선을 돌렸다. 해가 다 저물면 곧 어둠이 가득할 테고, 그럼 소진은 우진이 언제 오나 핸드폰을 들 터였다. 그러나 이내 전화하지 말라는 우진의 말을 기억해 내곤 풀 죽은 채 전활 내려놓을 것이었다.

"소진 씨가 나한테 부탁 하날 하더라고. 널 좋아하지 말래. 자기한테서 너를 뺏어 가지 말래."

늦은 새벽까지 잠을 자지 않고 우진, 자신을 기다리고 있을 터였다, 소진은.

"네가 없음 죽는대."

"!"

우진의 확장된 동공이 창에 비친 명희의 얼굴에 꽂히었다. 명희는 태연스레 입술에 묻은 커피를 손가락으로 훔쳐 냈다.

"네가 그렇게 만들었니?"

우진의 고개가 명희 쪽으로 돌아갔다. 그의 얼굴이 무슨 말은 하는 거냐고 묻고 있었다.

"너 없이는 아무것도 못 하는 사람으로 만들었잖아. 지소진."

"무슨 소리야."

"나보다 네가 더 잘 알 텐데? 인정하기 싫은 거야? 소진 씨 꼭 새장에 갇혀 있는 새 같아. 세상이라곤 그 작은 새장 안이 전부라고 아는. 먹이를 줄 때까지 기다리고, 자길 귀여워해 주는 주인의 손길에만 반응하는. 그래서 돌봐 줄 이가 사라지면 새장 밖을 나갈 생각은 하지도 못하고 그대로 죽기만을 기다리는…… 그런 새."

"아무것도 모르면서 함부로 말하지 마."

"김석태."

"!"

"김포 고아원 살인 사건의 범인. 5명의 아이들을 유괴하고 학대해 온 고아원 원장."

명희는 옆의 의자에 올려 두었던 가방에서 서류 봉투 하나를 꺼내 들었다. 봉투 안에서 문서를 꺼내 훑어보며 명희가 말을 이었다.

"어렵지 않게 알 수 있다고 했잖아. 지소진이 그 5명의 아이 중 하나였고, 끝끝내 부모를 찾지 못한 유일한 아이였기도 했지. 그 아이를 지우석 변호사 내외가 거뒀고, 불의의 사고로 그분들이 돌아가시면서 네 이모님 되시는 나주연 선생님이 법정후견인이 돼 주셨지. 정말로 네 여동생이 될 뻔한 아이였는데, 결과적으로 봤을 땐 너들은 남매도, 뭣도 아닌 애매모호한 관계가 됐고."

"거기까지."

우진은 걷잡을 수 없이 커지는 분노를 잠재우며 냉기 어린 시선으로 명희를 보았다.

"거기까지가 그나마 친구로서 봐줄 수 있는 선이다."

"그래, 미안해. 나도 내가 주제넘었다는 거 알아. 근데 나도 진심이거든."

"진심? 네가 가진 그 돈으로 남의 뒷조사나 하고 다니는 게 네 진심이냐."

"누군가를 좋아하는 게 진심이 아닐 리 없잖아."

우진은 명희의 말이 끝나기가 무섭게 피식, 웃어 버렸다. 그런 우진의 반응에 명희는 순간 눈살을 찌푸렸다.

"너 나 사랑하냐."

"뭐?"

"사람 좋아하는 거 어렵지 않지. 근데 너 나 사랑하냐고. 얼추 보이는 대로 관심 가는 대로 마음에 드는 거에 끝나는 거 말고, 네 모든 걸 버릴 수 있을 정도로 날 사랑하냐고."

"……"

아무 말도 하지 못하는 명희를 두고 우진은 자리에서 일어섰다.

"그냥 물건 고르듯 너한테 맞는 사람 집어내려 하지 말고 널 버릴 만큼 가지고 싶은 사람을 찾아."

우진의 말에 명희는 얼굴이 화끈해지는 걸 느꼈다. 그 앞에서 발가벗겨진 듯했다. 속내를 전부 들킨 듯 당황스러웠다. 우진은 명희에게 있어 처음 만났을 때 좋은 친구였고, 부러운 친구였고, 멋있는 친구였다. 그리고 그것이 곧 존경스러운 남자로 명희의 마음에 새겨졌다. 언젠가 결혼을 꼭 해야 한다면 저런 남자랑 하면 괜찮겠다, 생각했다.

짜여 있는 조건 아래서 이미 머릿속으로 수많은 계산기를 두드리고 내린 결론이었다. 계산이 들어맞았고, 가끔 우진에게서 남자를 느끼고 설렌 감정은 그 결론의 정당성을 더욱 높여 주는 부차적인 조건이었다.

"지우진."

자리를 뜨려는 우진을 명희는 붙잡았다. 인정했다. 그의 말 전부. 지금껏 그렇게 살아왔듯이 마음에 쏙 드는 남자를 골라 집으려 했던 것을 굳이 부정하지 않았다. 꼭 죽을 만큼 사랑해야 부부의 결실을 맺는 것은 아니라는 건 이미 자신의 부모를 봐서도 충분히 입증된 사례 아니던가. 때론 사랑보다 어울리는 사람을 선택하는 것이 훨씬 현명한 일일 터였다.

하지만 한 가지 궁금한 게 생겼다. 명희는 천천히 우진에게 시선을 들고 미소 지었다.

"그럼 너는?"

우진의 미간이 바싹 좁혀졌다.

"자기의 모든 걸 버리고 널 갖고 싶어 하는 지소진, 감당할 자신 없잖아, 너."

우진의 꽉 쥐어진 주먹을 힐끗대던 명희는 더 진한 미소와 함께 말을 이었다.

"헷갈릴 거야. 오랜 시간 네 옆을 차지하고 있던 그 애의 중요함은 알겠는데 현실에서 모든 걸 뒤로하고 그 애만 챙길 수는 없겠거든. 그래서 가끔 귀찮기도 하고, 질리기도 할 거야. 그치만 그렇다고 또 네 손에서 떠나보내지는 못하겠는 거지. 왜? 아까우니까. 새장 속에 가둬 둔 새를 쉽게 풀어 주는 주인은 없거든."

"최명희!"

"없음 허전하겠지. 하루 종일 지저귀던 새가 사라지면 외로울 거야."

명희의 손아귀에서 빈 종이컵이 꼬깃꼬깃 구겨졌다.

"나보다 네가 더 문제 있단 생각 안 해 봤니? 취할 생각도 없으면서 손에서 놓질 않으니. 너, 걔 평생 책임질 거 아니면 똑바로 행동해. 적어도 스스로 날갯짓할 수 있겐 해 줘야지. 그래야…… 죽는단 소린 쉽게 안 할 거 아냐."

명희가 던진 종이컵이 휴지통에 쏙 들어갔다.

"우욱-!"

변기를 붙잡고 토악질을 해 보지만 아무것도 먹질 않았으니 나오는 게 있을 리 만무했다. 그럼에도 자꾸 올라오는 쓴물에 소진은 계속 헛구역질을 해 댔다.

"……"

소진은 자신의 등을 토닥여 주는 손길을 느끼고 고개를 들었다. 가방도 내려놓지 않은 채 곧바로 화장실로 온 우진이 소진의 등을 부드럽게 쓸어 주었다. 소진은 얼른 손등으로 입을 닦고 변기 물을 내린 후 세면대 앞에 섰다. 입을 헹구기 위해 콸콸 쏟아지는 물줄기에 손을 막 담그려 할 그때, 우진이 소진의 두 손을 잡아챘다.

"물 닿으면 안 되잖아."

물 컵에 물을 받아 입에 갖다 대 주는 우진을 물끄러미 쳐다보며 소진은 몇 번이고 입을 헹궈 냈다. 우진이 수건으로 자신의 입을 꼼꼼히 닦아 줄 때도 소진은 우진에게서 시선을 떼지 않았다. 우진은 소진의 어깨를 감싸 화장실 밖까지 데리고 나왔다. 소진을 소파에 앉힌 뒤 그 앞에 한쪽 무릎을 꿇고 앉아 소진의 손을 끌어 자세히 들어 보았다.

"많이…… 다쳤네."

"괜찮아. 안 아파. 약도 먹었어."

"방금 다 토했잖아."

"……."

"밥도 안 먹었지."

아무 말도 않는 소진을 두고 우진은 자리에서 일어나 주방으로 갔다. 정장 재킷만 벗어 의자에 걸쳐 두고 셔츠 소매를 걷어 올리는 우진의 옆으로 다가온 소진이 막 쌀을 꺼내려는 우진의 팔을 잡았다.

"우진아, 괜찮아?"

우진은 누가 가슴에 돌멩이를 던진 듯 따끔한 통증을 느끼며 소진에게서 고갤 돌렸다. 지금 누가 누굴 걱정하는 건지. 우진의 미세한 감정 하나도 속속들이 알아채는 소진이 또 뭔가를 느낀 것인가 싶어 우진은 차마 소진의 눈을 마주칠 수 없었다.

"앉아 있어. 죽 끓여 줄게. 죽 먹고 다시 약 먹자."

소진은 더는 토를 달지 않고 식탁 의자로 가 앉았다. 식탁에 엎드려 팔에 볼을 기대며 쌀을 씻어 내는 우진의 등을 소진은 망연히 지켜보았다.

다 끓인 죽을 잘 담아낸 그릇을 식탁 위에 올리고 숟가락을 든 우진은 소진의 옆으로 가 의자를 끌었다. 아무것도 들어가지 않은 흰 죽을 숟가락으로 휘휘 젓던 우진은 한 수저 떠 입김으로 뜨거움을 식히고 소진의 입에 갖다 댔다.

"자, 아."

소진은 덥석 수저를 물며 죽을 입안으로 넘겼다.

"맛있다, 우진아."

아무 맛도 없을 죽을 세상 그 무엇보다 맛있다는 얼굴로 웃고 있었다. 우진은 한 수저 더 소진에게 먹여 주었다. 오늘 아무것도 입에 대지 못하던 소진이 우진이 주는 것만큼은 아무런 거부감 없이 먹었다.

"어쩌다 다친 거였어."

"응? 아, 이거……. 연필."

"연필?"

"응, 연필. 연필 깎다가 베어 버렸어."

"오늘도 그림 그렸어?"

"매일 그리고 있어. 나중에 다 그리면 보여 줄게. 그리고…… 말해 줄게. 뭘 그린 건지."

소진의 얼굴에 뜬 쓸쓸한 미소가 우진이 알아채기도 전에 금세 자취를 감추었다.

"그림 그리는 건 재밌어?"

자리에서 일어나 물을 떠 주며 우진이 지나가듯 물었다. 소진은 아무 생각 없이 고개를 끄덕이곤 우진이 끓여 준 죽을 몇 숟갈 더 떠먹었다.

"여기, 물."

우진이 내미는 물 잔을 두 손으로 쥐고 벌컥벌컥 물을 마신 소진은 다시 숟가락을 쥐고 죽을 떴다. 우진이 손수 해 준 건 하나도 남김없이 다 먹곤 하던 소진이었다.

"너 하고 싶은 거 하게 해 줄 수 있어."

소진은 천천히 고갤 들어 우진을 보았다. 우진은 등을 보인 채 싱크대 앞에 서서 냄비를 개수대 안에 집어넣고 있었다.

"소진아."

"……."

"너 그림 배우러 갈래?"

숟가락이 그릇에 부딪쳐 날카로운 소리를 내었다. 우진은 뒤를 돌았다. 소진이 버려둔 숟가락이 그릇에서 튕겨져 식탁 여기저기 죽을 흩뿌려 놓은 채 아무렇게나 내동댕이쳐져 있었다. 우진은 정색을 하는 소진의 앞에 의자를 끌어당기고 앉았다. 그의 무덤덤한 시선이 소진을 더욱 불안하게 만들었다.

"그림이 꼭 아니어도 돼. 다른 공부가 더 하고 싶음 그걸 하도록 해. 학교를 가든지, 그게 싫음 따로 개인 선생을 붙여 배우든지. 여기 말고 더 배우기 좋은 곳으로 알아봐 줄게."

"날…… 어디로 보내겠다는 거야?"

"한국보다 외국이 나을 수 있어. 거기서 모든 걸 새로 시작할 수도 있어. 너도 남들과 다르지 않게 살 수 있어. 사는데 불편하지 않게 해 줄게. 영어 선생님도 붙여 주고, 하고 싶은 거 있음 다 하게 해 줄게. 그렇게 하자, 소진아."

"같이…… 같이 가는 거야?"

"아니."

메마른 목소리가 우진의 입술을 뚫고 나왔다.

"너 혼자 가는 걸로 하자."

소진이 자리에서 벌떡 일어나면서 그녀가 앉아 있던 의자가 그대로 뒤로 넘어갔다.

"우진아."

"이모한테 부탁할 거야. 너 외국에서 자리 잡는 동안 이모랑 같이 지내게 할 거야."

"우진아."

우진은 식탁 위에 올려 두었던 손을 식탁 밑으로 내렸다. 겨우 붙잡아 쥐고 있는 감정을 들키지 않으려고 두 손을 꽉 움켜쥐었다.

"싫어. 안 가. 나 안 가, 우진아."

"아니, 더는 안 봐줘. 더는 네가 억지 부리는 대로 놔두지 않아. 앞으로 너도 배워. 사람들이 어떻게 살아가는지 배우고 익혀서 그들처럼 평범하게 살아."

우진이 자리를 박차고 일어나 주방을 나가려 걸음을 옮겼다. 황급히 소진이 그 앞을 막고 서 우진의 셔츠를 두 손으로 잡아 쥐었다.

"우진아, 왜 그래. 너 왜 그래! 나 혼자 어떻게 살아. 너 없이 어떻게 살아! 그러지 마. 우진아, 그러지 마. 나 버리지 마. 아, 아까 그 일 때문에 그래? 그래서 너 화났어? 나 안 그럴게. 다시는 너 찾아가지 않을게. 아프다고 떼쓰지 않을게. 다쳐서 너 걱정시키지 않을게. 우진아, 나 좀 봐 봐. 응? 나 네 말 잘 들을 거야. 너 올 때까지 집에서 조용히 있을게. 그러니까……."

"그게!"

우진의 매몰찬 시선에 소진은 더욱 세게 우진의 셔츠를 잡았다.

"그게 문제라는 거야. 넌 나만 보며 살지만 난…… 아냐."

우진은 소진의 손을 움켜잡고 그대로 제 옷에서 떨어트렸다. 하얗게 질린 얼굴로 자신을 간절히 보는 소진을 지나쳐 걸음을 옮기는 우진의 얼굴은 아무 감정도 없어 보였다.

"나 죽어, 우진아."

우진의 걸음이 우뚝 멈춰 섰다. 차가운 시선이 소진에게 돌아갔다.

"그런 걸로 죽을 거였음 진즉 죽었겠지."

그 차가운 시선마저 거둬 가는 우진의 뒷모습을 지켜보던 소진은 그가 방에 들어가 더는 모습을 보이지 않자 천천히 바닥에 쪼그려 앉았다. 양팔을 감싸 안고 싸하게 감겨 오는 몸의 추위를 느끼며 소진은 팔에 얼굴을 묻었다.

"네가 날 살렸잖아…… 우진아."

아무도 듣지 못할 작은 목소리가 허공으로 흐트러졌다.

방문을 닫자마자 쓰러지듯 문에 등을 기댄 우진의 무표정이 사정없이 일그러지기 시작했다. 양손으로 얼굴을 쓸어내리며 깊은 한숨을 토해 낸 우진은 문 바로 뒤에 소진이 있는 것처럼 문 쪽으로 고갤 틀었다.

'나보다 네가 더 문제 있단 생각 안 해 봤니? 취할 생각도 없으면서 손에서 놓질 않으니. 너, 걔 평생 책임질 거 아니면 똑바로 행동해. 적어도 스스로 날갯짓할 수 있겐 해 줘야지. 그래야…… 죽는단 소린 쉽게 안 할 거 아냐.'

정말로 소진의 날개를 굳힌 건 우진, 자신이었을까.

만약 그렇다면 우진은 더는 자신의 새장 안에 소진을 가둬 둘 생각은 없었다. 날아가지 않겠다면 억지로 밀어낼 수밖에.

✝ ✝ ✝

"살이 많이 빠지셨네요. 흰 머리도 저번보다 더 늘었고. 보기 싫네."

세월을 비껴갈 수 있는 게 있을 리 없으니, 십여 년을 감옥에서 썩은 김석태의 얼굴은 그 배의 세월의 속도를 감당하는 듯했다. 그

것이 남자는 썩 맘에 들지 않는다는 듯 안타까운 표정을 지었다.

"늘 한결 같은 모습이어야 나도 살맛이 날 거 아니에요. 한평생을 원장님한테 은혜 갚을 날만 고대하며 살았는데. 이렇게 늙은이가 돼서야 어디 내 맘이 시원하겠어요?"

김석태는 유리벽 너머 남자를 흐리멍덩한 눈으로 쳐다보다 이내 팽 하니 고갤 젖혀 천장을 보았다. 아무 이유 없는 행동을 반복하는 김석태는 정신을 놓는 일이 요즘 들어 잦아진다고 했다. 남잔 그게 정말이지 맘에 들지 않았다. 이 세상 모든 사람이 미친다고 해도 단한 사람, 눈앞의 김석태만큼은 아무것도 잊어서도, 지워서도 안 되는 사람이었다.

"다음 주엔 청주교도소를 갈까 해요. 거기 이정숙 선생님 뵈러요. 기억하시죠? 설마 부인되시는 분을 잊으신 건 아닐 거 아니에요?"

"이……정숙?"

김석태의 눈빛이 또렷해지더니 남자를 바로 보았다. 남자가 크게 웃음을 터트렸다.

"하하! 정말 공처가셔. 어떻게 부인 이름은 잘 기억하고 있네? 그럼 우리들은요? 우리들은 다 기억하시고?"

남자의 말이 끝나기 무섭게 김석태가 유리벽에 착 달라붙으며 히죽 웃었다.

"하민아! 하민아, 너 맞지? 하하! 하민이, 이 녀석! 언제 왔냐!"

"……뚫린 입이라고 말은 쳐 잘하시네."

남자에 눈이 살의로 가득 차 번뜩였다. 목을 이리저리 움직여 굳은 근육을 풀며 김석태를 삐딱하게 보던 남자가 옷 속에서 사진 한장을 꺼내 유리벽 앞에 탁 붙였다.

"기억하세요. 잊지 마시고."

"하민아, 나 좀 꺼내 줘라. 여기서 나 좀 꺼내 줘 봐. 내 말 들어 야지, 착한 어린이지?"

"씨팔! 똑똑히 보고 기억하라고!"

흠칫! 김석태는 깜짝 놀라 몸을 떨며 흔들리는 눈동자로 남자가 잡고 있는 사진 쪽을 보았다. 그건 발가벗고 있는 다섯 아이의 사진 이었다.

"원장님, 절대 잊지 마세요. 이 아이들을."

"아, 아아……아아아악!"

갑자기 머리를 쥐어뜯으며 괴성을 내지르는 김석태를 단조롭게 쳐다보던 남자는 곧 자리에서 일어나 돌아섰다. 교도관에게 끌려가 는 김석태를 뒤로하고 천천히 걸음을 옮기며 남자는 주머니를 뒤적 여 봉투 하나를 꺼냈다. 들고 있던 사진은 분홍색 봉투 안에 고이 담기었다.

"별을…… 보고 있어요."

[별? 요즘 서울에 별이 보이나? 아니, 그것보다 너 지금 밖이야? 날이 추울 텐데.]

소진은 그네 위로 발을 올리며 원피스 치마를 발끝까지 덮었다. 마당에 놓여 있는 하얀 그네의자는 아주 오래전 명학이 놀이터를 가지 못하는 소진을 위해 손수 만들어 준 것이었다. 명학이 만들고, 설치하고, 소진과 우진이 함께 하얀 페인트칠을 했었다. 소진은 핸 드폰을 고쳐 들고 하늘 높이 더 고개를 치켜들었다. 흐릿한 날씨에 구름이 가득한 밤하늘이었다.

[우진이는 뭐 하니? 혼자 나와 있어?]

주연의 목소리에 걱정이 묻어 나왔다. 소진이 타고 있는 그네가 겨울바람에 삐거덕거리며 흔들렸다.

[소진아, 날 춥다. 그만 들어가서 자야지. 요즘도 우진이가 많이 바빠 집에 일찍 들어오지 못…….]

"이모."

[응?]

"이모."

[왜, 소진아.]

"이모."

[애가, 불렀으면 말을.]

"왜 내 이모 했어요?"

[뭐?]

"왜 내 엄마 안 하고 이모 했어요?"

전화 너머 주연이 말문이 막힌 듯 한참을 말을 하지 않다가 조심스레 목소리를 내었다.

[소진아, 혹시 무슨 일 있니?]

보이지 않는다는 걸 뻔히 알면서도 소진은 고개를 가로저었다.

[소진아, 이모가 예전에 그랬었지. 이모의 섣부른 판단이 무책임한 결과를 가져오지 않을까 이모는 많이 무서웠다고. 이모는 너를 많이 사랑하고 소중히 생각해. 그건 너한테 내가 이모가 됐든, 엄마가 됐든 상관없는 일이야.]

"근데 왜 날 놔두고 거기 가셨어요?"

주연의 나지막한 웃음소리가 새어 나왔다.

[오늘따라 우리 소진이 투정이 심하네. 이유는 하나지. 거기 우진이가 있으니까.]

"……."

[네 옆에 우진이가 있잖아. 그걸로 이모는 안심할 수 있어.]

주연은 자신을 찾는 소리를 듣고 그만 전화를 끊어야겠다며 서둘러 통화를 마쳤다. 뚝뚝, 끊긴 전화 소리를 듣고도 핸드폰을 그대로 귀에 댄 채 소진은 하늘을 들여다보았다.

"사실 별이 안 보여요, 이모."

소진은 하늘에서 시선을 떼고 고개를 옆으로 돌렸다. 거실이 내다보이는 창 앞에 서서 이쪽을 바라보고 있는 우진과 시선을 마주했다.

"……그리고 지금 우진인 내 옆에 없어요."

8.

가느다랗게 흘러나오는 숨이 흐릿한 연기가 되어 공중에서 흩어져 갔다. 소진은 제 숨이 사라지는 그 광경을 망연히 응시하다 천천히 고개를 하늘 위로 젖혔다. 그 순간, 살포시 눈송이 하나가 그녀의 눈 위로 안착했다. 바르르 떨리며 감기는 속눈썹 위로 앉았던 눈송이는 금세 흔적도 없이 물이 되어 또르르 볼가로 흘러내렸다.

하나, 둘 하얗게 떨어지던 눈을 보며 소진은 손을 내밀었다. 손바닥 위로 내려앉는 눈들이 물방울로 변해 가는 걸 보던 소진은 주먹을 그러쥐었다. 아무것도 잡힐 것이 없었다.

"감기 들겠다."

소진의 머리 위로 우진의 낮은 목소리가 들렸다. 눈이 내리고 있어서인지, 그의 목소리엔 꿈처럼 울림이 가득하였다. 소진은 우진을 돌아보지 않고, 무릎 위로 턱을 괴었다. 들어가지 않겠다는 무언의 고집을 우진은 미리 알았던 듯 들고 나온 담요를 소진의 어깨에 둘러 주었다. 그리고 소진의 옆으로 다가와 그녀와 마찬가지로 그

네에 엉덩이를 붙이고 앉았다.

어렸을 적, 소진이 그네에 앉으면 뒤에서 밀어 주기만 하였지, 이렇게 나란히 앉아 본 기억이 없었다. 우진은 소진과 같이 어둠 속에서도 환하게 빛을 내는 눈의 결정들을 바라보았다. 소진은 고개를 틀어 그런 우진을 바라보았다.

"우진아."

"……."

"지…우…진."

늘 당연하게 불러왔고, 당연하게 들어왔던 이름.

"우진아, 네가 그렇게 알려 줬잖아."

암흑보다도 더 깜깜한 우진의 눈이 소진에게 돌아갔다.

"나한테 알려 줬었어. 네 이름. 그리고 물어봤어, 계속. 네 이름이 뭐냐고. 그렇게 나한테 알려 줬잖아. 네가 누군지. 그니까 우진아."

"……."

"자꾸 아니라고 하지 마. 그러지 마, 우진아."

우진의 눈빛이 사정없이 흔들렸다. 갈 곳 잃은 시선은 소진의 얼굴 주변을 배회하였다. 소진이 천천히 손을 들어 우진의 뺨에 갖다 대었다. 얼음장보다도 더 시린 손길에 우진은 반사적으로 소진의 손을 자신의 손으로 감싸 쥐었다.

"따듯하다."

소진이 미소 지었다. 여태 추운 줄도 모르고 있었으면서 우진의 온기를 느끼고 따듯하다 말하고 있었다. 소진은 머리를 기울여 우진의 어깨에 기대었다. 어렸을 적, 잠투정을 할 때면 늘 듬직하게 내주었던 어깨였다. 변치 않던 자리였다. 제 옆에 우진의 자리는. 그리고 우진의 옆에 제자리는.

"우진아."

살포시 감고 있던 눈을 다시 뜨며 소진은 얼굴을 들고 우진을 보았다. 우진의 내리깐 시선이 소진의 두 눈동자와 맞닿았다. 소진의 새빨간 입술이 서서히 열렸다.

"사랑해."

소진의 얼굴이 더 가까이 우진에게로 다가갔다. 우진은 일순간도 자신에게 눈을 떼지 않고 다가오는 소진을 아무것도 담기지 않은 표정으로 지켜보았다. 그리고 소진의 숨결이 제 입술에 다다랐을 때, 우진은 고개를 돌리었다. 제 뺨에 올라가 있던 소진의 손을 밑으로 내리고 우진은 자리에서 일어섰다. 담요가 소진의 어깨에서 흘러내려 밑으로 툭, 떨어졌다.

"춥다. 그만 들어가자."

우진은 소진을 두고 먼저 걸음을 옮겼다. 소진은 무릎에 볼을 대고 점점 멀어져 가는 우진의 등을 바라보았다. 여전히 눈이 소진의 머리 위로 내려앉았다. 소진의 눈가 옆으로 흘러내리는 것이 반짝, 눈인 것처럼 빛을 냈다 사라져 갔다.

쾅, 등 뒤로 닫히는 현관문 소리가 메아리처럼 귓가에 반복돼 울렸다. 아무렇지 않은 척, 거실을 지나 제 방문 앞까지 걸어간 우진은 문고리를 잡은 채 한참을 멈춰 있었다. 손이 시렸다. 바깥에 있을 때보다 더 싸한 냉기가 온몸을 휘감고 있었다.

우진은 결국 그대로 외면하지 못하고 뒤돌아 창밖을 보았다. 여전히 똑같은 모습으로 그곳에 있는 소진을 보며 우진은 한 발짝 발을 내딛다가 멈칫했다.

사랑해.

그 말의 의미를 저 아이는 정말 알고 있는 걸까.

저 아이가 보는 나는 무엇일까.

그리고 나는, 저 아이를 어떻게 보고 있는 걸까.

아무도 답을 내리지 못하는 질문들이 꼬리에 꼬리를 물고 이어졌다. 우진은 지금의 이 혼란이 미치도록 거북스러웠다. 생각해 보면 소진을 가족이라고, 내 여동생이라고 누군가에게 당당히 말해 본 적이 없었다. 딱히 그렇게 규정짓고 소진을 생각해 본 적이 없었다.

그저 언제부턴가 늘 제 옆, 그 자리에서 한결같이 웃고, 말하고, 기다리는 그 하나의 모습으로 자리매김하였다. 세상의 시선이 닿지 않아서 이 이상한 관계를 실감하지 못했다. 그러나 우진은 이 관계가 이런 식으로 지속될 수 없음을 알아 버렸다. 우진은 어떻게든 소진에 대한 것들을 확실히 결론내릴 것이었다.

우진의 방문이 열리고 이내, 굳게 닫히었다. 텅텅 빈 거실에 어둠이 자욱이 깔리었다.

책상을 등지고 기대 선 채 창밖을 내려 보던 우진은 어깨에 끼고 있던 핸드폰을 고쳐 들었다.

"사람이 많은 곳보단 한적한 곳이 좋겠어. 위험하지 않고, 조용한 곳. 그래, 부탁 좀 하자. 알아보고 바로 연락 줘. 최대한 빠르면 빠를수록 좋아. 그래, 그럼."

통화를 마치고 핸드폰을 귀에서 뗀 우진은 온통 하얗게 변해 버린 바깥세상을 잠시 응시하다 몸을 돌렸다.

"나 노크했어. 네가 통화 중이라 못 들은 거지."

언제부터 들어와 있던 건지 매우 뻔뻔스런 얼굴로 소파에 다릴 꼬고 앉은 채 명희가 말해 왔다. 우진의 인상이 바로 구겨졌다. 남의 통화를 엿듣는 행위가 상당히 불쾌했다.

"정석 씨랑 배 계장님은 점심 먹으러 갔나 봐?"

"들어오란 말 안 했어. 나가."

"너무한다. 내가 너랑 소진 씨에 대해 이러쿵저러쿵 말이 많긴 했지만 직장 내에서 일 때문에 온 동료를 쫓을 것까진 없잖아."

용건이 단순히 일뿐인 건지에 대해선 의심이 들었지만 우진은 다시 나가라고 말하진 않았다.

"오늘 일 끝나고 요 앞 새로 생긴 갈비집으로 집합! 동기 녀석들이 이제야 내 환영회를 열어 준다잖아. 이런 뒷북이 또 없어요."

"그게 일 얘기야?"

명희는 싱긋 웃으며 들고 있던 파일을 책상 위에 얹었다.

"그리고 플러스! 주 의원 조카. 증인들이 말을 바꿀지도 몰라."

명희가 파일을 검지로 톡톡 두드렸다.

"그 사람들 통장이 빵빵해졌거든. 계좌추적까진 내가 안 해 봐서 모르지만 그 돈의 출처가 어딘지는 뻔하지. 아, 남의 사건에 웬 참견이냐 하지 마. 이 새끼, 보니까 여자들도 많이 건드렸더라고. 네가 아니라 내가 법정에 설 수도 있어. 그니까 미리미리 털 수 있는 먼지들 죄다 끌어 모아 놔야지."

"주 의원과 네 아버지 친분 있는 사이 아니었나."

명희가 피식 웃으며 일어났다.

"응, 있지. 울 아빠랑 주 의원. 근데 난 주 의원 모르거든."

우진은 순간 말실수를 했다는 걸 깨달았다. 방금 한 말은 일부러 명희를 깎아내리는 것과 다르지 않았다. 그러나 명희는 개의치 않다는 듯 태연한 얼굴로 어깨를 으쓱였다.

"저녁 회식 빠지지 마. 나 외로워."

문을 열기 바로 직전에 명희가 다시 우진을 돌아보았다.

"아, 근데 말이야. 외국에 집 구하는 게 너 살려고 그러는 건 아닐 테고, 네가 내린 결정이 그거야?"

"남의 통화 엿들은 거에 알은척하지 마."

"아아, 미안. 그냥 생각보다 지우진 별거 아니구나, 싶어서. 그럼 수고!"

문을 쾅 닫고 나간 명희가 아직 그 자리에 있는 것처럼 우진의 사나운 눈길이 한참을 머물렀다.

명학은 손에 묻은 물기를 손수건으로 닦아 내며 한 상 거하게 차려진 밥상을 흐뭇하게 바라보았다.

"이야, 우리 소진이 이제 시집가도 되겠네."

명학 앞에 고슬고슬하게 지어진 밥과 싱겁게 먹는 명학의 입맛에 맞춘 된장국을 내려놓으면서 소진이 말갛게 미소 지었다. 명학의 앞에 앉은 소진은 컵에 물을 따라 주곤 명학 쪽으로 밀어 주었다.

"드세요."

"어디 맛 좀 볼까."

한 수저 국을 떠 입안으로 가져간 명학은 바로 과장되게 엄지손가락을 치켜들었다.

"세상에서 제일 맛있다! 한 백만 원은 받고 팔아도 되겠어."

가만히 웃기만 하는 소진을 바라보던 명학은 어쩐지 수척해 보이는 느낌에 마음이 쓰였다. 예전 주연이 있을 땐 다 같이 식사를 할 기회가 많았지만 주연이 해외로 나가고 나선 허전함에 일부러라도 일을 만들다 보니 소진과 이리 마주앉아 밥 한 끼 먹을 시간조차 별로 없었다. 그렇게 신경을 써 주지 못했던 것이 영 맘에 걸렸다.

"우진이가 잘 챙겨 주는 거지?"

지나가는 말처럼 입안에 밥을 한가득 밀어 넣고 묻는 명학에게 소진은 말없이 고개만 끄덕여 보였다. 명학은 잘 말린 계란말이를 적당한 크기로 잘라 소진의 밥 위에 올려 주었다.

"우진이 좋아하는 것만 하지 말고 너 좋아하는 거 해서 먹어라."

소진은 제 밥 위에 올려 있는 계란말이를 물끄러미 바라보다 갑자기 고개를 쳐들곤 명학을 향해 환하게 웃어 보였다.

"아저씨."

"응?"

"내일 우진이랑 그림 보러 갈 거예요."

"전시회? 아직 안 갔었어?"

소진이 고개를 저었다.

"아뇨. 또 가는 거예요. 좋겠죠?"

"어유, 좋겠네! 그래, 내일쯤이면 눈도 다 녹고 날씨도 풀린다니까 우진이한테 맛있는 거 많이 사 달라 그래."

"네."

명학은 잠시 숟가락을 내려놓고 물 잔을 들어 목을 축였다.

"근데 소진아."

"네."

"이제 밖이 무섭지 않니? 괜찮은 거야?"

소진은 시선을 내려 밥상을 보았다. 온통 우진이 잘 먹는 것들로만 가득한 밥상이었다. 소진에게 좋아하는 것들은 우진이 좋아하는 것들이었다. 언제부턴가 그건 이미 정해진 답처럼 그래 왔다. 소진은 다시 고갤 들고 명학을 보며 웃었다.

"우진이가 있잖아요. 그니까 안 무서워요, 아저씨."

명학은 소진을 따라 푸근한 미소를 지었다. 그리고 소진의 웃음에 서린 그림자를 못 본 척 다시 숟가락을 들었다.

디잉—동.

길게 울리는 초인종 소리가 다 끝나기 전에 현관문이 벌컥 열리었다. 명희는 문턱을 밟고 선 소진의 맨발을 잠시 쳐다보다 고갤 들어 웃어 보였다.

"무거운데 같이 좀 부축할래요?"

소진은 명희의 어깨에 팔을 걸치고 축 늘어져 있는 우진을 굳은 얼굴로 바라보다 별말 없이 우진의 나머지 팔을 잡고 집 안까지 옮기었다. 우진의 방까지 들어가 침대에 그를 눕힌 명희는 답답함에 목에 감고 있던 머플러를 풀어냈다. 소진이 자연스레 우진의 옷을 벗기고 이불을 덮어 주는 모습을 명희가 묘하게 바라보았다.

"회식이 있었어요. 동기 녀석들이 꽤 퍼부어 댔거든요. 우진이 많이 기다렸죠?"

아무 대답 없는 소진의 반응을 미리 알기라도 했듯 명희는 더는 말을 붙이지 않고 우진의 침대 한쪽에 엉덩이를 걸치고 앉았다. 그런 명희에게 소진의 싸늘한 시선이 머물렀다. 우진이 몸을 뒤척이자 소진의 눈은 얼른 다시 우진에게로 돌아갔다. 그 모습이 명희는 어쩐지 신기했다. 모든 레이더망이 우진에게로 향해 있는 소진의 세상을 명희는 이해할 수 없었다.

"물……."

목이 타는지 인상을 찡그리며 말하는 우진의 작은 목소리를 바로 알아들은 소진이 자리에서 일어나 방을 나갔다. 명희는 부엌에서 달그락거리는 소리를 들으며 우진을 돌아보았다. 술에 찌들어 소진이 잘 덮어 주었던 이불을 걷어 내는 그를 보며 명희는 실소를 터트렸다. 그렇게 단단해 보이던 그도 결국은 인간이긴 했나 보다.

명희는 자리를 옮겨 우진의 머리맡으로 다가갔다. 항상 깔끔하게 뒤로 넘겼던 머리카락이 제멋대로 이마 위로 흐트러져 있었다. 명희는 진한 그의 눈썹 위로 손가락을 갖다 대었다. 그리고 조심스레 이마를 스쳐 그의 머리카락을 옆으로 넘겨 주었다.

그러다 명희는 멈칫하고 다른 손으로 자신의 가슴을 지그시 세게 눌렀다. 평소와 다르게 거친 심장박동이 손바닥을 타고 전해졌다. 호감의 경계선을 밟고 있는 제 발끝이 위태로워 보였다.

"아아, 정신 차리자. 최명희. 이건 네 스타일이 아니지. 으흠!"

괜한 헛기침까지 하며 고개를 젓던 명희의 손이 우진에게서 멀어지려 할 때였다. 턱, 붙잡힌 명희의 손이 별안간 우진 쪽으로 세게 끌어당겨졌다.

소진의 손이 문고리에 채 닿지 못하고 힘없이 밑으로 떨어졌다. 들고 있는 쟁반, 그리고 그 위에 담긴 물컵이 거세게 흔들렸다. 최대한 서둘러 꿀물을 타느라 뚜껑도 닫지 않은 꿀을 그대로 식탁 위에 내버려 두고 온 채였다. 차라리 뚜껑을 닫고 올걸. 조금만 더 있다가 올걸. 빠르게 걸어오지 말걸. 천천히 걸어올걸.

소진은 쟁반을 두 손으로 부서트릴 듯 그러쥐고 문 앞에서 뒤돌아섰다. 한 발, 한 발 힘겹게 위태로운 걸음을 옮기는 소진의 등 뒤, 문틈으론 얼굴을 맞대고 있는 명희와 우진이 있었다.

부엌으로 다시 온 소진은 쟁반을 싱크대에 올려 두기가 무섭게 무너져 버렸다. 몸속에 수백 마리의 벌레가 자신을 갉아먹는 것만 같았다. 소진은 바닥에 주저앉아 가슴을 손톱으로 긁어 내렸다. 온

몸을 도려내고 싶을 정도로 따갑고 뜨거웠다.

쾅!

현관문이 여닫히는 소리에 소진은 소스라치게 놀라 하며 거실로 뛰쳐나왔다. 우진의 열린 방문 사이로 등을 보이고 누워 있는 우진 이 보였다. 집을 나간 이는 명희뿐이었다. 그 사실을 확인하고 안도 하는 자신의 모습을 발견한 소진은 두 손으로 입을 꼭 막았다. 벽에 딱 붙어 쪼그리고 앉은 소진은 모든 소리를 속으로 삼키며 울음을, 두려움을, 절망을 토해 냈다.

붓끝이 메말라 더 이상 유화물감이 묻어나오지 않았다. 그럼에도 소진은 정신없이 캔버스에 붓을 메다꽂고 짓눌렀다. 거친 질감의 텍스처가 도배된 캔버스 위로 왔다 갔다 움직이는 그녀의 손이 분 주했다. 소진의 멍한 시선은 캔버스와 팔레트를 오갈 뿐, 감정 없는 로봇처럼 그녀의 손짓이 인위적이었다.

소진은 뭔가 필사적이었다. 다급한 무언가에 쫓기는 사람처럼 소 진은 하얗던 캔버스에 틈새 하나 없이 유화물감으로 채워 나갔다.

뭉개져 제 노릇을 못 하게 된 붓이 순간 멈췄다. 소진은 욱신거 리는 오른쪽 손목을 나머지 왼손으로 감쌌다. 그녀가 놓친 붓이 바 닥에 소리 내며 떨어졌다. 소진은 데구르르 굴러가는 그것을 응시 하다 자리에서 일어나 흰 천을 캔버스 위로 덮고 방을 나섰다. 우진 의 발소리가 그녀의 귀에 들린 참이었다.

"속 쓰리지?"

부엌에 서서 물병 그대로 들고 물을 마시고 있는 우진을 보며 소 진은 그렇게 물었다. 우진은 속이 쓰릴뿐더러 지끈거리는 머리를 손바닥으로 꾹꾹 누르며 잔뜩 인상을 찌푸렸다.

"어떻게 된 거야? 어제 나……."

"최 검사님이 데리고 왔어."

우진은 잠시 소진이 말하는 최 검사가 누구인지 생각해 보다가 그게 명희라는 것을 알고 소진을 빤히 쳐다보았다. 소진이 명명하는 그 지칭이 상당히 이질적으로 다가왔다. 소진은 우진을 지나쳐 가스레인지 불을 켰다. 새벽에 만들어 둔 콩나물국이었다.

"우진아, 먼저 씻고 밥 먹어. 밥 먹은 다음에 나가자."

냄비 뚜껑을 열고 국자로 건더기를 휙휙 저으며 소진이 무덤덤하게 말했다. 우진은 어딜 나가냐는 듯 소진을 보았다. 가스레인지 불을 줄이던 소진이 우진을 돌아보았다.

"어제 나랑 약속했잖아. 오늘 나랑 놀기로."

우진은 아무 말도 하지 않았다. 환하게 웃어 보이는 소진에게 기억나지도 않는 약속을 지킬 생각 없다는 말이 나오질 않았다.

편한 청바지에 스웨터, 검정 재킷을 걸치고 있는 우진과 니트 원피스에 롱 코트를 걸치고 옅은 화장까지 한 소진은 잠깐 사람들의 눈길이 머물 정도로 잘 어울렸다.

우진은 제 손에 깍지를 끼고 높은 천장에 달려 있는 샹들리에를 목이 꺾여져라 올려다보고 있는 소진을 바라보았다. 미술 전시회에 와서 보라는 그림은 안 보고 왜 샹들리에를 바라보냐고 우진이 물으면, 소진은 그저 빙그레 웃고 말 뿐이었다.

그 외에도 소진은 대답을 주지 않는 의아한 행동을 했다. 우진과 나란히 의자에 앉아 우진의 팔에 팔짱을 꼭 낀 채로 오가는 사람들을 쳐다보거나, 우진의 어깨에 기대 잠시 눈을 감는 등 통 그림엔 시선을 주지 않았다.

결국 보는 둥 마는 둥 제대로 둘러보지도 않고 우진은 전시장을 나가고자 소진의 손을 잡고 엘리베이터에 올라탔다. 맨 꼭대기 층에서 탔을 땐 넉넉하던 엘리베이터 안은 점차 층을 내려갈수록 사람들로 북적이기 시작했다.

"……."

엘리베이터가 3층에 섰을 때, 우진은 소진이 지금 숨을 쉬지 않고 있단 걸 깨달았다. 사람들 틈에서 어깨를 잔뜩 움츠리고 파랗게 질린 얼굴로 우진의 재킷만 억세게 쥐고 있는 소진의 상태는 결코 좋아 보이지 않았다. 한 남자가 소진에게 밀착되어 왔을 때 소진은 눈을 질끈 감으며 파르르 떨어 댔다.

우진은 돌아서 소진을 자신의 품 안에 가두고 사람들과의 접촉이 없도록 소진에게 자리를 만들어 주었다. 소진은 우진의 허리를 꼭 끌어안고 가쁜 숨을 몰아쉬었다. 자신들을 힐끔대는 사람들의 이상한 눈초리가 느껴졌지만 우진은 덤덤히 소진의 머리를 반복적으로 쓰다듬어 주었다.

전시회장을 나와 주차장을 향할 때까지 두 사람은 서로 아무 말도 하지 않았다. 차에 올라타서야 소진이 방금 전 아무 일도 없었던 듯 입을 열었다.

"그림 봤으니까 이제 밥 먹으러 가자, 우진아."

우진은 차에 시동을 켜지 않고 잠시 시트에 등을 기대었다.

"뭐 먹을까? 우리 뭐 먹지?"

"지소진."

낮게 깔린 그의 목소리가 듣기 싫었다. 소진은 어색하게 굳어진 미소를 지우지 않고 우진을 바라봤다.

"너 밖에서 밥 잘 못 먹잖아. 체하잖아."

"안 그래."

"너 그래, 아직도."

"안 그렇다고 했잖아. 나 괜찮아. 밥 먹으러 갈 거야. 사람 많은 데로 가."

"너 엘리베이터에선 숨도 제대로 못 쉬었어. 좁은 공간에 사람 많은 거 못 견뎌서. 그림안 보고 샹들리에 구경만 한 거? 그거 사람 드문 곳 찾아간 거잖아."

"그런 거…… 아냐. 그림이 보기 싫었어. 난 이제 그림 같은 거 안 봐. 안 좋아해. 그래서 그림 공부할 필요도 없어. 그리고 나 사람들 아무렇지 않게 볼 수 있어. 아까 봤잖아. 나 사람들이랑 눈도 마주치고 안 피했어. 나…… 이제 괜찮아. 우진아."

앞만 바라보고 있던 우진의 눈동자가 흔들렸다. 결국 오늘 소진은 그걸 보여 주고 싶었던 걸까. 그림에 흥미가 떨어졌으니, 앞으로 평범하게 사람들을 대할 테니, 굳이 외국에 나갈 필요가 없다고, 자신을 내칠 필요가 없다고. 핸들을 쥔 우진의 손에 힘이 들어갔다.

"우진아."

우진의 팔 위로 손을 올리며 자신 좀 봐 달라는 듯, 소진의 눈이 끈질기게 그에게 달라붙었다.

"우진아."

"곧 집 구하면 이모한테 연락할 거야. 잠시 한국에 들어왔다가 너 데리고 나가면 될 것 같아."

그러나 우진은 끝내 소진을 봐 주지 않았다. 우진이 차 시동을 켜면서 그의 팔 위에 얹어 있던 소진의 손이 떨어져 나갔다.

"가서 너 공부도 하고 치료도 받아."

치료라는 단어가 소진의 가슴을 후벼 팠다.

"네가 홀로서는 연습을 하려면 내가 네 옆에 없는 게 나아. 그니까."

우진의 고개가 소진에게 돌아갔다.

"잠시만 떨어져 있어 보자."

그리고 알아야겠어. 네가 없는 난, 어떨지. 그래서 대체 네가 나한테 뭔지, 난 알아야겠어.

입 밖으론 꺼내지 못한 그의 진실 된 속내였다. 우진은 소진이 평생을 불안정한 상태에서 살길 바라지 않았다. 그것을 지켜보고 있다가 어쩔 수 없이 지쳐 버릴 때면 상처 주기를 반복하는 자신이 싫었고, 그 상처에 무뎌하는 소진의 모습은 더더욱 싫었다.

좀 더 강해지기를, 좀 더 단단해지기를 바랐다. 그래서 온전히 이성적으로 서로를 다시 한 번 돌아보길 바랐다. 그래서 소진이 보호를 받을 수 있는 사람에 대한 의존을 사랑이라고 착각하는 것은 아닌지 깨닫길 바랐다.

우진은 히터를 세게 틀고 차를 출발시켰다. 소진은 입을 다물고 창밖으로 시선을 돌렸다. 앙상한 겨울나무들이 빠르게 스쳐 지나가고 있었다. 그리고 잠시 차가 신호에 걸렸을 때 저 멀리 다른 나무들과 달리 푸르른 소나무가 보였다. 소나무엔 작은 전구들이 칭칭 감겨 있고 앙증맞은 장식들이 걸려 있었다. 밤이 되면 불이 들어와 반짝여 참 예쁠 것이었다.

소진은 손으로 창문 밖 소나무를 쓸었다.

"곧 크리스마스야, 우진아."

중얼거리듯 말한 소진의 작은 목소리에 우진의 시선이 소진에게 닿았다. 소진은 소나무 앞에 놓인 인공 선물 상자를 만지며 좋아라 하는 아이를 보며 희미한 미소를 지었다. 아주 오래전 크리스마스는 지독한 악몽이었다. 그러나 우진의 손을 잡은 그다음은 늘 깨기 싫은 꿈이었다.

'우진이, 너! 소진이 선물 뭐 준비한 거 없어?'

'선물은 무슨.'

'어머, 이런 센스 없는 녀석이 다 있나. 우리랑 처음 맞이하는 크리스마슨데 소진이 선물도 준비 안 했단 말이야?'

'어이, 지소진. 옜다.'

퉁명스레, 민망해하며 선물 상자를 던져 주었던 그날, 태어나서 처음으로 받은 크리스마스 선물은 빨간 벙어리장갑이었다. 그해 겨울이 끝나고 봄이 지나도록 소진은 집에서조차 그 장갑을 끼고 있었다.

더 이상 겨울은 추운 계절이 아니었고, 크리스마스는 굶주린 몸으로 매타작을 받아야 하는 날이 아니었다. 악몽에서 깨자, 새로운 꿈이 펼쳐졌다. 그런데…….

소진은 스르륵 눈을 감고 창가에 머리를 기대었다. 꿈에서 깨고 싶지 않았다.

"그래, 자. 집 도착하면 깨워 줄게."

소진은 우진의 목소리가 차츰 희미해지는 걸 느꼈다. 정말로 좋은 꿈이었는데.

거실에 놓인 하얀 천이 덮인 이젤, 그 이젤 다리 옆에 앉아 있던 소진이 무릎을 끌어 모아 턱을 괴었다. 통유리 밖으로 이제 막 해가 뜨고 있었다. 주황빛이 가득한 그 광경을 바라보다 마당을 가로질러 걷고 있는 우진을 눈으로 쫓기 시작했다. 말쑥하게 차려입고 서류가방을 든 채 대문까지 가던 우진이 멈춰 서 소진 쪽을 돌아보았다.

우진과 시선이 마주치자, 소진은 손을 흔들었다.

'다음 주부터 영어 가르쳐 줄 선생님 오실 거야. 낯선 사람, 거북스러워도 참고 견뎌.'

떠나보낼 준비를 차곡차곡 하는 우진을 떠나야 할 소진은 그저 가만히 바라보기만 하였다.

우진이 대문 밖을 사라지자, 소진은 천천히 들고 있던 손을 내렸다.

"잘 가. ……우진아."

소진의 손이 카디건 호주머니 속으로 들어갔다 나왔다. 손안엔 사진 한 장이 들려져 있었다. 커다란 성당이 가득 찬 사진을 물끄러미 바라보고 있던 소진은 이내 서서히 사진을 뒤집었다. 하얀 사진 뒷장 아래에 적힌 연락처와 주소. 소진은 그 검은 글씨를 아주 오랫동안 보았다.

† † †

청사 로비를 걷던 명희는 저만치 이쪽으로 걸어오고 있는 우진을 보곤 걸음을 우뚝 멈춰 세웠다. 우진의 옆에서 바삐 서류를 넘겨 가며 보고를 하던 정석이 그런 명희를 발견하곤 반갑게 알은체해 왔다.

"최 검사님! 주말 잘 보내셨어요?"

"야, 지우진."

제 인사는 깡그리 씹고 우진의 이름을 무섭게 부르는 명희의 행동에 정석은 조용히 뒤로 물러났다. 왠지 분위기가 자신이 낄 자리가 아닌 듯했다.

"직장이다. 공사 구분해."

"잘난 척하지 마. 특히 내 앞에서."

"뭐?"

"술 먹고 기억도 안 나나 보지?"

명희의 쏘아붙이는 말에 우진은 눈살을 찌푸렸다.

"너 진짜 최악이야. 알아?"

"최명희, 돌려서 말하지 말고 똑바로 말해. 내가 너한테 무슨 실수라도 했어?"

"실수? 하, 내가 네 뺨 한 대 올려붙이지 못한 걸 주말 내내 후회했거든? 근데 생각해 보니까 너한테 되갚아 줄 더 좋은 방법이 있더라고."

"무슨 소릴 하는 거야?"

"나 절대 얘기 안 해. 너 삽질하는 거 옆에서 구경만 하다 나중에 제대로 조롱해 줄 테니까 딱 기다려."

제 할 말만 내뱉고 우진을 쌩 지나친 명희 뒤로 우진은 도저히 이해 안 가는 표정으로 서 있었다. 대체 무슨 일이 있었던 건지, 어떤 실수를 했기에 명희가 저 정도로 화를 내는지 우진은 깨끗이 기억을 지운 제 머리가 한심스러울 뿐이었다.

엘리베이터에 올라탄 명희는 신경질적으로 닫힘 버튼을 연달아 눌러 댔다. 올라가는 층수를 확인하며 거칠게 머리를 쓸어 넘기던 그녀는 문득 거울에 비친 제 얼굴을 마주하곤 멈칫했다. 연한 립스틱이 깔끔히 발라진 제 입술에 머문 시선이 흔들렸다. 명희는 제 입술을 손가락으로 쓸다가 그만 어이가 없어 헛웃음을 터트렸다.

'……지소진.'

분명 그의 입술을 뚫고 나온 이름은 지소진, 그것이었다. 제 손목을 붙잡고 제 뺨을 감싼 채 그의 달뜬 숨결이 제 입술에 느껴지는 거리에서 지우진은 오직 한 이름을 입에 담았다. 그 부름에 명희

153

가 그를 밀치고 자리를 뜨지 않았다면, 그저 우진의 손에 몸을 맡긴 채 그대로 있었다면 그다음 일은 꽤나 치욕스러웠을 거다.

"지우진, 너 자수했어. 이 멍청아."

그러나 명희는 알려 주지 않을 것이었다. 스스로 알 때까지 놔두는 것이 그녀의 소심한 복수였다. 엘리베이터의 문이 땡, 소리와 함께 열렸다. 그리고 그때 명희의 핸드폰이 울렸다. 명희는 전화를 받으며 엘리베이터에서 내렸다.

"네, 최명희입니다."

아무 소리도 들리지 않는 핸드폰을 귀에서 떼고 화면을 본 명희는 아직 통화 중인 것을 확인했다.

"여보세요? 여보……."

들려오는 상대방의 목소리에 명희가 제자리에 멈춰 섰다.

우진의 집 거실 소파에 앉아, 명희는 제 앞으로 찻잔을 내려놓는 소진을 빤히 쳐다봤다.

"내 연락처 어떻게 알았어요?"

소진은 명희의 맞은편에 자리하며 들고 있던 작은 쟁반을 무릎 위에 가만히 올려 두었다.

"우진이 핸드폰에서 봤어요."

"뭐, 그건 그렇다 치고. 날 보자고 한 이유는요? 나 진짜 깜짝 놀랐거든. 소진 씨가 먼저 연락할 줄이야. 게다가 집으로까지 부르고."

"저번에 왜 그냥 갔어요?"

명희는 대답 대신 찻잔을 감싸 쥐었다. 뜨거운 녹차의 김을 식혀 한 모금 입에 머금고 나서도 명희는 아무런 대답을 해 주지 않았다. 소진은 그런 명희를 바라보다가 그녀에게서 시선을 떼고 이젤이 놓여 있는 창가 쪽으로 고갤 돌렸다.

"내가 이상해 보여요?"

명희는 찡그린 얼굴로 소진을 보았다.

"그래서 우진이가 더는 날 받아 주려고 하지 않는 걸까요? 내가 평범하지 않아서?"

"소진 씨."

명희는 찻잔을 내려 두고 꼰 다리 위로 깍지 낀 손을 올렸다.

"본인이 이상하다고 생각해요? 본인이 평범하지 않다고?"

소진의 옆모습을 바라보며 명희는 마저 말을 이었다.

"본인이 그렇게 생각하면 그런 거예요. 남들이 어떻게 보는지 따지지 말고 스스로한테 먼저 물어봐요. 내가 보기엔 소진 씨 스스로가 이미 보통 사람처럼 못 살 거라고 단정 짓고 있는 것 같은데."

소진의 시선이 다시 명희에게 향했다.

"최 검사님은 좋은 환경에서 태어나 자랐죠?"

"뭘 말하고 싶어요?"

"나도 그랬으면 달랐을 거예요."

"……."

"나도…… 겁내지 않아도 됐을 거예요."

"소진 씨, 대체 무슨."

"나에 대해 얼마나 알고 있어요?"

자리에서 일어나 창가로 걸어가는 소진을 명희의 눈동자가 따라 움직였다.

"대충요. 날 욕해도 할 말 없어요. 확실히 내가 무례하게 소진 씨에 대해 알아본 거니까. 미안해요."

"우진이가 날 아는 만큼 알고 있겠죠?"

"그럴 리가. 당연히 우진이가 훨씬 더 소진 씨에 대해 잘 알겠죠."

"그럴까요."

소진은 이젤 앞에 섰다. 커다란 네모 캔버스를 가리고 있는 흰 천을 쥐는 소진의 손가락을 보며 명희는 소진의 손가락이 참 길고 예쁘다고 생각했다.

촤르륵, 소진의 손짓 한 번에 흰 천이 물결을 일으키며 밑으로 흘러내렸다. 명희는 가려졌던 그림이 눈앞에 펼쳐지자 탄성을 금치 못했다. 천천히 소파에서 일어난 명희는 그림 앞으로 다가갔다.

커다란 캔버스는 유화로 꽉 채워져 있었다. 흐린 하늘을 머리 위에 이고 신화 속에서 나올 법한 성난 표정의 남성이 순백의 천에 싸인 여인을 안은 채 시퍼런 낫으로 어떤 이를 짓누르고 있었다. 그의 발치에서 낫에 깔려 괴로워하는 이는 손에 가면을 쥐고 있고 남성의 뒷발치에는 또 다른 이가 공포에 질린 채 신음하고 있었다.

"진실을 구하는 시간."

자기도 모르게 그림에 손을 뻗던 명희가 멈칫하였다.

성당의 종이 연이어 울리었다. 작은 몸뚱이 하난 거뜬히 집어삼킬 것 같은 거대한 성당을 앞에 두고 한 여자가 서 있었다.

여자의 곁으로 누군가가 다가왔다. 뚜벅뚜벅, 걸음 소리가 찬 바닥을 치고 들렸지만 여자는 돌아보지 않았다. 여자의 빨간 벙어리 장갑 낀 손이 꼭 주먹 쥐어졌다. 거기엔 숨길 수 없는 긴장감이 서려 있었다.

"안녕."

맑은 목소리였다.

"오래 기다렸어."

남자가 한 발짝 더 여자에게 다가갔다. 너무도 가까워진 거리에 여자가 흠칫 놀라는 걸 보며 남자는 짧게 웃음소리를 내었다.

"놀라지 마, 친구끼리."

그녀의 발이 머뭇대며 움직였다. 그의 방향 쪽으로. 그녀의 불안한 눈동자가 바닥에서부터 천천히, 아주 천천히 그의 몸을 타고 올라가기 시작했다. 그리고 이내 둘은 서로의 얼굴을 정면으로 마주했다.

"오랜만이야, 친구. 많이 변했네. 훨씬 예뻐졌어."

"너는 왜, 어째서 그런 걸 나한테……."

"생각보다 평범하게 살고 있더라. 너는, 그렇게 못 살 줄 알았는데."

남자의 입가에 씩 미소가 지어졌다.

"그렇게 살면 안 되는데."

"……"

"그렇게 살면 안 되잖아, 너는."

남자의 미소는 온데간데없이 사라지고 차갑게 식은 얼굴이 그녀 앞에 나타났다. 아주 오래전 지워졌던 그 얼굴이 다시 그녀, 소진 앞에.

덜커덩, 쾅-

열었던 현관문이 뒤에서 닫히는 소리를 끝으로 고요함이 몰려왔다. 우진은 선뜻 거실로 발을 내딛지 못했다. 이상했다. 조명 하나 켜지지 않은 어두운 실내엔 사람의 온기라곤 하나도 느껴지질 않았다. 어둠을 무서워하는 소진이 이리 집을 캄캄하게 놔둘 리 없었다. 우진이 들어오는 소리에도 나와 보지 않고 가만히 있을 리 없었다. 분명 뭔가 이상했다.

"소진아. 지소진."

그의 부름에 돌아오는 건 정적뿐이었다. 우진은 벽을 더듬어 불을 켰다. 갑자기 환해진 실내에 우진은 눈을 찌푸리며 주변을 둘러보았다. 집은 늘 그래 왔던 것처럼 깨끗했다. 다만 있어야 할 사람이 보이질 않았다. 우진은 답답한 넥타이를 끌어내리고 코트를 벗어 아무 데나 던진 후 소진의 방으로 걸어갔다.

"소진……."

바로 며칠 전까지만 해도 물감으로 엉망이던 방이 말끔했다. 이불은 잘 개켜져 침대 위에 차곡차곡 쌓여 있고, 책상 위에 있던 붓통과 팔레트는 사라지고 없었다. 우진의 얼굴이 점점 굳어져 갔다. 우진은 황급히 방으로 들어와 옷장을 열었다. 옷들이 그대로 가지런히 걸려 있는 것을 확인한 우진의 얼굴에 안도감이 스쳐 지나갔다. 우진은 바지 주머니를 뒤져 핸드폰을 꺼내 들었다.

"지소진, 너 어디 있는 거야."

혼잣말을 읊조리며 단축번호를 꾹 누르자 바로 통화 연결음이 들렸다. 우진은 핸드폰을 귀에 갖다 댄 채 소진의 방을 나가려고 몸을 돌렸다. 그러나 그의 발은 꼼짝도 할 수 없었다.

우진의 고개가 휙 돌아갔다. 우진은 침대가로 다가가 그 옆에 놓여 있던 협탁 서랍을 거칠게 열어 재꼈다. 핸드폰을 귀에 갖다 대고 있던 우진의 손이 천천히 밑으로 떨어졌다.

지이잉-

서랍 안에서 소진의 핸드폰이 시끄럽게 울리었다. 그리고 이내 그 진동마저 끊겼다. 다시 집은 조용해졌다. 그리고 소진은 없었다.

9.

넓지 않은 주택가 골목길 정중앙에 그대로 차 한 대가 세워졌다. 차 키를 손에 쥔 채 튕겨지다시피 차 문을 열고 나온 명희가 낡은 대문을 밀치고 급히 안으로 들어갔다.

'……없어, 그 녀석. 그 녀석이 보이질 않아.'

넋두리 같은 그의 목소리를 듣고 상황 파악을 하는 데까진 시간이 얼마 걸리지 않았다. 이틀 동안 출근조차 하지 않는 우진과 겨우 연락이 닿자마자 들은 말이었다. 명희는 집 안으로 들어서자마자 거실을 서성이고 있는 명학과 마주쳤다.

"최 검사."

"차장님, 소진 씨는요."

명학은 착잡한 표정으로 깊게 한숨만 내쉬었다. 그리고 울리는 벨소리에 명학이 황급히 전화를 받는 동안 명희는 얼른 주변을 살피며 우진을 눈으로 찾았다.

"CCTV 다 확보했어? 한시가 급한 일이라고 했잖아!"

명학의 고함 소리가 크게 울렸다. 명희는 소파에 기대 앉아 있는 우진을 보았다.

"우진아."

우진이 움찔 놀라며 명희를 보곤 이내 실망이 가득한 눈빛이 되어 다시 바닥으로 시선을 내리깔았다. 명희는 무슨 말을 해 줘야 할지 알 수가 없어 더는 입을 열지 못했다. 힘없이 늘어져 있는 우진을 차마 더 보지 못해 고개를 돌린 명희의 시야에 돌연 그림이 잡혔다. 명희의 표정이 경직되었다.

'진실을 구하는 시간.'

명희는 천천히 그림에 다가가 손을 올렸다. 소진의 목소리가 떠올랐다.

'프랑스아 르무안의 진실을 구하는 시간이란 그림이에요. 시간의 신 크로노스가 그의 딸, 베리타스를 구하는 모습이죠. 기만, 위선, 거짓으로부터.'

소진이 그랬던 것처럼 명희는 조심스레 그림을 더듬어 갔다. 크로노스의 낫에 깔려 신음하고 있는 것은 기만을 뜻하는 알레고리, 그 알레고리가 쥐고 있는 가면은 거짓이라 했다. 그리고 크로노스가 안고 있는 여인.

'베리타스는…… 진실이죠.'

베리타스의 몸은 순백의 천으로 감싸져 있었다. 그러나 그 천이 흘러내려 알몸 그대로를 드러난 채 크로노스에 의해 어둠에서 구해진다.

'시간은 늘 진실의 편이죠. 그래서 시간이 흐르면 감춰져 있던 진실이 드러나 버려요. 하얀 천은 유일하게 진실을 가리고 있던 거였는데……'

"우진아."

명희는 메마른 유화물감의 질감을 손가락 끝에서 그대로 느끼며 나지막하게 목소리를 흘렸다.

"소진 씨가 왜 갑자기 사라졌을까."

"내가 떠나보내려고 했으니까. 내가…… 자기를 버린다고 생각했으니까. 그래서, 그래서……."

"글쎄, 소진 씨가 너한테 말하고 싶은 게 있지 않았을까. 아님…… 숨기고 싶은 건가."

하얀 진실에 대한 의문이 고개를 쳐들기 시작했다.

인천국제공항.

그곳을 바삐 오가는 사람들의 발걸음이 유독 들떠 보이는 건 곳곳에 놓인 크리스마스 장식물 때문일지도 몰랐다. 반짝이는 조명과 빨갛고 푸른 색색의 조화로 멋을 낸 크리스마스트리는 사람들의 마음을 더 설레게 해 주고 있었다.

공항 게이트 입구는 지인과 가족들 간의 기쁜 재회를 맞이하는 사람들로 넘쳐났다. 그들 중 누군가는 크리스마스를 함께 보내기 위해 입국한 걸지도 몰랐다. 그들에겐 반가움과 즐거움이 가득했다. 크리스마스는 그 분위기 자체만으로 사람을 행복하게 해 주는 무언가가 있었다.

그러나 모두가 행복한 순간은 아니었다.

"……아직도야?"

아주 오랜만에 고국으로 돌아와 그토록 보고 싶었던 사람을 앞에 둔 표정이 아니었다. 주연의 표정은.

"그래. 아직…… 못 찾았어."

버티지 못하고 휘청거리는 주연을 재빨리 부축하며 명학은 가까운 의자에 그녈 앉혔다.

"어떻게 이래? 어떻게 이러냐고!"

"진정해."

"진정? 애가 없어졌는데 나보러 진정하라고? 당신, 뭐야. 내가 부탁했잖아. 잘 돌봐 달라고! 근데 애가 없어질 때까지 당신 뭐 했어!"

명학에게 화낼 일이 아닌 걸 잘 앎에도 주연은 참지 못하고 명학에게 원망을 토해 냈다. 소진이 사라졌단 얘기를 명학에게 듣자마자 주연은 제 할 일을 다 마치지도 않고 급히 한국행 비행기 표를 끊었다. 처음엔 명학의 말이 이해가 가질 않았고, 납득이 되질 않았다.

불과 명학의 말이 있기 며칠 전만 해도 주연은 소진의 목소리를 들었다. 잘 지내고 있다는 늘 똑같은 대답만 되풀이해도, 주연은 그 말을 믿었다. 근데 사라졌단다. 온데간데없이 어느 날 갑자기 소진이 없어져 버렸단다. 언니를 잃었던 그날처럼 너무도 갑자기.

"우진이 그놈 어디 있어!"

"일하는 중이야. 당신 오늘 들어온다는 거 일부러 내가 얘기 안 했어."

"일? 일을 하고 있다고? 소진이가 없는데 멀쩡히 일을 한다고?"

"멀쩡하지 않아."

"안 되겠어. 우진이 그놈부터 봐야겠어. 대체 무슨 짓을 한 건지 확인해야겠어!"

자리에서 벌떡 일어난 주연을 명학이 거세게 붙잡아 다시 앉혔다. 명학은 주연의 양팔을 잡아 쥐고 단호히 말했다.

"멀쩡하지 않다고. 우진이가…… 멀쩡할 리 없잖아."

봇물 터지는 흐르는 눈물에 주연은 두 손에 얼굴을 묻었다. 대체 소진에게 무슨 일이 생긴 건지 끔찍한 상상에 두려움이 몰려왔다.

"일주일째예요."

정석이 혀를 내두르며 말했다. 책상 한가득 서류 뭉치들을 높게 쌓아 두고 소매를 걷어붙인 채 빠르게 뭔가를 써 내려가는 우진을 보던 정석은 퀭한 눈으로 명희를 돌아보았다.

"일주일째 집에 잠깐 가서 옷만 갈아입고 다시 나와서 저러고 있어요. 그 덕에 저도 과로사하기 일보 직전이구요. 계장님은 아예 손 떼고 본인이 알아서 출퇴근해요. 어쩔 땐 계장님이 해야 할 일을 검사님이 알아서 하실 때도 있고요. 일을 아주 만들어서 하고 있어요. 최 검사님, 정말 왜 저러는지 모르세요?"

정석은 거의 우진이 들으라는 식으로 말하고 있었다. 정석의 책상 위에 걸터앉아 있던 명희는 우진을 응시하며 커피를 홀짝였다.

"갑자기 왜 저러는 건데요, 최 검사님은 친구니까 뭐 아실 거 아니에요? 제발 저 좀 살려 주세요. 이러다 저 진짜 과로사한다니까요!"

"정석 씨도 배 계장님처럼 적당히 일하고 퇴근해."

"검사님이 자꾸 절 찾으시는데 어떻게 퇴근해요!"

"사람 그렇게 쉽게 안 죽어."

"최 검사님!"

갑자기 우진이 벌떡 일어나는 소리에 정석의 고개가 확 돌아갔다. 우진은 머리와 어깨 사이에 핸드폰을 낀 채 급히 옷과 차 키를 챙겨 들고 있었다.

"지금 가서 직접 확인하겠습니다."

"어? 검사님, 어디 가세요?"

정석의 물음도 무시한 채 우진은 밖으로 뛰쳐나갔다.

"또, 또. 말도 없이 나가시네."

툴툴대는 정석의 책상 위에 빈 종이컵을 내려놓으며 명희는 폴짝 책상 위에서 내려섰다.

"정석 씨, 좀만 참아 줘요. 지 검사는 저게 지금 살려고 하는 거야."

"예?"

무슨 말인지 이해하지 못하는 정석을 뒤로하고 명희는 우진이 나간 길을 그대로 뒤따라 걸어 나갔다.

"이게 마지막으로 잡힌 모습입니다."

사람들의 자세한 얼굴까지 그려지지 않는 폐쇄회로 TV 영상이었다. 그럼에도 우진은 사람들 틈에 섞여 있는 소진을 단번에 알아챘다. 바삐 갈 길을 가는 많은 사람들 속에 단번에 파고들지 못하고 소진이 주춤대자 우진의 몸도 들썩였다. 정 형사가 앉아 있는 의자 등받이를 쥐고 있는 우진의 손에 힘줄이 도드라졌다.

"여기가 어딥니까."

"김포 터미널이요."

"!"

"서울에서 김포까지 버스로 이동한 것 같은데 이 이후엔 행적이 보이지 않습니다. 터미널 앞에 택시 정류장이 있는데 택시를 타고 이동했을 수도 있어요. 거기 주변에 있던 CCTV가 고장이 나 있더라고요. 그래서 안 잡힌 걸 수도 있고요."

"지금 김포라고……."

"예, 김포요. 혹시 김포에 친인척이나 아는 사람이 있진 않습니까? 이거 아무리 봐도 제 발로 나간 거 같은데."

정 형사는 슬쩍 우진의 눈치를 살피다 속에 든 말을 꺼냈다.

"실종이라고 하기엔 좀 그래요. 단순 가출로 보이거든요. 이미 성인이기도 하고."

"김포 전부를 뒤져서라도 찾아내십시오."

"예? 아니, 뭐…… 사실 이게 공식적인 절차를 밟는 수사도 아니고. 저희도 그냥 노는 몸들이 아닌데……."

영상 화면에서 소진의 모습이 사라질 때마다 계속 되감기를 하던 우진의 서슬 퍼런 눈이 정 형사에게 향했다. 정 형사는 움찔 놀라며 멋쩍은 웃음을 지었다.

"지 검사."

다시 몇 번이고 영상 속 소진의 모습을 보던 우진은 자신을 부르는 목소리에 고갤 들었다. 명희였다.

명희는 경찰서를 나오자마자 담배를 꺼내 입에 무는 우진을 잠자코 보았다. 요즘 그의 몸에선 늘 담배 냄새가 묻어났다. 초조함을 잔뜩 담아 연기를 내뿜던 그가 입을 열었다.

"여긴 뭐 하러 따라왔냐."

"그냥. 너 사고 칠까 봐."

우진은 더는 아무 말 않고 반도 태우지 않은 담배를 바닥에 던져 발로 짓밟은 후, 명희를 지나쳐 걸어갔다. 명희는 그의 뒷모습을 제자리에서 지켜보았다. 재킷을 입지도 않고 손에 쥔 채 걸어가는 그의 어깨가 많이도 추워 보였다. 일 더미에 파묻혀 아무 일도 없는 듯 구는 우진은 아주 꽤, 위태로워 보였다. 적어도 명희의 눈에는.

야심한 시각, 주택가는 깜깜했다. 골목길에 차를 대고 내린 우진은 잠시 차 문에 기대 습관처럼 안주머니를 뒤적거렸다. 손에 잡히는 게 없었다. 그러고 나서 생각해 보니 아까 경찰서 앞에서 피운 담배가 마지막 한 개비라는 걸 깨달았다.

우진은 낮게 욕설을 읊조렸다. 계속 곤두서 있는 신경이 더욱 날카로워지고 있었다.

'김포 터미널이요.'

주먹을 쥐었다 폈다 반복하는 그는 불안한 듯 손을 가만히 두질 못했다. '김포', 그 지명만으로도 치를 떨 녀석이 어째서 거기서 종적을 감췄을까. 대체 무슨 일로 그곳을 향했을까. 대체 그 녀석에게 무슨 일이 벌어지고 있는 걸까.

우진은 땅에 붙은 듯 떨어지지 않는 발을 겨우 뗐다. 집에 가서 씻고 옷만 갈아입고 다시 나올 예정이었다. 소진이 사라진 처음 며칠은 집에서 밤을 지새웠다. 혹시라도 그 녀석이 온 건 아닐까 바람 부는 소리에도 몇 번이고 문을 열고 나가 확인했다. 그리고 그 시간마저 보낸 후, 우진은 의식적으로 집에 머물기를 피했다.

우진이 우뚝 멈춰 섰다. 그리고 믿기지 않는다는 듯 집을 올려보았다. 환했다. 늘 캄캄했던 집이 환하게 불을 밝히고 있었다. 소진이다. 소진이가 돌아온 것이다. 우진은 땅을 박차고 뛰기 시작했다.

환한 거실에서 마주한 주연과 명학의 모습에 그는 잠시 아무 말도 하지 않고 멍하니 서 있었다. 소진은, 여전히 없었다.

"……언제 왔어요."

무덤덤한 그의 목소리에 주연은 득달같이 우진에게 달려들어 매

서운 손길로 그의 어깨를 내려쳤다.

"너 뭐야, 이 자식아! 너 뭐 한 거야! 너 뭐 하는 놈이야!"

연이어 자신의 가슴팍을 때리며 토해 내는 주연의 울분을 우진은 반항조차 하지 않고 가만히 받아들였다.

"그만해! 뭐 하는 짓이야!"

명학이 우진에게서 주연을 떨어트려 놓으며 주연의 양팔을 거세게 쥐었다.

"소진이가 왜 사라진 건지 말해! 넌 알잖아! 소진이, 네 녀석 옆을 절대 떠나질 못해. 근데 그런 애가 없어졌어! 그것도 제 발로 나갔대! 그게 무슨 뜻이야? 혹시 네가 나가라고 그랬니? 네가 떠나라고 그랬어? 그래?!"

명학에게 붙잡힌 채 소리치는 주연을 우진은 아무것도 담기지 않은 눈으로 응시했다.

"그만하라니까!"

"쟨 알고 있어! 너 말 못 해?"

"옷만 갈아입고 다시 나가 봐야 해."

"우진아!"

"오래 비행기 타느라 피곤할 텐데 좀 쉬어요."

너무도 태연한 얼굴로 자신을 지나쳐 방으로 들어가 버리는 우진의 모습에 주연은 얼굴을 일그러트렸다. 명학은 강제로 주연을 소파에 앉혔다.

"그만 좀 해! 저 녀석 속도 지금 말이 아니야. 간신히 참고 있는 거라고!"

"소진이가 왜! 왜 사라졌는데!"

"백방으로 찾고 있잖아. 찾을 거야. 곧 찾을 수 있어. 소진이 성인이고 사리 분별할 줄 알아. 어떻게든 다시 돌아올 거야."

주연은 천천히 고개를 저었다.

"소진이 아직도 겁이 많단 말이야. 모르는 사람이 말 걸면 떠는 거 알잖아, 당신도."

"주연아."

"괜찮은 척했던 거야. 아직도 무서운데 우리가 걱정할까 봐 괜찮은 척했던 거라고. 내가 그렇게 나가는 게 아니었어. 소진일 두고 가는 게 아니었어. 우진이가 있으니까 괜찮다고 생각한 게 잘못이었어. 우진이는……."

벌떡 자리에서 일어난 주연이 명학의 제지에도 불구하고 우진의 방문을 열어 재꼈다. 우진은 옷장 문을 열어 두고 나란히 걸려 있는 넥타이를 물끄러미 보고 서 있었다.

"우진아. 말해 봐. 너희 둘, 무슨 일 있었던 거지?"

"이모, 나 다시 나가 봐야 한다고 했잖아."

아직 우진은 넥타이에서 시선을 떼지 않은 채였다.

"소진이가 없어졌는데 너 일할 정신이 있어?"

"그럼요? 집구석에 처박혀서 그 녀석 돌아올 때까지 기다릴까?"

"뭐?"

우진의 거친 손길에 옷장 문이 쾅 닫혔다. 우진의 냉랭한 시선이 주연에게 닿았다.

"무슨 말을 듣고 싶은 건데?"

"우진아."

"내가 그 녀석을 쫓아냈냐고? 그래, 그럼 그랬나 보지."

"너!"

"알아서 기어 들어올 때까지 놔둬요. 어차피 갈 데도 없는 녀석이잖아."

"지우진!"

우진은 들어왔을 때 모습 그대로 찬바람을 일으키며 주연을 지나쳐 나가 버렸다. 허탈하게 웃어 버리는 주연을 끌어안으며 명학은 걱정스런 눈길로 우진이 나간 쪽을 돌아보았다.

거대한 트리가 광장 한가운데서 반짝반짝 빛을 내었다. 여러 사람들이 그 앞에 서서 함께 사진을 찍는 모습을, 우진은 벤치에 앉아 바라보았다.

운전을 하다가 문득 본 트리 나무에 차를 멈추고 내린 그였다. 뭐가 그리 행복한 건지 얼굴에 웃음이 떠나질 않는 사람들의 모습이 이상하게만 느껴졌다. 꼭 바로 눈앞에 막이 하나 세워져 저들과 다른 세상에 홀로 떨어져 있는 기분이었다. 어쩌면 그 아이가 봐 오던 세상은 항상 이랬을지도 모르겠다.

"만 원밖에 안 해요! 에이, 여자 친구 하나 선물해 줘라. 여자 친구 손 빨간 것 봐. 남자친구가 센스가 없네!"

너스레를 떠는 장사꾼 목소리가 크게 들리었다. 좌판 위 조잡한 액세서리와 목도리, 장갑들을 펼쳐 두고 그는 열심히 호객 행위를 하고 있었다. 우진은 천천히 자리에서 일어나 그쪽으로 다가갔다.

"어유, 어서 오세요! 뭐 찾으세요? 여자 친구 선물?"

우진에 손에 들린 건 새하얀 털실로 짜인 벙어리장갑이었다. 아무 장식도 없는, 오로지 하얗기만 한 그 장갑이 우진의 손안에 꼭 거머쥐어졌다. CCTV 속 소진이 빨간 장갑을 끼고 있던 모습이 그의 머릿속에 떠올랐다.

집으로 오자마자 습관처럼 소진의 방으로 들어온 우진은 불도 켜지 않고 침대 끝에 엉덩이를 붙였다. 우진은 꼭 그곳에 소진이 있는 것처럼 제 옆을 보다가 들고 있던 하얀 장갑을 그 위에 내려 두었다. 직접 손에 끼워 줬음 입이 찢어져라 웃는 모습을 볼 수 있었을 텐데.

'우진아.'

금방이라도 나타나 부를 것 같은데.

'우진아.'

처음엔 사라졌다 생각지 못했다. 자신만이 밀어낼 수 있다 생각했지, 그 녀석이 먼저 떠날 거라곤 상상조차 해 본 적 없었다.

'우진아.'

사라졌다. 그렇게 떠나보내려고 애를 써 놓고 사라진 녀석의 그림자를 헤매었다.

"우진아."

주연의 목소리였다. 문가에 기대선 채 주연이 우진을 바라보고 있었다. 도저히 잠을 잘 수가 없어 뒤척이다가 우진의 인기척을 듣고 나온 것이었다. 우진은 주연에게 장갑을 들어 보이며 피식 웃었다.

"크리스마스 선물 사 왔는데 줄 사람이 없네."

우진에게 다가가 옆에 앉은 주연은 주인이 없어서 그런지, 어쩐지 한기가 느껴지는 침대보를 손으로 쓸었다.

"소진이가 만든 건데."

손재주가 좋았다. 손으로 하는 건 곧잘 배우곤 했다. 바느질 솜씨도 그랬다. 떨어진 단추 하나 꿰매다가도 피를 보고야 마는 주연에게서 어설프게 배운 바느질이었는데 소진은 금세 이불보를 만들어 낼 정도로 영특했다.

"외국으로 보내 버린다 그랬어."

주연은 고개를 들어 까칠해 보이는 우진의 옆모습을 바라보았다.

"그만 좀 하라고. 평범하게 좀 살라고. 나한테 더는 기대지 좀 말라 그랬어요. 그 녀석이 귀찮았거든. 나 하나 보고 사는 애 같아서, 늘 나를 기다리기만 하는 게 보기 싫어서."

"소진일 걱정한 거야. 앞으로 더 힘들어질까 봐."

우진은 쓴웃음을 지으며 고개를 저었다.

"너무도 아무렇지 않게 사랑한다고 얘기하는 그 아이를 떨어트려 놓으려 했어. 근데 이런 걸 원한 건 아니에요. 이렇게 어디 있는지도 모른 채, 내 눈앞에서 사라져 버리는 걸 원한 건 아냐. 이건 아니잖아!"

"우진아."

흥분해 소리치는 우진의 손을 주연이 감싸 쥐었다.

"우리 모두는 소진일 사랑했어. 그리고 소진이도 우릴 사랑했고. 소진이가 널 사랑한 건 좀 더 특별한 거야. 그리고 네가 소진이를 생각하는 마음도 특별한 거고."

"……."

"언니가 그렇게 가 버리고 네 곁에 있는 소진이를 봤을 때 그런 생각이 들더라. 우리 언니, 외로운 아이들 짝지어 주고 갔구나."

아주 짧은 사춘기를 보냈음 했다. 소진이 이 집에 들어오고, 우진의 곁에 머무르는 모습을 보며 주연은 생각했다. 만약 저 아이가 훌쩍 커 버려 여자가 된다면, 그리고 우진과 평생을 함께하고자 한다면, 그렇다면 우진이는 그때도 소진이를 책임질 수 있을까.

결국 우진이는 소진을 밀어냈다. 마음이 다친 아이는 그대로 사라져 버렸다. 그리고 남은 우진이는 잃어버린 아이를 애타게 찾고 있다.

"이모."

우진이 힘겹게 숨을 토해 냈다.

"나 진짜 어떡하지? 그 녀석이 보고 싶어. 내 눈으로 괜찮은지 봐야 나 살 수 있을 것 같아. 소진이 어디로 가 버린 걸까, 이모."

우진은 끝내 주연의 품에서 무너져 내렸다. 꾹 참고 있던 모든 것이 폭발한 듯 우진은 이를 악물며 괴로워했다. 주연은 우진의 등을 두드리며 함께 괴로워했다.

주연은 우진의 붉게 충혈된 두 눈을 보며 슬프게 읊조렸다.

"어떡하니. 이렇게 아파서 어떡해."

10.

"먹어."

세밀하게 조각되어 있는 나무 트레이가 꽤나 고급스러워 보였다. 그 위 접시 안에 빵과 베이컨, 과일도 하나, 하나 사람의 손을 거쳐 신경을 쓴 건지 조화를 이루며 담겨져 있었다. 남자는 유리 테이블 위에 트레이를 내려 두고, 따로 흰 우유가 가득 담긴 컵도 그녀 앞으로 밀어 주었다.

"먹으라니까."

포도를 하나 입안에 쏙 넣으며 남자가 말했다. 소진은 그런 남자를 가만히 바라보았다.

"옛날에 비하면 우리 진짜 팔자 좋아졌지. 이런 거 어디 먹을 수나 있었어? 기억나? 이틀인가 굶고 너무 배가 고파서 쓰레기 뒤졌던 거. 그 안에서 누가 먹다 버린 반쪽짜리 빵이 있었어. 순식간에 애들이 달려들었지. 그거 먹으려고. 결국 전부 다 걸려서 뒈지게 맞았잖아."

무척 우스운 얘기를 하듯 남자가 낄낄대며 웃었다. 한참을 웃던 남자는 앉아 있던 침대 뒤로 벌러덩 누웠다.

"난 가끔 아직도 이 방이 낯설 때가 있어. 내가 이 방에서 산 세월은 그때 그곳에 갇혀 있을 때보다 훨씬 긴데 말이야."

값비싸 보이는 가구들로 가득한 방이었다. 책상 위에 가지런히 놓여 있는 필기구와 스탠드, 문제집들. 그리고 옷걸이에 단정히 걸려 있는 제복. 그 뒤 벽에는 커다란 가족사진이 걸려 있었다. 아주 오래전에 찍은 듯 조금은 색이 바랜 사진 속엔 부모로 보이는 남녀와 대여섯 살 정도 되어 보이는 남자아이가 있었다.

소진의 시선이 그 사진에 머물렀다. 그런 소진의 시선을 눈치챈 남자가 마찬가지로 사진을 보며 냉소를 머금었다.

"나 유괴되기 한 달 전에 찍었다던가. 우리 엄마 예쁘지?"

아무 대답 없는 소진을 보며 남자가 다시 몸을 일으켰다.

"근데 죽었어."

"……!"

"나 잃어버렸다는 죄책감에 시름시름 앓다가 죽었대. 되게 불쌍하지?"

소진은 더 이상 사진을 볼 수 없었다. 앙상하게 마른 소진의 손끝이 떨렸다.

"내 얘기가 재미없나 보네. 너, 그때처럼 벙어리인 척하는 거야? 왜 우리 다 발견됐을 때, 너 끝까지 입 안 열었잖아. 너도 참 그래. 그렇게 아픈 척하면 좋은 집으로 들어갈 줄 알았던 거야? 뭐, 결과적으로 봤을 땐 네가 원하던 대로 됐긴 하다. 좋은 오빠 생겼잖아."

소진의 시선이 남자의 얼굴에 닿았다. 남자는 제 말에 소진이 반응을 보이자 그것을 즐기면서 말을 이었다.

"오빠 얘기하니까 바로 쳐다보네. 더해 줄까? 네 검사 오빠 너 찾는 데 열심히더라. 김포 전역을 뒤지던데? 어제 새벽 내내 김포 터미널 앞에서 네 사진 들고 일일이 택시기사 붙잡고 물어보더라. 너 봤냐고."

원피스 자락을 꾸깃하게 쥔 소진의 손등이 핏기 하나 없이 새하얘졌다. 잔뜩 부르튼 소진의 입술이 서서히 열렸다.

"뭘 하려는 거니, 하민아."

"와, 그 이름으로 다시 불릴 줄이야. 장난하나."

의자에 앉아 있던 소진 앞으로 다가와 한쪽 무릎을 꿇고 앉은 남자는 자신의 시선을 피하는 소진의 턱을 잡고 자기 쪽으로 돌려세웠다.

"너나 나나 우린 똑같은 피해자잖아. 안 그래?"

남자에게 잡힌 얼굴을 빼려고 소진이 고갯짓을 해 보지만 그럴수록 남자는 더 거칠게 머리를 단단히 고정시켰다.

"난 진짜 행복해지고 싶었어. 근데 그 새끼가 살아 있잖아. 감옥? 하! 야, 거기 좋더만. 꼬박꼬박 밥도 주고. 적어도 그 새낀 굶진 않겠더라."

"나는…… 그런 거 몰라."

"몰라? 모른다고? 섭섭하네. 역시 넌 좀 다른 건가? 너는……."

"날 찾은 이유가 뭐야."

제 말허리를 자르고 쏘아붙이는 소진을 빤히 응시하던 남자는 이내 얼굴을 놔주고 자리에서 일어났다.

"넌 궁금하지 않았어? 그 때 그 애들이 어떻게 되었는지. 나는 딴 애들은 몰라도 너는 궁금하더라. 난…… 네가 필요하거든."

해맑게 웃으며 말을 마친 남자는 소진의 손에 포크를 쥐여 준

후, 그녀의 뒤에 서서 그녀의 양어깨를 두 손으로 짚었다.

"우린 행복해질 권리가 있어. 너도 행복해지고 싶잖아. 다시 그 악몽으로 돌아가고 싶지 않잖아. 네 오빠가 너를 온전히 사랑해 주길 바라잖아. 너의 그 추잡한 과거를 들키고 싶지 않잖아. 그러려면."

소진의 귓가에 남자가 속삭였다.

"없어져야지, 우리 원장님이."

제 말에도 고요하기만 한 소진의 모습이 맘에 들지 않는다는 듯 남자가 미간을 좁혔다. 소진의 입술이 벌어졌다.

"그러면 될까. 그거면…… 들키지 않을까."

뭐에 홀린 듯 중얼거리는 소진에게서 손을 떼며 남자가 몸을 일으켰다. 남자는 매우 만족스럽게 미소 지었다.

"역시 실망 끼치지 않아. 든든히 먹어. 앞으로 할 일이 많아."

그가 닫고 나간 문을 보던 소진은 고갤 돌려 격자무늬로 짜여진 창가를 보았다. 거센 바람이 창문을 두드려 대고 있었다.

"쌀 안치는 걸 깜빡해서. 오늘은 대충 빵으로 때우자."

바삭하게 구워진 토스트를 접시에 올리며 주연이 말했다. 평소에도 먹지 않던 아침을 굳이 챙겨 먹어야 한다고 고집을 피웠다. 먹어야 한다고. 먹어야 힘을 내 소진이를 찾으러 다니지 않겠냐고. 그렇게 말했다.

그러나 아침을 준비하는 내내 주연은 순간마다 울컥하는 감정에 싱크대를 붙잡고 한참을 움직이질 못했다.

"명학 씨, 우진이 데리고 나와."

"안 먹으려고 할 거야."

"억지로라도 먹여야지. 그래야 소진이가 올 때까지 버틸 수 있어. 우진아! 지우진!"

큰 소리로 우진을 부르며 주방 밖으로 고개를 내민 주연은 우진이 그대로 현관문으로 향하는 모습을 발견하곤 서둘러 쟁반 위에 음식이 담긴 접시와 커피를 올리고 우진에게 가져갔다.

"우진아, 이거 먹고 가. 얼른."

"생각 없어요."

"생각 없어도 먹어. 먹어야 돼."

"내가 알아서 할게요."

하루가 지날수록 더 수척해지는 우진의 얼굴에 쌓인 피곤함을 마주하며 주연은 더 우진을 붙잡지 않았다. 소진이 있었다면, 함께 배웅을 했을 터였다. 우진의 어깨에 묻은 먼지를 털어 주는 소진을 보며 짓궂게 놀렸을 터였다. 주연은 우진이 나가는 모습을 보다가 또다시 울어 버릴 것만 같아 먼저 돌아서 버렸다.

우진이 문손잡이를 잡았을 때, 그리고 거실로 나온 명학이 집 안에 가득한 무거운 침묵이 싫어 TV를 켰을 때였다.

[전국 곳곳에 눈이 내리면서 화이트 크리스마스를 맞은 오늘, 좋지 못한 소식입니다. 오늘 새벽, 안양교도소에서 외부 병원으로 재소자를 이동하던 차가 화물차와 추돌하였습니다. 문제는 차에 타고 있던 재소자가 흔적도 없이 사라졌다는 것입니다.]

쨍그랑-!!

주연의 손에 들려 있던 쟁반이 바닥에 떨어지고 그 안에 담겨 있던 접시와 컵이 산산조각 나 바닥에 흩어졌다.

"주연아!"

유리 조각 위로 그대로 쓰러질 뻔한 주연을 명학이 재빨리 잡아챘다. 우진이 반쯤 열었던 문이 스르륵 닫혔다.

[차량에 받힌 전봇대가 곧 쓰러질 듯 심하게 기울어졌습니다. 오늘 새벽 4시쯤, 심한 복통을 호소하던 재소자 김 씨를 외부 병원으로 이송하던 차량이 맞은편 화물차와 추돌하며 일어난 사고입니다.]

우진의 시선이 멍하니 TV 화면에 꽂혔다.

[사라진 수감자 김 씨는 2000년, 세간을 떠들썩하게 했던 김포 고아원 살인 사건의 주범으로 무기형을 선고받아 수감 중이었습니다. 수감 생활 중 별다른 특이사항이 없었다는 김 씨가 의도적으로 도주한 것인지에 대해 경찰은 조사에 나섰습니다. 경찰 관계자는 조속한 검거를 위해 시민들의 적극적인 제보를……]

뉴스 화면에 크게 사진 하나가 뜨자, 주연은 입을 막으며 경악했다. 반사적으로 나오는 흐느낌이 주연의 손을 뚫고 흘러나왔다. 명학은 서둘러 핸드폰을 꺼내 들었다.

"어, 나야! 안양교도소, 김석태! 그 새끼 어떻게 된 거야!"

끔찍한 얼굴이 TV 화면에서 사라지고, 이내 뉴스는 성당과 교회의 예배 모습을 보여 주며 성탄절의 분위기를 전해 주었다. 우진은 아무 표정이 담기지 않은 얼굴로 한참을 미동 없이 서 있었다.

쾅!

명학은 문이 닫히는 소리에 얼른 고갤 들고 현관문 쪽을 보았다. 그곳에 있어야 할 우진이 보이질 않았다. 명학은 겁에 질려 서럽게 우는 주연을 놓지 못하고 불안한 눈빛으로 우진이 사라진 곳을 응시했다.

안 그래도 어수선한 경찰서 내부에 격렬한 고함 소리가 오가고 있었다. 가족과 함께 보내야 할 크리스마스에 터진 사건 사고들로 모두가 신경이 날카로워져 있는 상태였다. 더욱이 그 와중에 들이 닥친 외부인으로 인해 싸늘한 분위기가 돌았다.

"다시 한 번 말씀드리지만 저희도 지금 조사 중입니다. 교통과에서 사고 전후 사항 살피고 있고 현장 출동해서 그 일대 다 뒤지고 있습니다. 그니까 그만 나가 주시죠."

형사의 차분한 어조에도 우진은 꿈쩍도 않았다.

"사건 관련 기록들 전부 보여 주십시오."

"하, 이거 참. 검사님, 아무리 검사더라도 남의 관할까지 와서 이러시는 건 아니죠. 저희 지금 바쁩니다. 담당 검사님도 아니신데 자꾸 귀찮게 마시고 그만 나가 주세요."

"내가 직접 확인하겠다고 했습니다."

"그건 불가능하다고 말씀드렸습니다."

쾅, 내려친 우진의 주먹으로 형사 앞에 쌓여 있던 종이 뭉치가 옆으로 쓰러졌다. 형사는 낮게 욕설을 지껄이며 우진을 노려보았다.

"지금 뭐 하시는 겁니까!"

"내가 직접 찾겠다고! 그 새끼, 내 손으로 잡아야겠다고!"

"검사님!"

"이딴 식으로 수수방관하고 있다가 그 새끼가 무슨 짓을 할지 알고! 당장 찾아내야 해! 당장 잡아 쳐 넣을 거라고!"

이성을 잃고 소리치는 우진에게 쏠리는 경찰들의 시선이 차가웠다. 갑자기 나타난 서울중앙지검의 평검사가 난리치고 있는 이 상황이 몹시 불쾌하고 짜증났다.

"자꾸 이러시면 강제로 내쫓겠습니다!"

"날 내쫓겠다고?"

우진의 비소에 형사가 눈살을 찌푸렸다.

"개새끼 하나 제대로 가둬 두지 못한 주제에 뭘 하겠다고? 당신들 못 믿어."

심한 모멸감에 더는 참지 못하고 형사가 벌떡 일어나 우진의 멱살을 잡아 쥐었다. 바로 동료 경찰들이 몰려와 말렸지만 형사는 금방이라도 우진의 얼굴에 주먹을 내리꽂을 듯 번쩍 손을 들어 올렸다.

"네가 못 믿으면 어쩔 건데! 시퍼렇게 젊은 놈이 검사랍시고 지금 어디서 행패야, 행패가!"

"이 형사! 이게 무슨 짓이야! 얼른 이거 놔! 어허, 놓으라니까!"

"지우진!"

엉망진창으로 엉켜 있는 사람들 사이를 뚫고 들어온 명희가 서둘러 형사와 우진을 떼어 놓았다.

"서울중앙지검 소속 최명희예요. 본의 아니게 소란을 피워서 죄송합니다. 이 녀석은 제가 데리고 나갈 테니 수사에 힘써 주시기 바랍니다. 다시 한 번 죄송합니다."

명희가 우진을 끌고 나가는 모습을 경찰들은 의문스럽게 지켜보았다.

"에이, 제기랄! 서울에서 예까지 와서 웬 지랄이야! 김석태랑 무슨 원수가 졌길래!"

손을 털어 내며 신경질을 부리는 형사는 도저히 이해가 안 가는 듯 그들이 나간 문을 노려보았다.

"너 이 자식, 정신 못 차릴래!"

우진의 팔을 던지듯 놓으며 명희는 역정을 냈다. 명희의 한심스러운 눈길을 그대로 받으며 우진은 피식댔다. 그런 우진을 보는 명희의 눈썹이 꿈틀댔다. 힘없이 축 늘어진 우진을 억지로 끌고 가 제 차에 태운 명희는 우선 그곳부터 빠져나왔다.

"어떻게, 검찰청으로 갈래, 아님 집으로 데려다줄까."

우진의 반쯤 넋 나간 얼굴에 명희는 속이 쓰렸다.

"지 검사."

그렇게도 강해 보였던, 찔러도 피 한 방울 안 나올 것같이 단단해 보였던 우진이 한순간에 변해 버린 모습에 명희는 여자로서, 그리고 친구로서 마음이 참 아팠다.

"명희야."

나지막하게 자신의 이름을 부르는 우진의 목소리에 명희가 멈칫한 것은 그 목소리가 너무도 간절했기 때문이었다.

"최명희."

"왜? 듣고 있어. 말해."

"어떡하면 되겠냐. 무슨 수를 써야 그놈이 있는 곳을 알아내겠냐."

"경찰들이 찾고 있잖아. 곧 찾을 거야."

"어떻게 할까. 사람을 쓸까? 왜 사람 찾아 주는 일 도맡아하는 거 있잖아. 불법이어도 상관없어. 무슨 수를 써서든 찾아내기만 하면 돼. 최명희, 너희 집 잘나가잖아. 무슨 짓이든 상관없으니까 찾아낼 수 있는 방법 좀 알려 주라."

"지우진, 지금 경찰들 열심히 찾고 있어. 우리나라 경찰들이 못 찾는 걸 누가 찾는다고. 기다리자. 기다리면……."

"기다리면! 기다리면!!"

감정을 억누르지 못하고 주먹으로 창문을 치는 우진의 행동에 명희는 길가에 차를 세우고 씁쓸한 눈으로 그를 바라보았다.

"우진아."

"그 새끼가 도망갔다잖아. 소진이 옆에 내가 있지 않은데, 그 새끼가 이 세상 밖에 나왔다고."

"하아, 지우진. 너 너무 늦었다. 너무 늦게 깨달은 거야, 너."

"……."

"만취한 그날, 내 앞에서 지소진 이름을 애타게 불렀었어. 내가 지소진인 줄 알고, 네 진심을 다해 그 이름을 말했어. 이미 너…… 그 애, 여자로 보고 있었잖아."

차창에 비친 우진의 얼굴이 일그러졌다.

"소진 씨가 너라는 새장 속에 갇혀 있다고 생각했어. 근데 내가 틀렸어. 소진 씨가 떠난 그 새장 안에 네가 남아 있네, 우진아."

우진은 두 손으로 얼굴을 쓸어내렸다. 벌어진 그의 손가락 사이로 우진의 무미건조한 목소리가 흘러나왔다.

"무서워하고 있을 거야. 어디서 떨고 있을지 몰라. 우리 소진이 찾아야 돼. 찾아서 데리고 올 거야. 원래 있던 자리…… 내 옆으로."

† † †

챙그랑—!

쇠붙이가 바닥에 떨어져 부딪치는 소리가 퀴퀴한 공사장 내부에 울렸다. 급작스런 공사 중단으로 인해 거의 폐허처럼 버려져 있는 땅 위에 떨어진 쇠붙이가 어둠 속에서도 희미하게 칼날을 보였다. 그리고 그 칼 주변으로 피가 흥건하게 흘러들었다.

공사장 근처에 우뚝 서 있던 가로등이 불이 나갈 듯 연속적으로 깜빡였다. 그 불빛을 머리에 이고 두 개의 검은 인영이 엉켜 붙어 그림자를 만들어 냈다.

뚝, 뚝. 두 손을 적시고 있는 피가 한 방울씩 바닥에 떨어졌다. 둥글게, 둥글게 퍼지는 그 핏방울들을 소진은 멍하니 보았다. 덜덜 떨리는 양손을 맞잡자, 소름 끼치도록 미끈거리는 피의 느낌이 그대로 온몸을 타고 전해졌다. 소진은 무릎 꿇고 앉아 있는 채로 두 손을 허벅지 위에 문지르기 시작했다.

그녀의 손에 가득했던 피가 하얀 치마 위를 적셔 갔다. 손에 묻은 핏빛은 사라지지 않았다. 핏자국 위로 선명하게 드러나는 제 손금을 들여다보며 소진은 느릿하게 고개를 저었다. 소진의 시선이 자신이 떨어트린 칼에 머물렀다. 그리고 곧 그 시선은 칼을 벗어나 옆으로 천천히 옮겨 갔다.

칼 옆으로 모래 바닥, 작은 돌멩이들, 그리고 힘없이 축 늘어져 있는 손, 수갑을 달고 있는 손목……

소진의 흐리멍덩한 눈동자에 미동도 보이지 않는 몸뚱이 하나가 들어찼다. 엎어져 있는 몸은 미동조차 보이지 않았다. 대신 그 몸에서부터 가득 흘러나오는 피들이 한때는 살아 있던 사람이란 것을 보여 주었다.

소진은 그에게서 눈을 떼고 고개를 뒤로 젖혔다. 멈췄었던 눈이 다시금 펑펑 내리기 시작했다. 소진의 얼굴 위로 눈들이 흘러내렸다. 화이트……크리스마스였다.

멀리서부터 울리던 경찰차의 사이렌 소리가 점점 가까워지고 있었다.

11.

아수라장이 따로 없었다. 몰려든 취재진들의 카메라 플래시와 질문 세례들, 그들을 막는 경찰들의 고함 소리와 욕설, 그 모든 것이 한데 섞여 종로경찰서를 뒤흔들고 있었다. 크리스마스 저녁, 도주한 지 하루 만에 찾은 김석태는 싸늘한 주검이 된 채였다. 그리고 그 현장엔 앳된 여자가 있었다.

기자들은 앞다투어 선정적인 제목의 보도를 내기 시작했다. 김석태의 과거 범죄 경력을 캐내고 김석태와 여자의 관계는 무엇인지, 여자의 신상 정보를 알아내기 위해 경찰서로 들이닥쳤다. 그곳은 혼돈으로 가득했다.

"이름, 이름!"

동현은 키보드를 세게 두드리며 성질을 내었다. 조가비처럼 입을 딱 다물고 고개만 숙이고 있는 여자가 답답해 미칠 지경이었다. 현장에서 그대로 체포해 연행하기까지 여자는 단 한 차례 반항도 하지 않았다. 대체로 그런 경우엔 알아서 술술 자백을 하는 편이었다.

그러나 여자는 한 마디도 하지 않고 있었다.

"하, 미치겠네. 이봐, 이름 몰라? 이름 뭐냐니까! 지금 그쪽 살해 용의자로 여기 온 거야. 그렇게 입 다물고 있으면 지은 죄가 없어지는 줄 알아? 현장 증거들이 수두룩해! 어차피 지문 조회하면 신원 다 떠. 괜히 사람 힘 빼게 하지 말고 좋게 좋게 가자, 엉?"

"주 형사."

동현은 민철의 부름에 고갤 돌렸다. 민철의 뒤로 처음 보는 남자 둘이 서 있었다. 동현이 누구냐고 눈짓하자, 민철은 손을 까딱하며 동현을 일으켰다.

"……소진아."

움찔하며 여태 얼굴조차 잘 보여 주지 않던 여자가 고개를 드는 모습에 동현이 놀라 일어나려던 자세 그대로 주춤했다. 동현은 여자를 부른 남자를 쳐다봤다.

"지소진."

지소진.

여자의 이름을 알았다는 것에 재빨리 다시 자리에 앉아 키보드를 치려는 동현을 민철이 잡아끌었다. 민철은 나지막하게 '검사야.'라고 말한 뒤 동현을 뒤로 물러서게 하였다. 동현은 어디선가 나타난 검사가 용의자와 아는 사이라는 것에 황당해하며 둘을 지켜봤다.

"소진아."

우진의 걸음이 터덜터덜 소진에게로 향했다.

"지소진."

우진이 다가올수록 소진은 다시 고개를 밑으로 숙였다. 우진은 소진의 모습을 믿기지 않는다는 듯 바라보며 그녀 앞에 한쪽 무릎을 꿇고 앉았다. 이런 소진의 모습을 볼 거라곤 상상조차 해 본 적이 없었다. 잔뜩 뒤엉킨 머리카락에 얼굴과 옷에 흠뻑 피를 뒤집어쓰고 있는 그녀의 모습이 우진은 아무리 봐도 믿기지가 않았다.

우진의 떨리는 손이 허공을 가르고 소진의 뺨에 닿았다. 제 손길에도 자신을 바라보지 않는 소진의 얼굴을 양손으로 감싸며 우진은 다시 한 번 소진을 불러 보았다.

"소진아. 나…… 왔어."

우진은 애타게 소진과 눈이 마주칠 수 있도록 얼굴을 가까이했다. 그러나 소진의 눈은 우진을 담지 않았다.

"너 어디 갔었어. 얼마나 찾았는데. 그렇게 말도 없이 사라지면! 얼굴은…… 얼굴은 또 이게 뭐냐. 더럽게 이상한 거나 묻히고."

소진의 볼에 묻은 피를 엄지로 쓸어 닦던 우진은 굳은 피가 잘 닦이지 않자 주변을 살피더니 물병 하나를 발견하고 집어 들었다. 자기 옷소매에 물을 쏟아부은 우진은 그것으로 소진의 얼굴을 조심스레 닦아 주었다. 소진의 눈동자가 아주 천천히 그런 우진을 보기 시작했다. 소진과 드디어 눈이 마주친 우진은 희미하게 웃었다.

"그래. 찾았으니까 됐어. 다시 이렇게 봤으니까."

"저기, 죄송하지만 담당 검사님이 아니시면 더 이상 용의자와의 접촉을 허용할 수 없는데요."

동현은 더 늦어질 수 없는 조서 작성에 우진을 보내고자 그의 어깨에 손을 올렸다. 그러자 우진은 동현의 손을 거칠게 쳐 내며 어느새 다시 자기를 봐 주지 않는 소진의 양팔을 잡았다.

"이게……. 이게 아니잖아. 네가…… 그런 게 아니잖아."

"……."

"가자. 가자, 소진아. 우리…… 집에. 집으로 가자. 그래, 가자."

우진은 소진을 데리고 가려는 것처럼 소진을 일으키려다 소진의 손목에 차 있는 차가운 수갑 소리에 멈칫했다. 우진은 소진을 묶어 놓은 수갑을 굳은 표정으로 보다가 거칠게 수갑을 잡고 흔들어 댔다.

"이거 뭐야? 누구 맘대로 이렇게 해 놔. 누구한테 수갑을 채워? 당장 풀어. 이거 당장 풀어!"

"뭐 하시는 거예요! 야, 서 형사! 잡아!"

"열쇠 어디 있어! 열쇠 어디 있냐고! 네들 소진이한테 지금 무슨 짓을 하고 있는 거야!"

민철과 동현에게 붙잡혀 몸부림치며 악을 써 대는 우진을 명학은 넋이 나간 얼굴로 보다가 천천히 고갤 돌려 소진을 보았다. 우진의 모습을 공허한 눈으로 쳐다보고만 있는 소진의 모습이 너무도 낯설어 명학은 이 상황에서 어찌해야 할지 머릿속이 새하얗다.

명학은 아까부터 쉴 새 없이 울려 대는 전화를 보다 눈을 질끈 감았다. 경찰서 밖에 있으라, 세워 둔 주연에게 어떤 말을 전해야 할지 도저히 알 수가 없었다. 지옥이 있다면 명학에겐 지금 이 상황이 그랬다. 이건…… 악몽이었다.

"놔! 이거 놔! 놓으라고! 소진아! 지소진!"

경찰에게 끌려 나오는 우진을 본 명희가 우뚝 멈춰 섰다. 제정신이 아닌 것처럼 발악하는 우진을 보며 명희는 손으로 이마를 짚었다. 완전히 이성을 잃은 우진을 어떻게 해야 할지 막막했다.

"잠시만요."

명희는 경찰에게 다가가 신분증을 보이었다.

"중앙지검 소속 최명희입니다. 그만 놔주시죠."

"하지만……!"

"예, 더 방해 못 하도록 하겠습니다. 들어가 일들 보세요."

미심쩍어하는 형사들 앞에서 명희는 우진의 멱살을 잡아 쥐었다. 그리고 당황한 형사들을 뒤로한 채 온 힘을 다해 우진을 끌었다.

인적이 드문 곳으로 우진을 끌고 간 명희는 다시 소진이 있는 곳으로 가려는 우진을 강제로 의자에 앉혔다.

"너 미쳤어? 여기가 어디라고 그런 소동을 벌여. 대한민국 검사라는 놈이 지금 상황 파악이 그렇게 안 돼?"

"소진이가 여기 있어. 소진이가!"

"그래! 여기 있지! 현행범으로 체포돼서 여기 있지!"

"말 함부로 하지 마. 지금 누구한테 그딴 소릴 해."

명희는 도통 말이 통하지 않는 우진을 답답한 눈으로 보았다.

"네가 아무리 그렇게 얘기해 봤자 형사들은, 그리고 우리 검사들은 나오는 증거대로 범인을 잡을 수밖에 없어."

명희는 팔짱을 끼고 복도 벽에 기댔다. 종로경찰서에 잘 아는 형사로부터 이미 현재 상황에 대해 자세히 전해 들은 명희는 누구도 쉽게 소진의 범행을 부정할 수 없음을 잘 알았다.

"김석태 몸에 칼이 수십 번 박혔대. 수갑은 한쪽이 풀린 채였고, 옷은 사복으로 갈아입혀져 있었고. 김석태를 찌른 칼이 바닥에 떨어져 있었는데, 그 앞에 소진 씨가 앉아 있었던 거야. 곧 지문 조회해서 칼에 묻은 지문과 일치하면 별다른 이상이 없는 한 그대로 구속이야."

"지소진이 그랬다고? 걔가 사람을 죽였다고? 웃기지 마."

허탈하게 웃는 우진에게 명희가 단호히 말을 이었다.

"내 말 똑똑히 들어. 아무리 오랜 수감 생활을 한 나이 든 사람이라 해도 어쨌든 남자야. 그런 남자를 상대로 지소진이 혼자 제압하고 수십 번이나 찔렀다고? 게다가 병원 이송 중 일어난 교통사고부터 해서 하루 만에 서울까지 온 김석태, 말 안 돼. 무슨 소린지 알겠어? 지소진 말고 또 다른 인물이 이 사건에 개입해 있다고. 공범이 있다고, 이 자식아!"

우진의 약해 빠진 모습에 명희는 더 참지 못하고 소리를 내질렀다. 지우진이 이렇게 무너지는 모습을 보고 싶지 않았다. 만약 소진을 지키고 싶다면, 우진은 더더욱 정신을 차려야 했다. 명희는 우진에게 다가가 그의 옷깃을 잡아 쥐었다.

"정신 차려, 지우진. 지금 너는 그 공범을 찾아내야 해. 그게 소진 씨를 구할 수 있는 길이야. 그게 그나마 소진 씨 죄를 덜……."

"아니."

"지 검사."

"아니야."

"야, 지우진."

"공범이 아냐."

우진은 명희의 손을 잡아 제 옷에서 떨어트렸다.

"소진인 아무 짓도 하지 않았어."

명희는 자신을 또렷이 쳐다보는 우진의 시선에 말문이 막히는 걸 느꼈다.

"찾아내야지."

"……."

"찾아낼 거야. 김석태를 죽인 진짜 범인."

우진이 자리에서 일어나면서 명희의 손이 우진의 다리를 스쳐 떨어졌다. 명희는 옆으로 돌아서 걸어가는 우진의 뒷모습을 막막하게 응시했다.

"지문 조회 나왔어요?"

"예? 아, 예. 뭐, 칼에 그대로 지문 찍혔어요. 지소진 거 맞고요."

"그래요? 다른 사람 지문은요?"

"그런 건 없는데요. 저기 근데 담당 검사님은 언제……."

명희의 질문에 꼬박꼬박 대답해 주던 민철은 저 멀리 다가오는 박성준 검사를 발견하곤 서둘러 그쪽으로 갔다. 이번 사건의 담당 검사는 박성준이었다. 명희는 성준이 형사들 사이에서 보고를 받는 모습을 보며 눈가를 찡그렸다. 하필이면 우진과 앙숙인 박성준이 담당일 줄이야.

"어이, 최 검사. 오랜만이네. 서울로 올라온 건 알았는데 제대로 인사 한번 못 했네."

자신을 보고 다가와 친근히 말을 거는 성준에게 명희는 상냥한 미소를 보이며 인사했다.

"안녕하세요, 선배. 이 사건 맡으셨나 봐요?"

"아, 뭐, 그렇지. 지금 매스컴에서 난리잖아. 원래 내가 큰 사건 위주로 맡으니까."

"아, 네……. 피의자 취조 들어가시겠네요?"

"뭐, 이미 사건 정황이나 증거도 명백하고. 길게 끌고 갈 사건이 아니지."

긴 책상에 쭉 나열돼 있는 현장 증거들을 돌아보며 성준이 잰 척 어깨를 으쓱였다. 그런 성준을 아니꼽게 보던 명희가 마찬가지로 증거들 쪽으로 시선을 돌렸다. 비닐 백에 들어 있는 흉기와 빨간 벙어리장갑, 그리고 현장에 떨어져 있던 음료수 캔.

아직 부검 결과가 나와 봐야 알겠지만 저 음료수 입구에 약물 가루가 묻혀져 있었다고 한다. 그래서 김석태에게 약을 먹여 꼼짝을 못 하게 한 뒤 살인을 저질렀다는 게 경찰들의 추측이었다. 이제 곧 소진이 과거 김석태에게 당했던 일들이 밝혀지면 그 추측은 사실로 굳어질 것이다.

"근데 여긴 진짜 웬일이야? 기자들도 많이 몰려와 어수선한데. 최 검사도 무슨 사건 맡았어?"

명희의 시선이 빨간 벙어리장갑에 머물렀다. 피와 섞여 색이 바래 버린 장갑.

"아뇨. 선배 사건이 구미가 당기네요."

"뭐?"

무슨 소리냐고 되묻는 성준을 뒤로하고 명희는 빠르게 걷기 시작했다. 소진이 입에 담았던 진실. 그건 아직 모습을 드러내지 않았다. 이건…… 진실이 아니다.

취조실 안에 책상을 하나 사이에 두고 마주 앉아 있는 소진은 아주 오래전으로 돌아간 듯했다. 잔뜩 몸을 웅크리고 그 누구에게도 감정을 보이지 않았던 처음 그때로.

"어떻게 된 일인지 말해."

손만 닿아도 소스라치게 놀랐던 작고 하얗던 아이. 텅텅 빈 눈으로 사방을 헤매기만 했던 아이.

"말해, 지소진."

그러나 시간이 흐르면서 너무도 깨끗한 미소를 지어 보였고, 다정하게 이름을 불러 주었고, 항상 같은 자리에서 기다려 주었던 아이.

"소진아."

우진은 공허한 눈으로 책상만 내려 보고 있는 소진을 간절히 불렀다. 시간이 별로 없었다. 주어진 짧은 시간에 우진은 소진에게서 많은 걸 알아내야 했다.

우진은 벌떡 일어나 책상 위로 몸을 숙여 소진의 양어깨를 세게 움켜쥐었다.

"말해! 말하라고!"

아무 의지가 없는 그녀의 몸이 속절없이 흔들렸다. 우진은 소진의 어깨에서 손을 떼 그녀의 얼굴을 감쌌다. 도통 자신을 보려 하지 않는 소진을 애태워하며 어떻게든 눈을 마주치고자 했다.

"나 봐. 나 좀 봐 봐. 제발 나 좀 봐!"

미동도 없던 소진이 고개를 옆으로 돌려 버리며 우진의 손길을 거부했다. 그 몸짓 하나에 우진은 온몸의 신경이 굳는 기분이었다. 소진이 지금 자신을 거부하고 있었다. 소진이 자신을.

"소진아…… 말해 줘. 말해 줘야 해. 널 이렇게 만든 놈을 나한테 알려 줘야 한다고."

힘없이 흘러나오는 우진의 목소리에도 소진은 입을 열지 않았다. 책상을 짚고 선 우진의 머리가 밑으로 숙여졌다. 다시 눈앞에 나타난 그녀는 변해 있었다. 무슨 일이 있었는지, 왜 다시 옛날의 홀로 갇혀 있던 상태로 돌아간 것인지, 우진은 알 수 없었다.

"……미안해."

책상 위에 올려진 그의 주먹이 가늘게 떨리고 있었다.

"널 밀어내서……. 널 이렇게 만들어서……. 미안해."

우진은 고개를 들지 못했다. 소진을 볼 용기가 나지 않았다. 자신을 모르는 사람처럼 대하는 소진을 보기가 너무도 힘들었다.

소진의 손가락이 미세하게 움직였다. 소진의 눈동자가 서서히 우진에게 향하기 시작했다. 그녀의 두 손이, 차가운 수갑에 가둬진 두 손이 그의 숙여진 머리 쪽으로 다가가기 시작했다.

　"지우진이 들어 있다고?"

　벌컥, 문이 열리면서 우진에게 닿지 못한 소진의 두 손이 밑으로 떨어졌다. 소진은 또다시 우진에게서 멀어져 갔다.

　"지 검사, 여기서 뭐 하나?"

　숙였던 머리를 들며 우진은 문을 열고 들어온 성준을 서늘하게 보았다. 성준은 그런 우진을 그냥 지나치며 안으로 들어와 의자를 끌어 앉았다.

　"누구 맘대로 남의 사건에 개입하는 건데? 너 경찰서에서도 난동 피웠다더니, 진짜 둘이 무슨 사인가 보네."

　우진과 소진을 번갈아 쳐다보며 성준이 말했다. 그에 아무도 입을 열지 않자, 성준은 코웃음을 치며 책상 위에 다리를 턱 하니 올리고 수사 파일을 뒤집어 깠다.

　"지우진, 지소진. 뭐냐? 너희 둘이 남매라도 돼?"

　그러나 성준은 그다음 소진에 대한 가족 사항이 적힌 부분을 확인하며 소진을 힐끗 보았다.

　"고아잖아?"

　"드릴 말씀이 있습니다."

　"어, 뭐? 해."

　"이 사건, 저도 함께 수사할 수 있도록 해 주십시오."

　"어째서?"

　"……."

　"그걸 결정하는 건 내가 아니기도 하지만, 설사 내가 결정할 수 있는 사항이라도 난 싫은데."

파일을 책상에 성의 없이 던진 성준이 불현듯 날카로운 눈빛이 되어 우진을 쏘아보았다.

"살인자랑 한 지붕 아래서 십 몇 년을 살아온 너한테 무슨 수사를 맡기라고?"

"!"

"내가 진짜 모르는 줄 알았나 보네. 대한민국 수사기관을 이리 무시해서야. 지소진. 김포 고아원에서 김석태한테 학대를 받으며 자랐지. 이후 아동 기관에 맡겨져 있다가 지우석 변호사, 그니까 너희 부모님 밑으로 입양이 될 뻔! 했지. 결국은 법적으로 한 가족이 되진 않았지만 어쨌든 쭉 한 가족으로 살아온 거고. 자, 여기서 틀린 배경 설명이 있나?"

강한 자에겐 머릴 숙이고, 약한 자는 밟는 전형적인 권력 신봉자인 성준이었지만, 그도 명실상부한 검사였다. 아무리 썩어 빠진 비리 검사라 할지라도 성준은 수사하는 데 있어 눈치가 빨랐고, 명석했다. 이미 소진에 대한 조사는 모두 마친 후였던 것이다. 성준은 비실거리며 팔짱을 끼고 우진을 가소롭게 쳐다보았다.

"네가 여기 취조실에 쉽게 들어올 수 있었던 게 이상하지 않았어? 내가 미리 말해 놨거든. 지우진이 오면 그냥 들여보내 주라고. 지소진이랑 만나게 놔두라고. 알지? 여기 다 녹화되고 있는 거. 너, 쓸데없는 짓 하지 말란 소리야. 괜히 살인자 풀어주려다 네 옷 벗지 말라는 선배의 진심 어린 충고다."

"지소진은 사람을 죽이지 않았습니다."

"그거야 네 생각이지. '보복살인', 이거 하나면 다 정리되지 않나?"

"박 검사님."

"그만 나가 줄래? 나 네 동생 진술 받아야 되는데."

능글맞게 웃으며 말하는 성준 앞에서 우진은 치가 떨리는 분노를 간신히 참아 내며 소진을 보았다. 지금 이 상황 따윈 어떻게 되든 상관없다는 듯 앉아 있는 소진의 모습을 꾹꾹 눈에 눌러 담은 후, 그는 떨어지지 않는 발을 억지로 떼어 냈다. 지금 성준과 맞서는 건 소진에게 도움이 되지 않는다고, 우진의 남은 한 가닥의 이성이 말해 주고 있었다.

한 발, 한 발, 소진을 등지고 소진과의 거리가 벌어질수록 우진의 심장은 갈기갈기 찢어져 갔다.

요 며칠 사무실에 모습을 보이지 않던 우진이 책상 앞에 앉아 부산스럽게 파일들을 뒤지고 있는 걸 발견하고 지숙이 얼른 우진의 앞에 와 섰다.

"검사님, 어떻게 되신 거예요? 지금 밀린 사건들이······."

"배 계장님, 부탁이 있습니다."

"네? 무슨."

"김석태가 발견된 그날, 종로경찰서에 접수된 신고 전화. 그 전화를 누가, 어디서 건 건지 확인해 주세요. 단순히 김석태를 목격하고 전활 한 것이 확실한지, 그렇다면 그 당시 김석태가 누구랑 있었는지 전부 알아와 주십시오."

"하지만 검사님, 그 사건은 검사님 담당이 아닙니다."

"아뇨, 제가 해결해야 할 일입니다. 빨리 좀 알아봐 주십시오."

지숙은 잠시 제자리에 선 채로 물끄러미 우진을 내려 보았다. 컴퓨터상에서 김석태와 관련된 모든 기록 사항들을 훑어보던 우진이 그런 지숙의 기척을 느끼고 고갤 들었다.

"전 검사님의 보좌하고자 여기 있는 겁니다."

"압니다."

"지금 검사님 앞으로 배당된 사건들만 해도 만만치 않습니다. 그 와중에 본인 일을 미루고 다른 검사가 맡은 수사에 끼어든다는 건 직무유기가 될 수 있습니다. 그게 길어지면 징계까지 먹을 수도 있고요."

"하고 싶은 말씀이 뭡니까."

"지소진 씨, 일인 거죠?"

"……"

"살다 보면 어쩔 수 없는 일이란 게 있죠. 저도 가족이 있는 몸인지라 검사님 마음 이해합니다. 하지만 그전에 모든 걸 얘기해 주세요. 지소진 씨에 대해서, 그리고 두 분의 관계에 대해서."

"계장님."

"그래야 팔 걷어붙이고 검사님을 돕죠. 그리고 소진 씨도 돕고요. 이래 봬도 사람 보는 눈은 있다고 생각하거든요. 제가 본 소진 씨는 검사님을 많이 좋아했어요. 그렇게 좋아하는 사람을 놔두고 스스로 지옥 불에 뛰어들 이유가 없잖아요."

지숙은 신문에서 떠들어 댄 기사 한 토막을 떠올리며 고개를 저었다. 십 년도 지난 옛 사건을 곁들인 자극적인 신문 제목과 그 내용들은 소진을 한평생 원수를 갚기 위해 살아온 사람처럼 묘사하고 있었다. 그러나 소진을 봤던 지숙은 그 내용들을 받아들일 수 없었다.

소진은 사랑을 갈구하던 모습이었다. 누군가 자신을 돌봐 주기를, 아파하는 걸 알아주기를, 그리고 그게 우진이기를. 그런데 그런 우진의 곁에 있던 그녀가 갑자기 살인자가 되어 나타났다. 지숙은 이 사실이 의문스러울 뿐이었다.

"소진이는."

우진은 쓴웃음을 머금으며 의자 등받이에 몸을 묻었다.

"어느 날, 내 앞에 나타난 아이입니다."

먼지가 듬뿍 쌓였던 개집을 치워 버리자, 드러났던 하얀 아이의 모습이 머릿속에 떠오르기 시작했다.

"아주 작고, 마른 아이가 잔뜩 겁에 질린 채 내 옷을 붙들더군요."

그때, 아이가 잡아 쥔 건 옷자락이 아니라 희망이었다. 다시 살 수 있다는 희망.

"난 곁을 내주었고, 별 볼 일 없는 난 그때부터 그 아이의 전부가 되었죠. 정말 별 볼 일 없는 놈이었는데."

스스로를 비웃는 우진을 보며 지숙은 조심스레 물었다.

"그럼 검사님은요? 검사님에게 소진 씨는요?"

우진은 그 질문에 답을 하지 않았다. 그저 혼자만의 생각에 빠진 듯, 먼 곳을 응시할 뿐이었다. 지숙은 더 묻지 않았다. 어쩐지 그 질문에 대한 답을 알 것만 같아서.

"저 그럼 검사님이 시키신 거 하고 오겠습니다!"

활기차게 말하며 우진에게 고개를 까딱인 지숙이 돌아서 사무실을 빠져나갔다. 우두커니 사무실엔 그 혼자 남겨졌다.

"소진이는."

들을 사람 없는 사무실에 외로이 우진의 음성이 울려 퍼졌다.

"……내 전부였나 봅니다."

12.

가운데 책상을 하나 두고 네 사람이 머리를 모으고 앉아 있었다. 그들 앞으론 사진이 부착된 신상기록들이 여러 장 놓여 있었다.

"32세, 조동규."

정석은 종이 한 장을 콕 가리켰다. 수염을 깎지 않아 더욱 더 험상궂어 보이는 남성의 사진이었다.

"오랫동안 화물차를 몰았는데, 그날은 서울로 올라가던 길이었고요. 졸음운전으로 인한 사고로 보고 있습니다. 아직 회복 중에 있어 자세한 진술은 받지 못한 상태고요."

"김석태를 지키고 있던 교도관들은 정신을 잃어 김석태가 언제 사라졌는지도 모르고."

"수상한 건 신고전화예요. 공중전화였대요. 김석태를 어디서 봤다는 얘기만 하고 바로 끊어 버려서 누군지 알 수가 없어요. 장난전화 줄 알고 무시하려다가 그래도 한번 나가 보자 해서 그 일대를 순찰한 거고, 거기서…… 소진 씨가 발견된 거죠."

이어 명희와 지숙의 말이었다. 의심은 가는데 증거가 없었다. 갑자기 차선을 넘어와 교도소 차량을 친 화물차도, 그리 크게 다치지 않았는데도 불구하고 김석태가 도망간 상황을 아무도 눈치채지 못한 교도관들도, 적당한 타이밍에 김석태를 목격했다는 신원미상의 신고 전화도. 그 모든 건 꼭 잘 짜인 각본과 같았다. 문제는 그것이 정말 누군가의 각본일 수도 있다는 걸 증명할 길이 없다는 것이었다.

우진은 이 사건과 관련된 모든 사람들의 사진들을 날카롭게 훑어보다 함께 놓여 있던 녹음기를 집어 들었다. 녹음기의 재생 버튼을 누르자, 경찰서로 걸려 왔던 신고 전화의 목소리가 흘러나왔다. 젊은 여성의 목소리였다.

[경찰서죠? 아, 저 그 기, 김석태를 본 것 같아서요…….]

녹음기가 다 돌아갔을 때 명희의 핸드폰이 울렸다.

"여보세요?"

전화를 받은 명희에게 우진의 시선이 옮겨졌다. 전화 내에서 몇 차례 대화를 주고받은 명희가 통화를 마친 후, 우진을 보았다.

"부검 결과 나왔대."

명희의 말이 끝나기 무섭게 우진이 자리에서 일어나 외투를 챙겨 들고 사무실을 빠져나갔다. 도저히 길이 보이지 않는 이 상황에서 안간힘을 써 대는 우진에게 명희는 연민을 느꼈다. 그리고 동시에 부럽기도 했다. 누군가에게 이렇게 모든 걸 쏟아부을 수 있는 그가, 그리고 그 대상이 되는 그녀가.

약속 시간에 늦을까 서둘러 차에 올라탄 성준이 막 시동을 켜고 출발시킬 때였다. 갑자기 어디선가 튀어나와 제 차 앞을 가로막은 검은 차로 인해 성준은 급브레이크를 밟으며 클랙슨을 마구 울려 댔다.

"뭐야, 저 새끼."

검은 차에서 내리는 차 주인이 지우진이란 걸 안 성준은 한껏 인상을 쓴 채 차 문을 벌컥 열었다.

"너 뭐야!"

내리자마자 대뜸 삿대질부터 하고 보는 성준에게 성큼성큼 다가온 우진은 본론부터 꺼냈다. 이미 뻔히 알고 있는 부검 결과를 묻는 우진에게 성준의 대답은 비릿한 비웃음이었다.

"내가 그걸 너한테 왜 알려 줘야 하는데? 그리고 너, 내 사건에 개입하지 말랬지? 선배 말이 우스워?"

"아직 현장…… 용의자가 자백을 하지도 않았고, 사건 정황상 허점이 많습니다. 범인의 범위를 확대해야 합니다."

"까불지 마, 지우진. 네가 뭔데 이래라저래라야? 너 지금 그런 거 신경 쓸 때가 아냐. 검사된 지 얼마나 됐다고 괜한 분란을 만들어?"

"김석태가 도주하는 과정부터 수상하고, 바보가 아닌 이상 일부러 잡힐 게 뻔한 현장에서 피를 뒤집어쓰고 있을 리 없잖습니까!"

"그럼 바본가 보지."

귀를 후비적대며 자신을 조롱하듯 힐끗 보는 성준의 모습에 우진의 턱에 잔뜩 힘이 들어가 경직됐다.

"안 그래도 정상처럼 안 보이던데, 걔? 어디 미친년 하나 데리고 와서는. 야, 차나 빼. 나 바빠."

불끈 쥐어진 우진의 주먹이 부들부들 떨리었다. 얼굴 근육 모두가 분노에 일그러지면서 우진의 눈에 살기가 띠었다. 그대로 뒤돌아서 차에 올라타려는 성준 가까이 우진의 발이 움직였을 때였다. 우진의 팔을 명희가 잡아챘다.

"너 지금 여기서 사고 치면 그대로 끝이야."

우진의 손톱이 손바닥을 완전히 파고들었다.

"어? 최 검사도 왔네? 야, 친구 일이라고 같이 나서는 건가? 내가 지금은 좀 바빠서 나중에 길게 얘기하자고."

창문 밖으로 손을 내밀고 휘휘 젓는 성준을 명희는 무심한 눈길로 쓱 쳐다보다 우진의 팔을 잡아당겼다. 성준의 차가 후진하다가 그대로 둘을 지나쳐 지나갔다.

"잘 참았어, 지 검사."

명희는 바닥에 시선을 고정시킨 채 한참을 움직이지 않는 우진을 안쓰럽게 쳐다보다가 결국 끝까지 보지 못하고 고개를 돌렸다. 우진이 너무 많이 다치고 있었다. 이 정도였던가. 소진을 향하는 우진의 마음이 이렇게나 대단했던가. 그리고 우진을 생각하는 제 마음 또한 이리도 클 줄은, 명희는 정말 몰랐다.

✝ ✝ ✝

주연의 얼굴에 병색이 짙었다. 며칠째 신열로 얼굴이 발갛게 달아올라 있었다. 약을 먹어도 나아지는 기미가 없었다. 마음이 편치 않으니 그 어떤 약도 받아들이지 못하는 것이었다. 명학은 침대에 누워 끙끙 앓기만 하는 주연의 이마에 흐르는 식은땀을 물수건으로 닦아 주었다.

좀 더 젊은 날의 주연이라면 달랐을까. 타국에서 수많은 아이들이 하늘로 가 버리는 모습을 목격해 왔으면서도 주연은 소진의 문제는 전혀 받아들이지 못하고 있었다. 혜연과 우석이 떠난 후, 소진은 그들 대신이었던 거다. 그리고 주연은 또다시 가족을 잃는다는 공포에 갇혀 신음하고 있는 거였다.

"우진이는? 들어왔어?"

잔뜩 갈라진 목소리를 내는 주연에게 명학은 고개를 끄덕여 보였다.

"소진이 방에 있어. 곧 다시 나갈 거 같아."

소진이 구속된 이후, 우진이 집에서 잔 적이 단 한 번도 없었다. 우진은 꼭 무언가에 쫓기듯 급했다. 변호사를 구해 보겠다고, 전관예우를 받을 수 있는 변호사로 전 재산을 다 털어서라도 소진을 변호하게끔 하겠다고, 명학은 자신의 신념에 위배되는 말을 했었다.

그런 명학에게 우진은 단호히 말했다. 변호하는 일 따위 없게 만들 거라고. 소진을 법정에 서도록 놔두지 않을 거라고. 명학은 우진을 믿고 싶었으나, 그 말에는 아무런 수긍도 해 줄 수 없었다.

우진은 습관처럼 소진의 방에 머무르다 나갔다. 소진이 없는 그 공간이 미치도록 견디기 힘들어 피했던 것이 이제는 소진이 돌아올 때까지 사람의 온기가 여전하도록 하기 위해 발걸음하고, 머물렀다.

한참을 소진의 침대에 가만히 앉아 있던 우진이 곧 자리를 털고 일어났다. 침대 옆 스탠드 불만 켜고 방 불을 끈 우진이 소진의 방 문을 닫으려다가 잠시 행동을 멈췄다. 은은한 스탠드 불로 차려던 방이 다시 거실 형광등 빛으로 환해졌다. 우진은 문고리를 쥔 채로 돌아섰다. 우진의 시선이 책상과 침대 사이에 놔둔 캔버스에 머물렀다.

거실에 있던 것을 우진이 옮겨 둔 것이었다. 소진이 돌아올 때까지 잘 간직하고 있어야지, 그리고 돌아오면 물어봐야지 했었다. 돌아오면 '뭘 그린 거야?' 그렇게 물어봐야지 했다.

'소진 씨가 이 그림에 대해 설명해 줬었어.'

소진이가 사라졌던 날, 명희가 이 그림 앞에 서서 말했었다.

'진실을 구하는 시간이래. 이 남자가 시간이고 이 여자가 진실이래. 그리고 이 하얀 천이 진실을 가리고 있던 거래. 소진 씨가 그러더라. 순백의 천은 진실을 가리고 있는 거라고.'

명희가 캔버스 위로 뭉쳐진 하얀 유화물감을 손가락으로 훑으며 말했었다.

'소진 씨는 왜 날 불러 이 그림을 보여 줬을까.'

우진은 그보다 더 오래전, 소진이 했던 말을 기억해 냈다.

'나중에 다 그리면 보여 줄게. 그리고…… 말해 줄게. 뭘 그린 건지.'

그 당시는 가볍게 흘려들었던 그 말이 떠올랐다. 소진이 뭘 그린 건지 말해 준다고 했었다. 그러나 소진은 완성된 그림에 대해 아무것도 알려 주지 않은 채 사라졌다.

우진은 갑자기 뭐에 홀린 듯 그림 앞으로 걸어갔다. 이젤 위에 세로로 세워져 있던 캔버스를 집어 든 우진은 잠시 그걸 보다가 그대로 바닥에 패대기쳤다. 쾅, 소리와 함께 떨어진 캔버스는 쫙 소리와 함께 약간의 틈을 보이며 금이 갔다.

우진은 캔버스 뒤쪽에 난 틈으로 보이는 무언가에 손을 뻗었다. 캔버스 뒤엔 아주 얇은 막처럼 종이 하나가 덧대져 있었다. 우진의 손가락이 그 사이를 파고들어 막을 거둬 냈다. 분홍색의 무언가가 보이기 시작했다. 우진은 천천히 그걸 빼 들었다.

황토색의 구치소 수감복과 소진은 정말 너무나도 어울리지 않았다. 취조실로 불려 온 소진을 영상 녹화실에서 보고 있는 명희를 수사관들이 힐끔거렸지만 명희는 오로지 소진만을 주시했다. 핏기 하나 없는 얼굴에, 산 사람 같지 않은 눈을 하고 있는 소진은 검사, 성준의 질문에 한 차례도 답변을 하지 않고 있었다.

자백을 하지 않을 거면 자신의 무죄라도 주장하든가. 아무것도 하지 않으려는 소진의 태도에 명희는 바깥에서 그녀를 위해 동분서주하고 있는 우진이 자꾸 떠올라 짜증스러웠다.

그러나 성준이 버럭 화를 내며 책상을 여러 번 두들기는 모습에, 또 그런 성준의 행동에 지레 겁을 먹고 목을 움츠린 소진의 모습에 명희는 얕은 한숨을 내쉬며 녹화실을 나가 취조실 문을 열었다.

"선배, 잠깐이면 되는데."

명희는 성준에게 자리를 내달라고 청했다. 성준은 지우진이 아닌 네가 왜 이 일에 관심을 쏟냐고 물었고, 명희는 성준에게 달콤한 소리 하나 늘어놓았다. 아버지 회사 법무팀에 문제가 좀 생긴 것 같은데 선배의 조언이 도움이 될 것 같다는 명희의 말에 성준은 잠자코 있다가 '5분이면 되지?'라고 말하며 자리를 비켜 주었다.

명희는 그의 등에 대고 한마디 더 외쳤다. 나는 녹화당하고 싶지 않다고. 성준은 손으로 오케이 표시를 만들며 눈을 찡긋댔다. 명희는 충분히 그한테 방실대 주다가 그가 돌아서자, 콧방귀를 뀌며 성준이 앉아 있었던 의자에 엉덩이를 붙였다.

"말을 다 까먹어 버렸나? 아님, 혓바닥이라도 사라지셨나."

비아냥대는 명희의 어투가 소진의 모습을 변화시킬 건 없었다. 소진은 그 자세, 그 모습 그대로였다.

"대체 어쩌려고 그래요? 이대로 수사 종결하고 10일 이내에 담당 검사가 기소하면 그대로 소진 씨, 재판에 회부되는 거예요. 그럼 어떻게 될 거 같아요? 그렇게 입 다물고 있음 알아서 무죄거니 생각해 줄 줄 알아요? 본인이 입을 열어 죄를 짓지 않았다고 말을 하든가 해야지."

소진은 귀가 멀어 버린 사람처럼 조금의 반응도 보여 주지 않았다. 그런 소진을 뚫어져라 쳐다보던 명희가 소진 쪽으로 상체를 숙여 얼굴을 가까이했다.

"지소진, 네가 숨기는 게 뭐야."

소진의 눈동자가 흔들렸다. 명희는 그걸 놓치지 않았다.

"네가 살인범이 돼서라도 우진이한테 알리고 싶지 않은 게 있는 거야. 그렇지?"

명희는 자신을 피하듯 몸을 트는 소진의 한쪽 어깨를 잡아 자신 쪽으로 휙 돌렸다. 명희와 마주친 소진의 눈이 잔뜩 얼어 있었다. 그 눈에 명희는 소진의 몸을 놔주며 뒤로 몸을 뺐다.

"지금 지우진이 어떤 줄 알기나 해? 제정신이 아냐. 반쯤 미쳐 날뛰고 있다고. 너 때문이야. 너 때문에 지우진은 지 인생을 걸고 있어. 만약 너랑 이상하게 얽힌 게 소문이라도 난다면, 지우진 검사 생활 더는 못 할 수도 있어. 근데도 걔, 널 구하려고 해. 네가 정말 사람을 죽였을 거란 생각은 단 일 프로도 하지 않아. 웃기지? 검사가, 그것도 지우진이 명백한 증거들도 부인한 채 널 믿는데. 근데 넌 지금 뭐 하니?"

어쩌면 지금 드는 감정은 질투일지도 몰랐다. 살아온 인생이 너무도 처참한 여자를 앞에 두고 질투를 한다는 것 자체가 너무도 우스운 일이었지만, 소진이 얄미운 건 분명 소진이 부러워하는 데서 비롯된 감정일 것이다. 누군가가 자신을 위해 죽을힘을 다해 애를 쓰고 있다는데 그걸 먼지처럼 날려 버리려는 소진이 오만하고 교만스러웠다.

"네가 입을 열지 않으면 우린 알 수 없겠지. 하지만 네 말대로 진실은 시간이 지나면 드러나는 거니까."

원치 않은 삶의 굴레에 갇혀 주홍글씨처럼 그 과거를 평생의 상처로 짊어졌던 여자. 그리고 그런 여자를 곁에 두었던 남자. 이 둘이 쌓아 온 추억과 감정들을 제삼자인 자신이 다 알 수 없었다. 그럼에도 다 아는 것처럼 떠들어 댔던 자신의 말이 우진에게, 그리고 소진에게 아무 영향을 끼치지 않았다고 주장하기엔 제 양심이 아직은 날카로운 톱니로 둘러져 있었다.

그래서 명희는 이대로 소진을 내버려 두지 못할 것 같았다. 그러기엔 소진이 미운 만큼, 딱 그 양만큼 소진에게 미안해 그러지 못할 것 같았다.

† † †

지숙에게 일을 시키고 전화를 끊은 우진은 경멸 어린 눈빛으로 유리벽 너머의 여자를 보았다. 그림에서 나온 분홍색 봉투를 발견한 우진은 그대로 차를 몰아 청주교도소를 향했다. 그리고 평생 살면서 절대 마주칠 일이 없을 거라 생각한 여자를 마주했다.

여자는 늙었고, 초라했고, 더없이 추했다. 그건 세월이 준 것도, 감옥이란 환경적 요인도 아닐 것이다. 여자가 그렇게 된 것은 과거에 저지른 죄악의 밧줄을 평생 목줄로 휘감고 살아야 했기 때문일 것이다. 여자는 남들보다 두 배로 빠른 세월의 변화를 겪은 듯 하얗게 센 가늘고 힘없는 머리카락을 손가락으로 비비 꼬며 우진을 힐끔댔다.

여자를 바라보는 우진의 고요한 두 눈은 곧 태풍이 들이닥칠 잔잔한 바다와 같았다.

"이정숙 씨."

법정에서 검사로서 섰을 때와 같은 기계적인 음성이 그의 입을 뚫고 흘러나왔다.

"이 사진을 알아보겠습니까."

우진은 이미 한차례 자신의 손에 구겨져 있던 사진을 곱게 다시 펴서 접견실 유리벽에 갖다 대었다.

"모, 몰라요, 나는."

여자는 사진을 보지도 않고 말했다.

"똑바로 보고 말하십쇼. 이 사진, 이 사진 속 아이들 알고 있죠?"

한 겨울에 발가벗겨진 채 멍투성이의 몸으로 벽을 보고 서 있는 다섯 아이들.

"얼굴이 안 보여 못 알아보시겠습니까? 그럼 이건? 아님 이건? 그것도 아님 이건!"

분홍색 봉투를 뒤집어, 흘러나온 여러 장의 사진들을 눈앞에 들이밀며 우진이 격앙된 목소리로 외쳤다. 그의 두 손에 잡힌 사진들이 유리벽에 달라붙어 이정숙에게 보이었다. 그것들을 외면하며 보려고 하지도 않던 정숙이 어쩌다 힐끔 사진을 보고 나선 눈을 크게 떴다. 정숙은 확장된 동공으로 그것들을 쳐다보다 반쯤 몸을 일으켜 유리벽에 손을 갖다 대고 사진들을 빤히 들여다보았다.

"애, 애들……."

"무슨 애들? 당신들이 학대하던 그 애들, 맞아?"

"아, 아냐. 난 그러려고 그런 게 아냐. 나는 그냥, 다친 아이들을 보살펴 주려던 거였어. 아픈 아이들을 치료해 주려고! 시, 신의 가호를 빌어 줬을 뿐이라고!"

"그때 그 아이들이 확실한 거 맞냐고!"

"나, 나는, 잘못한 거 없어. 그니까 나 좀 찾아오지 마! 나 좀 찾아오지 마! 그만 좀 와! 왜 자꾸 오는 거야! 더는 보기 싫어! 오지 좀 마!"

갑자기 자신의 머리를 부여잡으며 소리치는 정숙의 모습에 우진은 표정이 굳어졌다.

"지금…… 무슨 말이야? 누가 찾아와? 누굴 얘기하는 거야? 누가 찾아왔어? 누가? 어떤 누가!"

유리벽을 치는 우진의 행동에 깜짝 놀란 얼굴로 멈칫한 정숙이 이내 얼이 빠진 표정으로 우진을 물끄러미 보았다.

"아저씨."

정숙이 우진에게 몸을 가까이했다.

"아저씨, 나 좀 살려 줘요."

우진은 입안이 마르는 느낌을 받으며 정숙의 움직이는 입에서 일초도 눈을 떼지 않았다.

"나 죽일 거야, 걔가."

"!"

"죽인다고 했어. 가만두지 않는다고 했어. 나, 나를……."

정숙의 입술이 파르르 떨리는 것을 보며 우진은 말라붙은 입술을 억지로 떼어 냈다.

"누가…… 누가 찾아와 그런 말을 한 거야. 누군지 말해. 그렇게 말한 사람이 누구야?"

정숙의 고동색의 눈동자가 사진 속 한 아이를 향했다.

교도소에 나오자마자 우진은 다리에 힘이 풀린 듯 계단에 털썩 주저앉았다. 이미 반쯤 풀어져 있던 넥타이를 끌어내 주머니에 아무렇게나 쑤셔 넣고 벌어진 다리 사이로 아무 의지도 없는 두 팔을 축 늘어뜨렸다.

'우진아.'

그 아이는 항상 무언가를 말하고자 했다. 늘 먼저 이름을 부르고 대화를 나누길 원했다. 그 녀석의 시선이 졸졸 따라다녔던 것은 자신을 봐 주기를, 알아주기를, 먼저 말을 걸어 주기를, 무언가 물어봐 주기를 바랐던 것일지도 모른다.

만약 그 시선을 모른 척 무시하지 않았더라면, 그 아이가 보낸 신호를 미리 알아채 단 한 번이라도 다정하게 물어봐 주었더라면, 그랬다면 그 녀석은 겹겹이 자물쇠로 잠가 놓았던 자신의 비밀 상자를 풀어 선뜻 그 안을 보여 주었을까.

어느 날, 배달되기 시작한 편지가 있노라고, 그 편지엔 지우개로 깨끗이 지우고자 했던 악몽들이 담아 있더라고, 좁혀 오는 포획망처럼 자신을 두려움에 떨게 만든다고, 그래서 너무나 무섭다고…….

부글부글 끓는 뜨거운 물에 풍덩 빠진 것처럼 온몸이 뜨거웠다. 겨울의 차갑고 건조한 대기로 가득한, 귓불을 무자비하게 할퀴고 지나가는 매서운 겨울바람이 몰아치는데도 머리가 어지러울 정도로 홧홧한 열기가 피어올랐다.

다시 그녀를 집어삼키기 위해 다가온 악몽 앞에서 어떻게 견뎠을까. 딱 한 발자국만 뒤로 가면 그대로 절벽인 낭떠러지 위에 간신히 버티고 있었던 거였다. 근데 그것도 모르는 놈은 저리 좀만 가라며 그 아이의 가슴을 밀쳤다. 지독하게 잔인하고 다시는 돌이킬 수 없는 짓이었다.

우진은 차마 만지기도 힘든 사진들을 다시 꺼내 보았다. 겨울의 눈이 기쁨이 아니었을 아이들. 눈이 온다는 것은 발이 보라색으로 변할 정도로 추위를 견뎌야 한다는 의미였을 아이들. 아무 죄도 없지만 그 죄가 무엇인지 찾아야 했을 아이들. 배가 너무 고팠을 아이들. 매질이 너무 아팠을 아이들. 어둠이 갑갑하지만 차마 큰 소리로 울지 못했을 아이들.

우진은 숨통이 끊어질 정도로 고통스러웠다. 왜, 왜 알면서 잊어버렸을까. 그 이유를 모르지 않았다. 항상 똑같은 자리에 평생을 변치 않고 있을 거라 장담한 것이다. 너무도 거만하게 그걸 자신했던 거다. 그래서 소중함조차 잊어버리고 소홀해 버렸던 거다.

[저희 지금 차장님하고 같이 있어요. 최 검사님도 와 계시고요. 아동센터까지 갈 필요가 없을 것 같아요. 왜 그때 김포 사건 담당 검사가 차장님이었단 거 말씀 안 해 주셨어요? 모든 기록 가지고 계신 걸요. 아마 그때 발견된 아이들의 차후 기록들도 알아낼 수 있을 것 같아요. 근데 검사님은 지금 어디세요?]

지숙과 통화를 나눈 후, 우진은 헝클어진 머리를 손으로 쓸어 넘겼다. 엉망으로 구겨진 셔츠를 탁탁 펴고 풀어 두었던 소매 단추를 채웠다. 한쪽으로 치워 버렸던 넥타이를 다시 셔츠에 깔끔하게 매면서 교도소에서 점점 멀어져 가는 우진의 얼굴에서 방금 전 고통은 흔적도 없이 감춰져 있었다.

먼지가 가득 쌓인 서류들이 명학의 문서함에서 꺼내졌다. 이미 십 년도 넘은 그 오래된 서류가 다시 꺼내질 거라곤 한 번도 생각해 보지 못했다. 손으로 털고, 입으로 불어 턴 먼지들이 사무실에 휘날렸다. 이젠 다시 옛 기억들을 끄집어낼 차례였다.

"네 이모가 소진이의 보호자가 되기로 했을 때, 혹시 몰라 소진과 관련된 모든 기록들을 보관해 둔 거다. 그 고아원의 연혁이나 김석태와 이정숙의 자백이 담긴 진술서에서 드러난 아이들의 유괴 장소, 시간, 그리고 그 사건 이후 찾게 된 아이들의 부모들 등이지."

우진이 서류를 집으려 손을 뻗었을 때, 명학이 그를 막았다.

"우선 이것들이 왜 필요한지부터 설명을 해 봐라. 어떤 의심으로 이걸 보려는 건지. 네가 알아낸 것이 뭔지."

우진은 잠시 사무실에 모여 있는 이들을 보았다. 정명학, 최명희, 배지숙, 김정석. 그들은 모두 우진에게 믿음을 주었던 사람들이었다. 우진은 사건의 실마리가 될 사진들을 꺼내 책상 위에 올려놨다. 사진을 본 그들은 하나같이 분통을 터트렸다. 이미 죽어 버린 김석태가 다시 살아난다면 그 얼굴에 똥물을 퍼부어도 시원찮을 것 같았다.

"소진이 방에서 발견된 겁니다. 제가 발견한 건 이것들뿐이지만, 아마 꾸준히 누군가로부터 편지를 받았던 것 같아요."

"그럼 그 누군가가……."

"청주교도소에 복역 중인 이정숙을 만나고 왔습니다. 분명 이정숙의 면회 기록엔 아무도 없었는데 이정숙은 자신을 꾸준히 찾아왔던 사람이 있었다더군요. 게다가 이정숙은 그 사람이 자신을 죽일 거라 했습니다."

"잠깐만요. 그 말은 김석태를 죽인 사람이 그 사람일지도 모른다는 거잖아요? 김석태가 죽었으니까 다음엔 이정숙을 죽이려는 거 아니에요?"

정석의 말에 모두 부정하지 않았다. 만약 그렇다면 이정숙을 예의 주시하고 있어야 하는 거 아니냐고 정석이 덧붙여 말하자, 명희

211

가 지금 요점은 그게 아니라며 입을 열었다.

"면회 기록이 없었다고? 대체 누구기에 그딴 수를 쓸 수 있어?"

모두들 잠시 말이 없었다. 지숙은 아이들의 사진을 집어 들었다. 엄마 마음은 다 같은 건데, 이 아이들의 부모들은 얼마나 피를 토하는 심정이었을까. 만약 자신의 딸이 이러한 상황에 처했더라면, 생각하니 온몸에 소름이 돋았다.

"일단 정리를 좀 해 보면 김석태를 죽일 만한 원한을 가진 사람은 소진 씨를 제외한 이 네 아이들, 지금은 다들 성인이 되었겠네요. 어쨌든 그 네 사람 중 누군가가 진짜 범인일 수도 있는 거네요. 그럼 우리가 해야 할 일은 이 네 사람이 현재 어디서 무얼 하고 있는지 알아보는 거고요."

본론을 딱 꺼낸 정숙의 말에 명학은 잠시 고민하더니 서류를 뒤적거리고 하나를 찾아냈다.

"그때 아이들을 찾은 부모들은 아이가 그런 일을 당했다는 사실을 아예 지우길 바랐지. 그래서 바로 이민을 가 버렸다는 가족도 있었고, 또 이름을 바꿨다는 얘기도 있어."

"좀 찾기 힘들겠네요."

정석이 난처해진 기색으로 고개를 끄덕였다.

"가끔 이런 일은 검사나 형사보다 더 귀신같이 쫓아가는 이들이 있지."

"네?"

명학은 손에 든 서류 안에 꽂아져 있던 아주 낡은 명함 한 장을 빼들었다. 명학은 노랗게 바란 명함을 들여 보며 약간은 우스워지는 기분이었다. 그때, 끈질기게 쫓아다니며 명함을 내밀던 그 사람을 치워 버리라고 소리치던 젊은 날의 자신의 모습이 떠올라서였다. 그래 놓고 명함을 서류 한 편에 꽂아 두었던 것은 행여나 소진에 대한 그 어떠한 기사가 나진 않을까 노심초사해서였다.

만에 하나라도 소진에 대한 이상한 추측성 기사가 뜬다면 명학은 자신이 가장 잘 아는 법으로 응징할 거라 이 명함의 주인에게 경고를 했었다. 그런데 이렇게 많은 시간이 흐른 지금, 이 명함을 먼저 꺼내 들 줄이야.

"사회부 기자…… 도범구?"

빼꼼 고개를 내밀어 명함을 들여다본 정석의 입에서 이름 하나가 흘러나왔다.

"그 당시 이 사건에 지대한 관심을 보였던 기자였지. 집요할 정도로 기사를 써 대고 차츰 사건이 묻힐 때에도 그때 그 아이들이 어찌 되었는지 특집 기사를 내보낼 정도로."

명함을 뺏듯이 집어 든 우진이 곧장 사무실을 나섰다. 남은 이들도 이내 그 뒤를 따랐다.

서울미디어라는 간판이 무색할 정도로 사무실은 오래되어 낡고 좁았다. 햇볕도 잘 들지 않은 사무실에서 몇 되지 않은 직원들은 그냥 현재 자신들이 그곳에 있다는 사실이 짜증스러운지 얼굴 한가득 인상을 쓰고 로봇처럼 키보드만 두드리고 있었다.

한쪽이 터져 안에 들어 있던 스펀지가 삐죽 튀어나온 소파에서 새우잠을 자고 있던 도범구는 갑자기 들이닥친 한 무리의 사람 덕분에 가위에 눌린 듯 화들짝 놀라며 깨나야 했다. 어느 정도 정신을 차리고, 적은 월급에 못 견디다 나가 버린 여직원 대신 대충 믹스커피를 탄 종이컵들이 담긴 쟁반을 성의 없이 내려놓은 범구가 다시 한 번 그들을 살피며 물었다.

"그니까 10년도 더 된 묵은 사건을 캐기 위해 날 찾아오셨다?"

"당시 취재에 나가셨다 들었습니다. 아이들의 부모들을 인터뷰하기 위해 많은 노력을 했다고요."

"아, 뭐 그거야 어떻게든 특종 잡으려고 별짓을 다한 거지. 그나저나 댁들…… 검사라는 사람들이 왜 지나간 일을 들춰내는 거요?"

며칠 면도를 하지 않았는지 고슴도치의 털처럼 아무렇게나 솟아오른 턱수염을 긁적이며 지나가듯 묻는 도범구였지만 그 눈빛만큼은 기자의 어떤 직감이 그대로 남아 있어 예사롭지 않았다.

오래 몸담고 있던 신문사에 과감히 사표를 내던지고 따로 독립해 작은 신문사를 차렸지만 시작한 지 한 해도 되지 않아 임대료도 밀린 판인 지금, 인생을 포기해야 하나, 말아야 하나 기로에 서 있는 지금, 아주 오랜 기자의 직감이 봇물 터지듯 샘솟고 있었다.

"그때 조사하셨던 기록들 남아 있습니까?"

범구는 날카로운 눈매를 가진 남자 검사를 힐끗 보다 기지개를 피며 글쎄, 라는 애매모호한 답변을 늘어놓았다.

조용히 신문사에서 퇴직한 것도 아니고 대판 책상을 엎고 나온 범구는 갖고 있던 기사 먹잇감을 물어다 주던 연줄이 모조리 끊겨 버렸다. 그는 새로운 줄이 필요했다. 그리고 어쩌면 이들이 하늘이 자신을 가여워해 마지막으로 내려 주신 동아줄이 아닐까 싶은 생각마저 들기 시작하고 있었다.

"저흰 그때의 피해 아동들이 현재 어디서 어떤 모습으로 살아가고 있는지 알아보는 중입니다. 그러기 위해선 아동들의 바뀐 이름이나, 아이들을 데려간 부모들의 정보가 필요합니다. 가지고 계신 정보가 있다면 제공해 주십시오."

"맨입으로?"

214

우진의 눈가가 살짝 찌푸려졌다. 범구는 짐짓 여유로운 척 다리를 꼬며 손톱 옆 굳은살을 뜯는 데 열중했다. 지금의 이 거래에서 갑은 자신이라는 확신이 들었다.

"수사에 필요한 정보입니다. 도범구 씨는 그 정보를 제공해야 합니다."

명희가 나름 공격적으로 얘기했지만 도범구의 코웃음 치는 소리만 들어야 했다.

"그럼 영장이라도 가지고 오시든지. 아무 죄도 없는 민간인 사찰이라도 하시려나?"

"원하는 게 뭡니까."

우진의 단도직입적인 물음에 범구는 그제야 말이 좀 통하겠구나, 하며 꼬았던 다리를 풀고 몸을 가까이 숙였다.

"난 뼛속까지 기자요. 내 젊은 시절을 몽땅 남이 싸댄 똥이나 취재하며 보냈지. 지금이야 이런 난장판인 구석에서 코나 골며 자고 있지만 그래도 난 아직 기자의 사명감을 가지고 있달까? 그리고 그런 의미에서 지금 검사님들이 캐려는 옛날의 사건이 지금의 벌어진 사건과 아주 밀접한 관계가 있을 것 같은데? 아닌가요?"

빙빙 말을 돌려 자신의 심중을 슬쩍 드러내는 범구의 말에 모두들 인상을 굳혔다. 범구는 손가락을 딱 퉁기며 소리 냈다.

"자, 그럼 여기서 한 가지 질문! 최근에 터진 김석태 살인 사건, 그 범인이 정말 과거에 학대를 당했던 아이, 그리고 가장 마지막으로 발견됐었던 그 아이, 그 아이가 맞습니까?"

모두 입을 꾹 다물고 아무 대답도 하지 않자, 도범구는 씩 웃었다. 이 사건은 아마 자신의 신문사, 서울미디어의 첫 특종 보도가 될 것이라 확신했다.

한쪽 구석 벽에 착 밀착되어 공처럼 말아진 몸이 사시나무 떨 듯 떨고 있었다. 어둠이 득의양양하게 자리를 차지하고 있는 사방이 막혀 있는 네모난 방이었다. 어떤 과거의 공간과 너무나도 비슷한, 그래서 도저히 손끝 하나도 움직일 수 없게 만드는 방이었다. 꼼짝 없이 그곳에 갇힌 몸은 땀에 흠뻑 젖어 제대로 정신을 차리지 못하고 있었다.

눈을 떠도, 눈을 감아도 똑같은 어둠 속에서 소진은 반복되는 영상을 보고 있었다. 새빨갛고 찐득했던 액체. 그 액체가 적시고 있던 얼어붙은 땅. 자신에게 꽂혔던 멈춰 버린 동공. 천천히 감겨지던 그 사람의 눈꺼풀. 그리고 경련이 일 듯 부르르 떨던 몸이 거짓말처럼 멈춰지던 모습.

고장 난 비디오테이프에서 틀어진 영상처럼 소진의 머릿속에 저절로 되감기가 되고 있었다. 그리고 그 영상은 점차 흑백으로 변하고, 오로지 빨간 피만이 그 맹렬한 색을 빛내고 있었다.

'별거 아니잖아. 넌 원하지 않아?'

악마의 속삭임과 같았던 목소리.

'너한테 주어진 기회야.'

수없이 재촉하던 그 목소리.

'자, 어서.'

뒤로 도망가지도 못하게 딱 버티고 서 있던 그의 목소리.

'……찔러!!'

온몸의 핏줄을 다 터트릴 것처럼, 온몸의 관절을 다 부서트릴 것처럼 낙뢰처럼 내리꽂혔던 그 목소리. 그 목소리가 윙윙댔다.

거친 숨결이 토해지고, 소진의 눈꺼풀은 아주 느릿하게 떠졌다,

감겨졌다 반복했다. 그 옛날, 시멘트로 문을 없앤 방에 갇혀 시간이 얼마나 흘렀는지도 몰랐던 그때처럼. 누군가 자신을 구해 줄 거라는 희망조차 꾸지 못했던 그때처럼.

　같은 방에 있던 다른 수감자들이 숨을 헐떡거리는 소진의 곁으로 몰려들기 시작했다. 수감자들의 부름에 멀리서 교도관이 뛰어오는 발소리가 들렸다. 철커덩, 쇳소리와 함께 닫혀 있던 문이 열리면서 빛이 쏟아져 들어왔다. 그 눈부신 빛에 소진은 스르륵 완전히 눈꺼풀을 닫았다.

13.

"들어갈 수 없습니다."

정신을 잃었다고 했다. 열이 펄펄 끓어 도저히 의무실 내에서 진료가 불가능해 응급실로 이송됐다고 했다. 이제 괜찮은지, 깨어나긴 했는지, 직접 눈으로 확인해야 했다. 그래야 당장이라도 돌아 버릴 것 같은 정신을 제대로 붙잡을 수 있을 것만 같았다. 자꾸 팔을 뻗어 앞길을 막는 경찰들의 옷깃을 거머쥔 우진의 손이 그 악력으로 하얗게 질려 갔다.

경찰들의 팔을 쳐 내고, 또 쳐 내고, 몇 번이고 밀어내며 안으로 들어가려던 우진을 그들은 기어코 막아섰다. 절대 피의자, 지소진과의 접촉을 허용치 말라는 담당 검사의 명이 있었기 때문이란 로봇 같은 말만 되풀이했다.

"어이, 지 검사."

여유로이 바지 주머니에 손을 꽂고 나타난 성준이 그럴 줄 알았다는 듯 우진의 모습을 보고 있었다. 지소진이 아프다는 얘기에 가만있을 리 없을 거라고, 분명 나타날 거라고, 그러니 경찰에게 미리 신신당부한 것이다.

"밤잠 안 자고 여기서 뭐 해. 쓸데없는 짓 하지 말라니까 그러네."

성준은 우진의 어깨를 툭툭 두드리며 소진이 누워 있는 침대를 가리고 있는 커튼 쪽을 힐끔 보았다. 조금의 기척도 없는 그곳에 소진이 깨어났는지는 아무도 보지 못해 알 수 없었다.

"상태가 어떤지만 보겠습니다."

"안 되겠는데? 사람을 죽인 여자를 그리 아무한테나 막 보여 주고 그래서야 되겠나."

"죽이지, 않았습니다."

"하, 나 참. 뭐 변호사야? 왜 이참에 검사 때려 치우고 변호사 하려고?"

"얼굴만 보게 해 주십시오."

"자꾸 그런 식으로 나오면 나도 더는 안 봐준다. 지소진이랑 네 관계 내가 입만 뻥긋하면 소문 한순간이야. 검사 오빠 둔 살인자? 형 가볍게 나오면 그거 또 말 많아지고 오히려 최고형 때릴 수도 있어."

"괜찮은지만 확인하면 됩니다. 얼굴 한 번만 보면 됩니다."

"지우진, 정말 이상하네. 너 원래 이런 놈 아니잖아? 지소진이 너한테 그렇게 중……."

성준의 입 모양이 말하던 그대로 굳었다. 제 앞으로 허리가 꺾어지게 고갤 숙인 우진의 뒤통수를 처음 봐서 그런지 놀랍지 않을 수가 없었다.

"부탁, 드립니다."

부탁, 그 단어에서 느껴지는 희열에 성준은 터질 것 같은 웃음을 참느라 이를 앙다물어야 했다. 그렇게나 오만방자하게 굴던 지우진이, 그렇게나 콧대 높던 지우진이 제 앞에서 머릴 숙여 간절히 부탁을 하고 있다는 사실에 매우 즐거운 한편, 약한 자를 밟는 습성이 슬며시 고개를 쳐들기 시작했다.

"부탁이라……. 그래, 부탁. 후배가 선배한테 하는 부탁이라. 그거 참 나도 들어주고 싶네."

우진은 여전히 고갤 숙인 채였다.

"근데 어쩌지? 여태 지소진이 자백을 안 해서. 나도 기소를 얼른 하려면 지소진의 입부터 열게 해야 하는데 말이야. 나부터 지소진을 좀 만나야 하지 않을까?"

그건 빈정대는 말이었다. 우진이 허리를 펴지 못하게 압박하는 말이었고, 자신에게 머리를 숙인 우진을 더욱더 눌러 버리겠다는 심보였다.

명희의 손안에 있던 비싼 가죽 클러치백이 무참하게 구겨졌다. 명희는 자신으로부터 조금 떨어져 있는 거리에서 허릴 숙여 머리를 조아리고 있는 우진을, 그런 우진의 앞에서 거들먹거리고 있는 성준을 보며 입술을 잘근잘근 씹어 댔다. 성준의 비열한 얼굴에 꽂힌 명희의 눈빛이 칼같이 시퍼렇게 날을 세웠다.

사춘기 소녀 때도, 조금 철이 없던 스무 살 무렵에도 누가 이상형이 뭐냐 물으면 그녀는 한결같이 '내가 존경할 수 있는 사람.' 하고 대답했다. 세상에 남자는 많았으나 존경할 수 있는 남자는 찾아보기 힘들었다. 그런 명희에게 어느 날, 도전 의식을 불러일으키게 하고 패배감을 안겨 주고, 눈길이 가게끔 하고, 잘난 놈이네, 라고 생각하게 만드는 남학생이 한 명 보였다.

그때 명희는 어쩌면 저 남자라면 존경하는 게 가능할지도 몰라, 그리 생각했다. 근데 그 남자가 지금 이 순간, 그녀에게 있어 길바닥을 기어 다니는 벌레보다도 같잖지 않게 생각하는 놈 앞에 머리를 숙이고 부탁이란 걸 하고 있었다. 명희에게 그것은 무척이나 참기 힘든 치욕과도 같았다. 처음으로 자신이 인정한 남자가 누군가 앞에서 자세 낮추는 꼴은 절대 보고 싶지 않았다.

"아빠, 저예요."

태어나길 이미 축복받은 몸 아니냐며 넌 전생에 나라를 구했냐고 농담 반, 진담 반처럼 말하던 친구들 말에 태어날 때부터 이미 모든 걸 다 갖고 태어났다 해도 앞으로 사는 데 있어 스스로의 힘 외엔 쓰지 않을 거라고 호언장담하곤 했었다. 그러나 지금 명희는 제 말을 거스르는 짓을 할 작정이었다.

"선보라고 하셨죠? 네, 볼게요. 대신 그전에 부탁 하나만 들어주세요."

전화기를 귀에 댄 채 몸을 돌렸다. 자신이 모든 상황을 보고 있단 걸 우진이 알지 않았음 싶었다. 적어도 우진이 명희, 자신 앞에 서만큼은 자존심을 지킬 수 있게끔 해 주고 싶었다.

"계장님! 대박 사건이에요!"

"어후, 정석 씨, 아침부터 웬 소리를 그렇게 질러대."

"대박 사건이라니까요! 얼른 나와 보세요! 얼른요!"

지숙은 정석의 수선에 마지못해 자리에서 일어나 그 뒤를 따랐다. 복도에 나와 보니 저 멀리 소란스러움이 전해졌다. 언뜻 보기에 그곳은 박성준 검사의 사무실이었다. 지숙은 의아한 표정으로 이미 좋은 구경 자리 하나 떡하니 차지하고 있는 정석의 곁으로 다가갔다.

"무슨 일이야?"

물음을 던지면서 동시에 정석의 시선을 따라 고갤 돌린 지숙은 눈앞에 펼쳐진 광경에 모여 있던 다른 이들과 마찬가지로 헉 소리를 들이켰다.

명희와 성준이 서로를 노려보며 대치 중이었다. 게다가 명희를 돕는 수사관들은 성준의 책상에서 자료들을 빼 가려 안간힘을 쓰고, 반대로 성준의 수사관들은 그 자료들을 주지 않으려고 악을 써댔다. 이런 말도 안 되는 상황에 지숙은 눈만 껌뻑였다.

"글쎄, 김석태 살인 사건 담당 최 검사님으로 바뀌었대요. 그동안의 수사기록들 전부 달라 그러니까 박 검사님은 못 넘겨준다 그러고 최 검사님은 강제로라도 가져가겠다 그러고. 하여튼 지금 장난 아니에요."

한참 말없이 서로 눈빛만 강렬히 주고받던 명희와 성준의 싸움은 곧 성준의 완전한 패배로 끝이 났다. 사실 처음부터 이미 승패는 정해져 있는 게임이었다. 윗선에서 내려온 지시를 성준이 거부할 능력 따윈 애초에 없었으니까.

"너 이렇게까지 하는 이유가 뭐야? 뒤에서 손까지 써 가며 남의 사건을 뺏어 가?"

"그러게 선배, 인도적으로 사람을 대하셨어야죠. 그랬더라면 저도 이렇게 비인간적으로 나오진 않았을 거 아니에요."

"이미 거의 끝난 사건이야."

"아뇨, 이제 시작이죠."

"기소가 코앞인데 무슨."

"저 이거 재수사 들어갈 겁니다. 한 치의 의혹도 없이 깨끗이 밝혀낼 거예요."

"너 혹시 지우진 생각해서 이러는 거면……."

"절 그 정도로밖에 안 보셨다니 상당히 서운하네요. 그렇게 못 미더우시면 똑똑히 두 눈 뜨고 지켜보세요. 앞으로 어떤 진실이 드러나는지."

온갖 수치심과 모욕감이 치밀었지만 성준은 명희를 적으로 돌릴 자신이 없었다. 적으로 돌릴 수 없는 이 앞에선 꼬리를 내릴 수밖에.

"세상에, 박 검사님이 저렇게 당하는 게 말이 돼요? 아니, 우리야 최 검사님이 이 사건을 맡게 되면 앞으로 일이 수월히 풀리겠다만…… 계장님, 이게 어떻게 된 일이죠? 최 검사님 무슨 빽이라도 있어요? 뭘 믿고 저래요?"

아무리 생각해도 이상한 일이었다. 담당 검사가 바뀌는 일은 위에서 어떠한 압력이 가해졌다는 것인데 명희에게 그러한 배경이 있었더란 말인가.

"정말 그 소문이 사실인가."

"예? 소문이요?"

정석이 귀를 활짝 열고 지숙에게 바짝 들이밀었다. 지숙은 정석의 머리를 검지로 쑥 밀며 별일 아닌 투로 말했다.

"최 검사님 여기 오시기 전에 수원지검에 있었잖아. 거기 내 친구가 일하는데, 걔가 그랬거든. 최명희 검사님, 대명그룹 막내딸이란 소문이 있었다고."

"자, 잠깐만요. 뭐, 어디요? 대명? 그, 내가 알고 있는 그 대명? 우리나라를 먹여 살린다는, 그 회사가 무너지면 우리 경제도 쫄딱 망할 거라는 그 대명?"

"대명이 하나밖에 더 있어."

"……헐. 진짜 대박."

정석은 거짓말보다도 더 거짓말 같은 이야기에 턱이 빠져라 입을 벌렸다. 어느 정도 중견 기업이면 또 모를까, 국내 굴지의 대기업, 대명이라니. 이건 믿을 수 없는 일이었다. 그런 대기업 딸이 왜 점심이면 아무렇지 않게 순댓국에 밥을 말아먹고, 뜬 눈으로 며칠 밤을 새우며 사서 고생을 한단 말인가.

"저 못 믿겠어요. 제가 아는 최 검사님 얘기가 아닐 거예요."

"그래, 믿지 마. 어차피 최 검사님이 직접 말씀하신 건도 아닌데. 아 참, 근데 최 검사님 사무실 직원, 혜진 씨 알지? 혜진 씨가 그러는데 저번에 밖에서 최 검사님이 법무부 장관이랑 안부 통화하는 거 들었대. 일개 검사가 장관님이랑 통화는 어떻게 해야 할 수 있는 건지 몰라."

"그걸 왜 이제야 말씀해 주신 거예요!"

버럭 소리를 지르는 정석을 지숙이 황당한 듯 쳐다봤다.

"한땐 나도 대명에 입사하기를 꿈꿀 때가 있었는데……. 어? 최 검사님! 가시게요? 어디, 어디로요? 제가 들어 드릴까요?"

박쥐처럼 홀라당 최 검사 옆으로 날아가 재잘대는 정석의 모습을 밉지 않게 흘기며 지숙은 고개를 저었다.

꿈인 걸 알고 있었다. 지금 보이는 모든 것들이 현실이 아님을 알고 있었다. 그러나 날카롭게 귓불을 베고 지나가는 시린 바람, 음침하게 깜빡거리는 가로등의 불빛, 끽끽 소리를 내며 움직이는 철물, 뚜벅뚜벅 걸어오는 사람의 발자국 소리, 그 모든 것이 지나치도록 생생했다.

다시 그때로 돌아간 것처럼 그녀는 그 자리에 서 있었다. 모든 일이 발생했던 그날, 두 발을 딛고 있던 그곳, 그 땅 위에 또다시 그녀는 서 있는 것이었다.

'조그만 소리라도 내는 순간, 그 혓바닥부터 도려낼 거야.'

'어차피 몸이 맘대로 움직여지지 않을 테니 편히 이 상황을 즐겨.'

'그래도 걱정 마. 감각은 그대로 살아 있으니까. 느껴야지, 제대로. 당신이 우리에게 했던 짓 그대로. 우리가 느꼈던 그 고통 그대로.'

그들은 수없이 대화를 나눴다. 처음 보는 그림자들 사이에 그 남자, 시멘트가 발라진 벽이 부서질 때 같이 묻어 버린 그 남자의 모습을 보았다. 그 남자를 보자마자 풀썩 무릎이 꺾이면서 쓰러지려는 그녀의 허리를 단단한 손길이 잡아챘다. 억센 손이 강하게 그녀를 붙들고 질질 끌어 남자 앞으로 데려갔다.

그림자들은 남자를 꼼짝 못 하게 둘러싸고 있었고 사방을 두리번 대던 남자는 그녀와 눈이 마주쳤다. 전엔 볼 수 없었던 노쇠함을 얼굴에 문신처럼 새기고 있던 남자, 하지만 그녀는 수갑을 차서 손조차 마음대로 놀릴 수 없는 그 남자로 인해 숨이 멎는 아찔함을 느끼고 눈을 질끈 감았다.

당장이라도 남자가 벌떡 일어나 그 무자비하던 손을 치켜들고 제 뺨을 내려칠 것 같아 그녀는 무섭고 끔찍했다. 남자에게 더는 가까이 다가가고 싶지 않았다. 그녀는 뒷걸음치고자 했다. 남자의 눈을 피해 숨고자 했다.

'안 되지. 이게 어떤 기횐데.'

끈질기게 속살대던 목소리, 그 목소리는 그녀를 기어코 남자 앞에 데려갔다.

'별거 아니잖아. 넌 원하지 않아?'

얼음보다도 더 차갑던, 아니 시리다 못해 손이 탈 것 같았던 칼. 어느새 그녀의 손에 쥐어졌던 그것. 본드가 칠해져 있기라도 한 것처럼 손바닥에 철썩 달라붙어 버린 칼.

'떠올려 봐. 그때의 그 악몽들. 네 살갗을 찢고 머리통을 짓밟던 저 사람을 용서할 수 있겠어? 너를 그렇게 만들었던 사람을? 너한테 주어진 기회야. 모든 걸 되갚아 줄 기회.'

주문처럼 최면을 걸어오던 목소리. 하얀 장갑을 낀 채 그녀의 손에 꼭 칼을 쥐여 주고 같이 그 남자 앞으로 다가가게 만들었던 그. 그의 얼굴이 희뿌연 안개 속에서 점점 선명하게 보이기 시작했다.

하민, 그가 미소 짓고 있었다. 너무도 즐거운 미소를 짓고 그녈 기대감 어린 눈동자로 보고 있었다. 그 또렷한 눈에 그녀는 거미줄에 걸린 먹이처럼 사로잡혀 끅끅 잘 쉬어지지 않는 숨만 연달아 들이켰다.

늙은 김석태가 옆으로 쿵, 하고 쓰러지는 소리에 그녀의 고개가 홱 돌아갔다. 이건 꿈이다. 다시 과거의 일이 재생되고 있는 꿈. 몇 번이고 그 사실을 상기시켜 보지만 그녀는 김석태의 몸이 돌같이 굳어 바닥에 누운 그 모습을 보며 또다시 공포감에 사로잡혀 갔다.

김석태는 이미 죽었다. 하지만 꿈에서 그날, 그때로 돌아간 지금 김석태는 아직 살아 있는 채로 그 징그러운 눈동자를 굴리며 그녀를 지켜보고 있었다.

'뭐 하는 거야? 자, 어서.'

김석태를 둘러싸고 있던 그림자들이 사라지고 그곳엔 오로지 김석태와 하민, 그녀만이 서 있었다. 하민은 그녀를 재촉했다. 어서 시작하라고. 아주 쉬운 일이라고. 하고 싶은 대로 맘껏 휘두르라고. 연신 말했다.

'왜? 못 하겠어?'

그가 말했다. 못 하겠어? 정말 못 하겠어? 겁쟁이처럼 아무것도 못 하겠다는 거야? 메아리처럼 울리는 목소리였다. 이건 꿈이다. 꿈일 뿐이다. 이미 지나가 버린 일이 되살아난 꿈일 뿐이다. 두 눈을 질끈 감고 되뇌었다. 깨어나고 싶었다. 도무지 꿈은 깨지 않았다. 손아귀에 쥐어진 칼의 냉기가 뼛속까지 흘러 들어왔다.

'자, 어서! 찔러! 맘껏! 한낱 짐승일 뿐이야. 우린 지금 사냥을 하고 있는 거야. 인두겁을 쓰고 있는 더러운 악마 새끼. 잊었어? 우릴 저주받은 아이들이라고 소리치던 그 목소리를? 그 표정을? 그 매질을?!'

챙그랑, 하고 그녀가 놓친 칼이 바닥에 떨어지는 소리가 귀를 먹먹하게 할 정도로 울렸다. 역시 이건 꿈인 거다. 그러나 그녀는 아무것도 피할 수 있는 것이 없었다.

'못 하겠어? 왜 못 해? 왜! 이렇게 쉬운 건데! 이렇게! 자, 잘 봐!'

칼을 쥐던 하얀 장갑.

'자! 이렇게!'

김석태의 머리칼을 억세게 거머쥐던 하얀 장갑. 김석태의 목을 당장이라도 꺾어 버릴 듯 그 머리를 거칠게 흔들던 하얀 장갑. 그리고 번쩍 칼을 치켜들던 하얀 장갑.

'이렇게! 이렇게! 이렇게 하란 말이야! 이렇게! 이 개새끼야! 이 씹새끼야! 죽어! 죽어! 죽어!!'

오랜 세월 썩은 찌꺼기를 토해 내듯, 분노와 억울함과 고통과 비탄과 절규를 모조리 담아 한 방에 터트리듯, 어둠을 가르던 그의 몸짓, 사정없이 튀기던 핏방울, 그리고 **빨갛게** 젖어 들어가던 하얀 장갑. 느리게, 아주 느리게 모든 것이 눈앞에서 펼쳐져 갔다. 그리고 갑자기 찾아든 암전.

얼굴에서 축축함이 느껴졌다. 그녀는 경련으로 떨리는 손으로 제 얼굴을 매만지기 시작했다. 톡, 톡, 볼가에 떨어지던 차가운 물방울들. 그녀는 그것들을 닦아 냈다. 그리고 보았다. 붉게 물든 제 손을, 어느새 다시 손에 들려 있던 칼을.

그녀는 소스라치게 놀라며 칼을 버리고자 하였다. 그러나 칼을 쥐고 있는 손가락이 펴지지 않았다. 자신의 의지와 상관없이 칼을 쥔 손에 더더욱 힘이 들어갔다.

'잘했어. 그래, 그래야지.'

아, 아냐, 이건 네 짓이잖아.

입술이 바늘로 꿰매진 듯, 안간힘을 써도 입이 열리지 않았다. 말을 할 수 없었다.

'네 진짜 모습을 모르는 그 남자한테 돌아가려 하지 마. 넌 다시 버림을 받을 테니까.'

하얀 장갑을 벗으며 그는 암흑 속으로 사라졌다. 그리고 그녀는 남겨졌다. 쿨럭, 피를 토하는 늙은 남자와 함께. 마지막 몸부림을 치듯 부르르 떨며 그녀를 뚫어지게 쳐다보던 흐린 눈동자, 점점 그녀를 향해 뻗치던 주름 가득한 손. 그녀를 집어삼키려고 하는 그 손.

숨이 멎을 것만 같았다. 심장이 터져 버릴 것 같았다. 칼을 세게 쥐었다. 입을 쩍 벌리고 기다리고 있는 구렁텅이가 금방이라도 발을 낚아챌 것만 같았다.

살려 줘. 누가 좀 날 여기서 꺼내 줘.

"……쉬이. 괜찮아."

선명한 목소리가 들렸다. 울림이 가득하던, 낮고 음침하던 목소리들과 달리 묵직하고 부드러운 목소리.

"괜찮아. 소진아. 괜찮아. 나쁜 꿈을 꾼 것뿐이야. 그니까…… 그만 일어나, 소진아."

태양처럼 환한 빛이 쏟아졌다. 눈앞에 있던 것들을 전부 사라지게 할 만큼의 하얀 빛이었다.

소진의 눈꺼풀이 스르륵, 떠졌다. 그녀의 속눈썹에 매달려 있던 눈물방울이 옆으로 흘러 떨어졌다. 붉게 상기되어 있는 그녀의 얼굴은 눈물 자국들이 선명했다. 그리고 우진은 그 눈물을 쓸어 닦았다.

"이제 괜찮아. 울지 마……."

악몽에서 깨어나니 그 앞엔 우진이 있었다. 소진은 떠올렸다. 우진은 처음 만난 그날에도 그랬었다. '괜찮아.' 그리고 그 이후 우진이가 괜찮다고 하면 정말로 모든 건 괜찮았다.

"어디가 그렇게 많이 아팠어? 뭐가 그렇게 무서웠어? 누가 너를 괴롭혔어? 나한테 다 말해. 내가 다 막아 줄게. 이제 내가 다 책임질게. 그니까 소진아."

소진의 머리를 다정히 쓸어 주며, 우진은 간절히 바랐다.

"내 이름."

그녀의 이마에 입술을 내리며 우진은 바랐다.

"불러 줘."

현재 소진의 상태 경과에 대해 의사의 소견을 대충 들으며 명희는 침대 헤드에 등을 기대 앉아 있는 소진을, 그리고 그 앞에 앉아 소진의 두 손을 꼭 붙들고 있는 우진을 막연히 바라보았다. 저 두 사람을 먼발치에서 보고 있으니 꼭 딴 세상 사람들을 보는 기분이었다. 그저 둘만 있음 다 된다는 무언의 느낌이 명희는 참 낯설었다.

"그니까 한마디로 퇴원 가능하단 소리죠?"

"네, 면역력이 많이 떨어져 있긴 하지만 호흡곤란 증세나 정신을 잃는 것이 육체적인 문제보단 심리적인 압박감이 원인으로 보이네요."

"알겠습니다. 수고하셨어요."

병원에서 퇴원을 하면 소진은 다시 수감되어져야 할 것이었다. 그리고 명희는 이제 이 사건의 담당 검사로서 소진을 취조해야 했다.

"그때 그 아이가 저 정도로 컸다니, 세월 참 신기하구만."

갑자기 들린 범구의 말소리에 명희가 민감하게 반응하며 그를 돌아보았다. 그의 몸 구석구석을 살피는 명희의 눈초리에 범구가 두 손을 들어 보이며 허허 웃었다.

"카메라 같은 거 없으니까 걱정 마쇼. 내 아무리 기자라지만 이 깔끔한 딜에 괜한 실수는 하지 않을 테니."

"지소진을 본 적 있어요?"

"당연하지. 내가 그 아동센터 안까지 몰래 잠입했다 어떤 여의사한테 물벼락까지 맞았었는데."

자랑이다, 하는 눈으로 자신을 보는 명희에게 범구는 수더분한 웃음과 함께 서류 봉투 하나를 내밀었다.

"일단 간단하게 쫙 뽑아 봤습니다. 수사, 시작하셔야죠?"

"시간이 별로 없어요. 일단 회의부터 들어가죠."

"뭐, 나야 초대해 주면 땡큐고. 그나저나, 저 검사 양반은 언제까지 저러고 계시려나?"

두 사람의 시선이 우진에게로 향했다.

정성스레 손가락 마디마디, 또 그 사이사이 물수건으로 꼼꼼히 닦아 주며 우진은 뼈밖에 남지 않은 소진의 손을 놓지 않았다.

"새벽에 마당에 있던 그넷줄 하나가 끊어졌다. 바람이 너무 세게 불어서 흔들리더니 기어코 끊어졌어. 새로 줄을 매달을 거야. 이번엔 튼튼한 철로 된 고리로 매달려고. 그래야 네가 타다가 끊어져 다칠 일이 없지."

담담한 이야기를 풀어내듯 우진은 나지막하게 말을 이었다.

"창문이 엉망이야. 눈이 내리고, 녹고, 반복되다 보니까 얼룩이 져서 영 더러워. 그리고 보니 창문 청소를 오랫동안 하지 않았잖아. 한 달에 한 번쯤 나 쉬는 날, 네가 날 억지로 깨워 창문 청소를 시키곤 했는데. 난 비누칠을 하고 넌 물로 헹구고. 늘 물놀이로 끝났지만. 기억나지?"

우스운 듯 낮게 웃음소리를 내며 우진은 소진의 손을 다 닦은 물수건을 옆에 내려 두고 이번엔 손으로 부스스한 소진의 머리카락을 한 올, 한 올 빗겨 주었다.

"아침마다 늘 고민해. 오늘은 무슨 색의 넥타이를 매고 나갈까. 골라 주는 사람이 있다가 없으니까 별일도 아니었던 게 참 귀찮은 일이 되더라고. 혼자 먹는 밥은 너무 맛이 없다. 네가 해 놓은 반찬들도 너무 오래됐어."

이번엔 투정을 부리듯 말하며 소진의 머리를 귓가 뒤로 넘겨 주었다. 그리고 그는 챙겨 온 쇼핑백을 집어 그 안에서 뭔가를 꺼내 들었다.

"기억나? 내가 너한테 처음 해 줬던 선물."

우진의 손에 앙증맞게 들려 있는 새하얀 벙어리장갑이었다. 우진은 한쪽씩, 소진의 손에 장갑을 끼워 주었다. 안쓰럽게 마르기만 하였던 소진의 손이 보송보송한 털실 안에 갇혀 이제는 좀 따뜻하겠구나, 하는 생각이 들었다.

"미안해. 크리스마스 선물 너무 늦게 줘서. 그래도 너무 화내지 마. 앞으론…… 늦지 않을게."

소진은 우진을 물끄러미 보았다.

손을 뻗어 그의 옷자락을 쥐었던 그 순간, 그리고 그가 그 손을 뿌리치지 않았던 그날. 소진은 그 이전으로 돌아가고자 했다. 애초에 태어나길 이미 저주받은 몸이라고 세뇌당한 그때로 돌아간다면 눈앞에 이 남자의 발목에 매달려 그를 힘들게 하지도, 자신의 더러운 구정물을 튀게 하지 않을 수도 있다고 생각했다.

열어 두었던 문을 다시 닫는 건 어렵지 않았다. 그러나 이미 고리가 덜렁덜렁 떨어질 듯 삭아 버린 문이 다시 틈새를 보이고 있었다. 다시 나가고 싶지 않냐고, 거기에 있는 것을 가지고 싶지 않냐고, 몸속 어딘가에 기생하고 있는 욕망이 꿈틀대고 있었다.

"지 검사, 그만 가지? 얘기 나눌 것도 있고."

명희의 눈치에도 우진은 한참이나 제자리에 머물렀다. 명희의 지시에 교도관과 경찰이 다가와 소진의 물건들을 정리하여 다시 데려갈 때에서야 우진도 자리에서 일어났다.

"소진아!"

뒤에서 부르는 소리에 소진의 걸음이 멈춰졌다.

"조금만 기다려! 조금이면 돼. 알았지? 그니까 아프지 말고, 무서워하지 말고, 바보같이 아무 말 안 하지도 말고. 다 괜찮아. 다 괜찮다고. 그니까 소진아! 너 나 기다리고 있어. 이제껏 그랬던 것처럼 기다려. 이번엔…… 정말 늦지 않을 테니까."

우진의 목소리가 점차 작아지면서 사라져 갔다. 가 버렸을까. 아님 아직 제자리에 저를 보고 있을까. 돌아서지 못했다. 돌아서 보면 달려가 안겨 버릴까 봐. 그래서 결국 추악한 진실을 들킬까 봐. 그는 그것을 알고도 지금처럼 괜찮다고, 기다리라고 말해 줄까.

"그 장갑은 뭐야? 벗어 봐."

소진의 팔을 다시 끌던 교도관이 퉁명스레 말하며 장갑을 벗기려 하자, 소진의 손이 사납게 교도관의 손을 쳐 내었다. 교도관은 번뜩이는 눈으로 자신을 쏘아보는 소진의 모습에 놀란 표정을 지었다. 피죽도 못 먹고 다 죽어 가던 계집애처럼 비실대던 소진이 온몸의 털을 곤두세우고 손톱을 세우고 있는 암고양이처럼 변해 있었다.

소진은 두 손을 꼭 모아 가슴 위에 품었다. 세상 그 어떤 것보다 소중한 보물인 양, 소진은 하얀 벙어리장갑을 꼭 끌어안았다.

14.

세로로 길게 놓인 책상을 두고 여러 명의 사람들이 빙 둘러앉아 있었다. 담당 검사, 최명희. 그녀의 지휘 아래 수사에 나설 형사, 주동현과 서민철. 결정적 단서 제공을 할 도범구, 든든한 도우미 역할의 배지숙과 김정석, 그리고 마지막으로 긴 테이블 끝 명희와 정반대편에 앉아 있는 우진. 김석태 살인 사건의 비공식 수사팀이 꾸려졌다.

화이트보드에 여러 장의 사진들, 관련 정보, 사건 날짜와 순서, 그 모든 것이 꼼꼼히 기록되어져 있었다. 긴 명희의 설명 끝에 잠시 회의실엔 정적이 머물렀다.

"저기……."

모두 침묵만을 지킨 채 각자만의 생각에 빠져 있을 때쯤, 동현이 소심하게 손을 들어 보였다. 민철이 눈치껏 행동하라고 주의를 줬지만 동현은 지금 이 모든 이야기를 듣고 나서 꼭 하나 짚고 싶은 게 있었다.

"그니까 검사님 말씀은 다 알아들었고요. 저도 처음 이 사건을 접했을 때부터 피의자 지소진 홀로 범행을 저질렀을 것 같진 않았거든요. 근데 제가 지금 말하고 싶은 건, 여기 모인 사람들은 요점을 지소진은 범인이 아니다, 이것에 두고 있네요? 그건 좀 아니지 않나. 어쨌든 현장에 있던 것은 지소진이었고, 흉기에도 지소진의 지문이 발견됐고. 이건 공범으로 볼 것이지, 무혐의를 밝혀낼 사건은 아닌 것 같은데요?"

민철은 동현의 말에 혀를 깨물 뻔했다. 워낙 무대포인 건 알았지만 이 정도로 상관을 향해 직설적으로 메다꽂을 줄이야. 민철이라고 지금 이 이상한 팀의 조화가 쉬이 납득되는 것이 아니었다. 갑자기 담당 검사가 바뀌지 않나, 곧 기소될 사건이 돌연 재수사로 바뀌지 않나, 게다가 모두들 지소진에 대한 애착들이 남다르지 않나.

혹시 어떠한 검은 음모가 숨어 있는 것은 아닐까 싶은 의심이 한두 가지가 아니었다. 그럼에도 입을 다물고 있었던 건 위계질서의 원칙을 따른 것뿐이었다. 하지만 주동현, 이 자식 사전엔 그런 건 역시 없었다.

"난 지소진의 무죄를 밝히겠다고 한 적이 없는데요?"

보드 마카를 손에 쥔 채 서 있던 명희가 의자에 착석하며 동현을 빤히 보았다.

"아, 그렇습니까? 그럼 제 귀에 문제가 좀 있나 봅니다. 워낙 다른 이들을 용의자 선상에 올리면서 김석태와의 원한을 강조할 뿐, 지소진과의 관계를 짚진 않아서 혹시나 했습니다."

지지 않고 명희의 눈을 피하지 않으며 대꾸하는 동현의 모습에 명희가 미세하게 눈가를 찌푸리며 동현을 자세히 보았다. 아무렇게나 헝클어져 있는 곱슬머리에 까무잡잡한 얼굴, 어디 중고 시장에

서나 주워 왔을 듯한 가죽 잠바를 입고 있는 동현은 생각보다 쉬이 다루기 힘든 인물이란 느낌이었다. 부하 직원으로 두기엔 너무도 자유분방한 모습이었다.

"흠흠."

명희와 동현의 시선이 허공에서 부딪쳐 회의실 공기까지 달아오르게 하는 때, 민철이 괜한 헛기침으로 동현의 주의를 돌리었다.

"저 검사님, 그럼 저희들은 저 사람들을 조사하면 되겠습니까?"

민철의 질문에 명희는 그제야 동현에게서 눈길을 거두고 화이트보드에 붙어 있던 한 사진을 가리켰다. 양 갈래 머리를 땋고 있는 어린 여자아이. 부모를 찾기 위한 포스터 제작을 위해 10년도 전에 아동센터에서 찍은 사진이었다. 그 사진이 용케 범구의 파일 안에 보관돼 있었다.

"이름 유고은, 유일하게 개명을 하지 않은 아이죠. 조사하세요."

"네, 알겠습니다."

"그리고 정석 씨는 교통사고 당시의 그 화물 차량, 현재 어디 있는지 확인하고 내부 뒤져 보세요. 어떤 단서라도 나올지 모르니까."

"아, 네."

"배 계장님은 좀 더 자세히 교통사고 현장에 있었던 사람들 모두에 대해 조사해 주세요. 모든 사건의 시작은 그 교통사고였어요. 분명 뭔가가 있을 거예요."

소진을 제외한 4명의 아이 중 한 명은 안타깝게도 부모의 품에 돌아간 지 얼마 안 돼 암 투병으로 고생하다 세상을 떠나, 나머지 3명이 새롭게 조사 선상에 올랐다. 모든 이들에게 각각 임무를 맡긴 명희는 그들을 모두 내보낸 후, 회의 중 단 한 마디도 꺼내지 않은 우진의 곁으로 다가갔다.

"고맙다."

책상에 살짝 걸터앉은 명희가 무슨 소리냐는 듯 우진을 보았다. 우진은 무덤덤하게 화이트보드에 시선을 두었다.

"이 일에 네 도움이 컸다는 거 알아. 너희 집에서 힘쓰지 않았다면 이렇게 깊게 수사할 기회도 없었겠지."

"별일이네. 지우진한테 고맙단 인사도 다 듣고."

"진심이야. 너한테 많이 고마워."

"너무 고마워하지는 마."

명희는 자못 냉정한 어투로 말했다.

"나 지소진 구하려는 거 아냐. 이 사건 담당 검사로서 그 어떤 의혹도 없이 진범을 찾아 죗값 받게 할 거야. 그리고 지금 지소진은 그 진범에 가장 가까운 피의자일 뿐이야. 나는 온전히 피의자로서 지소진을 대할 거야. 그니까 너도 괜한 허튼짓은 말아. 이 수사에 네가 방해된다 생각되면 난 가차 없이 널 쳐 낼 거야."

우진은 별로 동요되는 기색이 없었다. 그저 먼저 나간다며 회의실 문을 여는 명희의 뒤로 나지막하게 다시 한 번 '고맙다.' 그리 읊조릴 뿐이었다.

† † †

"에헤! 아줌마!"

간신히 순발력을 발휘해 물을 뒤집어쓰는 최악의 상황은 면했지만, 도가 지나칠 정도로 과한 경계를 보이는 유고은의 부모라는 사람들을 마주하며 동현과 민철은 혀를 내둘렀다. 이번 김석태 살인 사건의 참고인으로서 도움 좀 달라는 그들의 말에 유고은의 엄마라

237

는 사람이 바로 물통을 들고 나왔다. 그 옆에 아버지로 보이는 남자도 곱지 않은 눈으로 그들을 보고 있었다.

"돌아가요! 어서!"

"아니, 왜들 이러시나. 그냥 잠깐 고은 씨 좀 보고 갈게요. 몇 가지만 물어본다니까."

"우리 애를 왜 보자는 거예요!"

"이번 김석태 살인 사건 아시죠?"

"그, 그놈 얘기라면 더 할 말 없어요! 우리 애, 한평생을 그 악마 같은 놈한테 시달리면서 살았어요. 그곳에서 나와 우리 품 안에 와서도 평생을 트라우마에 갇혀 살아야 했다구요! 근데 그놈 얘기를 지금 우리 애한테 꺼내겠다고요? 우리 애를 정말 죽이고 싶으세요!"

끝내 울음을 터트리는 유고은의 엄마 앞에서 동현과 민철은 더이상 말을 할 수 없었다.

"제발 좀 가세요……. 제발 더 이상 우리 애를 괴롭히지 말아 달라구요……."

"아니, 우리가 뭘 어쨌다고."

"됐어, 주 형사. 그만 가."

"가긴 뭘 가! 그 마녀 같은 검사 못 봤어? 유고은 만나지도 못하고 온 거 알면 우리를 아주 잡아먹으려 할 텐데!"

"일단 가자. 저 그럼 저희 나중에 또 올 테니 그동안 생각 좀 해 주십시오. 힘들겠지만 과거를 정면으로 마주 보는 일이 오히려 따님한테 더 도움이 될 수도 있습니다."

민철의 말에 유고은의 부모는 들은 체도 안 하고 집 안으로 들어가 버렸다. 동현은 가죽 잠바에 몇 방울 튄 물기를 털어 내며 신경질적으로 고은의 집을 쳐다봤다. 동현의 눈이 가늘어졌다. 분명 방금 창문에서 누군가가 이쪽을 보고 있었다. 동현과 시선이 마주치자, 커튼을 홱 쳐 버린 저 여자, 유고은이다.

"가자, 그만. 뭐 해? 가자니까."

"잠깐만."

동현은 자신을 끌고 가려는 민철의 손길을 밀어내고 주변을 마구 살피기 시작했다. 집 옆에 우뚝 서 있는 전봇대 옆으로 헌옷수거함과 분리수거함이 나란히 놓여 있었다. 동현의 눈빛이 의미심장하게 반짝였다.

"내가 지금 천당을 가는 길이냐, 지옥을 가는 길이냐."

이 계단은 분명 하늘로 이어진 것이다, 그리 수백 번 되뇌며 범구는 한겨울에 흐르는 구슬땀을 벅벅 닦아 냈다. 산동네, 산동네, 이다지도 산동네일 수가 없다. 범구는 손바닥에 적어 둔 번지수를 확인하며 턱밑까지 차오른 숨을 한꺼번에 토해 냈다. 그리고 드디어 찾던 번지수가 눈앞에 보이자 기쁨도 잠시, 쏟아지는 의구심이 그를 옥죄어 왔다.

"계십니까!"

범구는 잠금 장치도 없는 낡아 빠진 대문을 열고 발을 들였다. 그의 우렁찬 목소리에 바깥에 놓여 있던 화장실에서 볼일을 보고 나오던 웬 노파가 화들짝 놀라하며 가슴을 쓸어내렸다.

"아니! 웬 산 도적 같은 놈이 남의 집에 불쑥 찾아와선 큰 소리야!"

헌 옷에 구부린 등이, 지금 당장 저승길을 가셔도 놀랍지 않을 외양과는 달리 할머니의 목소리가 범구의 목소리를 능가하고도 남았다. 범구는 능청스레 주인의 허락도 없이 마당에 들어서서는 들고 있던 자양강장제 한 박스를 내밀었다.

"아이고, 할머님. 이런 곳에 혼자 사십니까?"

"약 팔러 왔으면 나가! 나 돈 없어!"

손을 휘휘 내저으며 방으로 들어가려는 할머니의 뒤에서 그는 슬그머니 본론을 파고들었다.

"하민, 아시죠?"

"뭐? 누구?"

"하민이요, 하민. 왜 김포에서 찾으신 손자 있으시잖아요."

"손자? 뭔 놈의 손자야! 내가 손자가 어디……."

갑자기 말을 멈추고 더 깊게 패인 할머니의 주름을 보며 범구의 눈썹이 치켜 올라갔다.

"손자가…… 없다고요? 그럴 리가. 강점순, 하민의 친조모로 밝히고 유전자 감식까지 받으셔서 애 데려가셨잖아요."

"나 강점순 아냐! 나가!"

"강점순 할머니, 왜 이러세요. 저 아래, 슈퍼 아줌마한테 강점순 할머니 여기 사신다는 얘기까지 듣고 왔는데. 뭐가 이리 아닌 게 많으신가. 손자, 어디 있어요?"

먹잇감을 발견한 하이에나처럼 점순 할머니에게 느긋이 다가가며 범구가 히죽 웃었다.

"할머니, 우리 얘기가 길어질 것 같은데? 저 오늘 시간 많아요."

강점순은 아주 오래전의 기억에 다리에 힘이 풀린 듯 털썩 뒤로 주저앉았다.

"어! 영훈아! 저 있네요. 한영훈."

정석과 우진은 공사장 인부의 손가락을 따라 고갤 돌렸다. 멀리서 수건으로 온몸을 덮은 흙먼지를 털어 내며 이쪽으로 다가오는 청년이 보였다. 얼굴은 아직 어린 티가 있었으나, 멀리서도 강하게 와 박히는 시선이 오랜 세월을 산 사람처럼 많은 걸 담고 있었다. 중학교 졸업 후부터 온갖 잡일을 하다 요 몇 년간 막노동을 하고 있다 했다.

"저 왜 불렀어요?"

"아니, 너 찾는 사람들이 있어서. 이분들."

'검찰에서 나왔다는데?' 뒷말은 거의 귓속말처럼 하는 인부였다. 인부는 자기는 그만 바빠 가 봐야 한다고 자리를 떴고, 그 자리에 남은 영훈이 불현듯 사나운 시선으로 정석과 우진을 돌아보았다.

"뭐예요, 당신들?"

"한영훈 씨, 맞으십니까."

"귓구멍 막혔어요? 방금 전 나 부르는 소리 못 들었어요?"

삐딱하게 서서 시비조로 말하는 영훈을 빤히 보는 정석의 얼굴에 묘한 표정이 돌았다. 정석은 우진의 눈치를 살폈다. 우진은 처음 그대로 무표정한 얼굴이었다.

"한영훈 씨께 물어볼 게 있습니다."

"대답 안 할 건데요?"

"12월 25일, 어디서 뭘 하고 계셨습니까?"

"하, 이것들이 지금 누굴 병신으로 아나."

영훈은 마구 웃더니, 웃음기가 싹 가신 눈으로 우진을 노려보았다.

"씨팔, 이제 좀 사람답게 살아 보려 했더니 별 거지 같은 게 다와서 지랄이네. 왜? 김석태 죽인 그년이 나랑도 뭐 있대? 내가 김석태 그 개자식한테 유괴당하고 학대당했으니까 나도 뭐 범인으로 엮겠다 이거야?"

너무도 정확하게 사건을 파악하고 있는 영훈의 말에 우진의 단단한 얼굴이 쪼개지기 시작했다. 영훈은 일부러 우진의 면상에 수건의 먼지를 탁탁 털어 내며 픽 웃었다.

"번지수 잘못 찾았어. 엄한 사람 의심하지 말고 지금 잡아 놓은 그년이나 똑바로 조사해. 난 아무 짓도 안 했으니까."

영훈은 그대로 돌아서 가 버렸다. 정석과 우진은 그 자리 못 박힌 듯 서 있었다.

"검사님."

정석의 목소리가 은밀해졌다.

"맞죠?"

영훈이 더 이상 시야에 잡히지 않을 때, 정석이 주머니에서 지퍼 백에 든 무언가를 꺼내 들었다. 정석에게서 그걸 건네받은 우진의 동공이 확장됐다. 아무것도 담기지 않던 그의 눈동자 안에 파동이 그려졌다.

"화물차 안을 뒤지기 잘했어요. 저놈, 연기 잘하는데요? 아무 짓도 안 하긴 개뿔."

지퍼 백 안에 들어 있는 건 동그란 펜던트였다. 화물차 시트 밑에 떨어져 있던 것이었다. 펜던트엔 사진이 박혀 있었다. 어깨동무를 하고 환하게 웃고 있는 두 남자의 얼굴 위로 우진의 시선이 머물렀다. 드디어 사건의 실마리가 모습을 드러내고 있었다.

"그래서 그날 졸다가 핸들을 놓쳤다?"

지루한 얘기를 듣듯 시큰둥하게 되물으며 명희는 병실 창가로 다가갔다.

"네, 그 이후엔 잘 기억이 나지 않습니다."

교통사고의 원인 제공자이자 화물차 운전자였던 조동규가 깨났다는 이야기에 바로 달려와 조사를 시작한 명희가 잠시 말을 아끼며 창문에 쳐져 있던 블라인드의 틈새를 살짝 열어 보았다. 비라도 쏟아 낼 작정인지 하늘은 먹구름을 모으고 있었다.

"교통사고 난 상대 차량이 뭔지는 알아요?"

"경찰들한테 얘기 들었습니다. 교도소에서 나오던 차량이라고……."

"수감자가 없어졌단 얘기는요?"

"그것도 들었습니다. 또…… 죽었다는 얘기도."

"어때요, 기분이?"

"예?"

명희의 손가락에 걸려 있던 블라인드가 튕기면서 다시 틈새 없이 창문을 가렸다. 명희는 질문이 이해 안 간다는 표정의 조동규를 돌아보았다.

"한영훈, 아시죠?"

"!"

명희는 이 병원에 도착하기 직전, 한 통의 전화를 받았다.

'검사님! 한영훈이랑 조동규, 형제예요! 한영훈 엄마가 이혼하고 재혼하면서 성이 바뀐 거였더라고요. 한영훈이 중학교 때 엄마가 돌아가시면서 다시 형하고 살기 시작했고요. 그 두 사람, 교통사고, 그거 다 우연 아니에요!'

얼굴 근육이 뻣뻣하게 굳어 아무 말도 하지 못하는 조동규의 핸드폰이 울렸다. 조동규보다도 명희의 손이 더 빨랐다. 그의 핸드폰을 쥔 명희가 액정을 확인하곤 통화 버튼을 눌렀다.

[형!]

전화기를 넘어 흘러나오는 목소리에 동규는 눈을 질끈 감았다. 명희는 전화를 끊어 침대 아무 데나 던져두고 마련돼 있던 간이 의자에 앉아 무릎 위로 깍지를 낀 채 미소 지었다.

"자, 그럼 우리 본격적으로 이야기 나눠 볼까요? 동생 얘기부터?"

✝   ✝   ✝

저녁이라고 지칭하기도 미안할 정도로 늦은 밤, 회의실 불이 다시 켜졌다.

"형사님들은 왜 연락이 없죠?"

미리 약속했던 시간에서 분침이 살짝 비껴가 있었다. 지숙의 의아한 물음에 명희가 일단 우리끼리 시작하죠, 했을 때였다. 벌컥 회의실 문이 열리더니 그 사이에서 아침에 보았을 때보다 더욱 꾀죄죄한 모습의 두 형사가 나타났다.

명희는 저도 모르게 코를 엄지와 검지로 집으며 인상을 찡그렸다. 무슨 고약한 냄새가 났다기보다, 그냥 냄새가 날 것 같이 보였기 때문이다. 그런 명희의 행동에 굉장히 서운하다는 듯 동현이 째려보자, 명희가 슬그머니 손을 내렸다.

"대체 꼴들이 왜 그래요? 어디 쓰레기통이라도 뒤지고 온 사람들처럼."

동현은 여전히 명희를 흘기며 들고 있던 녹음기를 책상에 던지듯 놓았다.

"예! 쓰레기통을 뒤진 게 아니라 덮어쓰고 있었습니다! 그놈의 유고은인지 뭐시기 하는 여자 한번 보겠다고!"

떵떵거리며 자리에 앉는 동현 옆으로 퀭한 얼굴의 민철이 함께했다. 몇 시간을 분리수거함에 들어가 있었는지 모르겠다. 다리에 쥐가 나 코에 침을 바르기를 한 천 번쯤 했을 때인가, 두꺼운 옷과 목도리로 잔뜩 무장을 하고 나오는 유고은을 목격한 것은.

"유고은 씨?"

헐레벌떡 분리수거함에서 나와 그녀를 불렀고, 그녀는.

[아아아아악! 당신들, 뭐야! 당신들, 뭐냐고! 엄마! 엄마! 아아악!]

모두들 녹음기에서 흘러나오는 괴성에 귀를 막았다. 결국 참다못한 동현이 녹음기를 끄고 나서야 회의실엔 다시 평화가 찾아왔다.

"그니까 얻어 낸 건 꺅! 하는 여자의 비명이네요?"

명희의 비아냥대는 말투에 동현이 여유로의 책상을 톡톡 두드렸다.

"그럴까요?"

"저 여자 목소리."

침묵을 지키고 있던 우진이 입을 열었다. 그런 우진에게 시선을 돌린 동현이 오, 하고 감탄사를 터트렸다. 이런 미세한 발견을 자신 말고 한 사람이 또 있다는 것에 쓰레기통에 숨어든 보람이 마구 샘솟기 시작했다.

"계장님, 그때 신고 전화 녹음 파일 어디 있습니까."

지숙이 서둘러 노트북을 켜 파일을 찾아냈다. 곧이어 회의실에 날카로운 하이 톤 음성이 가득 찼다. 젊은 여자의 목소리. 동현이 같은 타이밍에 다시 녹음기를 틀었다. 엄마를 찾다가 항의하기 시작하는 젊은 여자의 찢어지는 목소리.

"이 정도로 둘이 동일 인물이라고는 할 수 없어."

명희가 딱 잘라 말했다. 확실히 그건 유고은이 김석태에게 학대 받았던 아이 중 하나라는 배경을 알고 들었기 때문에 둘의 목소리가 비슷하다고 느끼는 걸 수도 있었다. 그러나 그래도 그 자리에 있는 모두가 유고은이 이 사건과 무관하다고 생각하진 않았다.

"조동규는 한영훈이 동생이란 걸 인정했지만, 이 사건과는 상관 없다고 주장하고 있어. 자기 또한 사고 난 그 차량에 김석태가 타고 있다는 걸 전혀 몰랐다고 하고."

사건의 실마리가 잡혔고, 정황상 그들에 대한 의심은 더욱 확고해졌지만 문제는 확실한 증거도, 증언도 받아 내지 못했다는 것이었다.

"도 기자님, 그 말 많던 사람이 왜 아까부터 한 마디도 안 하고 있어요? 알아보겠다는 건 어떻게 된 겁니까?"

명희의 화살이 이번엔 범구에게 향했다. 범구는 결국 빈손이나 마찬가지인 이들을 쭉 둘러보다가 화이트보드에 붙어 있는 또 한 명의 아이 사진에 눈을 맞췄다. 그는 이 흥미진진한 이야기를 어떻게 재구성하여 이들에게 들려줄까, 잠시 고민해 보았다.

"하민, 당시 강점순이란 할머니가 아이를 손자라 주장하여 데려 갔죠. 근데 이 할머니는 현재 손자가 없다더군요. 뭔가 구린내가 폴 폴 풍기지 않습니까?"

"뱅뱅 말 돌리지 말고 용건만 간단히 말해요. 지금 우리한텐 시간이 별로 없다 했을 텐데요?"

"한마디로 가짜였다, 이거죠."

"그게 무슨."

하민, 자신의 이름과 생년월일, 유괴당한 장소까지 정확히 기억하고 있는 아이였다. 그 당시 성을 빼고 이름만 적은 거란 건 아무도 알지 못했다. 왜냐면 하민이란 이름만으로도 바로 조모라고 주장하는 강점순이 나타났기 때문이었다. 또한 강점순과의 유전자 일치로 하민은 가장 빨리 아동센터를 떠날 수 있었다. 그런데 그것들이 가짜였다?

"하민이란 이름으로 출생 신고가 돼 있던 건 없었죠. 왜냐면 그건 집에서만 불리던 태명이었으니까. 강점순은 하민의 진짜 할머니가 아니었습니다. 단지 신분을 밝히기 원하지 않은 아이의 진짜 부모 하수인이었을 뿐. 유전자 일치가 가능했던 건 그 머리카락이 강점순의 머리카락이 아니었단 얘기고요."

"어떻게 알았어요?"

"사람의 입을 열게 하는 건 기자의 역량에 따른 거랄까."

득의양양하게 웃던 범구가 갑자기 자리에서 일어나 화이트보드 앞으로 걸어갔다. 그 앞에 서서 그는 주소 하나를 적어 갔다.

"강점순은 2000년도까지 이 주소의 집에서 가정부로 일했습니다. 그 이후, 하민을 찾아온 대가로 거액의 돈을 받고 그만두었죠. 결국 그 돈은 망나니 아들놈이 홀라당 갖고 튀었다는 슬픈 비하인드 스토리가 있지만. 어쨌든!"

범구는 탕탕, 화이트보드를 두드렸다.

"그 당시 이 집에 누가 살았는지 조사하면 답은 간단해지겠죠? 그 사람들이 하민의 진짜 부모고, 그 사람들이 지금 살고 있는 곳에 하민이 있을 겁니다."

"자, 그럼 우린 또다시 누군가의 뒤를 캐러 이만 일어나 보겠습니다."

동현과 민철이 눈치껏 자리에서 일어났다. 수첩 위에 주소를 휘

갈겨 적던 동현이 어떤 시선을 느끼고 힐끗 눈을 치켜떴다. 시선이 바로 마주친 명희가 눈을 동그랗게 뜨며 슬쩍 고갤 돌렸다. 동현은 피식 웃더니 수첩을 접고 회의실을 나갔다.

"지 검사님, 어디 가세요?"

"어디 가게?"

정석과 똑같이 묻는 명희에게 우진은 '하나만 확인할 게 있어서.' 그리 대답하고 책상 위에 널려 있던 종이 중 하나를 챙겨 들었다. 명희는 그 종이가 한영훈에 대한 신상 정보라는 것을 알아채고 자리에서 일어났다. 그러나 종이를 안주머니에 쑤셔 넣으며 나가는 우진을 잡진 않았다.

우진이 얼굴에 가득 안고 있는 근심을 개운하게 떨칠 수 있다면 그리하게 두는 게 좋겠다 싶었다. 그리고 명희, 그녀 또한 따로 할 일이 있었다.

"왜 죽였습니까?"

취조실이 아닌 접견실에서 명희는 소진을 마주했다. 소진은 여전히 창백한 얼굴로 위, 아래 입술을 맞닿은 채 그 모습 그대로 명희를 보고 있었다.

"12월 25일, 그 현장에 어떻게 가게 된 거죠? 누가 불렀습니까, 아님 제 발로 찾아간 겁니까?"

명희는 아무 감정도 담기지 않은 사무적인 어조로 묻고 있었다.

"김석태가 죽이고 싶었겠죠. 죽일 기회가 있다면 마다하지 않았 겠죠. 그래서 죽였습니까? 먹잇감을 물어다 준 사냥꾼들한테 고맙 다고 절이라도 하며 그거 받아먹었어요?"

"……."

"한영훈, 유고은, 그리고…… 하민."

소진은 분명 세 이름에 반응하고 있었다.

"세 사람들의 혐의가 곧 드러날 거예요. 내가 밝혀낼 거니까. 그리고 지소진 씨, 당신의 혐의도 내가 확실히 하죠. 지금 내가 지소진 씨를 이대로 두는 건 믿어서가 아니라, 확실한 범죄 사실을 입증하기 위해서입니다. 무죄추정원칙? 그건 알아서 본인이 챙겨요."

결국 끝까지 말 안 하겠다는 거지, 지소진.

명희는 의자를 박차고 일어났다. 한심한, 그리고 연민의 눈으로 소진을 보았다. 명희, 자기가 부모의 무릎 위에서 재롱을 피우며 살았을 그 시절, 배고픔에 허덕이며 손바닥이 닳도록 빌고 빌었던 눈앞의 여자에 대한 연민.

대체 어떻게 살았니? 그런 끔찍한 일을 겪고 넌 어떻게 살 수가 있었어? 부모도 찾지 못한 너는 어떻게 버틸 수 있었던 거지?

……알아. 우진이 때문이었던 거. 그래, 알아. 네가 살 수 있었던 게 우진이 때문이란 것을. 네 말이 정말이었구나. 우진이가 없으면 넌…… 죽으려 하는구나.

그니까 말하라는 거야. 다시 살고 싶으면, 우진이 곁에 돌아가고 싶으면 말을 해.

"……우진이."

"!"

명희는 제 귀를 의심했다. 입을 열어 주기를 너무 원하다 보니 환청이 다 들리는구나, 했다.

"우진이."

그러나 환청이 아니었다. 소진이, 그녀가 말을 하고 있었다. 첫마디로, '우진이' 그랬다. 명희는 소진 가까이 몸을 숙였다. 얇고 가는 줄처럼 금방이라도 끊길 것 같은 목소리였다.

"……잘못이…… 아니라고."

"……."

"……우진이 잘못이…… 아니라고. 그니까…… 나한테…… 미안해하지 말라고."

명희는 헛웃음을 터트리며 천천히 허리를 폈다.

"겨우 말하는 게 그거니? 기껏 하는 게 지우진 걱정이야? 지금 네가 거기서? 정말 너희들은……!"

명희는 미처 말을 다하지 못하고 답답함에 이마를 손으로 감쌌다. 바보처럼, 정신 나간 여자처럼 같은 말만 중얼거리는 소진을 명희는 질린다는 듯 보았다.

"네가 직접 말해."

찬바람을 일으키며 명희는 뒤돌아섰다. 명희가 돌아서자, 교도관들이 소진을 데려가기 위해 움직였다.

"……전해 주세요. 나는…… 괜찮다고……."

명희는 눈에 힘을 줘 부릅떴다. 등에 달라붙은 소진의 목소리를 떨쳐 버리기 위해.

15.

가로등 불빛이 어스름한 골목길, 운동화를 끌다시피 걷고 있는 남자가 있었다. 영훈은 캭, 침을 뱉으며 잠시 전봇대 하나에 기대섰다. 땀과 먼지, 더러움이란 모든 더러움은 다 물들어 있는 점퍼 안쪽에서 반쯤 구겨져 있는 담뱃갑을 빼낸 그는 한 개비 담배를 꺼내 입에 물었다.

"나도 한 대 주지?"

담배에 불을 붙이려던 영훈의 손이 멈칫, 했다. 느릿하게 입에 물고 있던 담배를 빼던 그가 보이지 않던 긴 그림자 하나가 다른 골목길 안에서 점점 모습을 드러내는 것을 발견하곤 잽싸게 몸을 돌렸다. 그러나 한발 더 빠른 우진의 손에 멱살이 잡힌 채 영훈의 몸이 벽에 강하게 부딪쳤다.

"검사 양반이시네?"

항복의 의미로 두 손을 들어 올리고 히죽대는 영훈의 몸을 더더욱 벽에 몰아세우며 우진은 죽일 듯 그를 노려보았다.

"왜 그랬어."

"응? 뭐가?"

씹어 대듯 말을 토해 내는 우진에게 영훈은 어깨만 으쓱여 보였다. 우진의 팔이 영훈의 목을 짓누르기 시작했다.

"왜 그랬어. 그놈을 죽일 거면 네들끼리 알아서 할 것이지, 왜 그 아이를 끌어들였어. 왜 잘 살고 있는 그 애를 살인자로 만들었어!"

숨이 잘 쉬어지지 않아, 컥컥대며 얼굴을 일그러트리는 영훈에게 우진은 절규하듯 소리쳤다.

"왜 그랬어! 왜! 왜 그 애한테 뒤집어씌었어! 왜!!"

영훈이 우진의 팔 위로 갑자기 고개를 푹 숙였다. 참지 못해 터져 나온 웃음으로 인해 영훈의 온몸이 흔들렸다. 그를 붙들고 있던 우진의 손이 천천히 떨어져 나갔다.

"재미난 얘길 하나 해 줄까?"

벌건 영훈의 두 눈이 지옥에서 막 도망 나온 썩은 영혼처럼 우진의 몸속으로 스멀스멀 기어들었다.

툭, 툭.

울퉁불퉁한 시멘트 바닥에 원형의 흔적을 남기며 물방울이 스며들었다. 진회색의 동그라미들이 하나, 둘 늘어나더니 이내 하늘은 모아 두었던 빗방울을 쏟아 내기 시작했다.

무섭게 퍼부어 대는 빗줄기 아래 영훈은 미친 사람처럼 우진의 어깨를 잡고 웃어 댔다. 웃음으로 고인 눈물 때문인지, 빗물 때문인지 알 수 없는 눈가의 물기를 닦아 내며 영훈은 한참 만에 웃음을 그쳤다.

"내가 어쩌다 그곳에 끌려갔는지 알아?"

영훈은 아무리 시간이 흘러도 지워지지 않는 기억의 파편을 머릿속에 박고 살았다.

"난 시골에서, 그것도 늘 엄마가 맞는 소리가 들리는 옛 같은 집에서 살았어. 그래도 괜찮았어. 나 대신 맞아 주는 형이 있었으니까. 뭐 지금에 와서 생각해 보면 정말 살 만했지. 근데 그땐 아니었거든. 아버지란 사람이 무서워서 집에도 못 들어가고 대문 앞에 쪼그리고 앉아 있을 때가 많았지. 근데 어느 날, 그러고 있는 내 앞에 걔가 나타난 거야."

흥미로운 남의 얘기를 하듯, 영훈은 우진 쪽으로 얼굴을 가까이 하며 나지막하게 말을 이었다.

"아주 하얀 아이였어. 시골에서 그렇게 하얀 아이를 보긴 드문 일이었지. 걔가 날 쳐다보고 있는 거야. 눈을 떼지 않더라고. 꼭 나보러 이리 오라고, 나랑 놀자고 얘기하는 것 같았어. 그래서 갔어. 다가갔지. 인사했어. 안녕. 그랬더니 휙 돌아서 가는 거야. 쫓아갔지. 날 계속 돌아보며 걷는 걔가 꼭 나보러 따라오라고 하는 것 같았거든. 그리고 걔가 멈춘 곳에 그들이 있었지. 그들은 날 데려갔어. 똑같은 방법으로 갇혀 있는 아이들이 있는 곳으로."

여유롭기만 하던 영훈이 갑자기 지끈거리는 머리카락을 쥐어뜯으며 괴로워했다. 잊을 수 없는 장면들, 똑같이 멈춰져 있던 눈동자로 돌아보던 그 아이들의 얼굴이 떠올라 머리가 쪼개질 듯 아파 왔다.

"걔가…… 누군지 말해 줘?"

힘에 부쳐 벽에 몸을 기대며 비릿하게 웃는 영훈에게서 우진은 한 발짝 뒤로 물러섰다.

"왜? 이미 눈치챘으니까 들을 필요 없다 이거야?"

우진의 눈가가 미세하게 꿈틀거렸다.

"……똑같은 피해자였을 뿐이야."

단단하지 못한 음성이었다.

"똑같은 피해자? 하하, 웃기지 마. 미끼 노릇이나 하던 그 계집애? 저리 당해도 싸. 그 계집애 때문에 고통받은 애들, 지 부모 곁에 돌아가지도 못하고 죽은 그 애들. 그거 다 걔가 책임져야지."

우진은 영훈의 멱살을 다시 거칠게 쥐며 소리쳤다.

"평생을 괴로워한 건! 힘들어한 건! 그 녀석도 똑같아!"

이번엔 영훈도 당하지만은 않겠다는 듯 우진의 팔을 뿌리치고 그의 가슴을 밀쳐냈다.

"지랄하고 자빠졌네. 괴로웠대? 힘들었대? 왜? 지가 왜! 그 계집앤……!"

천둥소리가 으름장을 놓듯 대지를 울렸다. 우진은 굳은 표정으로 주춤 뒷걸음질을 쳤다. 빗속에 파묻혀 영원히 사라지기를 바랐다. 지금 들은 말이 시멘트 틈새를 파고들어 주르륵 흘러가 버리는 빗물 사이에 쓸려 같이 사라져 버리기를 바랐다.

"우리가 누명을 씌운 거라고? 우리가 다 작당한 거라고?! 증거 있어? 다 네들 심증일 뿐이잖아. 하늘이 벌한 거라고 생각해. 그게 더 믿을 만하지 않겠어?"

우진은 자신의 어깨를 밀치고 지나가는 영훈을 붙잡지 않았다. 영훈이 사라지고 난 골목길 한쪽에 주저앉아 늘어져 버린 우진은 실없는 웃음을 흘렸다. 왜, 어째서 그랬는지 도무지 알 수가 없었는데, 이제는 알 것 같았다. 소진이 필사적으로 가리려던 게 무엇이었는지, 끝끝내 우진은 그 진실과 마주쳐 버렸다.

"그 당시 살았던 사람이……."

동현과 민철의 조사 아래 밝혀진 사실에 모두들 약간은 긴장한 표정이었다.

"이름 서재희, 현재 경찰대 재학 중인 엘리트예요. 게다가 여당 소속 국회의원 서종오의 아들이고요. 하민이 서재희였습니다."

동현의 깔끔한 정리에 정석이 뒷목을 긁적이며 머뭇머뭇 말을 꺼냈다.

"이거 좀 깊게 파기 그렇지 않아요? 서종오라면 다음 여당 대표로 지목되고 있어서 그 세력이 만만치 않을 텐데. 하나뿐인 아들을 건드리면 좀……."

너무 속 보이는 말인가 싶어 말끝을 흐리는 정석에게 지숙은 동의한다는 듯 고개를 끄덕였다. 명희는 우진의 기색을 살폈다. 이른 아침부터 나와 준 사람들의 이런저런 회의 얘기에 단 한 차례도 반응하지 않고 자꾸 혼자만의 생각에 빠져 있는 우진에게서 이상함을 느끼고 있었다.

"그런 게 어디 있어요? 파면 파는 거지. 국회의원 아버지라, 이거 딱 답이 나오네. 썩어 빠진 대한민국 법 테두리에서 빽도 좋겠다, 뭔 짓을 못 하겠어?"

동현의 큰 소리에 민철이 가만히 좀 있으라고 주의를 주지만 동현은 더 한술 떠 자리에서 벌떡 일어났다.

"아, 이렇게 앉아서 탁상공론하느니 당장 발로 뛰는 게 낫겠네. 서재희, 직접 만나 보겠습니다. 뭐라도 캐면 나오겠죠."

그러나 동현이 자리를 비우기 이전에 먼저 우진이 갑자기 자리에서 일어나 문으로 걸어갔다. 명희가 다급히 우진에게 다가가 그의 팔을 붙잡았다.

"어디 가?"

"증거가 없으면 만들면 돼."

"뭐?"

"수단과 방법을 가리지 않고 만들어 내면 그뿐이야."

명희의 팔을 뿌리치고 나가 버린 우진의 뒤로 명희가 불안한 얼굴이 된 채 서 있었다. 그런 그녀를 다시 움직이게 한 건 쉴 새 없이 들려오는 타자 치는 소리였다. 명희는 몸을 돌려 그 소리의 근원지인 범구를 보았다. 그는 회의엔 관심도 없다는 듯, 제 일에만 몰두하고 있었다.

"도 기자님은 아까부터 뭘 그리 쓰세요?"

약간은 신경질적인 명희의 말에 범구는 그저 기분 좋게 웃어 보였다.

"요즘 기사도 스토리텔링이 중요합니다. 진부한 사건 기술은 하품만 나오게 만들죠. 요즘 세대가 얼마나 성질이 급한데 지루한 기사 문장을 읽고 앉아 있겠습니까."

"지금 기사를 쓰고 있단 말이에요?"

힘이 실린 명희의 굽 소리가 바닥을 치고 범구 앞까지 갔다. 명희는 범구가 쓰고 있던 노트북을 획 돌려 화면을 보았다. 지금까지 진행되었던 수사 내용이 상세히 기술됨과 동시에 기자의 상상력이 더해진 기사 글의 스크롤을 내리던 명희가 헛웃음을 치며 범구를 노려보았다.

"아니, 뭐 내 본분은 기자로서 국민의 알 권리를 위해……."

"도 기자님!"

회의실을 가로지르는 명희의 찢어지는 목소리에 모두가 귓구멍에 손가락을 끼워 넣었다. 범구는 당장 낼 것도 아닌데 뭘 그러냐며 툴툴대다가 명희의 죽일 듯한 눈초리에 슬그머니 꼬리를 내렸다.

"아, 알았다고요. 거참 결혼도 안 한 처자가 그리 목청이 커서야. 끄면 될 거 아니오. 끄면."

"잠깐만요."

도 기자가 노트북을 가지고 가려 하자, 명희가 갑자기 노트북을 붙들며 기사 한 토막의 문장에 주목했다.

"이거…… 사실이에요?"

명희가 가리킨 문장을 본 범구는 물 만난 고기처럼 말을 늘어놓기 시작했다.

"아! 그럼! 내가 그 당시 다른 기자는 알아내지도 못할 많은 사실들을 밝혀냈다는 거 아니오. 이 사람들도 한때는 누군가의 부모였던 사람들이지."

"예? 이 사람들이라면? 김석태랑 이정숙이요? 그 사람들한테 자식이 있었어요?!"

정석이 경악을 하며 소리쳤다. 자식도 있는 사람들이 남의 자식을 그렇게 학대했단 사실을 믿고 싶지 않아서였다.

"한때라고 했잖아, 한때. 보니까 아이들을 유괴하기 훨씬 이전에 출생신고를 했던 기록이 있더라고요. 뭐, 아이가 채 두 살도 되기 전에 사망신고를 한 걸로 봐서 금방 죽어 버렸지만."

"와, 역시 그 사람들은 사람이 아니야. 그게 악마지. 어떻게 아이까지 있던 사람들이 그런 짓을 벌여요? 천벌을 받을…… 아참, 이미 한 명은 죽었지."

혼자 말하고 혼자 멋쩍어 웃어 버리는 정석 때문에 다른 사람들

257

도 짧게 웃음을 터트렸다. 그 사이에서 명희는 커서가 깜박이고 있는 기사 글에 눈을 떼지 못하고 있었다.

얼마의 시간이 흐른 지 알 수 없었다. 다만 교도관이 주의를 줘서 시간이 흐르고 있다는 것만 알 수 있었다. 두께가 그다지도 있어 보이지 않는 유리벽을 사이에 두고 우진과 소진은 서로를 보고 있었다. 그 자리에서 손만 뻗어도 닿을 거리임에도 만질 수는 없는 그곳에서 우진은, 소진의 얼굴을 처음 본 사람처럼 꼼꼼히 되새기고 있었다.

"지소진."

한참 만에 내는 목소리라 수면 아래 잠겨 있는 돌덩이처럼 묵직함이 배어 나왔다.

"나는 널 믿어."

아무런 감정도 묻어나지 않은 어투였으나, 절대 거짓된 말이 아님을 너무나 잘 알아 소진은 두 손을 더욱 세게 마주 쥐었다.

"그래서 난 널 거기서 빼내 오려고 해."

죄를 지은 사람만을 가두는 곳이니까, 거긴 지소진이 있을 곳이 아니다.

한영훈을 만난 이후 수만 가지의 잡다한 생각 끝에 그 간결한 결론만이 그의 머릿속에 남아 있었다.

"나는 무슨 짓이든 할 거야. 널 구할 수만 있다면, 그럴 거야."

신념을 버리고, 자존심을 버리고, 그 자신을 버려야 한다면 그렇게 할 것이었다. 그건 그다지 어려운 일이 아니었다.

"갈게. 당분간은 못 올 것 같아. 그래도 걱정 마. 얼마 안 걸려."

우진이 일어나면서 끌리는 의자 소리가 소란스럽게 소진의 속을 흔들어 댔다. 소진의 눈에 늘 단단했던, 늘 커 보였던, 그래서 언제든지 기대도 괜찮을 줄 알았던 우진의 등이, 그 어깨가 오늘따라 작게만 보였다. 그래서 자꾸 자기가 기대고 있으면 그를 무겁게, 힘들게 하고 있으면 왠지 그가 무너져 버릴 것만 같았다. 그건 정말, 그것만은 견딜 수가 없었다.

"……우진아."

우진의 등이 석고상처럼 굳어졌다.

"……그만해. 우진아…… 그만해……."

그토록 듣고 싶던 목소리였는데, 그토록 듣고 싶던 이름이었는데. 우진은 겨우 소진을 돌아보았다.

"……그만해도 돼, 우진아."

겨우 입을 열어서 한다는 말이 그것이었다.

"더는 나 때문에 힘들어하지 않아도 돼."

자기는 하나도 힘이 들지 않다는 것처럼 그리 말하고 있었다.

"네 잘못이 아니야. 너 때문에 내가 여기 있는 게 아니야."

그렇게나 용을 써서 구해 내고자 했던 그녀가 스스로 자신의 죄를 부정하지 않았다.

"나는 이제 괜찮아. 그니까 우진아."

괜찮은 척하면 정말 괜찮을 거라 믿을 줄 아나 보다.

"우진아. 너는 날…… 지워도 돼."

우진은 웃었다. 세상에서 가장 어이없는 말을 들은 것처럼, 가장 웃긴 얘기를 들은 것처럼 웃어 버렸다.

유리벽에 달려들어 우진은 모든 걸 아스러뜨릴 듯 쥐어진 주먹으로 유리벽을 세게 쳤다.

"지워? 뭘? 뭘 지워? 널 지워? 널 지워?!"

포효하듯 소리치는 우진의 앞에서 소진은 눈을 감았다.

"어떻게? 어떻게 하면 내가 널 지울 수 있을까? 어떻게 하면 되냐? 지소진, 말해 봐. 내가 널 어떻게 하면 지울 수 있는데!"

소진은 눈을 뜰 수가 없었다. 눈을 뜨면 볼까 봐, 고통에 몸부림치는 우진을 볼까 봐, 그래서 심장이 짓물러 터져 버릴까 봐.

"눈을 감아도! 눈을 떠도! 내 눈앞에 알짱거리는 너를 내가 어떻게 지우는데! 어떻게!!"

모든 걸 토해 내고 미끄러지듯 주저앉아 버리고도 그에게서 남은 미련 덩어리가 꾸역꾸역 흘러나오고 있었다.

"……사랑해."

소진의 눈꺼풀이 더는 버티지 못하고 들어 올려졌다.

"사랑한다고. 등신같이 몰랐는데, 내가…… 내가 병신같이 몰랐는데…… 사랑해, 지소진."

입을 막고 흐느낌을 억누르는 소진을 담고 있는 유리를 쓰다듬으며 우진은 그녀에게, 그리고 자신에게 다짐하듯 말했다.

"우리, 그만 같이 있자. 제발…… 그러자."

우진은 소진이 가리고자 했던 진실을 보았다. 진실은 아름답지 않았다. 추악했고, 끔찍했고, 참혹했다.

"더는 아무 말도 하지 마."

진실을 가리는 게 기만과 계략과 거짓과 위선이라면 우진은 그를 마다하지 않을 것이었다.

16.

"서재희."

집 차고 안에 자전거를 세워 두고 화분이 들어 있는 쇼핑백을 집어 들던 그가 자신을 부르는 소리에 고갤 틀었다. 얼마 안 떨어져 있는 곳에서 차를 세워 두고 기대 있는 우진의 모습에 재희의 눈이 가늘어졌다.

"누구……?"

"서재희, 맞습니까."

무미건조한 우진의 물음에 재희는 선뜻 고개를 끄덕였다.

"예, 맞아요. 근데 저를 어떻게 알고 오셨어요?"

"잠시 얘기 좀 나누죠."

"그전에 상대방에게 신분을 밝히는 게 예의 아닐까요?"

결코 무례하지 않게 정중한 어조를 구사하는 재희는 겉으로 보기 엔 좋은 부모 밑에서 바르게 자란 청년 그 이상, 그 이하도 아니었다. 우진은 신분증을 꺼내 보였다.

"검찰에서 나왔습니다. 이제 얘기 가능하겠습니까."

"와, 검사님이시네요. 검사하고 무슨 얘기를 나눠야 할지 긴장되는데요? 어떻게? 검사님만 괜찮으시다면 저희 집으로 들어가서 얘기 나누시죠. 밖은 너무 춥잖아요."

이제 스물둘이라고 했다. 그러나 그 나이의 사내아이들이 가지고 있는 치기나 이유 없는 반항 같은 눈빛은 전혀 깃들어 있지 않았다. 대신 거기엔 세상이 따분하고 지루하여 그저 막연히 살아가는, 그래서 별달리 놀라고 유난을 떨 것도 없다는 듯, 느긋함이 가득했다.

"집이 좀 썰렁하죠?"

값나가는 물건들이 가득하지만 어쩐지 쓸쓸함만이 가득한 집 안 내부였다. 재희는 거실로 들어서자마자 겨울 햇살을 받아들이고 있는 창문에 커튼을 홱 쳐 버렸다. 그리고 이미 선인장 화분들이 많이 놓여 있는 선반 위에 방금 사 들고 온 작은 사이즈의 화분을 하나 더했다.

꽃망울이 맺혀 있는 선인장 위에 그늘이 졌다. 한낮에 집 안에 깔린 어둠이 재희는 썩 맘에 든다는 듯 희미한 미소 띤 얼굴로 우진에게 소파에 앉으라 권했다. 그러고는 곧 차를 내오겠다며 부엌으로 들어갔다.

재희가 없는 사이 우진은 소파에 앉아 거실 내부를 쭉 살피었다. 그늘이 진 가구들이 어쩐지 음습하게 느껴졌다. 옆으로 옮겨 가던 우진의 시선이 한곳에서 멈췄다. 단란해 보이는 가족사진이었다. 이 집에 걸려 있는 유일한 액자였다. 이 집의 아들은 이미 키가 훌쩍 커 버렸는데 사진 속 그들은 저 시간 안에 갇혀진 듯 그때 그 모습으로 웃고 있었다.

"자식을 한 명 더 낳았으면 좋았을 거예요."

검은 원두커피가 담겨진 커피 잔을 우진 앞에 내려놓으며 재희가 말했다.

"내가 없어졌을 때, 나 말고 다른 형제가 한 명이라도 있었다면 엄만 견딜 수 있었을 거예요."

재희는 굳이 자신의 신분을 다 알고 찾아온 우진에게 숨길 게 없다는 듯, 아무렇지 않게 옛이야기를 꺼내었다.

"김석태 살인사건과 관련돼서 날 찾아온 것일 텐데, 안타깝네요. 제가 줄 만한 정보가 없어서."

모른 척했던 처음과 달리 단도직입적으로 김석태를 거론하는 재희를 우진은 한참 응시했다. 자신의 커피 잔을 집어 입술에 갖다 대는 재희의 표정에서 읽을 수 있는 건 아무것도 없었다.

"이 사건과 아무런 관련이 없다고 말하는 겁니까."

우진의 입에서 한참 만에 나온 형식적인 질문에 재희가 난처한 웃음을 지었다.

"저를 용의자로 몰려는 건 좀 곤란한데요, 검사님."

"사진과 편지를 꾸준히 보낸 건 너잖아."

"목적이 취조였군요? 그럼 정식 절차를 밟으셔야죠."

먼저 가면을 벗어 던진 건 우진이었다. 그 안에 드러난 분기와 격노를 마주하고도 재희는 태연했다. 다만 좀 전에 순진해 보이던 청년의 눈은 아니었다.

"참 안타까워요. 그 아이가 그렇게 된 건."

재희는 가슴이 아프다는 듯 콧잔등을 찡그렸다.

"우린 많이 힘들었죠. 서로가 위로가 돼 주지도 못할 만큼 어렸어요. 어린 날의 상처는 절대 지워지지 않는 법이죠. 그래서 그런 짓을 했을까요. 그러면 조금은 나은 삶을 살 거라고 생각했을지도 모르죠."

"내 앞에서 허튼수작 부릴 생각 마."

"어떻게 그런 일까지 벌였을까요. 그 아이는 그래도……. 이런 말해도 될까 모르겠지만 그 아이는……."

우진이 자리에서 벌떡 일어나면서 재희의 말이 끊기었다. 우진의 성난 시선이 재희의 얼굴을 비껴 그의 뒤 선인장 화분으로 옮겨졌다. 메마른 몸통에 바짝 가시를 세우고 흙 속에 박혀 있는 선인장들, 소진은 선인장을 좋아하지 않았다.

잠시 관심을 두지 않아도 멀쩡히 살아 있는 선인장은 싫다 했다. 제 딴엔 어렵게 피워 냈을 꽃도 향기가 나지 않아 싫다고 했다. 하루만 물을 주지 않아도, 파삭 시들해져 엄살을 피우는 것들을 가져다 놓을 거라 했다. 소진은 자신을 닮은 하얀 국화꽃을 샀다.

"다음번엔 내 손에 영장이 들려 있을 거야. 그리고 네 두 손에 꼭 수갑을 채워 주지."

우진이 돌아서 나가는 모습을 지켜보던 재희는 재미난 걸 발견한 듯 입꼬리를 늘렸다.

"……설마, 아는 거야?"

그 아이에 대해 안 건가, 정말 그런 건가. 꼬리에 꼬리를 무는 반복된 질문이 머릿속에 맴돌았다. 그리고 가장 밑바닥에 남은 건 모든 걸 안 우진의 태도에 대한 묘한 실망감이었다. 조금 더 격렬하고, 조금 더 부서지는 모습을 기대했는데, 하는 아쉬움.

우진의 차가 멈춘 곳은 조동규가 입원해 있는 병원 앞이었다. 조동규의 병실 안엔 한영훈과 명희가 있었다. 명희에게 한영훈이 왔다는 연락을 받고 온 것이기에 그를 마주한 우진은 담담하게 그 앞으로 다가갔다. 명희는 간단한 눈인사와 함께 고개를 살짝 저었다. 아무것도 토설한 게 없다는 얘기다.

영훈은 형의 부름을 받고 왔더니 이미 와 있던 명희 때문에 안 그래도 짜증난 기분이 뒤늦게 나타난 우진을 보고 절정에 달하는 걸 느꼈다. 영훈은 잔뜩 찌푸린 얼굴로 외투를 집어 들었다.

"다시 날 볼 거란 생각을 못 했나."

그대로 병실을 나가 버리려던 영훈이 우뚝 발길을 멈추며 우진을 노려보았다. 우진은 옆에 놓여 있던 빈 병상에 걸터앉으며 영훈에게서 조동규 쪽으로 시선을 돌렸다. 정면으로 마주친 우진의 눈에 조동규가 움찔하며 영훈을 보았다. 형의 불안한 눈빛에 영훈은 작게 욕설을 읊조리며 신경질적으로 외투를 형의 다리 위에 집어 던졌다.

"한 가지 물어보죠, 조동규 씨."

"예?"

동규는 매우 위태로운 표정이었다. 그런 형의 모습이 맘에 들지 않아 영훈은 이를 악물었다.

"하민, 혹은 서재희란 사람을 아십니까?"

"……아뇨."

작은 목소리였지만 흐트러짐이 없었다. 거짓이 아닐 수도 있었다.

"이름은 모를 수도 있죠. 다만 사고를 내라, 시킨 사람은 있었죠?"

"예?"

"어떤 조건이 걸려 있는지는 모르지만 이 사건에 동생도 연관이 있습니까?"

"아, 아뇨! 아, 그게 아니라…… 전 검사님이 지금 무슨 말씀을 하시는 건지…… 이건 그저 우연한 사고입니다! 시켜서 저지른 일이 아니에요!"

우진의 옷 안에서 진동이 울렸다. 핸드폰을 꺼내 든 우진은 정석이 보내온 사진들을 한 장씩 넘겼다. 청주교도소 인근에서 찍힌 재희의 모습들이 담겨 있었다. 최근에 이정숙을 또 한 번 찾아올까 싶어 사람을 붙여 놨더니 아니나 다를까, 그가 모습을 드러냈다. 우진은 핸드폰에 시선을 둔 채 지나가듯 또 다른 질문들을 던졌다.

"동생이 당한 일에 원한을 가지는 건 당연합니다. 똑같이 되갚아 줄 기회가 생긴다면 저라도 그럴 수 있었을 겁니다. 아니, 그랬을 겁니다."

"지 검사."

우진의 위험한 발언에 명희가 구부리고 있던 등을 꼿꼿이 폈다. 명희의 주의에도 불구하고 우진은 마저 말을 이었다.

"내가 사랑하는 사람을 건드린다면 무슨 수를 써서든 지옥 불에 처넣을 거란 소립니다. 좀 더 쉽게 설명해 드리죠. 지금 내가 사랑하는 사람이 몹시 춥고 외로운 곳에 갇혀 있습니다. 몇몇 사람 덕분이죠. 그리고 나는 그 몇몇 사람을 어떻게 하면 가장 고통스럽게 만들까, 생각해 보았습니다."

감정 없이 천천히 내뱉는 우진의 말에 영훈은 뱃속 깊숙한 곳부터 조여 오는 불쾌한 떨림을 느꼈다. 우진의 시선이 지금까지 단 한 번도 자신에게 오지 않고, 동규만을 보고 있다는 사실을 방금 전에 깨달았다.

"하나밖에 없는 가족이 다치는 것만큼 고통스러운 일이 있을까."

"너 이 자식, 무슨 소릴 지껄이는 거야!"

"영훈아!"

우진의 멱살을 잡아 쥔 영훈을 말리기 위해 동규는 말을 잘 듣지 않는 다리를 움직이느라 끙끙댔다. 그 모습을 우진은 비릿한 웃음을 지은 채 보았다.

"형이 소중해?"

악랄한 우진의 눈빛에 질린 건 영훈뿐이 아니었다. 명희는 단 한 번도 본 적 없는 우진의 비열한 얼굴에 놀란 표정을 지었다.

"넌 네 소중한 걸 지키고 싶어 하면서 남이 소중한 걸 그리 짓밟으려 했어? 그래? 그게 네 복수야? 그럼 나도 이제 너한테 똑같이 복수하면 되는 건가? 교통사고를 일으킨 네 형한테 온갖 죄를 뒤집어씌우고 잡아 처넣으면, 그럼 되는 건가?"

힘이 빠진 영훈의 손아귀에서 우진의 멱살을 스르륵 놓여졌다. 우진은 구겨진 셔츠 깃을 바로 펴며 영훈을 똑바로 쳐다보았다.

"이 사회는 가끔 아무것도 가진 거 없는 사람의 소리는 들어 주지 않지. 화물차나 운전하는 네 형이나 공사장 벽돌이나 짊어 나르는 너, 총알받이로 딱이거든."

"지 검사, 잠시 나 좀 보자."

"그놈이 너희를 어떻게 이용할지 아직 감이 안 잡혀?"

굳어진 표정으로 명희가 우진의 팔을 잡아끌었지만 우진은 명희의 손을 가볍게 쳐 내며 잔뜩 얼어 있는 조동규 얼굴 가까이 몸을 숙였다.

"어때? 빨간 줄 제대로 긋고 나와서 사회에서 밥 벌어먹고 살아낼 자신 있어? 단순 사고였다 쳐도 당신 구속이야. 근데 난 거기서 끝낼 생각이 없거든? 우연한 사고? 미안하지만 그딴 개소리는 법정에서나 지껄여. 난 온갖 수작을 벌여서라도 당신을 살인 공모로 몰아넣을 테니까!"

"지 검사!"

검사로서 해서는 안 될 말들을 늘어놓는 우진을 명희는 어떻게든 말려 보고자 했지만, 이미 철로를 벗어나 폭주하는 기차를 멈출 수 있는 방법은 없었다.

"나, 나는…… 아니, 내 동생은 아무 죄도 없습니다. 내 동생은 정말 이 사건과 무관합니다."

"형!"

"내 동생은 아무것도 몰라요. 정말입니다. 형이 교통사고당해 다치는 걸 가만히 두고 보는 동생이 어디 있습니까. 이건…… 이건…… 제가……."

"입 닥쳐, 지금 무슨 소릴 하는 거야!"

거칠게 자신의 어깨를 잡고 흔드는 영훈의 얼굴을 동규는 안타깝게 바라보았다. 어린 날, 그때 유괴된 게 영훈이 아니라 자신이었으면, 차라리 그랬으면 좋았을 텐데, 살아오면서 수백 번을 그리 생각했었다.

그래서 동규는 어느 날 자신에게 던져진 이상한 제안을 거절할 수 없었다. 동규가 아니면 영훈이 했어야 할 일이었기에, 동규는 그날 새벽 운전대를 잡았다. 영훈은 아주 뒤늦게야 형의 사고 소식을 듣고서야 알았다. 그간 전해져 오던 분홍색 편지를 무시한 대가를 형이 짊어졌다는 것을.

"한영훈, 한 가지 팁을 주지."

우진의 낮은 목소리가 영훈의 붉은 눈동자를 붙잡았다. 무시할 수 없는 제안이 우진의 입술을 뚫고 흘러나왔다.

"지우진!"

병원 복도를 가로지르는 명희의 새된 음성이 우진은 걸음을 붙잡았다. 얼마나 성이 났는지 씩씩거리며 다가온 명희가 우진을 무섭게 노려보았다.

"네 맘대로 뭐 하자는 거야? 나한테 한 마디 상의도 없이!"

우진의 예기치 못한 행동들에, 명희는 어찌해야 할지 감도 안 잡혔다.

"이 일이 먹힌다 해도 그다음은? 그다음은 어쩔 건데? 서종오 국회의원, 쉽지 않아. 그런 아버지를 둔 놈을 뭔 수로 잡을 건데?"

"팔, 다리를 잘라 버려야지."

"무슨 소리야?"

"아들한테 힘쓰지 못하게 만든다고."

"어떻게…… 야, 지우진!"

명희는 이날 우진에게 아무런 이야기도 듣지 못했지만, 곧 터진 기사 보도들이 우진이 무슨 짓을 했는지 알게 해 주었다.

✝   ✝   ✝

뉴스도 신문도 온통 한 가지 기삿거리로 시끄러웠다. 명학은 신문을 한 쪽에 접어 두고 복잡한 심경으로 맞은편에 앉아 있는 우진을 보았다.

"네 짓이냐."

우진은 입을 꾹 다물고 미동도 보이지 않았다. 명학은 안경을 벗어 뻐근한 두 눈을 비빈 뒤 다시 우진을 보았다. 흐릿한 형상의 우진은 동요 없이 고요했다.

"네가 며칠 전, 주 의원을 만났다는 얘길 들었다."

주재익 의원과의 첫 만남부터 학을 떼며 몸서리치던 놈이 먼저 찾아갔다고 했다. 그들은 긴 대화를 나눴고, 사무실에선 연이어 주 의원의 큰 웃음이 새어 나왔다고 했다. 그 얘기를 명학은 성준에게서 들어야 했다. 천하의 지우진도 결국엔 고인 물밖에 되지 못하나 보다고 잔뜩 비아냥대는 성준의 말에 명학은 아무런 반박을 못 했다.

"주 의원 조카의 사건도 기각당했다지. 증거불충분으로."

확실한 증거들이 널려 있을 텐데, 증거불충분이라니. 우습지도 않은 소리였다.

"나는 네가 서종오 의원과 관련된 지난 의혹들을 뒤지는 것이 정당한 방법으로 서종오를 잡아들이려는 건 줄 알았다. 근데 이미 사실이 아닌 걸로 드러난 자료들을 주 의원한테 넘겨? 국회 밥 그릇 싸움에 네가 그리 관심이 있는 줄 몰랐구나."

"시간이 얼마 없으니까요. 정당한 방법으로 서종오를 붙잡아 서재희에 대한 보호를 할 수 없게 만드는 건 너무 오래 걸리니까요."

차라리 자신은 모르는 일이라고 발뺌이라도 하길 바랐다. 아무렇지 않게 자신이 했다고 진술해 버리는 우진에게 명학은 화를 내야 할지, 말아야 할지 그마저도 헷갈렸다.

갑자기 터진 서종오의 온갖 공직비리였다. 금품수수니, 공직선거법 위반이라느니 여당을 저격하는 야당의 비난과 추측들이 난무했다. 대통령의 측근이라는 점을 들먹이며 아예 현 정부 자체를 흔들려는 주재익 대표 의원을 선두로 야당은 발 빠르게 움직여 주었다.

곧 특검이 꾸려지면 서종오는 자신의 혐의를 벗기 위해 정신없는 나날을 보내야 할 터였다. 모든 시선이 자신에게 쏠려 있는 이때에 서종오의 활동 범위는 극히 제한될 수밖에 없었다. 우진이 원하던 대로 서종오의 발이 묶인 것이었다.

"그만 나가 보겠습니다."

"……우진아."

한순간에 길을 잃어버린 방랑자로 변해 낯선 얼굴을 하고 고군분투하는 우진이 안타까우면서도 화가 났다. 우진을 말릴 수도, 그렇다고 응원할 수도 없는 자신의 무능함이 속상해 화가 났다.

"이모가 소진이를 많이 보고 싶어 하는구나."

"조금만 기다리라고 하세요. 곧…… 집에서 볼 수 있을 거라고, 그리 말해 주세요."

사무실을 나서는 우진의 고단함이 명학의 가슴을 저리게 만들고 있었다.

"검찰이 어수선하네요."

정석이 조금은 가볍게 운을 띄었다. 온통 어딜 가나 서종오 비리 수사 사건으로 시끄러운 검찰 내부였다. 청렴결백의 아이콘으로 인기몰이를 했던 공직자라 그런지 아직 아무런 사실 혐의가 밝혀지지 않았는데도 불구하고 비난의 여론이 쏟아졌다. 그 덕분에 인터넷을 뜨겁게 달구던 김석태 사건은 한풀 꺾인 기세였다.

째각째각, 쉴 새 없이 움직이는 시계의 바늘 침 소리가 다시 찾아온 정적 사이를 오갔다. 회의실 안엔 평소와 다른 텁텁한 공기가 긴장감을 억누르고 있었다.

"찾았어요!"

문이 벌컥 열리고 들어온 지숙이 외친 소리에 모두가 반색을 하였다. 지숙은 손에 쥔 사진 여러 장을 테이블 위에 늘어놓으며 며칠 간의 고생에 대한 소득을 자랑했다.

"살인 현장에서 얼마 안 떨어진 유료주차장에 세워져 있던 차량의 블랙박스 사진이에요. 그 공사장으로 들어가는 길목은 여기 딱 하나인데 CCTV가 없는 구역이었죠. 대신 블랙박스를 단 차량이 세워져 있었고 이 안에 살인 사건 발생 시간으로 추정되는 저녁 11시경에서 새벽 3시경 사이에 오가는 차 한 대가 찍혔어요. 오가는 사람도 없었고 오직 이 차 한 대만 그 공사장을 들어갔다 나왔죠. 차량번호 조회됐고, 불법 심부름 업체의 차량이었어요."

"좋아요. 이제 쳐 놓은 그물을 걷어 올리도록 하죠. 경찰 쪽은 준비 다 됐습니까?"

한쪽에서 통화를 마친 민철에게 우진이 높지도, 낮지도 않은 차분한 억양으로 물었다. 민철은 고개를 끄덕이며 동현의 어깨를 콕콕 찔렀다. 나가자는 민철의 손짓에 동현이 자리에서 일어나 먼저 나가 보겠다고 회의실을 떠났다.

"나도 먼저 일어나 보죠. 수사기관의 역할은 내 몫이 아니니까."

범구도 눈치껏 자리를 떴다. 생생한 현장 경험을 토대로 기사를 쓰고 싶은 욕심이 있었으나, 긴급한 상황에서 괜한 걸림돌은 되고 싶지 않았다.

"계장님이랑 정석 씨는 영장 준비 차질 없이 해 주십시오."

"걱정 마세요."

"자, 그럼 모두 움직이죠."

정석과 지숙이 먼저 나가고, 그 뒤를 따라가려던 우진이 꼼짝 않고 앉아 있는 명희를 발견하곤 멈칫했다.

"뭐 하는 거야? 서둘러."

"주 의원 손을 잡으면서까지 그래야 했어?"

"그런 얘기라면 나중에 하자. 지금은 그럴 시간 없어."

우진의 행동들에 느끼는 실망의 크기가 감당하기 어려울 만큼 부풀어 가고 있었다. 다른 건 몰라도 정치 인사와 손을 잡고 자신에게 유리한 편을 만드는 우진의 행동들은 납득할 수가 없었다.

"네가 한 짓들이 어떤 건진 자각하고 있는 거야? 검사에 대한 명예도, 자긍심도 없이 한순간에 네 자신을 쓰레기로 만든 거야. 이 사건의 범인들하고 똑같이 너도 수작 부린 거라고. 알아?"

"그래, 알아. 그리고 상관없어."

"지우진!"

"내가 무슨 짓이든 한다고 했잖아."

"뭐?"

"명희야, 나 이것보다 더한 짓도 할 수 있다. 그러니까 아무 말도 하지 마."

무심한 우진의 눈길에 명희는 목구멍이 탁, 막힌 듯했다. 검사라는 직책을 한순간의 도구로 전락시키는 우진의 변화가 믿기 힘들어서, 믿고 싶지 않아서 명희는 한참을 우진을 바라봤다. 자신이 알고 있는 우진이 맞는지 확인받고 싶은 마음으로.

"만약에!"

자신을 스쳐 지나가는 우진의 등 뒤로 명희는 소리쳤다.

"만약에 진짜 지소진이 그런 거면!"

"……."

"진짜 지소진이 찔렀던 거라면! 한 번쯤은 의심해 볼 수도 있잖아! 사실은 지소진이 범인……"

명희는 마저 말을 다하지 못하고 입술을 연 그 상태 그대로 멈췄다. 우진 또다시 낯선 사람의 얼굴이 되어 자신을 응시하는 것에 명희는 그대로 얼어붙었다.

"너까지 적으로 돌리게 하지 마. ······부탁이다."

그는 자신이 남기고 간 말의 여파가 얼마나 무시무시한지도 모르는 듯하였다. 지금 그의 눈엔 오로지 한 사람만이 들어 있었다. 그의 세상엔 단 한 명만이 존재했고 그 외의 것들은 그 한 명을 지키는 데 필요한 도구로만 여기고 있었다.

우진의 말은 비수가 되어 명희의 심장 정 가운데에 박히었다. 명희는 누군가 쥐어짜는 듯한 가슴 통증에 주먹으로 가슴을 문지르며 우진이 나간 문을 노려보았다. 나쁜 새끼. 개자식. 온갖 욕을 퍼부어도 심장의 통증은 쉽사리 가라앉지 않았다.

어쩌면, 정말 어쩌면 우진을 호감 이상으로 좋아했었던 건지도 모르겠단 생각을 했다. 그래서 이딴 소리를 듣고도 우진이 나간 길을 배알도 없이 따라가고 있다고. 욕을 먹어야 하는 건 너다, 최명희. 그리 결론이 져 버렸다.

모두가 나가고 텅 빈 회의실 안엔 여전히 째깍 소리를 내며 시계가 돌아가고 있었다.

시침 9, 분침 10.

그들이 잡은 약속 시간 30분 전이었다.

17.

"우진아."

나뭇가지에 붙어 있던 것들을 미련 없이 떨어트리는 겨울나무 앞에서 떨어진 나뭇잎을 주워 보이며 소진이 환히 웃고 있었다. 바짝 말라 볼품없기만 한 나뭇잎이 뭐 그리 예쁘다고 두 손으로 꼭 붙들고 자랑처럼 내 보이냐는 타박에 입술을 뿌루퉁하게 내밀다가 저쪽 나무에 잎이 하나 더 떨어지자 얼른 가서 줍는다.

땅바닥으로 머리를 숙이고 낙엽들을 줍느라 목도리가 흘러내리는 줄도 모르고 있었다. 소진의 하얀 목덜미가 무방비하게 드러나 울긋불긋한 가로수 길에서 유독 튀었다.

"지소진, 감기 걸린댔지."

짐짓 엄한 표정으로 다가가 흘러내린 목도리를 주워 다시 꼼꼼히 매 주는 우진의 앞에 소진을 말 잘 듣는 어린아이가 되어 그를 바라보았다.

"우진아, 손."

무슨 꿍꿍이냐, 가늘어진 눈으로 저를 쳐다보는 우진에게 소진은 얼른 손을 달라 재촉하며 제 손바닥을 내보였다. 우진은 못 이기는 척 소진의 작은 손바닥 위로 큼지막한 제 손을 올리었다. 소진은 우진의 손을 꼭 잡아 그 위에 지금껏 모은 낙엽들을 놓았다. 바스락대는 소리와 함께였다.

"이게 뭐야?"

"선물."

"이게 무슨 선물⋯⋯."

우진은 낙엽이 바스락대는 것이 단순히 바람의 몸을 맡기고 있어서가 아니란 것을 깨달았다. 손에서 느껴지는 불쾌한 간지러움의 근원지를 목격한 우진의 표정이 파랗게 질려 갔다. 낙엽들 사이로 그 종류도 알 수 없는 해괴하게 생긴 애벌레를 마주하자마자 우진은 마구 손을 털어 내며 어쩔 줄을 몰라 했다.

곤충이라면 질색을 하는 그였다. 비명을 지르지도 못하고 이미 떨어져 나간 애벌레를 눈으로 찾으며 손바닥을 옷에 비벼 대던 우진은 곁에서 들려오는 커다란 웃음소리에 살벌한 얼굴로 고갤 돌렸다.

"지소진!"

제 딴엔 터지는 웃음을 막겠다고 손으로 입을 가리고 큭큭대던 소진은 우진에게서 살금살금 뒷걸음질 치고 있었다.

"일로 와. 안 와?"

손을 까딱거리며 괜히 엄포를 놓는 그를 피해 홱 몸을 돌려 달아나기 시작하는 소진을 보던 우진은 피식 웃다가 소진이 힐끔 뒤를 돌아보자 다시 굳은 표정을 하고선 무서운 속도로 쫓기 시작했다. 얼마 가지도 못해 우진의 두 팔에 소진의 몸이 덥석 잡혀 들어갔다.

제 품 안에서 숨넘어갈 듯 웃음을 터트리는 소진을 억세게 옥죄며 우진이 안 아프게 머리에 꿀밤을 놓았다. 그것도 아프다며 머리를 비비며 울상을 짓는 소진에게 우진이 보란 듯이 또 꿀밤을 놓아 버렸다.

"아! 진짜 아파."

"아프라고 때리지, 그럼."

"치사해."

"나 원래 치사해. 몰랐어?"

"그럼 업어 줘."

"뭐? 얘기가 갑자기 왜 그리로 튀어?"

황당해하는 우진은 안중에도 없다는 듯 그의 뒤로 가 등을 톡톡, 두드리는 그녀였다.

"얼른. 앉아 봐, 우진아."

"점점 어리광이 늘지?"

말은 그렇게 하면서도 우진은 바로 허리를 수그렸다. 소진이 깡충 뛰어올라 등에 업히자 우진은 떨어지지 않게 그녀를 단단히 붙잡았다. 언제 처음 이리 업어 주었던가. 정확한 날짜는 기억 안 나지만 소진이 지금보다도 더 작고 말수가 없었을 때였을 것이다.

그날, 소진은 악몽에서 깨 혼자 몰래 훌쩍이고 있었다. 그 소리에 잠에서 깬 우진이 그 앞에 앉아 등을 내보인 게 처음이었다. 업혀, 재워 줄게. 한 번도 해 보지 않은 걸 하겠다고 엉성하게 등을 보이던 우진은 그렇게 말했었다.

"우진아."

"왜?"

"네가 평생 나 이렇게 업어 줬으면 좋겠다."

"누굴 머슴으로 아나. 너 딱 스무 살만 넘으면 국물도 없어."

"그럼 나 계속 나이 먹지 말아야겠다."

"그게 네 맘대로 되는 일이야? 나이 먹어야 너 시집도 가지."

"그럼 너한테 시집갈게."

"까분다."

노란 은행잎이 우수수 떨어지는 길을 천천히 거닐며 우진은 등 뒤에서 들리는 소곤거리는 소진의 목소리에 귀를 기울였다.

"우진아, 내가 나중에 나이 먹으면 안 업어 줘도 되니까 대신 어디 가지 말고 내 옆에 있어. 알았지?"

그때 뭐라고 대답했는지 기억이 나질 않았다. 알았다고 그랬나. 아니면, 맘에도 없는 말로 괜한 불안감을 주었나. 알았다고 했으면 좋겠다. 그날, 그때……. 그래, 알았어. 너나 어디 가지 말고 가만히 옆에 있어. 그리 얘기했던 거라면 좋겠다.

"무슨 생각을 그렇게 해?"

낙엽조차도 없이 발가벗겨진 겨울나무들이 담긴 차창 밖을 응시하던 우진은 현실로 돌아와 명희를 마주했다.

"정신 차려. 지금 딴생각할 때 아냐. 방금 한영훈 안으로 들어갔어."

헤드폰을 낀 채 턱짓으로 호텔 입구를 가리키는 명희의 말에 허상을 품고 있던 우진이 언제 그랬냐는 듯 냉철한 눈빛을 하고 주의를 그곳으로 돌렸다. 승합차 안에 옹기종기 모여 앉은 경찰들은 모두 한 마디도 하지 않고 녹음이 되고 있는 기기만 주시하였다. 마침 헤드폰으로 들어오는 목소리에 명희는 우진과 시선을 교환했다.

"역시 부잣집 도련님이라 그런지 다르네. 이런 데서 회합을 갖고."

화려한 조명등 아래 넓게 펼쳐진 공간을 둘러보며 후드를 뒤집어 쓴 영훈이 말문을 열었다. 새하얀 침대보로 싸인 매트리스 위로 앉으며 부드러운 탄성에 감탄사를 연발하는 영훈의 눈은 쓸데없는 말을 주절거리는 입과 달리 예리하게 그곳에 모인 인물들을 살피고 있었다.

안절부절못하며 손톱을 씹어 대는 유고은, 소파에 앉아 와인 잔에 와인을 따르고 있는 서재희가 차례로 눈에 들어왔다.

"만나자고 한 용건은?"

붉은 포도주가 담긴 잔을 입으로 가져가며 재희가 지나가듯 물어 왔다. 영훈은 피식 웃더니 별일 아니란 투로 대답했다.

"너희 아버지 요즘 상당히 곤란해 보이시더라. 김석태 죽은 거, 그거 우리한테 불똥 튈 일 없다고 그랬지 않았냐."

"그래서?"

"그래서가 아니지. 지금 상당히 불똥이 많이 튀고 있거든. 이거 그냥 두고 보다간 화르륵, 불타 죽게 생겼어. 내가, 아니 우리 형이."

영훈은 침대에서 일어나 재희의 앞으로 다가가 그 맞은편 소파에 털썩 주저앉았다. 그리곤 점퍼 주머니를 뒤져 더럽게 때가 묻은 종이 뭉치를 그 앞에 던지듯이 놓았다. 공 모양으로 구겨져 있는 종이만 봐선 그 색이 분홍색이란 것 외에 알 수 있는 정보가 없었다.

"이거 나 말고 우리 형한테까지 왜 보냈냐? 내가 안 하겠다고 하니까 우리 형 끌어들인 거냐?"

"이미 지난 일을 되짚는 건 부질없는 짓인데."

"아하하! 야, 네가 그런 말 하면 안 되지. 지금 네가 한 모든 짓이 지난 일에 사로잡혀 벌인 거잖아."

와인을 목구멍으로 넘기던 재희가 멈칫, 서늘한 눈길로 영훈을 보았다. 그 시선에 영훈은 입안이 마르는 기분이었다. 그러나 겉으론 아무 티도 내지 않으며 재희에게서 고은에게로 그 초점을 돌렸다.

"야, 유고은. 너 거기 그렇게 서 있지 말고 이리 와서 앉아. 우리 셋이 오붓하게 얘기 좀 해 보자고. 일만 저지르고 나 몰라라 하는 애, 얘기 좀 듣자."

"나, 난…… 그냥 집에 가 볼래. 이 일에 더 끼기 싫어."

"그럼 애초에 끼지 말았어야지."

"그건! 난 그냥 김석태가 잡히기를 바라면 신고하라고! 그냥 신고만 하면 된다고 해서 그런 것뿐이야! 김석태가 죽을 줄은 몰랐다고!"

고은은 그때의 일이 떠올라 괴로운 듯 세차게 고개를 저으며 소리쳤다. 김석태가 도주했다는 뉴스 보도를 보았을 때 고은은 그 자리에서 자지러졌다. 김석태가 세상 밖으로 나왔다는 사실만으로 고은은 다시 자기가 있는 모든 곳이 김석태가 만들어 놓은 지옥 같게만 느껴졌다.

그런 그녀에게 온 한 통의 편지봉투는 일종의 구원과 마찬가지였다. 오랜 친구로부터. 최근 언젠가부터 꾸준히 오던 편지의 마지막 끝엔 항상 그렇게 쓰여 있었다.

"너, 너잖아. 네가 나한테 그거 보낸 거잖아!"

쏘아붙이는 고은을 재희는 무심하게 보았다. 김석태의 종적에 대해 자세히 기록되어 있던 그것대로 고은은 신고를 했다. 그렇게 신고만 하면 김석태가 잡힐 거라고 철저히 믿었다. 뒤늦게 발견된 김석태가 이미 싸늘한 주검이 되어 있을 줄은 꿈에도 생각 못 했다.

"난 아무 잘못 없어! 난 김석태 죽은 거랑 아무 관련 없다고! 난 평생 김석태가 죽이고 싶을 정도로 미웠지만, 아니 무서웠지만! 김석태를 죽일 생각 따윈 해 본 적 없어!"

이젠 거의 발악에 가까울 정도로 소리치는 고은의 모습에 영훈도 편치 않은 얼굴이었다. 그러나 이내 바로 표정을 바꿔 미소를 띠었다.

"야, 하민. 이왕 이렇게 된 거 어떻게 된 일인지 좀 자세히 알자. 나도 이거 정황상 추측만 한 거지, 도대체 뭐가 뭔지 몰라서 우리 형 찾아오는 검사들 상대하기 너무 벅차다."

"하민…… 그렇게 부르지 마. 죽여 버리기 전에."

영훈은 저도 모르게 움찔하며 주먹을 세게 쥐었다. 여태껏 보였던 차분한 기색은 온데간데없이 사라지고 올가미에서 풀려난 들짐승처럼 거친 숨결을 토해 내는 재희의 모습에 영훈은 긴장 어린 눈치로 마른침만 연신 삼켰다.

"죽일 생각이 없었다고?"

조소 어린 재희의 시선에 고은은 금방이라도 울음을 터트릴 것같이 겁에 질린 얼굴로 그의 눈을 피했다.

"웃기는 것들이네. 왜 이렇게 다들 피해자이고 싶어 하지? 한 번쯤은 통쾌하게 역할 체인지 좋잖아."

"원한 적 없잖아, 우리는. 나도, 유고은도, 그리고…… 구속된 걔도."

"그래서 억울하단 거야? 그 엄살 피우려고 기자를 만난다니 뭐니 지랄 떨며 날 불러냈어?"

"난 사실만 알면 돼. 네가 내 목숨 갖고 우리 형을 협박해 교통

사고를 내게 만든 건 알아."

"협박이 아니라 회유였지. 형이 동생 대신 사고를 당하겠다는데 어쩌겠어?"

영훈의 눈초리가 사뭇 달라졌다. 그가 입을 열기 시작했다. 영훈은 이 순간을 놓쳐서는 안 됐다.

"우리 형, 그리고 유고은이야 원치 않게 이 일에 얽히게 됐어도 수사망은 어떻게 피했다 쳐. 그 아이는 왜 그 현장에서 잡히게 둔 거야? 애초에 넌 그것까지 계획했던 거지. 모든 일을 걔한테 뒤집어씌우려고."

재희가 유연한 표범처럼 부드럽게 허리를 펴며 푹신한 소파에 몸을 묻었다. 흐트러진 자세로 와인 잔을 빙빙 돌리며 힐끗 영훈을 보는 재희의 눈빛이 묘하게 일렁였다. 영훈은 난방으로 텁텁한 공기가 가득한 그곳에서 등줄기로 흐르는 식은땀을 무시하며 재희의 눈을 피하지 않기 위해 안간힘을 썼다.

"솔직히 네 말대로 우린 다 피해자일 뿐이잖아. 걔도 그렇고. 근데 걔만 그렇게 잡히게 한 이유가 뭐야? 따지고 보면 걔만 안 잡혔어도 네가 김석태를 죽인 일이 회자될 일도 없었고, 우리 형이 괜한 오해를 받을 필요도 없었던 거잖아. 차라리 그게 나았던 거 아니야? 대체 왜 넌……."

"질문이 좀 이상한데?"

"!"

영훈은 떨림이 느껴지는 손을 바지 주머니에 넣어 숨겼다. 재희가 느긋하게 소파에서 일어나 영훈의 주변을 천천히 어슬렁거리기 시작했다.

"걔가 어떤 앤지 나만 알고 있나? 아니잖아."

"……."

"걘 우리를 처음 만났을 때도 도구였고, 이번에도 역시 도구로 사용됐을 뿐이야."

"그, 그래도 억지로 그곳에 끌고 갈 필요까진 없었잖아!"

"뭐야, 한영훈. 어째서 그런 말을 하는 거야? 그럼 네 형이 대신 잡혀가길 원해?"

"닥쳐! 그럼 내가 너 죽여."

진심을 담은 영훈의 말에 와인을 마시던 재희가 그만 웃음을 터트리다 사레가 걸려 잔기침을 했다. 영훈은 자리에서 벌떡 일어나 그런 재희를 찢어 죽일 듯이 노려보았다. 재희는 손사래를 치며 건성으로 미안하다고 말한 뒤 창가 가까이 다가갔다.

"난 원장님이 꼭 천국에 가길 바라."

축 밑으로 늘어진 재희의 손에서 다 비워진 와인 잔이 뒤집혀 한 방울씩 남은 액체가 카펫 위에 툭, 떨어졌다.

"악마가 지옥에 떨어지면 너무 행복한 일이잖아. 그토록 부르짖던 천국에 가서 철저히 혼자가 되어 끔찍이 고통스러워했으면 좋겠어."

"넌 미친놈이야."

영훈의 눈엔 과거의 김석태와 지금의 서재희가 하나도 다르게 보이지 않았다. 자신의 분노와 욕구를 다스리지 못해 사람으로서 할 수 없는 짓을 아무렇지 않게 자행하고, 그것이 마치 타당한 일인 양, 남을 설득시키려는 행위가 역겨울 뿐이었다.

"나나 유고은, 그리고 걘 이딴 거 원한 적 없어. 우린 너만 아니었음 그냥 그런 대로 잘 살고 있었을 거야. 과거의 일을 잊진 못해도! 굳이 상기시키며 괴로워하지도 않았을 거라고!"

"어째서?"

"난 김석태를 죽이는 것보다 우리 형이 더 중요하니까! 내가 김석태를 죽여서 감옥에 처박히는 꼴을 형한테 보여 줄 수 없으니까! 그래서 거절했더니, 기어코 우리 형을 끌어들이냐? 이 나쁜 새끼야!"

"마, 맞아!"

지금 발을 딛고 있는 땅이 꺼질 듯, 머리에 이고 있는 천장이 무너져 내릴 듯 벽에 딱 붙어 꼼짝도 못 하고 있던 고은도 용기 내 말을 덧붙였다.

"나, 나도 가끔 악몽을 꾸고 이유 없이 몸이 떨리고 하지만 그래도 괜찮았어. 우리 엄마가, 우리 아빠가 항상 곁에 있어 줬으니까. 나 우리 부모님한테 더 이상 나쁜 모습 보여 주기 싫어. 나, 난 이제 평범해. 엄마, 아빠 밑에서 아무 걱정 없이 살 수 있는 평범한 애라구! 그, 그니까 나, 난 모르는 일이야."

재희의 손에 들려 있던 와인 잔이 둔탁한 소리와 함께 카펫 위에 떨어졌다. 깨지지 않은 잔이 재희의 발꿈치를 스쳐 굴러갔다. 재희는 이상하다는 듯 영훈과 고은을 번갈아 보았다.

"어떻게 그래? 기쁘지 않은 거야, 너흰?"

정말 이해가 가지 않는다는 듯 재희는 고개를 기우뚱 기울였다. 똑같이 한 방에 갇혀 서로의 살갗이 벗겨지고 퍼렇게 멍이 드는 광경을 보고 자란 너희들이 어찌 나와 다르게 생각하느냐는 듯, 어떻게 그 사람이 살아 있을 때 그런 대로 살아갈 수 있었다는 말을 하느냐는 듯. 재희는 믿을 수 없었다.

"다 잘된 일이잖아. 우리가 해낸 거야. 우리가 드디어 복수를 한 거라고. 모르겠어?"

"원하지 않았다고 했잖아!"

"잊었어? 맹세했잖아. 언젠가 꼭 되갚아 주겠다고."

"웃기지 마! 난 그딴 맹세한 기억 없어!"

재희의 눈살이 찌푸려졌다. 이해를 하지 못하는 걸 넘어서서 도저히 납득할 수가 없었다.

"괜히 안 그런 척할 필요 없어. 속으론 다들 기뻐하고 있는 거 알아."

"전혀! 네 그 개수작 때문에 우리 형만 다 뒤집어쓸 판이야! 네가 죽였잖아! 네가 찔렀잖아, 근데 왜 너만 쏙 빠져! 이 개새끼야!"

정신 나간 사람처럼 히죽대는 재희의 모습에 영훈은 더는 참지 못하고 그에게 그대로 달려들었다. 재희의 멱살을 잡아 쥐고 그대로 유리창에 밀어붙인 영훈은 그를 거칠게 흔들었다.

"말해! 말해, 이 새끼야! 사실대로 말해! 네가 찔렀다고! 네가 다 꾸민 짓이라고 말하란 말이야!"

이제 조금만, 조금만 더하면 된다. 영훈은 마지막 힘을 짜내 재희를 몰아붙였다.

'총알받이로 모든 걸 덮어쓰든지, 협박에 의한 범행으로 선처를 받을지는 한영훈, 네 선택이야.'

어린 시절, 아버지의 발길질을 몸으로 막아 주던 형의 모습이 떠올랐다. 끔찍했던 고아원에서 나왔을 때도 영훈은 부모가 아닌 형의 품에 가장 먼저 안겼다. 형도 그땐 아직 다 크지 못한 중학생이었을 뿐인데 그 가슴을 눈물로 적시며 형에게 모든 슬픔을 털어 냈다. 그것이 한평생 형의 짐이 되어 지금에 이르렀다. 영훈은 이 모든 걸 되돌리고 싶었다.

"나는…… 더 이상 지옥에서 살기 싫어. 하민."

여유로 가득하던 재희의 눈빛이 변했다.

"지옥? 지옥이 뭔 줄 알아? 김석태가 숨 쉬고 있는 곳이 바로 지옥이야. 그리고 그 지옥에서 너희를 구한 건 나야. 내가! 이 서재희가! 김석태, 그 괴물을 죽여 없애 준 거라고! 알아?!"

그 순간, 영훈은 재희의 멱살을 풀고 뒤로 물러섰다. 힘없이 웃음소리를 내는 영훈을 보던 재희의 표정이 서서히 일그러졌다. 영훈은 뒤집어쓰고 있던 후드를 천천히 벗었다. 귀에 꽂혀 있던 인 이어를 빼고 그는 쓰러지듯 바닥에 주저앉았다.

"알아. 네가 김석태 죽인 거."

"……하?"

"그리고 이제 넌 끝났어, 미친놈아."

영훈이 앉아 있을 힘도 없다는 듯 그대로 대자로 누워 버렸다. 그때였다. 호텔 문이 꽝음과 함께 열린 것은. 그 사이로 한 무리가 쏟아져 나와 신속하게 재희를 둘러쌌다. 재희는 그 무리의 가운데에서 뚜벅뚜벅 걸어 나오는 이와 마주하며 변화무쌍하게 표정을 어지럽혔다. 종내 기묘한 웃음을 머금은 재희의 앞에 우진이 멈춰 섰다.

"또 만났네요?"

"다음번은 이럴 거라고 예고했잖아."

"아, 방심해 버렸네."

키득대는 재희의 모습에 그 자리에 있는 모든 이들이 눈살을 찌푸렸다. 우진만이 담담하게 원칙대로 상황을 정리했다.

"서재희 씨, 김석태 살인 혐의로 긴급체포합니다. 수갑 채워요."

서둘러 경찰이 다가와 수갑을 채우는 것에 순순히 응하는 재희를 지켜보던 우진은 때마침 울리는 한 통의 전화에 핸드폰을 들었다.

[검사님! 방금 청주교도소 교도관님께 연락이 왔는데…… 그 게…….]

우진은 귀에서 힘없이 핸드폰을 떨어트렸다. 경찰들에게 연행되어 호텔 방을 나서던 재희가 고개를 돌려 우진을 보았다. 우진과 마주친 그의 눈이 완만한 곡선을 그리고 있었다.

[이정숙이 사망한 상태로 발견됐답니다.]

위험 요소가 될 만한 것들을 철저히 관리하는 교도소 안에서 이정숙이 손목이 그어진 채 죽었다. 그 곁엔 밑이 예리하게 갈아져 있는 작고 얇은 철로 된 무언가가 떨어져 있었단다. 서재희는 미소 짓고 있었다. 모든 걸 다 이룬 사람의 표정으로 홀가분하게.

✝   ✝   ✝

"아! 너무하는 거 아냐? 나야, 나! 도범구라고! 불과 하루 전까지만 해도 한 팀이었잖아, 우리!"

"아, 시끄럽고 공무방해죄로 유치장에 들어가 있기 싫으면 훠이, 훠이 갑시다. 예?"

파리 쫓듯 손을 내젓는 동현의 옷자락을 놓지 않으며 범구는 수십 알의 눈알이 다다닥 붙어 있는 경찰서 문 쪽을 보았다. 기삿거리를 찾아 하이에나처럼 몰려든 기자 떼에 섞여 들어가고 싶진 않았다. 아무리 그래도 이번 검거에 한몫 단단히 했는데 경찰 공식 발표를 기다리다가 뻔한 기사를 내보낼 순 없는 노릇이었다.

"내가 좋게 써 준다니까? 아, 솔직히 이거 아직 문제 많잖아!"

"아직 대질 심문도 안 끝났거든요? 제발 초 좀 치지 말고 저리 가요! 어이, 김 순경! 여기 기자님 에스코트!"

결국 경찰의 손에 이끌려 쫓겨나는 범구의 애처로운 항의를 뒤로
하고 동현은 자리로 돌아와 모아 둔 자료 파일들을 챙겨 들었다. 통
화를 마친 민철이 수화기를 내려놓으며 동현을 향해 오케이 사인을
보냈다.

"유고은, 음성 식별됐어."

"역시, 내 귀는 못 속이지."

"유고은이나 한영훈은 이미 진술 끝난 거나 마찬가지고, 문제는
서재희랑 지소진인데."

"서재희는 그렇다 치고 지소진은 왜? 이미 한영훈 녹음 파일에
그 불법 심부름센터 애들도 다 자백했다며? 부검 소견서도 지소진
쪽에 유리하게 나왔고."

"본인이 혐의를 부정하지 않았잖아."

"걘 왜 그런다냐. 힘 있는 오빠 둬서 남들은 바로 감방 갈 누명
을 단번에 벗을 수 있겠구만."

민철은 밤새 진행된 사건 조사에 찌뿌듯한 몸을 이리저리 비틀며
쉴 새 없이 떠들어 대는 뉴스를 보았다. 특검의 감사를 받게 된 서
종오 의원의 아들이 어젯밤 김석태 살인 사건의 용의자로 긴급체포
되었다는 속보가 나오고 있었다. 자신은 물론 아들의 무죄까지 주
장하는 서종오의 인터뷰 화면이 오래도록 흘러나왔다.

"정말 같이 안 들어갈 거야?"

취조실 문 앞에서 명희는 다시 한 번 우진에게 물었다. 밤새 사
건 관련자의 진술을 받아 내고 변호사 없인 한 마디도 하지 않겠다
는 서재희와 실랑이를 벌이느라 명희의 낯이 상당히 피곤해 보였
다.

"난 지소진 설득 안 해. 그냥 난 지소진이 말하는 대로 진술 받고, 말하지 않는다면 서재희와 공범으로 사건 종결시킬 거야. 이게 마지막 기회야. 너 그래도 안 들어간다 할 거야?"

"그만 들어가 봐."

우진의 완고한 태도에 명희는 문고리를 잡아 망설임 없이 돌렸다. 문틈이 벌어지고 그 안으로 소진이 앉아 있는 모습이 드러났다. 그 잠깐의 포착에 우진은 머리보다 먼저 나가려는 몸을 간신히 억눌렀다. 명희가 문을 닫으면서 틈새는 점점 작아지고 이내 소진의 모습은 사라졌다. 우진은 천천히 걸음을 뗐다.

명희는 잠시 서서 소진의 얼굴을 들여 보았다. 무슨 생각을 하고 있는지 알 수 없는 검은 눈빛이 질리도록 새하얀 피부와 대조적이었다. 명희는 자기도 모르게 그 얼굴에서 그들과의 닮은 점을 찾고 있는 자신을 깨닫고 소스라치게 놀라 버렸다.

닮다니…… 그런 끔찍한 일도 없었다. 물려받은 살가죽과 뼛조각과 피들을 전부 부정하고 싶었을 것이다. 그들의 악랄한 저주는 온전히 그녀의 몫이 되어 스스로를 부정하게 만들었을 것이다. 하지만 그럼에도 그녀는 살아 냈다. 보란 듯이 살아 냈다.

"어젯밤 서재희가 긴급체포된 거 알고 있어요? 그 외 유고은, 한영훈 임의동행으로 모든 조사 마쳤어요."

의자를 끌어 앉으며 명희는 하지 않아도 될 말을 늘어놓고 있었다. 지소진이 아니었다면, 지우진이 그렇게나 지키고 싶어 하는 지소진이 아니었다면, 그리 인간으로서, 한 여자로서 처절히 살아온 지소진이 아니었다면.

"서재희에 대한 혐의가 명명백백하고, 유고은과 한영훈의 진술을 종합했을 때, 지소진 씨는 최근 서재희한테 꾸준한 협박 편지를 받았고, 그에 서재희를 만나러 갔습니다. 맞아요?"

이런 유리한 질문 따윈 던지지도 않았을 것이다. 턱밑에 바로 밥 숟가락을 대 주고 떠먹여 주는 짓은 하지 않았을 것이다. 그니까 이 제 말해, 지소진.

"서재희는 현장에 지소진 씨를 데려갔습니다. 그곳에서 서재희는 김석태를 죽이고 그 흉기를 지소진 씨 손에 쥐어 주어 증거를 날조 했습니다. 맞습니까? 서재희의 지시로 김석태를 납치해 그곳에 데 려간 심부름센터 직원의 말로는 지소진 씨는 현장에서 매우 불안한 모습을 보였다고 했습니다. 김석태에게 가까이 다가가지도 못하는 지소진 씨를 서재희가 억지로 끌고 왔다고요. 이거요?"

말만 해, 지소진. 사실을, 아니, 네가 말하고 싶은 걸 얘기해.

"부정하지 않는 건가요?"

널 기다리는 사람이 있잖아. 널 지켜 주려는 사람이 있다고.

"지소진 씨!"

아님, 인정이라도 해. 더 이상 사람 피 마르게 하지 말고 뭐라도 좀 얘기하라고!

"우진아, 내가 나중에 나이 먹으면 안 업어 줘도 되니까 대신 어 디 가지 말고 내 옆에 있어. 알았지?"

샛노란 은행 나뭇잎이 펄럭이며 우진의 머리 위에 떨어졌다. 그 것을 손으로 집어 쏟아지는 햇살에 비추었다. 보석 알갱이처럼 반 짝이는 햇살들이 은행잎을 통과해 부서져 내렸다. 소진은 잠자코 그의 등에 볼을 갖다 대었다. 널찍한 그의 등이 보든 걸 다 받아 줄 것처럼 따뜻했다. 아무 말이 없는 우진의 어깨를 꽉 끌어안으며 소 진은 더 그의 몸에 딱 달라붙었다.

"우진아, 네 등이 두근두근거려."

"거짓말 치지 마. 내 심장은 등에 달렸냐."

우진이 어이없어 웃음을 터트리자 등으로부터 떨림이 전해져 온다.

"그럼…… 내 건가 보다."

자신의 등에 얼굴을 묻고 웅얼거리는 소진의 말소리가 잘 들리지 않아 우진은 뭐라고 했냐고 물었다. 소진은 그냥 우진의 등에 얼굴을 비볐다. 얼굴이 붉어진 건 우진의 등이 너무 따듯해서라고 우기려 했다.

"우진아, 넌 내가 보는 곳에 항상 있을 거지? 그치? 계속 이렇게 있어 줄 거지?"

이따금씩 같은 말을 했다. 우진은 때론 웃어넘기고, 또 때론 귀찮은 듯 대꾸조차 하지 않았다. 우진은 으차, 소릴 내며 업고 있던 소진을 바닥에 내려놓았다. 내려놓자마자 바닥에 쪼그리고 앉아 애꿎은 낙엽들만 만져 대는 소진의 눈높이를 맞추기 위해 우진은 손으로 무릎을 짚고 허릴 구부렸다. 그리고 고갤 숙여 소진의 얼굴 가까이 눈을 맞췄다.

"우리 지소진은 뭐가 그렇게 항상 불안할까."

그는 웃고 있지 않았고, 귀찮아하며 타박하지도 않았다. 대신 큰 손으로 여러 번 머리를 쓰다듬어 주었다.

"그래, 있어 줄게. 그니까 그만 불안해해."

나지막하던 그 말소리에 소진은 웃었다. 붉어진 얼굴 위로 미소를 그려 넣고 우진을 보았다. 그때 우진은 함께 웃어 주었다. 겁쟁이, 언제 클래. 그리 한마디 더하며 웃었고 다시 등을 보여 주었고, 다시 업어 주었다. 그리고 '집', 이제 '우리 집'이 된 그곳으로 데려가 주었다.

흐릿한 소진의 눈에 떠올랐던 잔상이 흩어져 없어지자, 그곳에 명희가 있었다. 그리고 명희의 얼굴에서 소진은 우진을 보았다. 우진이 그때처럼 자신을 보고 미소 지었다. 소진의 입술이 서서히 떼졌다.

"저는……."

명희의 눈이 커졌다. 소진이 입을 열었다. 드디어 무언가 말을 하려 했다. 잘못 들은 건 아니겠지, 확인하기 위해 소진의 입술만을 뚫어져라 쳐다보았다.

"저는……."

'네 정체를 알면 사람들이 그대로 널 봐 줄까?'

다르게 본다 하더라도.

"저는……."

'욕심내지 마. 너한테 행복은 과욕이고 사치야.'

그렇다 하더라도.

"말해요! 김석태를 죽였어요? 그 죽음에 가담했어요? 아니면 아니라고 말해요!"

드디어 연 그 입으로 무슨 말을 내뱉을까, 명희는 조마조마한 심정으로 소리쳤다.

"……우진이가 보고 싶어요."

맥이 탁 풀려 헛웃음을 터트린 명희가 사납게 소진을 노려보았다. 상황 파악도 못 하고 헛소리를 나불대는 소진을 더 이상 봐줄 수가 없었다.

"안 되겠네. 더 끌고 갈 필요가 없겠어. 이 사건 기소 들어갑니다. 지소진, 너도 같이."

명희가 신경질적으로 자리에서 일어나면서 의자가 바닥에 끌리는 소리가 시끄럽게 울렸다.

"죽이지 않았습니다."

"!"

명희가 제자리에서 멈췄다. 그렇게나 듣고자 했던 말이었는데, 막상 듣고 나니 현실감이 느껴지지 않아 그다음은 무슨 질문을 해야 할지, 또 무슨 대답을 들어야 할지 몰라 잠시 멍한 얼굴로 소진을 보았다.

"저는 죽이지 않았습니다."

취조실 벽면 하나를 차지하고 있는 하프 미러가 검은 장막을 드리운 채 있었다. 소진의 시선이 그곳을 향했다. 검은 그곳엔 소진, 자신이 담겨 있었다. 자신의 얼굴만 비치고 있는 그곳에 대고 소진은 말했다.

"난…… 죽이지 않았어요."

알아 버린다고 해도, 그래서 버림을 받게 된다 해도, 다시 혼자가 된다 해도.

우진아, 나 네 옆에 있고 싶어.

영상녹화실에서 모니터를 숨죽이고 바라보고 있던 정석과 지숙이 동시에 양손을 불끈 쥐며 소리 없는 기쁨을 표했다. 그들의 시선이 옆으로 향했다.

우진은 꾹 참고 있던 숨을 터트리듯 책상을 짚으며 고개를 떨어트렸다. 그의 손끝이 미세하게 떨리고 있었다. 우진은 천천히 다시 고갤 들었다. 바로 앞에 놓인 벽 하나가 소진과 자신을 가로막고 있었다.

그러나 소진은 바로 보고 있었다. 보이지 않을 텐데, 볼 수 없을 텐데, 이미 자신이 여기 있다는 걸 알고 있다는 듯, 소진은 올곧은 시선으로 자신을 봐 주고 있었다. 우진의 손이 반투명한 판에 갇혀 있는 소진의 얼굴을 쓰다듬어 갔다.

그래…… 그래, 옆에 있어.

잘했어, 우리 소진이.

둘은 오래도록 서로를 보았다. 평생 잊지 말아야 할 얼굴을 기억하듯, 평생 놓지 말아야 할 사람을 보듯, 그렇게 아주 오래 보았다.

18.

　주연은 며칠 전부터 집 안 전체를 들어내기라도 하듯 한시도 쉬지 않고 집 안 곳곳을 닦고 쓸었다. 쓰지 않는 이불들까지 전부 꺼내 빨아, 그나마 햇빛이 쨍쨍한 한낮에 마당에 널어 소독을 했고 다 먹지도 못할 만큼 다양한 종류의 반찬들을 시장을 몇 번이나 오가며 만들어 냈다.

　아무도 입에 대지 않은 반찬이 담긴 통으로 냉장고가 꽉 차 더 이상 넣을 공간이 없자 이번엔 소진의 옷들을 한 아름 꺼내 일일이 손으로 빨고 널어, 다림질을 했다. 어쩐지 주인을 잃어 마냥 옷장에 방치된 옷들의 색이 잔뜩 바래 버린 것만 같아 영 맘에 들지 않다고 입으론 연신 투덜댔다.

　"새로 옷을 좀 사 줘야겠어. 우리 소진인 눈부실 정도로 밝은 색이 잘 어울리잖아."

　명학의 눈엔 주연이 다림질을 하고 있는 개나리색의 블라우스가 화사해 보이기만 했지만 별다른 부정 없이 고개를 끄덕였다. 앓아 누워 있던 주연이 이토록 생기 넘쳐 보이는 것이 너무나 오랜만이지라 명학은 그저 저 하고 싶은 대로 내버려 두고 싶었다.

"방이 좀 춥나?"

열심히 다리미를 왔다 갔다 움직이던 주연이 바닥을 손바닥으로 짚어 보이며 말했다. 실내는 딱 알맞은 온도에 맞춰져 포근했고, 방바닥은 뜨듯했다. 그러나 주연은 혹시나 조금이라도 추위를 느끼는 게 아닐까 싶어 얼른 자리에서 일어나 보일러실로 향했다. 뒤에서 명학이 찜질방으로 만들 테야, 소리쳐 보지만 주연을 말리기란 무리였다.

기어코 온도를 과하게 올리고 나서도 주연은 뭐가 그리 불안한지 거실을 서성이며 창은 굳게 잘 닫혀 있는지, 건조한 날씨에 먼지가 끼어 있는 곳은 없는지 하나하나 세심히 살펴 댔다.

"이봐, 그만 좀 해. 내일 온다잖아. 뭐, 그리 벌써부터 수선이야?"

"수선이라니. 그런 말 마요. 거기가 사람 있을 곳이야? 그런 데서 며칠을 있다 오는 건데, 애가 몸 상태가 멀쩡하겠냐고. 낯선 곳에서 잠도 못 자고, 밥도 잘 못 먹는 앤데, 얼마나 상했겠어. 내가 정말⋯⋯."

말을 하다 또 눈물바람을 보이고 마는 주연을 명학은 얼른 감싸 안아 토닥여 주었다. 철의 여인이라고 불리어도 무방할 정도로 그리 대담하고 강하던 여인도 세월은 못 이겨 그 단단하던 속이 말랑해지고 연해져 버렸다.

"우진이 왔나 봐요. 우진아!"

바깥에 몰아치는 겨울바람 소리에 묻혀 희미하기만 한 차 소리를 금방 알아채고 언제 울었냐는 듯 눈물을 닦아 내며 현관으로 달려

나가는 주연을 보며 명학은 못 말린다는 듯 가벼이 웃었다.

"많이 춥지? 얼른 들어와. 그래, 저기 소진이는 내일 몇 시쯤에 나온다고 했지? 내가 방을 깨끗이 치워 놓긴 했는데. 아참, 소진이 몸은? 병원을 한번 먼저 들렀다 올까? 애가 몸이 워낙 약해서 혹시 모르잖아. 소진이가 오랫동안 편히 식사도 못 했을 텐데, 애한테 뭘 해 줘야 될지 모르겠다. 그래, 소진이는……."

"이모."

"응?"

"하나씩만 천천히."

신발장 앞에서부터 자기 할 말만 쏟아 내던 주연은 희미한 미소와 함께 말하는 우진을 잠시 물끄러미 바라보았다.

"우리 조카, 이제 웃네."

지나가지 않을 것 같았던 끔찍한 시간들이었다. 근데 그 시간들이 결국 지나갔다. 언젠가는 지나가게 되는 고마운 성격을 지닌 시간이란 것이 다시금 우진을, 제 조카를 웃게 해 주었다. 주연의 말에 우진이 머쓱한 듯 목을 쓸어내렸다.

"웃어야지. 이제 많이 웃을 거예요. 알잖아. 지소진, 나 따라 하는 게 취미이자 특기인 거. 입이 아플 정도로 웃어야지. 그래야 우리 소진이도 많이 웃지."

감정이 무뎌진 사람처럼 쏟아지는 질문에 기계적으로 답하던 소진의 모습이 떠올랐다. 속속히 증거가 잡히고, 그에 대해 확인 질문을 하는 명희에게 소진은 기다, 아니다 곧잘 말했다. 우진은 잘 깎아 놓은 가면을 쓰고 있는 것처럼 표정 없는 소진의 얼굴에 웃음이 한가득 새겨지도록 하리라, 다짐하고 또 다짐했다. 그게 앞으로의 그의 목표고 사는 이유가 될 거라 그리 생각했다.

"역시 내 조카, 멋있어."

또 괜스레 코끝이 찡해져 눈물이 고이는 게 주책이다 싶어 주연은 우진의 등을 여러 번 두들기며 괜히 큰 소리를 쳐 본다. 이제 정말 괜찮은 거지? 우진아.

소진이가 괜찮으니 네가 괜찮고 네가 괜찮으니 이모도 괜찮다. 그리 속으로 말하며 주연은 우진을 따라 미소 지었다.

명희는 자신을 도와주는 사무원들을 사무실 밖으로 내보낸 후에야, 범구와 마주 앉았다. 범구는 세간을 떠들썩하게 하고 있는 사건에 온갖 매스컴들이 인터뷰를 따고 싶어 하는 명희가 먼저 불렀다는 사실에 하고 있던 일 모두 집어 던지고 속도까지 위반하면서 검찰로 달려왔다.

그는 상당히 들뜬 표정으로 명희를 바라보고 있었다. 서재희를 검거하는 데 있어 충분한 공을 더했다는 자긍심으로 그는 슬그머니 호주머니에서 녹음기를 꺼내 들었다.

"녹음기 저리 치우죠? 던져 버리기 전에."

날이 퍼렇게 서린 눈초리로 말하는 명희는 정말 그럴 것 같아 범구는 헛기침을 하며 얼른 녹음기를 다시 주머니 안으로 집어넣었다. 명희는 그런 범구의 옷을 홱 잡아당기더니 주머니에서 직접 녹음기를 꺼내 전원이 들어왔나 직접 눈으로 확인했다. 빨갛게 반짝이고 있는 등이 녹음기가 지금 너무나 제대로 돌아가고 있다는 것을 보여 주고 있었다.

명희는 전원 버튼을 손가락이 새하얘질 정도로 꾹 누른 다음 예고한 대로 바닥에 성의 없이 집어 던졌다. 범구는 그녀의 철두철미함에 혀를 내두르며 풀 죽은 채 소파에 몸을 묻었다.

"정말 너무하시네. 화장실 들어갈 때랑 나올 때 다르다지만 그래도 사람간의 의리라는 게 있지."

"말 한번 잘했네요. 의리, 그래요, 그거. 사람끼리 지키면 참 좋을 그거. 도 기자님 지키실 생각이세요?"

"무슨 말이에요? 당최 알아들을 수가 있나."

기삿거리를 내줄 생각으로 부른 것이 아닌 것을 깨닫고 나선 팔자 늘어지게 명희의 사무실 구석구석을 살피며 콧방울이나 긁적이고 앉아 있는 범구를 명희가 물끄러미 보며 다시 입술을 뗐다.

"기사, 내실 생각이냐 묻는 겁니다."

"아니, 뭐 기자가 기사 안 내면 그게 기잔가."

"지소진 기사, 내실 거냐고 물었어요."

"아니, 그럼 내가 여태 한 일이 지소진 사건인데 뭔 딴……."

"지소진 얘기!"

"……."

그만 못 알아듣는 척하라는 듯 쏘아보는 명희의 모습에 범구는 자세를 바꿔 똑바로 앉으며 상체를 명희 쪽으로 더 숙였다.

"역시 검사 머리는 달라도 다르네. 내 기사 몇 줄에 단번에 알아채고."

"지소진과 김석태의 관계, 팔 생각 말죠?"

"검사님이 뭐 한 가지 착각을 하신 것 같은데, 난 지소진과 아무 관련도 없는 사람이오. 지소진에 대한 연민이나 인연이나 뭐 그런 걸로 얽혀 있는 당신네들이랑은 좀 다르지."

"그 말은 기어코 사실 확인도 안 된 추측성 기사를 내시겠다는 거예요?"

"글쎄, 사실 확인을 할 수 있는 김석태와 이정숙은 죽어 버렸고 남은 사람은 지소진뿐인데…… 그를 인터뷰하면 되려나."

그의 말이 끝나기가 무섭게 명희가 코웃음을 쳤다. 짧게 터트린 웃음이 점점 커지더니 끝내는 아주 크게 웃음소리를 내기 시작했다. 범구는 미간을 찡그리며 그런 명희를 이상하게 보았다.

"시도도 하지 않는 게 좋을 거예요."

주먹으로 입을 가리며 겨우 웃음을 멈춘 명희는 그렇게 말했다. 그러나 범구는 쉬이 납득하지 못하고 대꾸했다.

"어쩌면 이 기사가 지소진의 무혐의에 대한 신빙성을 더 높일 수도 있습니다. 서재희가 왜 그 자리에 지소진을 놔뒀는지 이유가 분명해지잖아요. 한 가족을 향한 복수라, 완벽하지 않습니까?"

"아직 내 말을 이해 못 했나 본데."

명희는 정말 진정으로 충고를 해 주고 싶었다. 이 모든 상황을 지켜봐 놓고도 절대적으로 중요한 키포인트를 놓치고 있는 범구에게 적어도 수사를 도와준 답례는 해 줘야 하지 않을까 싶어서였다.

"도 기자님, 미친놈 상대할 자신 있으세요?"

"예?"

"자신 있으면 그 기사, 내시든가."

꼬았던 다리를 풀고 자리에서 일어난 명희는 제 말의 뜻을 그제야 알아챘는지 심각해진 표정으로 골똘히 뭔가를 생각하는 범구를 내려 보았다. 미친놈이라…… 제 입으로 말했지만 참 최적의 묘사였다.

아마 그 녀석은 앞으로 평생을 그 아이의 곁에서 맹수의 발톱을 감춘 채 살 것이다. 행여나 제 것을 건드리면 곧바로 미쳐 날뛸 본성을 숨긴 채로. 안타깝게도 명희의 눈에 도 기자는 그에게 한입 거리도 되지 않아 보였다. 괜히 잘못 건드렸다 된통 당하기 전에 현명히 대처하기를 바라는 마음뿐이었다.

"그만 가 보셔도 좋아요. 제가 좀 바빠서. 아, 그리고 공식 발표
가 있기 전에 확실한 증거에 입각한 수사 결과 하나쯤은 도 기자님
앞으로 보내 드리죠. 그래도 의리가 있는데. 그죠?"

자신의 책상으로 돌아가 환한 미소와 함께 말하는 명희를 보고
있자니 범구는 오한이 느껴져 몸을 부르르 떨었다. 누가 누구 보러
미친놈이라는 건지. 친구를 보면 그 사람을 안다 했던가. 유유상종,
아주 끼리끼리다.

"아, 가기 전에 딱 하나만 물어봅시다."

명희가 던져 놓은 녹음기를 주우며 범구가 말하자, 명희는 선뜻
그러라며 고개를 끄덕여 보였다.

"지 검사님은 사랑하는 동생 혹은 여자를 구하는 거니 그렇다 치
고, 최 검사님은 뭡니까? 친구라서 돕는다? 남녀 사이에 그렇게 돈
독한 친구 관계가 있다는 걸 난 살면서 처음 보는데. 대개 남녀가
친구라는 관계에서 상대에 대한 과한 간섭을 보이는 걸 딱 하나로
정의내릴 수 있는데, 그게 뭔지 아십니까?"

"무슨 소릴."

"짝사랑!"

말문이 콱 막힌 채 어벙한 표정을 지어 보이는 명희에게 범구는
불혹을 훌쩍 넘긴 사내답지 않은 애교 섞인 윙크를 남기고 빠르게
검사실을 빠져나갔다. 범구가 문을 쾅 닫은 채 사라졌어도 명희는
쉽사리 진정을 못 하고 기막혀하며 마구 손부채질로 얼굴의 열을
식혔다.

그때 닫혔던 문이 다시 열리면서 그 사이로 동현이 모습을 드러
냈다. 명희는 깜짝 놀라 부채질하던 자세 그대로 멈칫했다.

"이제 들어가도 되죠?"

"뭐, 뭐예요?"

"뭐가 뭐예요? 서재희 집 수색 보고드리러 왔습니다."

"아! 그거…… 언제부터 밖에 있었어요?"

"수사관님이 검사님이 자릴 비켜 달라고 했다며 나가실 때부터 요. 방금 도 기자님 나가시던데 무슨 중요한 대화 나눴나 봐요?"

"……파일 이리 줘요."

동현에게서 뺏듯이 파일을 챙겨 든 명희는 어젯밤 서재희 집을 샅샅이 뒤져 발견된 증거가 될 만한 것들이 기록된 서류들을 살폈 다. 유고은, 한영훈, 지소진에게 배달된 편지봉투와 같은 종류의 것 이 있었고, 김석태와 이정숙에 관한 자료가 모아진 컴퓨터 파일도 찾아냈으며, 계좌추적 끝에 심부름 업체와 거래된 목록까지 입수된 상태였다.

"이 정도면 충분하네요. 수고 많았어요."

보고 있던 서류철을 덮고 고개를 든 명희는 자신의 얼굴을 빤히 보고 있는 동현과 시선이 부딪쳤다.

"왜 그렇게 봐요?"

당혹스러움을 간신히 숨기며 태연하게 말한 명희를 한참 더 뚫어 져라 보던 동현이 피식 웃으며 고개를 꺄우뚱거렸다.

"짝사랑 중이셨어요? 되게 안 어울리는데."

할 말을 잃어버린 명희의 손에서 툭, 파일이 책상 위로 떨어졌 다. 동현은 홀로 쿡쿡대며 가볍게 손짓으로 인사하곤 뒤돌아 문으 로 걸어갔다. 웃느라 떨리는 그의 뒷모습을 막연히 바라보던 명희 가 문이 닫히는 소리에 불현듯 정신을 차리고 빽 하니 소릴 질렀 다.

"짝사랑 아니거든! 나는 호감 정도였다고! 호감 정도가 나한텐 최선이라고!"

이미 들어 줄 사람은 나가 버리고 없는 곳에서 명희는 씩씩대며 어쩔 줄을 몰라 했다. 짝사랑, 사랑이라니. 그 고귀한 것의 첫 상대가 지우진이었다는 사실을 명희는 결코 인정하고 싶지 않았다. 한 사람밖에 볼 줄 모르는 불량품을 좋아했다고 하기엔 자신이 너무도 억울했다.

굳게 닫힌 문을 넘어서까지 쩌렁쩌렁하게 들려오는 명희의 목소리에 동현은 배를 잡고 웃다가 고개를 쳐들었다. 그러곤 아, 귀엽네, 하며 중얼댔다. 매번 독사 같은 눈으로 쪼아 대던 검사님에게 이런 신선한 면이 있을 줄이야. 거친 질감의 청바지 주머니에 손을 꽂은 동현은 복도를 걷기 시작하며 알 수 없는 노래를 흥얼댔다.

✝   ✝   ✝

날이 참 맑았다. 일주일 전만 해도 뉴스 끝엔 항상 눈 아니면 비가 온다고 예보했고 신문 기사는 폭설의 피해가 극심한 지방의 참혹한 장면을 보여 주며 성금 모으기 운동을 부추겼는데, 그간의 얘기가 모두 거짓부렁인 것마냥 서울의 하늘은 너무도 새파랗고 듬성듬성 뭉쳐 떠다니는 하얀 구름은 평온해 보이기만 하였다.

그 하늘을 이고, 그가, 그리고 그녀가 서 있었다. 그는 그녀를 향해 두 팔을 활짝 펼치었다.

"이리 와, 소진아."

그녀의 발이 주춤주춤, 딛고 있는 곳에서 움직일 듯 말 듯 서성였다. 그는 한 발짝 더 앞으로 나아가 팔을 내밀었다.

"자, 어서. 이리 와."

그녀의 발이 아주 천천히, 그리고 아주 좁은 폭으로 한 걸음 앞으로 나왔다. 그는 다시 그녀에게 한 발 다가섰다.

"괜찮아. 내가 기다리고 있잖아."

겁이 많던 그녀의 발이 그의 말 한 마디에 움직이기 시작했다. 한 발짝, 두 발짝 그가 먼저 다가오기 전에 그녀가 움직였고, 그녀의 발에 점점 더 속도가 붙더니 이내 그녀는 뛰기 시작했다. 오로지 그의 품 안으로. 그는 기다렸다. 그녀가 자신의 품 안에 들어와 줄 때까지.

드디어 그녀가 온 힘을 다해 제 품에 안겨들었을 때, 그는 죽을 힘을 다해 그녀를 꼭 끌어안았다. 그녀의 등을 쓸고, 머리를 만지고, 그 체온을 느끼며 그는 몇 번이고 힘을 주어 그녀를 으스러트릴 듯 안았다.

"소진아."

"……응."

"지소진."

"응."

"그만 가자, 집으로."

"응…… 우진아. 집에 가. 같이."

"그래, 같이."

우진은 소진을 안고 있던 팔을 풀고 대신 그녀의 손을 꼭 잡았다. 손가락 사이사이 제 손가락을 끼워 넣으며 절대 떨어지지 못하게 그녀의 손을 꽉 잡았다. 우진은 소진의 얼굴을 보았다. 날이 참 맑아서 다행이라고 생각했다. 그래서 소진이 그 옛날처럼 눈동자에 온전히 그, 자신만을 담고 있는 걸 볼 수 있어서 참 다행이다, 그리 생각했다.

이제 다시는 그 눈동자에서 없어지지 않으리라, 생각하고 또 생각했다.

명학은 자신이 할 수 있는 모든 방법을 총동원하여 기자들이 몰리는 것을 막았다. 소진의 구치소 석방 날짜 또한 잘못된 정보를 흘려 혼동을 주었고, 주택가에 진을 치고 있던 기자들에게도 경고성이 짙은 으름장을 놓은 동시에 돈을 주어 인력을 고용해 그들이 집가까이 오지 못하도록 경계하였다.

명학의 이런 노력으로 우진의 차가 무사히 집 앞에 당도하였고, 주연은 신발도 신지 않은 채 마당으로 달려 나가 그들을 맞이하였다.

"신은 신고 가야지!"

뒤늦게 주연의 신발을 챙겨 들고 따라 나온 명학의 낯도 바삐 우진과 소진을 찾는 주연의 들뜬 얼굴과 크게 다르지 않았다. 명학이 신겨 주는 신발에 대충 발을 구겨 넣던 주연은 대문을 열고 들어오는 애들의 모습에 신발 한 짝만 신은 채로 얼른 그들에게 뛰어갔다. 명학은 입으론 타박을, 눈으론 웃으며 주연의 뒤를 쫓았다.

"이제 오니?"

주연은 그렇게 말했다. 이제 오니? 꼭 아침에 나갔다 저녁에 들어온 아이들을 맞이하듯 주연은 부드러운 음성으로 그리 물었다.

"아유, 이렇게 춥게 입혀 놓으면 어째."

주연은 우진의 코트를 어깨에 걸치고 있는 소진에게 다가가 소진의 어깨를 감싸 안으며 얼른 안으로 들어가자며 끌었다. 자신이 끌어안자 소진이 잠깐 움찔했다는 걸 느꼈지만 주연은 티를 내지 않으며 소진의 찬 볼에 자신의 볼을 갖다 대 온기를 주었다. 소진은 가만히 그 온기에 눈을 느리게 감았다 떴다.

열려 있던 거실 베란다 창문 사이로 들어오는 바람에 하얀 커튼이 휘날렸다. 주연은 너희들이 언제 오는지 보려고 열어 놓은 것을 깜빡 잊고 닫지 않았다며 서둘러 가 창문을 닫았다. 흰 커튼이 차분히 내려앉는 걸 보며 소진은 현관 앞에 그대로 서 있었다.

주연은 안 들어오고 뭐 하냐며 손짓했지만, 소진은 오랜 세월 자기가 있었던 곳임에도 처음 왔던 날처럼 우진의 옷자락만 꼭 잡고 움직이지 않았다. 집 안 곳곳에 자신의 손길이 배였음에도 소진은 자신이 들어가면 안 되는 공간인 것처럼 깨끗한 그곳에 발을 내딛기를 꺼려했다.

우진이 괜찮다고, 들어가자고 했지만 소진은 명학과 주연의 눈치를 보다가 우진의 옷을 더 세게 붙잡았다.

"소진아."

주연이 소진을 부르자, 소진은 그녀의 시선을 피해 고개를 숙였다. 그 모습을 가만히 지켜보던 주연은 이내 엄한 표정으로 소진에게 가까이 다가갔다.

"지소진, 고개 들고 이모 봐 봐."

소진은 몸을 움츠릴 뿐 고갤 들지 못했다. 주연은 더 단호한 목소리로 소진을 불렀다.

"소진이, 이모 보라고. 얼른."

우진이 소진의 손을 잡아 자신의 옷에서 떼어 내고 주연의 앞으로 등을 떠밀자, 그제야 소진은 조심스레 주연을 응시하였다. 주연은 불안한 듯 눈동자가 흔들리는 소진의 모습에 약해지지 않기 위해 눈에 힘을 주어 부릅떴다.

"너 지금 누구 눈치를 보는 거야. 여기가 네 집이고 우리가 네 식군데, 무슨 눈치를 그렇게 봐."

소진이 왜 쉬이 집 안으로 들어오지 못하는지, 왜 십 년도 더 봐 온 명학과 자신에게서 멀찌감치 떨어져 있는지 주연은 알았다. 행여나 또 버림을 받게 될까 봐, 남들이 소진에게 그랬던 것처럼 이상한 시선으로 바라보고 외면할까 봐, 소진은 스스로 먼저 다가서기를 거부하고 있었다.

"그러지 마. 너 안 그래도 돼. 이모한테 화풀이해도 되고 땡깡 피워도 되고, 너 하고 싶은 거 다 해도 돼. 여기가 네 집이잖아. 우리 소진이 집이잖아."

빨개진 눈을 자꾸 깜빡거리는 소진이 억지로 눈물을 참고 있는 거란 것도 알았다. 남 앞에서 큰 소리로 우는 법도 모르는 아이가 바로 소진이었다. 주연은 천천히 소진을 안아 주었다. 어느새 훌쩍 자라버려 제 키보다도 더 큰 소진을 꼭 안아 주었다.

"자, 소진아. 울어. 이모잖아. 이모 앞에선 괜찮아."

끅끅대며 제대로 울지도 못하는 소진의 등을 토닥이며 주연은 저도 참았던 울음을 토해 냈다.

"소진아, 실컷 울고 다 잊자. 끔찍한 꿈이었던 것뿐이야. 이모가 네 그 악몽 살게. 이모가 네 슬픔, 두려움, 고통 다 가지고 가 줄게. 그니까 우리 소진이 맘껏 울자. 울고 이제 그만 아파하자. 응? 그러자, 소진아."

소진은 울었다. 주연의 토닥임에 소진은 무너지듯 주연의 어깨에 얼굴을 묻고 어린아이처럼 소리 내어 울었다. 울면 맞아야 했던, 그래서 우는 법을 차라리 잊는 게 편했던 소진은 난생처음으로 모든 걸 내려놓고 울어 버렸다. 주연도 울고, 명학도 울고, 우진도 울었다.

소진의 아픔을 함께하고자, 소진이 속 시원히 울 수 있도록, 소진이 되어 그렇게 울어 주었다. 전부 다 쏟아 내어 그 안을 비우면 새로운 것들로 가득 채울 수 있을 것이라고, 소진아, 너는 이제 세상에서 가장 행복한 사람이 될 거라고, 그들은 그렇게 소진에게 기억시켜 주었다.

다시는 잊지 못하도록, 앞으론 길을 잃어버렸을 때, 아무렇지 않게 이곳이 우리 집이고, 내 가족은 이들이다 당당히 말할 수 있게 그들은 소진과 함께 울었다.

곤히 잠든 소진의 머리맡에 앉아 반복적으로 그녀의 가슴께에 손을 얹고 토닥이며 우진은 한시도 소진에게서 눈을 떼지 않았다.

무채색이었던 소진의 방이 제 색깔을 되찾았고 모든 것은 다시 제자리로 돌아왔다. 얕은 숨을 고르게 내쉬며 그의 검지를 한 손에 꼭 쥐고 자고 있는 소진의 옆, 그곳으로 돌아온 우진도 제자리를 찾았다. 원래 있던 그 자리대로.

"……우진……아."

우진은 잠결에 뒤척이며 제 이름을 부르는 소진의 머리를 쓰다듬었다. 꿈을 꾸고 있는 거라면, 그래서 그 꿈에 그 자신이 나오고 있는 거라면, 그건 소진에게 악몽이 아니었으면 좋겠다고 생각했다.

우진은 천천히 고개를 숙여 소진의 이마에 입술을 내렸다. 동그랗고 예쁜 이마에 입을 맞추고, 그의 이름을 불러 주는 작고 붉은 입술에 제 입술을 맞닿았다. 입술 사이로 따뜻한 숨결이 오래도록 전해졌다.

　새벽이 가고, 아침이 밝아 올 때 그곳엔 세상에서 가장 편안한 얼굴로 서로의 머리를 맞대고 잠들어 있는 두 사람이 있었다.

19.

　서울미디어 사무실 분위기가 전과 같지 않았다. 딱히 정해 놓은 퇴근 시간도 없이 시간 때우기에 여념하며 연예인 SNS 글이나 퍼 날라 기사화시키는 게 일이었는데 연이어 크게 터지는 사건들과 그 사건의 깊숙한 부분까지 상세히 알아 자료를 주는 범구 덕분에 직원들은 활기를 되찾고 단독보도라는 타이틀로 기사를 쓰기 바빴다.

　김석태 살인 사건의 전말을 가장 먼저, 그것도 너무도 사실적으로 묘사한 기사 글에 서울미디어의 구독 조회 수가 기하급수적으로 늘고 있었다. 듣도 보도 못한 찌라시 취급이나 받던 그들로선 장족의 발전이 아닐 수 없었다.

　"사장님! 지금 저희 실시간 검색 1위예요!"

　김석태 살인 사건뿐 아니라 10여 년 전에 발생했던 김포 고아원 사건까지 다시 풀어 그 당시 있었던 인터뷰나 사진 기사를 사이트에 올리자마자 벌어진 일에 직원들은 입을 못 다물고 좋아라 했다. 다들 범구의 학연, 지연으로 모인 이들인지라 밀린 월급 못 받아도 울며 겨자 먹기로 남아 있었는데 이제야 좀 빛을 보는구나 싶었다.

"사장님, 저희 1위라니까요! 제 말 못 들으셨어요?"

감격, 또 감격을 마지않으며 두 손을 꼭 잡고 눈을 반짝이던 직원은 제 말에도 소파에 누워 배 위에 노트북을 올려놓은 그 자세 그대로 요지부동인 범구를 의아하게 보았다. 범구는 양팔을 머리 밑에 두고 뚫어지게 노트북 화면만 보고 있었다. 그러더니 대뜸 깊은 한숨을 폭 내쉬었다. 회사가 좀 돌아가기 시작한 지금과 어울리지 않는 한숨이었다.

범구는 노트북 화면에 떠 있는 기사 초안에서 눈을 떼지 못했다. 대충 짜깁기했던 처음 기사의 삼분의 이는 이미 보도가 완료되어 대중들의 관심을 이끌어 냈다. 다만 범구가 차마 기사 초안을 지우지 못하고 가지고 있는 건 딱 한 문단, 한 대목 때문이었다.

"이걸 내보내면 우리 광고가 지금의 수배는 들어올 텐데."

"네? 그게 뭔데요?"

신문이 유지되는 데 있어 광고는 필수불가결한 조건이었다. 그리고 그러한 광고를 끌어내는 힘은 그 신문이 얼마나 인기도를 가지고 있냐에 있었다. 지금까지야 범구가 가지고 있던 자료를 뿌려 대는 통에 반짝 인기를 끌었지만 워낙 기사 베끼기가 판을 치니, 금세 거대 언론들과 다를 것 없는 기사가 실리게 될 것이었다. 이때쯤, 또 하나의 히트를 친다면 그야말로 금상첨화일 텐데.

"사장님, 그게 뭔데요?"

직원이 은근슬쩍 범구의 곁으로 다가와 노트북 화면을 들여 보려는 찰나, 범구의 손에 의해 노트북이 얄짤 없이 닫혔다.

"계륵이다, 계륵."

그래, 이건 계륵이었다. 먹을 수도, 버릴 수도 없는 계륵. 바로 눈앞의 이익 때문에 이 기사를 실었다간 돌이킬 수 없는 강을 건너게 될 것이다.

하지만 범구의 손은 차마 노트북을 놓질 못했다. 먹다가 목에 걸려 된통 혼쭐난다 하더라도 맛이라도 한번 보면 좋으련만. 범구의 손가락이 꿈틀대며 다시 노트북의 틈새를 벌리고 있었다.

TV 소리가 시끄럽게 흘러나오고 있었다. 우진은 소파에 앉아 있는 소진의 무릎을 베고 누워 브라운관 속에서 등장하는 개그맨들의 잘 짜인 연극을 보았다. 일평생 뉴스 말고는 TV를 가까이한 적이 없는 그가 다른 것도 아닌 개그 프로그램을 보며 연이어 웃음을 터트리고 있었다.

소진은 그런 우진의 머리를 손으로 빗으며 바라보았다. 단 한 번도 우진은 제 앞에서 이토록 풀어진 모습을 보인 적이 없었다. 그는 늘 무언가 하느라 바빴고, 소진은 그런 우진을 뒤에서 지켜보는 게 일이었다. 개그 프로그램이 끝나자 우진은 TV를 끄고 바로 누워 소진을 올려다보았다. 너무 오랜만에 웃어 댄 통에 입가 근육이 당겨 왔다.

사실 무엇 때문에 웃음이 나왔는지 잘 기억나지 않았다. 바로 전에 본 것들은 하나도 기억나지 않고 다만 소진의 시선을 인지한 채한참을 웃어 댄 것만 생각이 났다. 소진이 보고 있기에, 그는 아무감흥도 없는 것들을 보며 더 과장되게 웃었다. 그런 자신을 보며 소진의 입가에도 미소가 띠었단 걸 알고 있었다.

"일 안 가?"

우진의 앞머리가 많이 길어 속눈썹까지 내려와 있었다. 소진은 우진의 머리카락 한 올, 한 올 매만지며 그리 물었다. 우진은 며칠

째 집 밖으로 나가지도 않고 소진의 곁에만 머무르고 있었다.

"안 가. 이제 네가 나 먹여 살려라."

소진의 허리를 끌어안으며 우진은 태평스레 말했다.

"우진아, 내가 널 어떻게 먹여 살리지?"

정말 진지하게 물어오는 소진의 모습에 우진은 그녀의 허리에 얼굴을 묻은 채로 짧게 웃음을 터트렸다. 우진의 웃음에 옆구리가 간지럽다며 소진은 몸을 비틀었다. 우진은 소진의 허리를 놓고 몸을 일으켜 자신의 품으로 소진을 당겨 뒤로 안았다. 커튼을 열어 둔 창문 밖으로 우진이 아침 일찍 손보다가 맘대로 되지 않아 한쪽에 그냥 내버려 둔 줄 떨어진 그네가 보였다.

우진은 생각 외로 손재주가 뛰어나질 못했다. 뭐든 뚝딱 만들어 내는 소진과 달리 우진은 그넷줄 하나도 제대로 엮지 못해 애를 먹었다. 그러다가 신경질을 확 내 버리고 포기해 버리기까지 하는 참을성도 없는 남자였다. 하지만 결코 소진을 제 품에서 놔주지 않는 끈질긴 면도 공존했다.

"지금부터 잘 생각해 봐. 어떻게 하면 나 굶기지 않고 먹여 살릴지."

"방법을 못 찾으면?"

"그럼 굶어야지."

"그래도 괜찮겠어?"

"진짜 굶길 생각인가 보네."

소진이 쿡쿡대며 웃는 소리가 듣기 좋아 우진은 그녀의 어깨에 턱을 괴고 더 가까이 소진을 끌어안았다.

"지소진."

"응?"

"우리 여행 갈까."

소진은 잠자코 있었다. 알고 있었다. 지금 이 순간에 그가 떠나자고 하는 의미를. TV는 항상 뉴스 시간을 비껴 틀고, 대문 앞에 배달되던 신문은 펼쳐지지도 못한 채 분리수거되고, 집 앞 골목길은 아예 차량 통제를 시킴과 동시에 그 근처 기자들의 출입을 경계할 사람들이 서 있다는 것도 다 알고 있었다.

겨우 시간은 며칠 흘렀을 뿐이었다. 그녀가 구치소를 나왔다고 한들, 무혐의로 처리됐다고 한들, 아직 세상은 김석태를 기억하고 서재희를 이야기하고 있었다. 아직 재판도 받지 않은 서재희는 버젓이 가까운 곳에 있었다. 그것들을 다 알고 있는 소진은 한참을 말없이 있다 우진에게로 고갤 돌렸다.

"그럼 우진아, 우리 바다 보러 가자."

우진은 가만히 고개를 끄덕거렸다.

"그래, 그러자."

설사 그곳이 불구덩이라 할지라도 소진이 가자고 하면, 그는 아무것도 묻지 않고 갈 것이었다.

명학이 우진을 찾아온 건 저녁 시간을 훨씬 지나서였다. 명학은 우진에게 얘기 좀 하자 말했다. 먼저 서재에 들어 있던 명학은 우진이 들어와 문을 닫자마자 큰 소리를 내려다 밖에 주연과 소진이 있다는 사실을 되새기고 숨을 고르며 마음을 진정시켰다. 우진은 명학이 하려는 말이 무언지 짐작했다.

"인마, 어떻게 이런 얘길 딴 사람을 통해 듣게 만들어?"

"죄송해요."

바로 인정하고 고갤 수그리는 우진의 모습에 명학은 더 서운하고 섭섭했다. 만약 오늘 오후, 우진의 바로 직속상관인 부장 검사를 찾아가지 않았더라면, 그래서 부장 검사에게서 지우진이 냈다는 사직서의 얘기를 듣지 못했더라면 명학은 끝끝내 이 사실을 알지 못했을 것이었다.

단 한 차례도 우진을 아들 이상으로 생각하지 않은 적이 없었다. 그런 우진이 자신에게 좀 기대고 고민을 털어놓고 같이 상의를 해주기를 바란다는 게 그리 큰 욕심인지 몰랐다.

"차장님께서 분명 말리실 터라 말씀 못 드렸습니다."

"그걸 지금 말이라고 하냐. 너 이게 이렇게 쉽게 결정할 일이야? 네가 검사되려고 보낸 그 수많은 세월들, 그저 하루 이틀 아니잖아."

"그런 건 이제 아무래도 상관없어요."

"우진아."

"저 이미 검사로서 해서는 안 될 일을 한 거 아시잖아요. 국회의원과의 청탁, 검사로서 할 짓 아닙니다."

"인마, 그건……."

"이성을 잃었고, 모든 일에 감정을 앞세웠어요. 만약 서재희가 끝끝내 걸려들지 않았다면, 그래서 도저히 소진이를 대신할 진범을 잡지 못했다면 저, 애꿎은 사람 대신 감옥에 처넣었을 겁니다. 저 겨우 그 정도밖에 안 되는 놈이었어요."

우진의 말이 모두 진심인 것을 알기에, 명학은 말문이 막혔다. 그러나 한편으론 세상에 탈탈 털어 먼지 하나 나지 않은 사람이 어디 있겠냐는 반발심도 들었다. 다른 이들에겐 그 누구보다 엄격한 잣대를 들이대던 자신조차 우진의 일만큼은 이리도 간사해지는 것을.

"넌 훌륭한 검사였어. 소진이는 죄가 없어 풀려난 것이지, 네가 무슨 나쁜 짓을 해서 풀려난 게 아니잖아. 이런 식으로 책임질 일이 아니지."

"자신이 없어요, 이제."

우진은 한 벽을 차지하고 있는 책꽂이 곳곳에 놓여 있는 사진 액자 중 하나를 집어 들었다. 거리에서 이름 모를 강아지 앞에 쪼그리고 앉아 손바닥을 내밀고 있는 하얀 아이가 그 안에 들어 있었다.

"이 아이를 두고 다른 일에 몰두할 자신이…… 없어요."

명학은 이건 아니라는 듯 고개를 내저었다. 지금 보니 우진은 소진이 그랬던 것처럼, 소진이 우진에게 그랬던 것처럼 똑 닮은 모습을 하고 있었다. 그건 상당히 위험한 것이었다. 이 세상의 전부를 한 사람에게 고정시키고 그 사람만을 중심으로 살아간다는 것은 굉장히 불안정한 것이었다.

"사직서, 아직 수리하지 말라 그랬다. 너 당분간 휴직 상태로 두라 했어. 다시 한 번 신중히 생각해 봐."

우진은 손에서 사진을 내려놓고 명학을 돌아보았다.

"소진이가 바다가 보고 싶다네요. 그러고 보니 단둘이 여행 한번 가 본 적이 없잖아요. 그 많은 시간을 함께했는데. 그 시간이 영원할 줄 착각하는 건 참 어리석은 일이에요. 다시는 그런 실수 안 해요, 저."

근심 가득한 얼굴로 저를 쳐다보고 있는 명학에게 그는 걱정 말라는 듯 웃어 보였다.

✝ ✝ ✝

"아빠, 제발 좀요. 저 지금 일하는 중이잖아요. 아빠 딸, 점심도 굶고 일에 파묻혀 있다니까요. 이 상황에 제가 선을 보러 미용실 가고, 호텔 가고, 그래야겠어요?"

명희는 제 통화 소리에 사무실에 있는 이들이 전부 한 번씩은 웃으며 저를 힐끗대자 의자를 뱅글 돌려 몸을 숙이고 전화를 잠시 귀에서 떼어 놓았다. 5분 넘게 같은 얘기만 듣고 있으니 굳이 목소릴 듣지 않아도 무슨 얘길 하는지 다 알고도 남았다. 명희는 피곤한 듯 얼굴을 맨손으로 북북 문지르다가 핸드폰에 입만 대고 제 할 말만 쭉 늘어놓기 시작했다.

"예, 예. 아빠, 저도 사랑합니다. 예, 예. 언젠가는 선 꼭 볼 거고요, 아빠 딸 시집보내고 싶어서 혈안이 되신 듯한데 저 좋다는 남자 지금 줄을 섰거든요. 굳이 선 시장에 얼굴 안 디밀어도 시집 충분히 간답니다. 아빠, 그럼 오늘도 좋은 하루 보내시고 이따 봐요. 끊어요!"

어떤 고함 소리 같은 게 수화기 너머 들려왔지만 명희는 깔끔히 통화 종료 버튼을 눌렀다. 협박 비슷한 문자가 바로 한 통 날아온 것은 고이 씹어 주고 명희는 다시 의자를 원 상태로 뱅글 돌렸다.

"엄마야!"

책상 바로 옆에 서서 주머니에 손을 꽂고 있던 동현은 자신을 보고 너무 놀란 나머지 몸을 뒤로 재끼다 의자와 함께 넘어갈 뻔한 명희를 잽싸게 부여잡았다.

"나이스 캐치."

명희는 자신의 어깨와 팔을 붙잡고 있는 동현의 손과 그의 얼굴을 번갈아 보다가 소스라치게 놀라며 자리에서 일어섰다.

"뭐, 뭐, 뭐예요?"

"혀에 장애 있어요? 왜 이렇게 말을 더듬어요?"

"뭐, 뭐요?"

"거봐, 지금도 그러네."

"이봐요!"

"보고 있는데."

"나랑 말장난해요?"

"그럴 리가. 말장난은 방금 최 검사님이 하신 게 말장난 아닙니까? 눈을 씻고 찾아봐도 검사님 좋다고 줄 서 있는 사람 안 보이는데."

주렁주렁 장난기를 얼굴 가득 달고 목을 길게 빼 제 뒤를 살피는 동현의 모습에 명희는 얼굴에 열이 확 오르는 걸 느끼며 왜 남의 전화를 멋대로 엿듣고, 여긴 왜 와서 사람 염장을 지르냐고 쉬지 않고 쏘아 댔다. 그러자 동현은 정말 이상하단 눈으로 명희를 보았다.

그제야 명희는 오늘 동현이 찾아오기로 미리 약속했던 것을 기억해 냈다. 서재희의 첫 재판 날짜가 잡혀 증거품들을 살피던 중, CCTV 영상이 빠져 있어 복사본을 좀 갔다 달라고 제 입으로 부탁해 놓고 까맣게 잊고 있었다. 동현은 CD 파일을 명희 앞에 내려놓으며 제 눈을 슬그머니 피하는 명희의 모습에 픽 하니 웃었다.

"어? 검사님."

별 볼 것도 없는 케이스나 주구장창 들여다보고 있던 명희는 저를 부르는 사무원, 혜진의 목소리에 옳다구나 자리에서 얼른 일어나 그쪽을 보았다.

"왜요, 혜진 씨?"

"검사님 이거……."

모니터 화면에 시선을 고정시키고 있던 혜진의 눈이 마우스 휠을 내릴 때마다 점점 더 커져 갔다. 명희는 어쩐지 이상한 기분에 급히 혜진에게 걸어갔다. 뭐 때문에 그러냐며 혜진이 보고 있던 화면으로 시선을 돌린 명희의 표정이 굳어졌다. 명희는 곧바로 혜진에게서 마우스를 뺏어 들고 다시 인터넷 기사의 첫줄로 스크롤을 쭉 올렸다.

"검사님, 이거 사실이에요? 검사님은 알고 계셨어요?"

어느덧 사무실에 있던 사람들이 혜진의 컴퓨터 앞으로 몰려들었다. 동현도 그중 한 사람이었다. 그들은 명희와 마찬가지로 기사를 쭉 읽어 내려가다 하나같이 입을 벌리고 놀란 표정을 지었다.

"지소진이 김석태 딸이었어? 이거 완전 쇼킹인데."

어느 남자 수사관의 말 한마디가 끝남과 동시에 명희는 손에 쥐고 있던 마우스를 냅다 던졌다. 그녀의 신경질적인 반응에 모두가 깜짝 놀라 쳐다보는데, 명희는 그는 아랑곳 않고 제 책상으로 돌아와 한쪽에 놔두었던 핸드폰을 집어 들었다.

전화번호부를 뒤지는 그녀의 손길이 매우 급했다. 여러 이름들 사이에 '도범구' 석 자를 발견한 명희가 막 통화 버튼을 누르려던 찰나였다. 명희의 전화가 울렸다. 액정에 뜬 이름은 도범구였다.

"도 기자님! 지금 이게……."

[이게 어떻게 된 일입니까!]

화낼 사람은 이쪽인데 오히려 버럭 성질을 내 버리는 것이 어이가 없어 명희는 기가 차다는 듯 되물었다.

"무슨 말이에요? 이 기사……."

[그 기사 우리 거 아닙니다! 대체 어디서 정보가 새서 우리도 내지 못한 기사를 넙죽 가로채 낸 거냐고요! 대체 누가! 어떻게 알고!]

아까워 죽으려고 하는 범구의 우는소리에 명희는 전화를 끊어 버리고 다시 혜진의 책상 앞으로 가 그 기사의 출처를 눈으로 찾아냈다. 기사를 보도한 신문사는 유명한 언론 매체였고, 기사를 쓴 기자는 '제보자의 말에 따르면.' 이라는 멘트를 여러 번 덧붙이고 있었다.

"제보자?"

제보자라니. 이 사실을 알고 있는 이는 손에 꼽을 정도였다. 그들 중에 제보자가 될 만한 이라면. 명희의 머릿속에 한 사람의 모습이 스쳐 지나갔다. 취조하는 내내 사람 약 올리게 만드는 미소와 함께 자기는 죄가 없다고 주구장창 주장하던 단 한 사람.

"그 여자는 또 한 번 세간의 주목에 괴롭겠네."

동현의 혼잣말에 명희는 입술을 깨물며 얼른 다른 곳에 전화를 걸었다. 하지만 신호만 길게 갈 뿐, 연결은 되지 않았다. 명희는 초조하게 통화 버튼을 여러 번 다시 누르며 전화를 걸었다. 그리고 몇 번의 시도 끝에 상대방의 목소리가 들려왔다.

꽁꽁 언 차를 먼저 데워 놓겠다며 미리 나와 히터를 틀어 놓고 운전자석에 앉아 있던 우진은 핸드폰을 든 채로 창문 너머의 소진을 바라보았다. 주연은 연신 입 아프게 당부를 거듭하며 소진의 목도리를 잘 매만져 주고 있었고, 소진은 그런 주연에게 계속 고개를 끄덕여 보이고 있었다.

[지우진, 내 말 듣고 있어? 기사 봤냐니까!]

날카롭게 귀에 내리꽂는 명희의 음성보다 우진의 신경을 붙잡는 건 이쪽을 힐끔대는 소진의 시선이었다. 우진은 소진이 자신을 볼 때마다 손을 살짝 들어 보이며 기다리고 있노라고 티를 내 주었다. 그럴 때마다 소진은 옅은 미소를 지으며 곧 가겠다고 고개를 더 빨리 끄덕였다.

"듣고 있어."

[너 왜 이렇게 태평해? 기사가 나갔다니까. 전국적으로 이제 다 까발려졌다고!]

"그래서? 그게 뭐 어쨌다고."

[……뭐?]

명희는 무슨 말을 해야 할지 몰라 한참을 뜸을 들이다 바보처럼 그리 반문했다. 우진은 주연이 드디어 소진의 손을 놔주는 모습을 지켜보며 전화를 이만 끊어야겠단 생각을 했다.

"우리가 여기 없는 동안 차장님은 그 기자에게 명예훼손에 대해 친히 설명해 줄 거고. 곧 도 기자님이 반박 기사 띄울 거야. 서재희의 정신과 상담 기록과 함께. 과대망상 따위나 가지고 있는 미친놈의 이야길 누가 믿겠어."

우진의 건조한 목소리에 명희는 아무 말도 하지 못했다. 우진은 명희에게 소진이 온다며 그만 끊자 말하고 핸드폰 상태를 무음으로 바꿔놓았다. 명희에게 다시 걸려오는 전화에 핸드폰 액정에 불이 들어왔지만 우진은 옷 안주머니에 집어넣고 전화를 받질 않았다.

조수석의 문이 열리고 소진이 차에 올라탔다. 우진은 소진의 안전벨트를 단단히 매 주었다. 주연이 워낙 꽁꽁 싸 놓은 목도리에 눈만 빼 놓고 있는 소진의 모습에 우진은 그녀의 머리를 손으로 헝클며 미소 지었다.

"이제 출발할까."

우진의 물음에 소진은 고개를 끄덕였다. 우진은 핸들을 쥔 상태로 차를 움직이려다가 잠시 멈칫하곤 다시 소진을 돌아보았다. 여전히 자신을 보고 있던 소진과 눈이 마주친 우진은 가만히 그녀를 쳐다보다가 손을 들어 소진의 눈앞을 가렸다.

"잠깐만 눈 감고 있자. 괜찮지?"

소진은 아무것도 묻지 않고 또 한 번 고갤 끄덕였다. 우진은 천천히 손을 내렸다. 소진의 눈은 꼭 감긴 채였다. 우진은 오디오를 켜 노래가 흘러나오게 했다.

"볼륨 최대로 높여서 아주 시끄러울 거야. 그니까 귀도 막고 있어. 잠깐이면 돼."

소진은 이번에도 별말 없이 우진의 말대로 따라 양손으로 제 귀를 막았다. 그 모습을 확인하고 나서야 우진은 다시 핸들을 쥐고 부드럽게 액셀을 밟았다. 그들을 태운 차가 서서히 집 앞을 벗어났다. 그리고 골목길을 꺾을 때쯤, 여기저기 진을 치고 있던 수많은 기자들이 구름 떼처럼 우진의 차량에 몰려들었다.

우진은 한 손으론 핸들을 꺾고 한 손으론 소진의 얼굴 앞을 가렸다. 카메라 플래시가 연방 터져 댔고, 기자들의 목소리들은 이리저리 엉켜 아귀처럼 달려들었다. 우진의 차 속도가 점점 올라갔다.

노래 두 곡이 다 끝나고 세 곡째로 넘어갈 때 우진은 소진의 얼굴을 가리고 있던 손을 내려 볼륨을 작게 줄였다. 그리고 귀를 막고 있던 소진의 손을 밑으로 끌어 내렸다.

"앞에 노랜 별로였어. 이제부터 나오는 게 듣기 좋아. 들어 봐."

영화 'Once'에서 나왔던 'Falling Slowly'가 차 안을 가득 채워 나갔다. 길거리에서 공연을 하는 남자와 그런 남자의 음악을 좋아한 여자의 사랑 이야기인 영화. 언젠가 소진은 이 영화를 함께 보자고 했고, 우진은 다음 날 재판이 있어 일찍 자야 한다며 소진의 부탁을 거절했었다. 그날, 소진이 이 영화를 봤는지는 우진은 아직도 알지 못했다.

소진은 그날 끝까지 보지 못했던 영화에서 나왔던 음악이란 걸 알아채고 우진을 보았다. 우진은 팔을 길게 뻗어 소진의 머리를 쓰다듬으며 말했다.

"DVD도 사 놨어. 나중에 같이 보자."

소진은 환하게 웃었다. 혼잡한 도시를 벗어나 창문 밖으로 드넓은 황야가 펼쳐져 있었다.

20.

겨울 바다는 무자비했다. 하늘과 수평선을 이루고, 바람이 어디가 시작인지도 모를 파도를 쉬지 않고 일으켰다. 파도 소리는 거칠었고, 바위에 부딪쳐 아스러지는 포말은 덧없이 부글부글 끓다 뒤이어 몰아치는 바닷물에 잡아먹히기 일쑤였다. 무언가 집어삼킬 듯 다가오지만, 어느 선을 결코 넘지 않는 바닷물은 들어왔다 나갔다를 반복했다.

소진은 태어나 한 번도 바다를 보지 않은 사람처럼 그 바다를 보고 있었다. 철렁히는 바다 결을 따라 소진의 눈동자도 함께 움직였다. 바다에서부터 흘러나오는 진한 내음이 꽉 닫혀 있는 차 안까지 스며드는 듯했다.

우진은 바다를 가까이 보고 싶다는 소진을 기어코 차에서 내리지 못하게 했다. 바닷가라 체감온도가 영하를 친다며 몸이 약한 네가 감당할 추위가 아니니 내리지 말라며 단호히 말했다. 소진은 더 고집을 부리지 않았다. 바다가 보고 싶었던 것뿐이지, 굳이 바다를 만져야겠단 생각은 하지 않았었다.

바다를 보고 싶었던 건 바다 위에 아무것도 없는 그 광경이 그리워서였다. 등 뒤에 두고 있는 수많은 일들이 바다 앞에선 생각조차 나지 않았다. 바다는 그녀의 머릿속까지 침투하여 떠오르는 것들을 갉아먹고 깨끗이 씻겨 주었다.

우진은 바다가 아닌 소진을 보고 있었다. 창틈에 팔꿈치를 대고 머리를 기댄 채 바다 위 그 어느 한 군데를 응시하는 소진의 옆모습을 바다를 보듯 보았다. 소진의 눈이 느리게 깜빡일 때마다 우진의 눈꺼풀도 잠시 밑으로 내려왔다 금방 올라갔다. 이마부터 코로, 코에서 입으로. 선이 참 고운 소진의 얼굴을 하나하나 조각하듯 눈 안에 새기었다.

소진의 배고프단 말에 우진은 차를 몰아 바닷가 근처에 있던 작은 시장으로 향했다. 읍내의 작은 시장은 입을 수 있는 옷이란 옷은 다 껴입고 여기저기를 기웃거리는 노인들로 가득했다. 우진은 소진의 손을 꼭 잡고 그곳을 누비었다. 간단히 요기가 될 만한 걸 사려다가 생각이 바뀌어서는 야채 파는 할머니 앞에 서서 이것저것을 골라 담았다.

생전 시장이란 와 보지도 않고, 요리의 요 자도 몰라 어떤 음식에 무슨 재료가 들어가는지도 모르면서 우진은 닥치는 대로 야채를 사들였다. 또 물이 좋다며 싱싱하니 하나 가지고 가라는 상인의 말에 넘어가 정신 차리고 보니 이름도 모르는 어패류가 가득 담긴 검은 봉지를 여러 개 들고 있었다.

"그냥 내가 할게, 우진아."

장 본 것들을 식탁 위에 전부 늘어놓고 꽤나 야심차게 주방을 차지하고 서 있는 우진에게 소진은 영 못 미더운 표정으로 그리 말했

다. 전기밥솥이 없어 냄비에다가 밥을 해야겠다며 쌀을 씻어 가스
레인지 불에 올리는 것도 혼자 하지 못해 일일이 물의 양을 소진에
게 물어물어 한 뒤였다.

"가만있어 봐. 내가 할 수 있다니까."

젓가락으로 봉지들을 휙휙 젓다가 생선 한 마리를 집어 올리는
우진에게 소진은 그 생선이 삼치라는 것을 알려 주었다. 아, 그래?
하고 되묻는 우진에게 소진은 그걸로 뭘 할 거냐고 물었다. 우진은
너무나 당연하다는 듯 굽지 뭘, 하고 대답했다.

그러고는 프라이팬에 기름을 둘러 가장 센 불에 대뜸 생선을 집
어넣었다. 사정없이 기름이 튀고 우진은 따가운 손등을 막 긁으며
황급히 뒤로 물러났다. 소진은 크게 웃어 버렸다.

소진은 우진이 조금만 무언가를 해도 반복적으로 웃어 댔다. 자
신이 소리 내어 웃으면 우진의 얼굴근육이 전보다 훨씬 부드럽게
움직인다는 걸 알았다.

"야채 다 썰었고. 그다음은? 물 끓는데 넣어?"

정성을 다해 썰었지만 삐뚤삐뚤하기만 한 감자와 애호박을 한 주
먹 쥐고 소진의 말이 떨어지기를 기다리던 우진은 뒤에서 아무 말
이 들리지 않자 고개를 돌렸다. 소진은 그의 핸드폰을 손에 쥔 채였
다. 우진의 표정이 미세하게 굳어졌다.

핸드폰은 무음으로 해 놓았었고 하여 어떤 연락이 왔었는지 그는
알지 못했다. 그래서 소진이 그의 핸드폰을 빤히 보고 있는 것이 더
불안했다.

"소진아."

소진은 한참 말이 없었다. 우진이 다시 한 번 그녀의 이름을 불
렀을 때, 소진은 아무렇지 않은 듯 핸드폰을 그에게 내보였다.

"이모한테 문자가 와서. 전화해 볼까?"

우진이 빠른 걸음으로 다가와 소진에게서 핸드폰을 뺏어 들었다. 잘 도착했냐는 주연의 문자를 확인한 우진은 핸드폰을 바지 뒷주머니에 넣고는 나중에, 하고 말했다. 소진은 그런 우진을 빤히 보다가 엷게 미소 지었다. 냄비의 물이 끓어 넘쳤고, 우진이 황급히 불을 줄이려 돌아서자 소진의 미소는 거짓말같이 사라졌다.

물기 젖은 검은 머리카락을 따라 물방울이 맺히고 연달아 톡, 톡 하얀 시트 위로 떨어진다. 침대에 앉은 채로 머리에서 떨어지는 물이 이불을 다 적시고 있다는 걸 모르는마냥 소진은 가만히 그렇게 앉아 눈을 지그시 감았다 떴다. 뜨거운 물을 욕조에 한가득 받아 놔 그녀를 먼저 씻게 하고 그사이 엉망진창이던 주방을 정리한 후에야 우진이 들어가 씻는 소리가 닫힌 욕실 문 사이로 희미하게 들려왔다.

감기 걸리지 말라고 이불을 그녀의 몸에 꽁꽁 둘러 주고 수건으로 머리를 감싸 줬는데 그것들이 다 흘러내려 아무렇게나 놓여 있었다. 온기조차 느껴지지 않은 석고상처럼 미동도 없던 소진의 손가락이 꿈틀거렸다.

벽에 꽂혀 있던 소진의 시선이 옆으로 향했다. 옷을 꺼낸 흔적이 남아 있는 짐 가방이 침대 밑에 놓여 있었다. 소진은 그 안에 우진이 던져 놓고 간 휴대폰을 보았다. 휴대폰은 이따금씩 불빛을 냈다. 누군가로부터 연락이 왔었노라고 반짝이다 말기를 반복했다. 소진은 그 작은 불빛에서 눈을 떼지 못했다.

명희에게서 문자가 온 것을 보았다. 그녀는 급박하게 돌아가는 상황을 알려 주고 있었다.

반박 기사보다도 더 빠르고 무섭게 퍼지는 언론들을 막을 길이 없노라고. 대체 어디서 무얼 하기에 이 상황에 전화도 받지 않냐고. 사직서를 냈다는데 그게 지금 뭐 하는 짓이냐고. 네가 그렇게 무책임한 놈인 줄 몰랐다고. 모든 걸 다 포기할 작정이냐고. 네 인생은 지소진 외엔 아무것도 없는 거냐고.

정신 좀 차리라며 그녀는 화를 내고 부탁을 하고 충고를 하고 걱정을 하고 있었다.

소진은 그 문자를 보았다. 보고서도 못 본 척했다. 우진이 그랬던 것처럼 다 알고도 아무 일도 일어나지 않은마냥.

소진은 침대 밑으로 축 늘어놓았던 두 다리를 올려 양팔로 끌어안았다. 뭔가 머리가 뜨거워질 때마다, 심장이 조금은 따가울 때마다 소진은 몸을 최대한 웅크렸다. 그 버릇을 가장 먼저 알아챈 건 우진이었다. 우진은 소진이 그럴 때마다 꼬부랑 할머니가 되고 싶냐며 허리를 곧게 펴라고 등을 쓸어 주었다.

그래도 소진이 고집을 부리고 몸을 더 말면 우진은 가만히 소진을 끌어 제 어깨 아래에 두었다. 그러면 소진이 점점 몸을 느슨히 불고 그에게 안겨 든다는 것 또한 우진은 잘 알고 있었다. 우진은 늘 항상 소진에 대한 모든 걸 알고 있는 사람처럼 굴었다. 웃고 있어도 웃지 않는 걸 알았고, 괜찮다고 해도 괜찮지 않으면서 거짓말한다고 퉁박을 주었다.

근데 우진아.

소진은 핸드폰에서 시선을 거두고 다시 균형을 이뤄 잘 짜인 나무 벽을 보았다.

근데 우진아.

우진이 알아주는 것이 좋아 더 어리광을 부리고 했던 날들이 많앉다. 우진은 괜스레 투정을 부리고 있단 걸 알면서도 모른 척했다. 그리고 그냥 말없이 안아 주었다. 소진은 아주 당연하게 그 품으로 들어갔다.

근데 우진아.

이번만은 네가 정말 모르기를 바랐어.

근데 우진아.

넌 이번에도 알고 있었구나. 다 알아 버렸구나.

물이 툭툭 떨어지고 있었다. 빠르게 시트 위를 적셔 가는 물방울이 그녀의 머리카락에서, 그리고 그녀의 눈 밑에서 떨어져 내렸다.

"하여튼 말 안 들어. 우리 지소진은."

자신의 머리에 묻은 물기도 다 털어 내지 않았으면서 우진은 소진의 곁에 앉아 흘러내렸던 수건을 주워 들어 소진의 머리카락을 부드럽게 쓸었다. 머리카락 한 올, 한 올 정성스레 물기를 닦아 주던 우진은 소진이 몸을 웅크리고 있단 사실을 깨닫고 행동을 멈췄다. 그러고 보니 소진의 어깨가 떨리고 있었다.

우진은 소진의 팔을 잡아 조금은 거칠게 돌려세웠다. 빨갛게 달아오른 뺨을 다 적시고 있는 소진의 눈물 앞에서 우진은 할 말을 잃고 말았다. 알 수 없는 일에 화가 나려고 했다.

"왜 울어."

더는 울지 않기를 바랐는데, 마냥 웃게 해 줄 거라고 다짐했었는데. 그 약속을 지키지 못한 것만 같아 우진은 화가 났다.

"지소진, 왜 우냐고 묻잖아."

밥을 잘 먹지 못할 때도, 그저 내가 해 준 음식들이 맛이 없어서 그렇다며 농담처럼 얘기하던 소진에게 너무 솔직한 거 아니냐며 같이 장난을 쳐 주었다. 모래 알갱이를 씹듯 억지로 밥알을 목구멍으로 넘기는 소진의 모습에서 우진은 핸드폰을 꺼내 소진이 본 것들을 확인하려다가 말았다.

끝까지 모른 척하려고 했다. 소진이 무엇을 보았는지, 대충 짐작이 갔지만 우진은 이번에야말로 알면서도 모른 척 넘어가려 했다. 그렇게 하면 정말 아무 일도 일어나지 않은 것처럼 소진과 있을 수 있다고 생각했다. 근데 그것들을 한순간에 깨 버린 소진이 우진은 원망스럽기까지 하였다.

"우진아."

"그래."

"나 좀 안아 줄래?"

울면서 소진은 또한 웃었다. 웃는 얼굴을 해 놓고, 불안정하게 눈동자가 흔들리는 소진을 우진은 한참 동안 바라보았다. 안아 주기를 기다리고 있는 소진에게 손조차 뻗지 않는 시간이 길어질수록 소진의 미소는 점차 빛을 잃어 갔다. 소진은 애를 쓰며 미소를 유지했지만 어설픈 웃음은 까맣게 타들어 가 그 본연의 색조차 지워졌다.

"우진아……. 그냥 나 좀 안아……."

소진의 뒤통수를 손으로 감싸 당긴 우진은 오랜 시간 물조차 먹지 못한 사람이 갈증을 채워 나가듯 그녀의 입술을 탐했다. 조금은 거칠게 입술을 쓸고 그 안을 파고드는 우진의 목에 손을 두르며 그녀는 온 힘을 다해 그의 품에 자신의 몸을 내맡겼다. 버려질 것이 두려운 아이가 부모의 바짓가랑이를 붙들고 놔주지 않는 것처럼 소진은 죽을힘을 다해 우진에게 매달렸다. 그런 소진을 우진은 한순간도 놓지 않고 집요하게 끌어당겼다.

하얗게 드러난 보드라운 살결에 그는 일부러 흔적을 남기듯 깊고

진하게 입맞춤을 하였다. 그녀는 거리낌 없이 그를 받아들였다. 그녀를 탐하는 그는 뭐에 쫓기는 사람처럼 조금은 난폭하게 소진의 손목을 잡고 제 밑에 두었다.

마셔도, 마셔도 갈증을 해소해 주지 않는 물을 넘기듯 우진은 소진의 입술 사이로 하염없이 침입하였다. 소진의 뽀얀 가슴에까지 그가 흔적을 남길 때, 소진은 그의 머리를 꼭 끌어안았다. 그는 잠시 소진의 가슴에 머리를 기댄 채 멈춰 있었다. 소진의 격렬하게 날뛰는 심장에 귀를 대었다. 가쁜 숨이 차츰 제 호흡을 찾아가고 있었다.

"⋯⋯사랑해."

그 말을 한 것이 누구였는지 그도, 그녀도 헷갈렸다. 참지 못하고 툭 던져진 그 말 한마디가 누구의 말이었던지. 그가 오래도록 모르고 감추어 뒀던 감정의 뭉텅이가 한꺼번에 터져 버린 듯 말을 한 것인지, 그녀가 오래도록 조금씩 드러냈던 감정의 바닥까지 긁어모아 흘리듯 말해 버린 건지. 아님 둘 다 그 말을 해 버린 터라, 누구의 말이 먼저였는지가 헷갈린 건지도 몰랐다.

소진의 가슴께를 지나 그녀의 목덜미에 얼굴을 파묻은 우진은 제 볼에 와 닿는 고르지 못한 흉터를 느꼈다. 하나도 아프지 않다고 말했던 그 아이의 흉터는 평생을 지워지지 않고 그대로 남아 있었다. 우진의 입술이 그 흉터를 깨끗이 훔쳐 갈 듯, 샅샅이 그녀의 목덜미를 훑었다.

그는 소진의 몸 그 어디 한구석도 빼 놓지 않고 낙인을 찍었다. 절대 누구에게도 뺏기지 않을 거란 걸 스스로에게 되뇌듯.

아이가 언제부터 여인의 형상을 했는지는 기억나지 않았다. 다만, 그것을 안 지가 조금은 오래되었다는 건 알았다. 그럴 때마다 필사적으로 그녀에게 더 매몰차게 대했다는 것을, 가까이 오지 못하게 했다는 것도 알았다. 근데 그것이 자제력을 잃지 않기 위한 몸부림이었다는 것은 미처 모르고 있었다.

어쩌면 모른 척했을지도 몰랐다. 그녀를 향하는 욕망을 인정해 버리면 걷잡을 수 없이 적나라한 본능과 마주칠까 봐, 그녀를 사랑한다는 사실을 인정해야 할까 봐, 참 모자라게도 그 아까운 시간들을 그렇게 흘려보내 버렸다.

우진은 그때의 잃어버린 시간들을 보상이라도 받아 내려는 듯 제몸을 깊숙이 그녀의 안으로 밀어 넣었다. 눈을 질끈 감으면서도 아픈 티를 내지 않기 위해 입술을 앙다무는 그녀는 오히려 자신이 아파하는 걸 알면 우진이 멀어질까 봐 그의 몸을 더 꽉 붙들고 놔주지 않았다. 이대로 우진을 갖고 싶었다.

입술 안쪽 연한 살을 깨물자, 혀끝에 비린 맛이 느껴졌다. 그것조차 소진은 좋았다. 우진이 온전히 자신을 받아 주는 지금 이 순간, 모든 것이 기뻤다. 어설픈 몸짓으로 그의 어깨를 붙들고 그의 입술에 제 입술을 갖다 대며 모든 순간, 순간이 마지막인 것처럼 소진은 제 모든 걸 그에게 주어 버렸다. 그렇게 하면 영영 그가 자신을 떠나지 않을 거라고 생각하는 것처럼 그녀는 남김없이 제 것을 다 내주었다.

그들은 오로지 둘만이 있는 세상에서 아무것도 숨기지 않고, 그어떤 생각조차 하지 않으며 단 하나, 서로만을 보았으며 서로만을 제 몸 구석구석에 새기었다. 다시는 끊어지지 않을 줄을 새로 엮듯 그들은 힘겹게 돌아서 도착한 곳에서, 기껏 돌아온 곳이 서로의 품이었단 걸 다행히 여기며 마음껏 사랑했다.

몸이 부서지고 마음이 쪼개져 가루가 돼 버려도 그것들이 상대에게 스며든다면 그것으로 족하다는 듯, 그들은 사랑했다.

"……우진아."

제 팔을 베고 누운 소진이 조금 더 가까이 품을 파고들자, 우진은 소진의 머리에 깊게 입술을 내렸다. 한 뼘 정도의 틈을 보이고 있는 커튼 사이로 어스름한 밤의 달빛이 새어나왔다. 어둠이 앉았지만, 그 어둠 속에서도 그들은 서로의 형상을 또렷이 그려 내었다. 소진은 우진의 얼굴에 손을 대고 찬찬히 그의 것들을 쓰다듬었다.

숱 많은 눈썹도, 끝이 살짝 뭉툭한 그의 높은 콧대도, 쉴 새 없이 다가오던 그의 입술도, 까칠하게 수염이 돋아난 그의 턱도, 소진은 제 손안에 그 모든 걸 담아내듯 매만졌다. 우진은 그런 소진의 매끄러운 어깨에 자잘한 입맞춤을 하였다.

"네가 날 어떤 눈으로 볼까 무서웠어."

창문을 두들겨 대는 바람 소리 때문에 소진의 목소리가 더욱 힘없이 들리었다.

"나는…… 배가 너무 고플 때보다, 그들이 잿더미를 내게 부을 때보다, 문 밖에서 밤새도록 추위에 떨 때보다."

우진의 가슴이 깊은 숨으로 인해 들썩였다. 상상조차 되지 않는 소진의 지난날에 치솟는 분노에 그의 전신이 떨리었다. 그러나 그 떨림조차 소진이 있기에, 그녀의 온기에 금세 멎어 갔다.

"네가 날 볼 눈이…… 그 눈이 더 무서웠어. 그래서 차라리 보지 않는 것이 낫다 생각했어."

제 떨림이 그녀에게 옮겨 갔는지 소진의 목소리가 사정없이 떨리었다. 우진은 이번에 제 온기로 그녀의 떨림을 멎기를 바랐다. 우진의 손이 반복적으로 소진의 어깨를 토닥였다.

"근데 우진아."

"······응."

"사랑해 줘서 고마워."

소진의 어깨에서 움직이던 그의 손이 허공에서 멈추었다. 가슴 아주 깊은 곳부터 울컥 올라오는 무언가를 간신히 억누르며 우진은 어금니를 꽉 깨물었다. 사랑을 받는 것이 고마워야 할 일인 이 여자를 두고 미적거리고 머뭇거렸던 지난날의 제 모습이 떠올라 괴로웠다.

좀 더 일찍이 사랑을 해 주었더라면, 아니, 사랑을 하고 있었다는 것을 말해 주었더라면, 충분히 사랑을 받고 있단 걸 알게 해 주었더라면, 그녀에게 일어났던 옛날의 그 악몽 같던 일을 지워 버릴 수 있다면, 그는 제 영혼이라도 팔 것이었다. 그래서 이 여자에게서 사랑은 구걸을 해야 얻을 수 있는 것이 아니라고, 고마워할 필요 없다고 일러 주고 싶었다.

"소진아."

"······응."

"우리 이렇게 살까."

입 밖으로 꺼내져 허공을 맴돌다 금방 사라져 버린 우진의 말을 찾아 헤매듯 소진은 고갤 들어 우진을 보았다. 우진은 앞으로 흘러내린 소진의 머리카락을 귀 뒤로 넘겨 주며 그녀의 머루 알같이 까만 눈동자를 응시했다.

"너랑 나, 이렇게 아무도 없는 곳에서 단둘이 살까."

"······."

"하루는 네가 밥을 하고 내가 청소를 하고, 또 하루는 네가 빨래를 하고 내가 창문을 닦고. 그렇게 할까?"

소진은 가만히 그의 가슴에 머리를 기대었다. 그의 심장 소리가 듣기 좋게 울리었다. 우진의 심장 소리는 이렇구나. 쿵. 쿵. 쿵. 빠르지도 느리지도 않게 우진이를 꼭 빼닮았구나. 소진은 희미한 미소를 머금었다.

"우진아, 나는 빵을 구울게. 내가 구운 빵, 네가 잘 먹잖아. 그러면 너는 커피를 내리는 거야. 집 안 가득 맛있는 냄새가 퍼지면 오가던 사람들이 들여다보겠지? 그럼 아주 비싸게 팔아 버리는 거야. 그렇게 번 돈으로 장도 보고, 우진이 입을 스웨터 뜰 실도 사고, 이모랑 아저씨한테 보낼 편지지도 사야지."

"그리고 또."

"그리고 또 우진이 닮은 강아지 한 마리를 주워 오자. 우리 둘만 있음 심심할 수도 있으니까. 아니, 사실 나는 심심하지 않은데 그래도 강아지는 한번 키워 보고 싶었어. 주인한테 버려진 강아지 한 마리 주워서 이름을 붙여 주는 거야. 너랑 나랑 머리 맞대고 이건 어때, 저건 어때 하면서 조금은 유치한 이름을 지어 주자."

"그래. 또."

"또…… 그리고 또……."

작아지는 소진의 목소리에 귀를 기울이며 우진은 어렴풋이 웃었다. 잠이 쏟아지는지 우진의 가슴에 턱을 괴었다가, 볼을 기대었다가 흔들리는 머리를 주체하지 못하는 소진의 머릿결을 습관처럼 빗어 내리며 우진은 소진이 못 다한 말을 대신하였다.

"그리고 지소진 옆에 항상 내가 있는 거지. 귀찮을 정도로 옆에 찰싹 달라붙어 괴롭혀 줄 거야. 그때 돼서 도망가지 마. 이미 늦어 버렸어."

무거운 눈꺼풀을 닫아 내리면서도 웃는 소진을 끌어당겨 팔베개를 해 주고 그녀의 머리맡에 입술을 댄 우진도 서서히 눈을 감았다.

아무것도 방해하지 않는 고요함이 그들을 감싸 안았다. 뜨거운 체온으로 덮여진 서로의 몸을 맞대고 그들은 평온하게 그들만의 세상으로 들어갔다.

사랑해.

귓가에 속삭여진 그의 말이 꿈일까, 생각하며 소진은 깍지 낀 그의 손을 더 힘주어 잡아 쥐었다. 소진의 입에서 고른 숨이 내쉬어졌다.

† † †

"차장님은 이해가 가세요?"

명학은 새해를 넘긴 지도 한참 지났는데 여태 책상 위에 그대로 놓여 있는 2013년의 달력을 집어 들으며 웃었다. 2013년은 갔지만, 아직 바깥세상은 겨울이었다.

"전 살짝 이해도 할 뻔했어요. 아니, 사실은 이해한 척하려던 거예요. 걔네들 하는 꼴이 정말 사람 질리게 만들어서 그 사랑이란 거, 그래 참 대단한 거구나. 자기 자신을 다 버릴 수도 있는 게 그 사랑인가 뭔가 하는 거나 보네 했어요. 하지만 아무리 생각해도 전 그 자식이 한심해요."

명학은 지난 달력은 서랍 깊숙한 곳에 넣고 새로운 달력을 꺼내 들었다. 그리고 그 달력을 꽤 오래전 네 사람이 함께 찍은 사진이 껴져 있는 액자 옆에 나란히 두었다. 네 사람이 함께 사진을 찍는 일은 거의 없었다. 나이가 들다 보니 그게 좀 후회가 되었다. 소진과 우진의 길어진 여행이 마무리된다면, 그래서 그 아이들이 돌아온다면 가장 먼저 사진부터 찍어야겠다, 했다.

"벌써 보름이 다 돼 가요. 그동안 전화 한 통을 안 해 줘요. 둘이 지금 이 상황에 신혼여행이라도 간 거예요?"

꼬았던 다리를 풀고 깨끗이 비워진 커피 잔을 신경질적으로 내려 놓는 명희를 명학은 다정하게 보았다. 우진이 없는 빈자리를 대신 채워 주고 있는 명희는 사실 그들을 책망하고 있는 것이 아니라 부러워한다는 걸 잘 알았다.

"최 검사, 자네도 그만 연애를 해 보지 그래. 그러면 그 마음이 이해가 될 텐데."

"차장님은 이해하시는 말투세요."

"나야 사랑을 하는 사람이니까."

명희는 못 들은 말을 들은 것처럼 혀를 내둘렀다. 서울중앙지검을 통틀어 부하 직원들이 가장 어려워한다는 정명학 검사가 입에 올린 사랑이란 단어에 낯이 오그라드는 느낌이었다. 그깟 사랑이 뭐 그리 대단한 거라고, 다들 난리인지 모르겠다.

"재판이 코앞이에요."

명학은 조금은 달라진 기색으로 명희를 보았다. 명희 또한 방금 전까지 투정 부리듯 찌푸렸던 얼굴을 펴고 진지하게 명학을 마주 보고 있었다. 그들이 여행이란 핑계를 대고 서울을 떠난 지 얼마 안 있어 재희는 구치소에서 나왔다.

선천적으로 심장에 문제가 있다는 핑계를 대고 법원에 끈질긴 요구를 한 끝에 거주지가 일정하고 보호자가 서종오 국회의원이라는 확실한 신원 보증으로 가능한 일이었다. 가택에서 머문다는 조건으로 풀려난 재희에 대한 경계를 늦추지 않은 명희는 경찰들에게 감시를 맡겼다.

재판까지 이틀밖에 시간이 남지 않았다. 재판이 끝나면, 그땐 서재희가 풀려날 그 어떤 기회도 없을 것을 자신했다.

"재판도 보지 않을 생각인가 봐요."

"아직 세상이 시끄러우니까. 우진이는 소진이를 그 세상에서 감추고 싶어 할 뿐이지."

사람들한테 내놓아진 세상을 버리고, 저들만의 세상을 만들어가고 있는지도 몰랐다. 통화 한번 해 주지 않는 아이들을 그대로 내버려 두는 주연이 신기하여 명학은 물었었다. 어째서 아이들을 찾지 않냐고. 그때 주연은 기자들이 진을 치고 있는 바깥을 내다보다가 한숨 섞인 목소리로 말했다.

'언니도 이해해 주겠지? 그 아이들이 이곳을 떠나도.'

주연은 아이들을 떠나보낼 준비를 하고 있었다. 상처만 잔뜩 안겨 주었던 세상을 등지고자 하는 아이들의 편에 설 것을 확고히 하였다.

"예전 같음 우진이에게 또 큰 소리 쳤을 거예요. 결국 택한 게 도피라니, 너무 약해 빠진 거 아니냐고 따졌을 거예요. 근데 사실 그들한테 그런 말 할 자격이 있는 사람은 아무도 없잖아요. 그 둘은 누구한테도 인정받을 필요가 없는데. 그래도 이따금씩 얄미운 걸 어떡해요. 서재희를 잡고, 소진 씨가 풀리기를 기다렸다가 이리 홀라당 도망가 버린 게. 서재희에 대한 나머지 일은 모두 나한테 떠맡기고 말이죠. 진짜 못된 놈이에요, 걔는."

"암, 못난 놈이지."

"재수 없는 자식."

"형편없이 무책임한 놈이지."

"평생을 한 여자만 끼고 살다 죽어 버리라죠."

"그건 그 녀석한테 축복인 일인데?"

"아, 그럼 이건 취소."

잠시 말을 멈추고 서로를 보던 명학과 명희는 누가 먼저랄 것 없이 웃음을 터트렸다. 명희는 가볍게 자릴 털고 일어났다.

"재판 끝나고 둘 얼굴 좀 보러 가야겠어요. 가서 욕이나 실컷 해 주고 와야지."

"다 같이 가 보자고."

"네. 그럼 전 이만 가 볼게요."

"그래, 수고 좀 해."

고개를 끄덕이고 돌아서 나가려던 명희는 마침 울리는 벨소리에 전화를 받으며 사무실 문손잡이를 잡았다.

"네, 최명희……."

손잡이에 올려 두었던 명희의 손이 주춤하였다. 명희는 무언가 잘못 들은 사람처럼 느릿한 반응으로 문고리에서 손을 떼어 냈다.

천천히 다시 뒤돌아 저를 보는 명희의 얼굴을 마주한 명학은 알 수 없는 불안감이 밀려오는 것을 느꼈다.

"서재희가…… 없다고요?"

명학의 몸이 반사적으로 앞으로 튀어 나가다가 책상 모서리에 부딪쳤다. 그의 몸에 밀려난 파일에 사진 액자가 뒤로 넘어가면서 바닥에 떨어졌다. 유리가 깨져 파편이 튀는 소리가 소란스레 울렸다.

유리 조각들이 으깨져 흩어져 있는 사진 속에서 우진과 소진은 티 없이 웃고 있었다. 명학의 눈이 황망히 그것들에 꽂혔다.

21.

　서재희의 집은 2층으로 된 주택이었다. 그 집을 탈탈 턴 것이 오래전 일이었다. 서재희 사건뿐만 아니라 서종오의 감사가 겹치면서 그 집에 온전히 남아 있는 물건이 없을 정도로 샅샅이 수색되어진 집이었다. 그리고 서재희가 그 집에 돌아와 머물면서 그 주변은 철저한 감시 태세가 갖춰졌다. 경찰들이 수시로 교대를 해 가며 서재희의 신변을 살폈다.

　서재희는 집으로 돌아온 이후, 단 한 차례도 바깥출입을 하지 않았다. 가끔 서종오와 서종오를 보좌하는 보좌관들만이 그 집을 들락날락거렸을 뿐, 이상한 낌새는 보이지 않았다. 그 시간이 길어져서 그를 감시하는 경찰들의 수가 대폭 줄었을 때, 일이 발생하였다. 그것도 재판까지 겨우 이틀 남은 시점에.

　명희는 그만 어처구니가 없어 헛웃음을 터트렸다. 눈앞에 펼쳐진 광경이 믿기지가 않았다. 모든 걸 엎고 뒤졌던 서재희의 집 내부에서 미처 발견되지 않았던 방이 활짝 입구를 드러내고 있었다. 1층의 서재로부터 연결된 통로는 다른 별관 창고까지 갈 수 있게 뻥 뚫려 있었고, 그 창고는 또 차고와 이어져 있었다.

한심하게도 그 차고에서 서재희가 버젓이 차에 시동을 켜고 운전대를 잡을 때까지도, 또 그 차가 차고를 벗어나 도로에 진입할 때까지도 현관문과 대문만 열심히 지켜보고 있던 경찰은 손을 놓고 있었단다. 그러다가 뒤늦게야 차고 문이 열려 있고 그 안에 차가 없어졌다는 사실을 알아챈 경찰이 집 안에 들이닥치면서 서재희가 도주했다는 것을 알았다.

"재희는 곧 돌아올 겁니다."

명희는 통로를 가리고 있던 책꽂이 옆에 서서 태평스런 얼굴을 하고 있는 서종오 의원을 끔찍한 물건 보듯 하였다.

"그렇게 아들 일에 자신하세요? 제가 보기엔 서종오 의원님은 아들에 대해 쥐뿔도 아는 게 없어 보이시는데요."

서종오 옆에 서 있던 보좌관이 발끈하여 앞으로 나섰지만, 명희의 쏘아붙임이 더 빨랐다.

"아들이 무슨 짓거리를 하는지는 알고 계셨어요?"

"……."

"정말 알고 있었더라면 당신은 아버지가 아냐. 세상 그 어떤 아버지가 제 자식이 살인자가 되는 걸 보고만 있어요?"

명희의 경멸 어린 비난에도 서종오는 눈 하나 깜짝 안 했다. 명희는 상대할 가치도 없다는 듯 그에게서 시선을 거두었다. 명희는 숨겨져 있던 방을 쭉 둘러보며 비소를 흘렸다.

벽엔 수많은 사진과 신문 스크랩, 글씨가 적힌 종이들이 붙여져 있었다. 김석태, 이정숙, 한영훈, 유고은, 그리고 지소진. 그들에 대한 모든 정보들이 틈 하나 보이지 않고 빽빽이 벽을 둘러싸고 있었다. 이것들을 이제야 발견했다는 게, 기가 막힐 따름이었다.

"뭣들 하는 거예요! 저것들 다 안 담고!"

그저 나 죽었소, 하고 명희의 눈치만 보던 경찰들은 서둘러 증거가 될 그것들을 사진으로 남긴 뒤 떼어 박스에 모았다. 그러다 경찰하나가 무언가 발견한 듯 명희를 불렀다. 명희는 그들 사이를 비집고 들어가 경찰이 집어 든 작은 상자를 뺏듯이 거머쥐었다. 성인 남자의 손바닥만 한 크기의 상자 안엔 수많은 주사기와 약물이 담긴조그만 통이 들어 있었다. 명희는 그것들을 서종오 의원 앞에 내밀었다.

"참 대단한 아드님 두셨네요. 제정신이 아닌 것처럼 보이더니 다그럴 만한 이유가 있었어요."

서종오 의원은 명희가 내민 것들을 가만 내려 보다가 천천히 뒤돌아섰다. 사람들을 등진 서종오의 얼굴은 더 이상 태연을 가장한평소의 모습이 아니었다. 그는 자신이 차마 떠안지도 못했던 자식이 행해 온 모든 것들이 제 앞으로 쏟아지는 것을 감당하기 힘들어얼굴을 일그러트렸다.

그가 느릿하게 걷다가 휘청이자, 보좌관이 서둘러 그를 부축했다. 그 모습을 가증스럽다는 듯 쳐다보던 명희는 들고 있던 것들을상자 안에 쏟아부었다. 제 손이 더러워진 기분에 명희는 옷에 손을닦아 냈다.

"최 검사님!"

신발을 신은 채로 뛰어 들어온 동현과 민철의 모습에 명희가 서둘러 그들에게 다가섰다.

"어떻게 됐어요? 위치 추적됐어요?"

"차량 번호판 찍힌 데로 선발대 먼저 보냈어요."

"어디 쪽으로 가고 있는 데요?"

"인천으로 들어가는 것까지 확인됐습니다."

"인천이면…… 인천?"

명희는 민철이 잘못 말했기를 바라는 얼굴로 되물었다. 그러나 민철은 다시 한 번 똑똑히 서재희가 몰고 있는 차량이 인천으로 진입했단 사실을 알려 주었다.

"괜찮습니까?"

파랗게 얼굴이 질리는 명희를 걱정스레 살피며 동현이 물어왔다. 명희는 초조하게 손톱을 물어뜯었다. 그런 명희의 손을 동현이 잡아 내렸다.

"왜 그래요?"

"……강화도예요."

"예?"

인천에 있는 섬, 그 안에 우진과 소진이 있었다.

"서재희, 강화도로 가고 있다고요!"

명희는 황급히 그곳을 빠져나와 강화도로 가기 위해 발을 움직였다. 갑자기 돌아서 입구 쪽으로 나오려던 명희가 무언가 밟고 앞으로 넘어질 뻔한 것을 동현이 잡아 주었다. 명희는 동현에게 고맙다는 말을 할 새도 없이 제 발밑에 굴러다니는 것을 멍하니 보았다. 그런 명희를 대신하여 동현이 그것을 주워 들었다.

"……총……알이에요."

손가락 한 마디 정도 되는 것이 동현의 손에서 누렇게 번뜩이는 걸 보며 명희는 현기증이 나는 이마를 손바닥으로 감쌌다. 불길한 예감이 명희의 전신을 덮쳐 잠식해 갔다.

창문에 한가득 성에가 끼어 있었다. 그 앞에 놓인 흔들의자에 앉아 그녀는 창문 위에 손가락을 대고 똑같은 이름을 쓰고 지우길 반복했다. 지우진 밑에 지소진, 또 그 밑에 지우진. 여러 번 같은 글자가 쓰이는 창문에 비친 소진의 얼굴은 평온해 보였다. 담요로 덮여져 있는 소진의 발치에서 무언가가 꿈틀댔다.

창문에 호, 입김을 내뿜어 다시금 창문을 불투명하게 만들던 소진이 제 다리 사이를 오가며 간지러움을 태우는 것에 고개를 젖히며 웃었다. 그러곤 이내 담요를 홱 거둬 내어 그 안에 들어 있던 것을 양손으로 집어 올렸다.

포동포동 살이 오른 새하얀 강아지 한 마리가 갑자기 허공으로 치솟은 제 몸뚱이가 영 이상한지 혀로 코를 할짝거렸다. 눈도 잘 뜨지 못한 것이 시장에서 제 형제들과 뒤섞여 상자 안에 담겨져 있을 때까지만 해도 추위에 바들거리는 몸이 바싹 말라 금방이라도 죽어 버릴 것만 같았는데, 그래서 우진이 한 마리 사 줄까 했을 때도 쉬사리 응이라고 대답하지 못했는데, 돌아서 차 안으로 왔다가 다시가 데려왔더니 이리도 하루가 다르게 쑥쑥 커 갔다.

소진은 말랑말랑한 강아지 몸에 볼을 문질렀다. 폭신한 털이 따스하게 그녀를 감싸 왔다. 주전자 끓는 소리가 들렸다. 소진은 강아지를 다시 바닥에 내려 두고 의자에서 일어나 주방으로 갔다.

단 한 번도 출근 시간을 어긴 적 없던 우진은 겨울엔 해가 뜨기도 전에 항상 집을 나갔다. 그래서 소진은 이곳에 오고 나서야 사실은 우진이 아침잠이 굉장히 많은 사람이란 걸 알았다. 밤새 소진을 품에서 놓아주지 않고 잠이 드는 우진에게서 벗어날 수 있는 기회는 아침, 그 잠깐뿐이었다. 그것조차도 종종 실패로 돌아갈 때가 많았다. 우진의 품에서 나오다가 걸려 다시 침대로 끌려 들어가곤 했다.

소진은 가스레인지 불을 끄고 옷소매를 끌어당겨 주전자를 쥐었다. 미리 꺼내 놓았던 머그컵에 뜨거운 물을 가득 붓자 커피 원두가 녹아들며 향을 솔솔 풍겨 왔다. 미리 구워 놓은 식빵과 버터를 접시에 올리고 쟁반에 그것들을 담았다.

소진은 우진이 깨기 전 간단한 아침을 준비하는 이 시간이 좋았다. 이것들을 가져가면 분명 잠에서 덜 깬 얼굴로 그녀가 주는 대로 입만 벌려 받아먹다가 돌연 그녀의 허리를 감싸 안고 잠투정 부리듯 옆구리를 파고들 그를 보는 게 좋았다.

"복실아, 우진이 깨우러 가자."

촌스러운 복실이의 이름을 부를 때도 좋았다. 우진과 그녀 사이에 어떠한 매개체가 생겼다는 것은 생경한 느낌이었다. 단 하나의 생명이라도 우진과 자신을 있는 그대로 지켜봐 준다는 그 느낌은 특별했다.

"복실아."

소진은 쟁반을 들고 나가려다가 복실이가 보이지 않는다는 걸 깨달았다. 늘 느리게 꼬물대며 그녀의 곁에서 멀리 가지 않던 복실이가 아무리 주위를 둘러보아도 보이지 않았다. 소진은 들고 있던 쟁반을 다시 내려두었다.

문이 열려 있었다. 그 사이로 거친 바닷바람이 새어 들어오고 있었다. 오래된 별장의 문은 잠가 놓지 않으면 이따금씩 제멋대로 슬그머니 틈을 보이며 조금씩 열리기도 했다. 그러고 보니 어젯밤엔 자기 전, 문을 잠갔다는 기억이 없었다. 소진은 복실이의 이름을 연달아 부르며 서서히 문가로 다가갔다.

"소진아."

별장이 조용했다. 우진은 이불을 젖혀 침대 밑으로 다릴 내리며 다시 한 번 소진의 이름을 불렀다. 한 번만 불러도 금방 얼굴을 내밀고 방긋 웃는 소진이 여러 번 이름이 불릴 동안에도 모습을 드러내지 않았다. 우진은 마른세수를 하며 침대에서 일어나 방을 나섰다.

거실엔 열려져 있는 문에서 들어오는 바람에 흔들의자만이 기우뚱 몸체를 움직이며 삐꺼덕 소릴 내고 있었다. 소진을 다시 부르는 우진의 목소리가 좀 전보다 낮았다.

"지소진!"

좀처럼 보이지 않는 소진을 찾는 우진의 목소리가 끝내는 화기를 드러냈다. 문이 열려 있으니 밖으로 나갔구나, 싶었는데 소진이 말도 없이 그것도 혼자서 어딘가를 나갔다는 게 쉬이 받아들여지지 않았다. 우진은 화장실 문부터 열어 안을 확인했다. 작은 방 문을 열어 보고, 창고를 열어 보고, 주방 안까지 샅샅이 확인한 우진의 표정이 굳어져 갔다.

그때, 반짝이며 불을 내는 휴대폰이 우진의 눈에 잡히었다. 일주일 동안 내버려 두었던 전화를 새로이 충전한 것은 주연에게 잘 있단 전화를 해 주기 위해서였다. 주연과의 통화를 마치고 우진은 또 핸드폰을 아무 데나 던져 놓았었다. 근데 그 핸드폰이 지금 소파에서 우진을 향해 경고를 주듯 깜빡이고 있었다.

수화기 너머 명희의 흥분 어린 말이 이어질수록 핸드폰을 거머쥔 우진의 손 위로 파란 핏줄이 솟아오르고 뼈 마디마디가 움찔대며 도드라졌다. 서늘한 한기가 몸을 휘감았다. 우진은 윙윙 울려 대는 바람 소리를 따라 고갤 돌렸다. 아직 문은 그곳에서 벌려진 채 여과 없이 바깥 공기를 안으로 들이고 있었다.

싸한 냉기가 퍼지고 있는 그곳을 향해 우진은 뛰었다. 우진이 밀치고 간 문짝이 진동을 울리며 흔들리더니 힘없이 기울어 나가떨어질락 말락 했다. 문은 바람에 따라 벽에 부딪칠 듯 말 듯 기이한 소리를 내었다.

우진의 눈은 미친 사람의 그것처럼 초점이 없었다. 그의 눈은 괴물처럼 잡아먹을 듯 다가왔다가 눈 깜짝할 새에 다시 저 멀리 물러나 있는 짙푸른 바다 어딘가를 헤매고 있었다. 그곳에 있을 리가 없다는 걸 머리로는 알면서 눈은 바다를 훑고, 하늘을 훑고, 닥치는 대로 보이는 모든 것들을 훑었다.

어디 있는지도 모르면서 우진은 발이 푹푹 들어가는 모래사장을 하염없이 달렸다. 다리가 무거웠다. 수백 마리의 악귀가 달라붙어 제 몸을 끌어 내리는 것처럼 우진의 숨이 가빠 오고 몸의 힘은 빠져 갔다.

"소진아! 지소진!"

우진의 목소리가 금세 바닷바람에 묻혀 사그라졌다. 목이 찢어질 만큼 고래고래 소리쳐 불러 보지만 그의 목소리는 얼마 가지도 못하고 사나운 겨울 추위에 잡아먹혔다.

"지소진-!!"

꽤 먼 거리를 달려 나왔다 생각했는데 뒤를 돌아보니 그들이 머물고 있던 별장이 엄지손톱만 한 크기로 그 자리를 지키고 있었다. 우진은 다시 한 번 소리쳐 소진을 불렀다. 차가운 공기가 입 속으로 혹 끼쳐 들어왔다. 입안에 침이 다 마르고 목구멍은 따가웠다.

"······진아!"

우진의 몸이 옆으로 휙 돌아갔다. 바람이 싣고 온 아주 작은 목소리에 우진은 본능적으로 그곳을 돌아보았다. 우진과 별장 중간쯤에 위치해 있던 커다란 바위 옆으로 삐져나온 치마가 정신없이 휘날리고 있었다. 소진이 그곳에 서서 우진을 향해 손을 흔들고 있었다.

한 손으로 입을 가리고 크게 뭐라 소리치는 것 같기도 한데 잘 들리지가 않았다. 우진의 다리가 다시 모래 바닥을 박차며 움직이기 시작했다.

"······우진아, 나 여기 있어!"

근처에 다다르고야 소진의 목소리가 제대로 들렸다. 우진은 소진이 더 뭐라 말하려 입을 열 기회도 주지 않고 거칠게 그녀를 껴안았다. 그녀를 부서트릴 양 품에 안고 거친 숨을 몰아쉬던 우진은 이내 소진을 떼어 내고 그녀의 양어깨를 잡아 뒤흔들었다.

"지금 이게 뭐 하는 짓이야!!"

고함을 내지르는 우진을 보며 소진은 놀란 듯 눈을 키웠다.

"우진아······."

"누가 네 멋대로 내 눈앞에서 사라지래! 사람 미치는 꼴 보고 싶어!"

본인 스스로도 감당 못 할 악을 내지르는 우진을 흔들리던 눈으로 보던 소진은 고갤 밑으로 내려 품 안에 안고 있던 것을 내보였다. 그걸 본 우진의 얼굴은 더욱 구겨졌다.

"복실이가······ 밖으로 나가 버려서. 너무 추운데 혼자 돌아다녀서······."

우진은 소진의 팔 안쪽에서 꿈틀거리며 소진의 손바닥을 혀로 핥고 있는 강아지를 건조한 눈으로 보았다. 소진은 손을 들어 그런 우진의 얼굴을 감쌌다.

"나 안 보여서 많이 걱정했구나. 미안해. 잠깐이면 될 줄 알고 그랬어. 미안해, 우진아."

"……."

"걱정하지 마, 우진아. 내가 어딜 가겠어. 우진이, 네가 여기 있는데."

"그거, 내려놔."

소진은 제 손을 잡아 밑으로 끌어 내리며 딱딱한 목소리로 말하는 우진의 기색을 불안한 듯 살폈다. 소진은 그의 말이 무슨 뜻인지 잘 모르겠단 표정으로 우진의 손을 꼭 붙들었다. 우진은 그런 소진의 손을 뿌리치더니 그녀에게서 강아지를 뺏어 들어 바닥 아무 데나 내 버렸다.

"우진아!"

놀라 소리치며 바로 다시 강아지를 챙기려는 소진의 양팔을 억세게 거머쥔 우진은 그대로 그녀를 질질 끌었다.

"우진아! 왜 그래! 이것 좀 놔 봐! 우진아! 왜, 왜……!"

"여길 벗어나야 된다고!"

가지 않으려고 몸을 뒤로 빼는 소진에게 우진은 버럭 소릴 질렀다. 소진은 뭔가 우진이 평소와 같지 않다는 걸 느꼈다. 자신의 손목을 쥐고 있는 우진의 손이 지나치게 뜨거웠고, 그의 얼굴은 무언가에 대한 불안감으로 뒤범벅되어 있었다.

"나는 지금 저딴 거 말고 널 지켜야 해! 지소진, 너를!"

"무슨…… 말이야? 우진아, 대체 무슨……."

"길게 말할 시간 없어. 잔말 말고 따라와."

소진은 뭔가를 더 물어보지도 못하고 끌려가듯 그의 뒤를 따랐다. 우진을 이렇게 만든 것이 대체 무엇일까, 생각하면서도 소진은 자신이 내버려진 것도 모르는 듯 모래사장에 우두커니 앉아 있는 복실이를 연신 돌아보았다. 누군가에게 버림을 받는다는 건 정말 끔찍한 일인데……. 소진의 눈이 빨개져 갔다.

"……안녕."

누가 먼저랄 것도 없이 우진과 소진의 숨이 멈췄다. 그들은 차키를 가지고 나온다는 이유로 다시 별장 안으로 발을 들이지 말았어야 했다. 그냥 거기서 돌아서 별장과 반대 방향으로 최대한 멀어져야 했다. 그랬다면 그들은 별장, 이곳에서 다시 그를 마주치지 않았을지도 몰랐다.

우진은 덜덜 떨리는 소진의 몸을 자신의 뒤로 숨기며 그를 보았다. 흔들의자에 앉아 몸을 축 늘어트리고 있는 그, 서재희를.

"오랜만이야, 친구."

소진의 어깨가 흠칫거렸다. 그는 그날도 그랬다. 고아원이었던 건물을 무너트리고 새로 세운 거대한 성당 앞에서 그는 지금과 마찬가지로 오랜 친구를 다시 만난 듯 반갑게 미소 지으며 인사했다. 그리고 그 미소는 그녀를 끔찍한 지옥으로 끌고 갔다.

이제야 이해가 갔다. 우진이 왜 그리도 그녀를 잃어버릴 것 같은 사람처럼 굴었는지.

서재희는 약에 깊이 취한 듯 풀린 동공으로 그들을 뚫어지게 응시하고 있었다. 무슨 생각을 하는지 간혹 가다 히죽 웃음소리를 내며 몸에 힘을 실어 의자를 앞뒤로 흔들었다. 삐걱삐걱, 나무 바닥과 부딪치는 흔들의자의 소리가 아무도 말소리를 내지 않는 거실을 돌아다녔다.

재희는 느리게 눈을 끔뻑이더니 잠시 눈을 붙이고 고개를 뒤로 젖혔다. 우진은 그 순간을 놓치지 않고 소진의 몸을 뒤로 밀었다. 곧 떨어져 나갈 듯 간신히 매달려 있는 낡은 문은 열려 있었고, 밖으로 나갈 길은 충분했다. 우진은 뒤로 팔을 뻗어 소진은 밀쳤지만, 그럴수록 소진은 우진의 팔을 붙잡고 매달렸다.

당장 돌아서 뛰어. 뒤도 돌아보지 말고 앞만 보고 뛰어. 우진의 눈이 그렇게 말하고 있었다. 그러나 소진은 고개를 세차게 저었다. 우진이 이곳에 있는 한, 소진은 한 발짝도 움직일 수 없었다. 우진은 간절하게 소진을 보았다. 지소진, 제발…….

"도망가면 죽여 버린다."

다시 눈을 뜨고 그 흐리멍덩한 눈동자에 웃음기를 달고 있는 서재희의 장난스런 말은 이곳을 벗어날 마지막 기회조차도 그들에게서 앗아 갔다. 서재희는 개구쟁이 같은 얼굴을 하고 몸을 조금 일으켰다. 이 상황을 즐기는 듯 보이는 서재희가 꺼내 든 검고 작은 그것을 본 순간, 우진은 소진을 완전히 제 등 뒤로 숨기었다.

서재희는 총의 방아쇠울에 손가락을 끼고 빙글 돌렸다. 위태롭게 방아쇠에 닿는 재희의 손가락이 금방이라도 방아쇠를 눌러 버릴 것만 같았다.

"내가 억울해서 말이야."

빙그르르 돌아가던 총이 허공에서 멈췄다. 재희의 잿빛 눈동자가 우진의 어깨를 넘어서 소진에게 닿았다. 자신의 눈을 피하지 않고 바로 보는 소진의 모습에 재희의 눈이 옆으로 길게 가늘어졌다.

"나만 나쁜 놈이 되는 게 너무 억울해서. 기껏 살 만하게 해 줬더니 다들 나만 나쁜 놈을 만들어 버리잖아. 나 진짜 억울해."

총을 장난감 다루듯 만지작거리며 고개를 숙이는 재희의 얼굴에 검은 그림자가 어렸다. 쓸쓸한 낯을 하고 총을 물끄러미 보는 재희의 손가락이 슬그머니 총의 레버를 밑으로 내리었다. 그리곤 빠르게 총을 들어 정확히 총구를 소진 쪽으로 겨누었다. 우진이 돌아서 소진을 껴안은 건 동시에 일어난 일이었다.

"빵!"

입으로 총소리를 낸 재희는 총을 흔들어 보이며 씩 웃었다. 우진은 자신을 벗어나려는 소진이 움직일 수 없도록 온 힘을 다해 그녀를 끌어안았다. 우진의 가슴을 밀치기 위해 안간힘을 쓰던 소진의 손이 차츰 힘을 잃고 밑으로 떨어졌다. 우진의 어깨에 가려 재희에게 소진의 얼굴은 반밖에 보이지 않았다. 소진의 검은 눈동자가 정확히 재희에게 닿았다.

재희는 자신을 빤히 쳐다보는 그 눈동자에 차츰 얼굴에서 미소를 지워 나갔다. 그녀의 까만 눈동자에 몸이 관통당하는 기분에 재희의 여유롭던 얼굴이 굳어 갔다. 소진은 잠시 우진의 어깨에 얼굴을 묻었다. 우진에게서 늘 나던 특유의 향이 맡아졌다. 소진은 그 냄새에 쿵쾅대던 심장의 속도가 늦춰지는 걸 느꼈다.

우진은 항상 그랬다. 항상 그녀에게 안정을 주었다. 소진은 그것을 빼앗기고 싶지 않았다. 그녀 안에서 불길이 치솟아 오르고 있었다. 이제는 평생 우진의 곁에 있을 줄 알았는데, 평생 우진이 있어 행복할 자신이 있었는데 야비한 불청객이 그것들을 뺏어 가려 한다.

소진이 고갤 들어 다시 재희를 바라보았다.

"고마워…… 하민."

웅얼거리듯 소진은 말했다. 고장 난 테이프처럼 그녀의 음성이 길게 늘어졌다.

"……뭐?"

"그들을, 죽여 줘서 고마워."

기묘하게 표정을 일그러트리는 재희를 보고 있지만, 소진의 모든 신경은 굳어진 우진의 몸을 향해 있었다. 제 말이 끝나기가 무섭게 온몸의 근육이 수축된 것처럼 숨 쉬는 것조차 잊어버리고 제 몸을 안고 있던 팔에 힘을 풀어 버리는 우진의 몸을 예민하게 느끼고 있었다.

그러나 소진은 멈추려 하지 않았다. 우진에게 가장 더럽고 추악한 그녀 안에 숨 쉬는 것을 내보인다 하더라도 소진은 멈출 생각이 없었다.

"고마워? 네 부모를 죽여 줘서 고마워?"

재희는 조금은 흥분된 억양으로 묻고 있었다. 모두가 나쁜 짓을 한 아이를 따끔히 혼내듯 그에게 죄를 물었는데, 처음으로 그녀가 그의 행동에 감사를 표하고 있었다.

"고마워."

"하!"

재희는 재밌어하며 소진을 보았다.

"난 이제 행복할 거야. 행복해질 거야."

소진은 그 말을 하면서 우진의 몸을 살짝 밀쳤다. 좀 전과는 달리 손쉽게 밀려나는 우진과 눈이 마주친 소진은 터져 나올 것 같은 비명에 입술을 물었다. 그만해, 소진아. 너랑 어울리지 않아. 그렇게 말하고 있는 우진의 얼굴에 소진은 참을 수 없는 고통을 느꼈다. 아니, 우진아. 사실은 말이야. 나는 이래.

"그러니까……."

나는 내 행복을 더 이상 뺏기고 싶지 않아.

"하민, 너도 죽었으면 좋겠어."

"!"

지독히도 이기적인 진심이 기어코 그녀의 입술을 뚫고 나온 순간, 재희는 커다란 웃음소리를 내었다. 적나라하게 드러난 소진의 속내를 환영하듯 그는 목청껏 웃었다. 소진은 그 웃음에 피가 식는 걸 느끼며, 적어도 우진의 얼굴이 보이지 않아 다행이라고 생각했다.

소진은 어디선가 안개가 밀려들어 제 눈을 가리는 거라고 생각했다. 눈앞이 뿌예진 것은 잔뜩 낀 수증기가 공중을 떠돌다가 그녀 앞에 몰려든 것이라고, 그렇게 생각했다. 그러나 소진은 그다음 우진의 손이 제 뺨에 와 닿았을 때, 그리고 그가 평소와 같이 그녀의 눈가를 쓸어 주었을 때, 가증스럽게도 울고 있다는 것을 깨달았다.

기껏 본심을 드러내 놓고, 사실은 그게 내 의지가 아니었다고 알아주기를 바라는 것처럼 눈물을 흘리고 있다는 것을 알았다. 우진은 알까. 사실은 그녀가 지금 이 순간조차도 오로지 우진이 자신한테 질렸을까 봐, 그래서 혼자 놔두고 가 버릴까 봐, 그것만을 두려워하고 있다는 것을. 서재희가 진짜 죽어 버렸으면 좋겠다고 생각한다는 것을.

만약 서재희가 들고 있는 총이 제 손에 들려 있다면 가차 없이 그를 향해 방아쇠를 당길 거라는 걸, 우진은 짐작이나 할까.

"괜찮아."

소진은 믿지 못하겠다는 듯 우진을 보았다. 제 얼굴을 감싸고 다정한 눈길을 떼지 않으며 나지막하게 괜찮아, 소진아. 말해 주는 우진을 소진은 믿기지 않아 망연히 응시했다.

"……내가 죽길 바라?"

재희가 조금 고민이 된다는 듯 총구로 이마를 긁적였다. 소진은 여전히 제 곁에 서서 자신을 보호하기 위해 조금의 긴장도 늦추지 않고 재희를 노려보는 우진을 멍하니 바라보았다.

"내가 죽어 줘? 그럼 넌 뭐 해 줄래?"

멀리서부터 들리던 사이렌 소리가 별장을 에워싸기 시작했다. 창문을 가리고 있던 커튼에 불빛이 쏘아지고 일사불란하게 움직이는 사람들의 그림자가 어렸다. 경찰의 목소리가 확성기를 타고 그들 사이를 파고들었다. 서재희를 향한 경고가 연달았지만 바깥 사정이 달라졌다 하더라도 별장 내부는 그 상태 그대로 잠깐의 침묵만이 얹어졌다.

"소진아, 이리 와. 내 뒤로 와."

재희에게 시선을 고정한 채 부드럽게 말하는 우진의 얼굴을 바라보며 소진은 느리게 고개를 저었다. 재희의 손에 들려 있는 총이 우진을 향하고 있었다.

"뭐 해 줄 거냐니까!"

우진은 소진을 향해 손을 뻗었다. 내 손 잡아. 그리고 내 뒤에 있어. 소진은 이번에도 고개를 내저었다. 재희의 총구가 정확히 우진의 머리를 겨누었다.

"그냥 내가 알아서 가져가면 되지! 네가 가장 아까워할 걸로!!"

"서재희! 총 내려!"

열려 있던 문으로 경찰들이 들이닥쳤다. 그러나 그들은 쉬이 행동할 수 없었다. 경찰과 재희의 중간엔 우진과 소진이 있었고, 재희를 제압하는 것보단 그가 방아쇠를 당기는 게 훨씬 빠를 일일 터였다. 경찰들 사이에서 명희는 평정심을 잃지 않기 위해 주먹을 세게 쥐었다.

소진에게 손을 뻗고 있는 우진과, 그런 우진을 보며 안심하라는 듯 미소까지 짓고 있는 소진을 본 명희는 눈앞이 아찔해졌다. 이 상황에서조차 서로를 눈에 담고 있는 그들이, 그들의 모습이 뇌리에 강하게 박혀 머리가 아파 왔다. 명희는 정신을 차리기 위해 눈을 부릅뜨고 서재희를 향해 입을 열었다.

"서재희, 총 내리고……."

"그럼 가져간다."

타─앙──!

한 발의 총성이 울렸다. 그리고 거의 동시에 또 한 번의 총성이 터졌다.

"……"

우진은 자신의 손을 잡은 소진을 넋이 나간 얼굴로 보았다. 잡지 않겠다고 고집을 부리던 소진이 갑자기 덥석 제 손을 잡아 쥐었다. 그리고 아주 천천히 제 품 안으로 들어온다. 우진은 반사적으로 안은 소진의 몸이 불구덩이처럼 뜨겁다고 느껴졌다.

날개가 꺾여 버린 새처럼 가녀린 몸체를 자신에게 의지하는 소진을 받아 안으며 우진은 축축하게 젖어 오는 제 가슴을 내려 보았다. 아주 오래전, 소진이 손수 정성들여 따 주었던 회색 스웨터가 잔뜩 물을 머금은 듯 검게 변하고 있었다. 안 돼. 안 돼, 소진아. 똑바로 서 봐. 바보처럼 흐느적대지 말고 똑바로 일어나 봐, 지소진.

순식간에 벌어진 일에 명희는 입을 손으로 막고 그들을 보았다. 우진에게 겨누었던 총을 틀어 서재희가 소진을 향해 방아쇠를 당긴 순간, 동현의 총이 또한 서재희를 향해 발사됐다. 마룻바닥을 적시는 피가 누구의 것인지 헷갈렸다. 우진이 안고 있는 소진의 가슴을 타고 내리는 핏물인지, 총알이 박힌 다리를 붙들고 괴로워하는 서재희의 것인지.

"최 검사님! 정신 차리고 지시 내리세요! 서 형사, 당장 구급차 대기 시켜!"

공황 상태에 빠져든 명희를 현실로 끌고 온 건 동현의 목소리였다. 명희는 신속하게 재희에게 다가가는 경찰들을 보았다. 그제야 명희는 더듬더듬, 서재희를 체포하라 말하려 했다. 그러나 그녀의 말이 끝나기 전에, 또 한 발의 총성이 울렸다.

명희는 쿵, 하고 의자에서 떨어진 서재희의 모습에 눈을 질끈 감고 고갤 돌렸다. 서재희의 손에 잡힌 총이 스르륵, 바닥에 떨어졌다. 그의 머리 밑으로 검붉은 피가 퍼져 나갔다.

같이 가자.

소리 없이 중얼거리던 서재희의 동공이 멈췄다. 우진의 팔에 누워 있는 소진의 얼굴 위에서.

"……소……진아. 소진아."

명희는 찬물을 뒤집어쓴 듯 눈을 번쩍 떴다.

"잠깐만…… 잠깐만, 소진아. 이, 이거 아니잖아…… 잠깐만. 피가…… 아, 피가 안 멈춰. 피가 너무 많이 나…… 소진아, 안 돼. 잠깐만."

명희는 서둘러 우진에게 다가가 무릎을 꿇고 그 앞에 앉았다. 우진은 피가 솟구치는 소진의 가슴을 한 손으로 막으며 그녀의 머리를 꼭 끌어안고 제 얼굴을 갖다 대고 있었다. 명희는 입고 있던 정장 재킷을 벗어 소진의 가슴을 강하게 압박했다.

"소진아⋯⋯ 나 여기 있어. 눈 감지 말고 나 봐. 나 봐 봐. 아⋯⋯ 아아, 이건 아니잖아! 최명희, 우리 소진이 이럼 안 되잖아!"

명희는 차마 우진과 눈을 마주치지 못했다. 왜 이렇게 늦게 왔냐며 자신을 질책하는 듯한 우진의 젖은 눈을 볼 자신이 없었다. 가쁘게 숨을 몰아쉬며 몸을 떨어 대는 소진에게 명희의 붉게 충혈된 눈이 머물렀다. 명희는 툭, 툭 떨어지는 눈물을 거칠게 손등으로 비벼 닦아 내고 온 무게를 실어 소진의 가슴을 양 손바닥으로 눌렀다.

"우진아⋯⋯."

금방이라도 숨이 끊어질 것처럼 입술을 파르르 떨어 대던 소진이 그의 이름만큼은 너무도 또렷이 소리 내어 부르고 있었다.

"아, 어떡하지. 내가 어떡하면 돼⋯⋯. 최명희, 말 좀 해 봐! 내가 지금 뭘 하면 되는 거야! 난 모르겠으니까 제발 좀 알려 줘⋯⋯. 누가 나한테 말 좀 해 줘. 모르겠어. 소진이 피가 멈추지 않는데⋯⋯ 내가⋯⋯ 아아⋯⋯ 소진아."

금방이라도 소진이 제 앞에서 사라질 것처럼 우진은 필사적으로 소진을 끌어안고 또 끌어안았다. 자꾸만 제 품에서 축 흘러내리는 소진의 몸을 일으키며 우진은 점점 차가워지는 그녀의 볼에 제 뺨을 비비었다.

"소진아⋯⋯ 자면 안 돼. 여기서 이렇게 자면 안 돼. 밤이 되면⋯⋯ 그럼 내가 재워 줄 테니까 지금은⋯⋯ 지금은 자지 마. 지금은 너무 밝잖아. 소진아⋯⋯ 그러니까 소진아⋯⋯."

"⋯⋯우진아."

"응, 응, 그래."

"나는⋯⋯ 정말로⋯⋯."

소진은 말을 잇기가 버거운지 피와 뒤섞인 침을 삼키며 잠시 숨을 골랐다. 소진은 우진의 뺨에 손을 대었다. 너무도 차가운 손길이었다. 그 손으로 그녀는 남은 힘을 다해 천천히, 아주 천천히 그의 뺨을 토닥여 주었다. 꼭 그를 위로하듯이.

"……행복……하고 싶어. 그니까…… 우진아……."

"아아…… 알았어. 알았다고. 내가 그렇게 해 줄 거야. 그렇게 해 준다고!"

"……날 버리면…… 안……돼……."

"알았어. 알았어. 알았어, 소진아."

"우진아……."

하고 싶은 말이 아직 많은데. 눈 위에 바위를 얹은 듯 눈꺼풀이 무거워진다. 소진은 점점 흐려지는 우진의 얼굴을 조금 더 만지고 싶었다. 조금만 더 만지고, 말해 주고 싶었다. 네가 아니라 나여서 다행이라고. 그리고 그래서 미안하다고. 우진의 뺨에 흘러내리는 눈물을 닦아 주고 싶었다.

하지만 점점 손가락이 굳어져 간다. 손이 제 것이 아닌 양, 움직이지 않았다. 더 이상 우진이 만져지지 않는다. 뺨에서 떨어진 소진의 손이 그의 어깨를 스쳐, 가슴을 스쳐, 그의 다리 위로 자리를 정하고 멈췄다.

"눈…… 눈 떠. ……눈 떠……."

"……."

"소……진아? 소진아?"

"……."

"소진아, 눈 떠! 눈 좀 떠 봐. 눈 떠! 눈 떠, 눈 뜨라고! 지소진!"

매정하게 눈을 떠 주지 않는 소진의 머리를 꼭 끌어안고 울부짖

는 우진을 보며 명희도 더는 참지 못하고 흐느꼈다. 구급 대원들이
긴급하게 들어와 소진에게 다가왔지만 우진은 그들에게조차 소진을
보이지 않으려 했다. 우진은 소진의 상태를 확인하려 하는 그들에
게 악을 지르며 소진에게 손끝 하나 대지 말라 했다.

지금 소진의 몸이 너무 차가워, 소진이 추워할 테니 아무도 소진
을 데려갈 수 없다고 소리쳤다. 명희는 울음 섞인 목소리로 우진에
게 그만하라고 외쳤다. 얼른 그녀를 놔주라고 우진을 다그쳤다. 우
진은 소진이 제 품을 떠나기를 원치 않는다고 맞대응했다.

"명희야, 우리 소진이가 눈을 안 뜨잖아. 눈을 안 뜨잖아!"

"……그만해. 그만해, 지우진!"

"소진아."

우진은 얼음장같이 차가운 소진의 이마에 입을 대고 나지막하게
읊조렸다.

"착하지, 우리 소진이. 조금만 자고 일어나는 거야. 약속했어. 나
랑. 너 나랑 약속했잖아. 우리 같이 있기로 한 거…… 너 그거 잊으
면 안 돼. 절대 잊으면 안 돼."

수많은 인원이 동원되어 우진을 간신히 소진에게서 떼어 낼 수
있었다. 차가워 보이기만 하는 하얀 들것에 올려진 소진의 얼굴을
물끄러미 바라보던 우진은 억지로 웃어 보였다. 소진이의 목소리가
들리고 있었다.

우진아, 걱정 마. 내가 어딜 가겠어. 우진이, 네가 여기 있는데.

응, 응. 그래. 알아.

우진아.

응, 그래.

우진아…… 우진아.

소진이 그의 손을 떠나 멀어져 갔다. 많은 사람들에게 둘러싸여 그에게서 점점 멀어져 갔다. 우진은 소진이 지나간 자리 어느 한 편에서 죽은 듯이 엎드려 있는 것을 보았다. 까만 눈망울로 저를 쳐다보는 그것에게 우진이 손을 내밀자, 기다렸다는 듯 쪼르르 오는 새하얀 것을 보았다. 복실이가 우진의 다리에 몸을 기대더니 그 자리에 그대로 엎드려 코를 할짝거렸다.

복실아, 소진이 깨우러 가자. 네가 소진이 좀 일어나게 해 봐. 우리 소진이 좀 깨워 줘.

아무것도 모르고 꼬리를 흔들어 대는 복실이 앞으로 우진의 무릎이 털썩, 꺾이고 그의 몸이 옆으로 점점 기울어져 갔다.

† † †

꽃이 폈다.

"우리 왔어."

바람이 차분해지고, 콧등에 내려앉는 햇볕은 따듯했다.

"자주 못 와서 미안해."

주연은 가방에서 손수건을 꺼내 하얀 도자기를 조심스럽게 닦았다. 이미 윤이 나고 반짝이는 그것을 꼭 그리운 이마냥 정성스레 닦아 냈다. 금방이라도 저 높은 곳으로 훨훨 날아갈 듯 날개를 활짝 펴고 있는 새가 도자기에 새겨져 있다. 좁다란 공간에 갇혀 있는 유골함에는 어울리지도 않게, 너무도 자유롭다는 듯 깃털을 휘날리며 날고 있다.

"오는 길에 봄꽃이 폈더라. 이름 모를 들꽃도 소담하니 예쁜 거 있지. 우리 소진이가 좋아하는 벚꽃도 꽃봉오리가 맺혔어."

끊임없이 새를 어루만지는 주연의 손 위로 명학의 손이 겹쳐졌다.

"조금만 더 있음 꽃망울이 터질 텐데, 그럼 화사하게 만개해서 보기가 참 좋을 텐데."

명학은 주연의 손등을 토닥여 주었다. 도자기를 어루만지는 주연의 손끝이 떨리고 있었다.

"아무래도 거기보단 여기가 낫지? 그러게. 그렇게 가 버리지 말지. 가지 말지."

주연은 유골함 옆에 놓여 있는 사진 액자를 집어 들어 마찬가지로 정성스레 그것을 닦아 나갔다.

"웃네. 남의 속도 모르고 그냥 웃고 있네."

주연의 목소리가 젖었다. 시간이 지나면 모든 게 희미해진다는데, 그리움이란 시간이 지날수록 더 진해지기만 한다.

"지금쯤 우진이가 벚꽃 나무를 지나오고 있겠다. 많이 보고 싶었지?"

대답 없는 이는 또 그냥 말갛게 웃기만 한다. 주연은 조금은 원망스레 사진을 들여 본다. 결국은 힘없이 툭, 떨어져 버리는 눈물방울이 액자에 맺혀 흘러내렸다. 주연은 사진 속 미소가 흐려질까 얼른 손수건으로 물기를 닦아 냈다. 그리고 그런 주연의 눈물은 명학이 닦아 주었다.

"우진이가 저기 오네."

납골당 복도 저 끝에 위치한 유리문 너머로 베이지 스웨터에 갈색 면바지를 입고 있는 우진이의 모습이 보였다. 우진의 머리카락이 짧았다. 항상 집에서 편히 있을 땐 눈썹 바로 밑까지 덮던 머리칼이 바짝 잘려져 있었다. 짧은 머리 때문에 목덜미가 훤히 드러나 주연은 그것이 신경 쓰였다. 꽃이 폈다 해서 추위가 다 물러난 것도 아닌데, 머플러라도 하나 하지. 주연은 멀리 있는 우진을 보며 그리 생각했다.

우진은 유리문을 활짝 열어젖혔다. 계단에 서서 문고리를 잡은 채 우진은 잠깐 그 자리에서 멈춰 섰다. 우진과 주연의 눈이 마주쳤다. 주연은 옅게 미소 지으며 손을 들어 보였다. 우진이 주연에게 고개를 끄덕였다. 우진은 여전히 그 자리에 서서 움직이지 않았다. 한 손으론 문고리를 잡고 또 한 손으론 유리문을 짚은 채 기다렸다.

"여전히 멋있지?"

주연은 사진을 내려 보며 물었다. 대답이 없다.

"여전히 멋있어. ……언니 아들."

대답 없는 혜연이 그럼, 누구 아들인데. 그리 말하듯 환히 웃고 있다. 주연은 고갤 들어 다시 우진을 보았다. 우진이 열어 놓은 문 사이로 노란 치마가 봄바람에 휘날린다. 주연은 사진 속 혜연보다도 더 환한 웃음을 머금었다.

"소진아!"

주연은 우진 때보다 더 높이 손을 치켜들고 열심히 흔든다. 개나리보다도 더 예쁜 노란 원피스를 입고 우진이 매 줬을 아이보리색 목도리를 코 바로 아래까지 감고 있는 소진이, 저의 얼굴만큼이나 새하얗고 진한 향기를 내뿜는 하얀 백합을 들고 있는 소진이, 주연을 보자 목도리를 끌어 내려 화사하게 미소 짓는 소진이, 저기 우진의 곁에서, 우진의 손을 꼭 잡고 들어온다.

이따금씩 우진의 눈을 보며 빙그레 웃는 소진을, 그런 소진의 어깨를 끌어안는 우진을, 서로 옆에 있는 그들을 주연은 명학의 팔짱에 팔을 끼며 바라본다.

"고마워."

명학이 주연의 작은 목소리를 듣지 못해 물었다. 뭐라고 했어, 라고. 주연은 그저 싱긋 웃으며 사진 액자를 가슴에 꼭 품는다.

……고마워, 언니. 저 아이들을 지켜 줘서.

22.
……그리고 그렇게

철수는 신기했다. 제대로 된 광고 하나 들어오지 않으면서 꾸준히 기사를 내며 운영이 되고 있는 이 서울미디어가.

2년제 전문대를 졸업하고 남은 건 학자금 빚뿐이요, 번번이 보는 면접은 떨어지기 일쑤인 철수는 어쩌면 제 인생이 꼬이는 게 흔해 빠진 이름 탓은 아닐까 하는 말도 안 되는 생각까지 들 무렵, 지하철 가판대에 놓여 있던 신문에 난 작은 구인광고를 보았다.

될 대로 되라는 생각으로 바로 전화를 걸어 조금은 성의 없이 사람 구한다고 해서 전화했는데요, 라고 말했고 그다음 날 그는 뜬금없이 서울미디어의 기자가 돼 있었다. 저는 영어영문학과를 전공했는데요, 떨떠름하게 그리 말하자 틸보처럼 턱수염을 기른 서울미디어의 사장이란 사람이 가만있어 보자, 그러더니 그 앞에 외국 잡지 하나를 턱 던져 주었다.

"그거 번역해서 올려."

사실 확인도 안 된 헐리우드 배우들의 스캔들만 가득한 잡지를 들여다보던 그날, 철수는 꿈에도 생각지 못했다. 설마하니 보증금도 까먹기 일쑤인 이 망해 가는 서울미디어에 자기가 1년이 넘게 있을 줄은.

"사장님."

다 터진 소파를 천연가죽이란 이유로 버리지도 않는 도범구 사장은 오늘도 역시나 그곳에 누워 오수를 즐기고 계셨다. 철수는 조금은 한심한 눈길로 그를 내려 보았다.

"저기 사장님."

범구는 잠깐 몸을 뒤척였을 뿐, 눈을 뜨진 않았다. 철수는 한숨을 쉬며 들고 있던 것을 내려 보았다. 창고 습한 곳에 두었던 거라 그런지 색이 바래 누렇게 변질된 신문의 커다란 헤드라인이 눈에 들어왔다.

〈비극으로 끝난 복수의 끝〉

한때 세상을 떠들썩하게 했던 살인자의 손에 키워진 살인자에 대한 이야기가 쭉 나열돼 있는 신문을 무심하게 보던 철수가 일어나지 않는 범구에게 듣든 말든 알아서 하라는 듯 제 할 말을 쭉 하기 시작했다.

"창고가 지금 꽉 차서 더 이상 물건을 둘 데가 없어요. 그래서 필요 없는 것들 이 참에 싹 정리하려는데 이 신문하고 자료들 폐기 처분해도 되죠? 어차피 보니까 다 1년 전……."

"그 무슨!"

방금 전 자고 있던 사람이란 생각이 전혀 안 들게 도범구는 매우 빠른 몸짓으로 일어서서 철수가 든 방대한 신문과 자료들을 뺏어들었다.

"이게 어떤 것들인데! 내 피와 땀과 눈물이 배어 있는 거라고!"

철수는 뭐 씹은 표정으로 너저분한 범구의 얼굴을 바라보았다.

"사장님, 그게 뭔데 그래요. 보니까 다 지난 기사들이던데요. 그걸 어디다 쓰시려고요?"

범구는 팔 안에 가득 든 그것들을 내려 보다가 눈을 치켜뜨고 철수를 향해 씩 웃었다.

"기회란 언제 어디서 나타날지 모르는 법."

"예?"

"두고 봐. 이번엔 내가 절대 이용만 안 당해!"

웃는 낯짝이다가 갑자기 얼굴을 우그러트리며 분한 듯 씩씩대는 범구에게서 그냥 등을 돌린 철수는 고개를 내저으며 걸음을 옮겼다. 이러니 1년 전, 아주 잠깐 이 서울미디어도 반짝할 때가 있었다는 선배의 말을 도저히 믿을 수가 없지.

쾌쾌한 먼지 냄새가 가득 풍기는 자료들을 보며 눈을 빛내던 범구는 이내 소파에 털썩 주저앉으며 힘없이 어깨를 축 내렸다. 예전과 같은 그 기회가 또 오기는 할런지. 자료들을 책상에 아무렇게나 내버려 두고 그는 벌러덩 소파에 다시 드러누웠다. 다 풀려 버린 스프링 소리가 시끄럽게 들린다. 기회가 오기엔 요즘 세상은 너무도 평화롭구나, 지랄 맞게.

드라마나 영화 속 멋지게 범인을 제압하는 검사를 꿈꿨으나 현실은 시궁창이다. 도저히 일인이 감당할 수 없는 사건들을 떠맡겨 놓고, 이것도 공소장이라고 썼냐고 쪼아대는 선배나 상사들의 비난은 그나마 면역이 돼 가고 있으니 그런 대로 듣겠다만, 단 하나 도저히 적응이 안 되고 있는 게 있었으니.

"아이고, 검사님. 법복 입으신 지 얼마 안 되셨나 보네?"

무려 전과 15범에 달하는 이 사회의 악은 곧바로 그가 초임 검사라는 것을 알아보고 히죽대고 있었다. 가끔 숱한 검사들 앞에서 심문을 받은 인간들은 대번 검사의 말이나 행동을 보고 숙련된 검사인지 아닌지를 판단한 다음, 초짜라는 걸 알아채 묻는 질문에 심드렁하게 대꾸하거나 지금처럼 조롱하듯 그를 얕잡아 보았다.

사람들이 하나 착각하는 것이, 검사면 범인 하나는 거뜬히 제압할 수 있을 거라 생각하는데 검사를 준비하는 그 기간 동안 엉덩이에 몇 번이고 욕창이 생길 정도로 책상 앞에서 연필만 굴리던 그가 그런 내공을 쌓을 시간이 있을 리 만무하다. 하여 얼굴 가득 흉터를 새기고 있는 이 피의자를 대면했을 때, 사람이면 느끼는 두려움은 어찌할 수 없는 것이었다.

"흠흠, 피해자를 향해 흉기를 휘두른 이유가 뭡니까."

그가 할 수 있는 일이란, 절대 지금 드는 감정을 들키지 않고 아주 담담하게 피의자를 조사해 나가는 것이다.

"검사님 나이는 어떻게 되쇼?"

"이보세요, 지금 제 나이는 왜 묻습니까? 제가 묻는 말에나 대답하세요. 길거리에 지나가고 있는 사람을 갑자기 찌른 이유가 뭡니까."

"나보다 어려 보여서 그래. 꼭 내 밑에 있는 한 녀석하고 비슷한 연배로 보이네. 그 녀석은 내 말이면 찍 소리도 못 하는데."

"지금 저랑 장난하시는 겁니까!"

"어이쿠, 무서워라."

책상을 두들기며 나름 위협적으로 말했다고 생각했는데 돌아오는 건 벌벌 떠는 척하는 피의자의 비소다. 준호는 절망적으로 피의자를 보았다. 피의자의 뱀과 같은 눈동자에 준호는 저도 모르게 숨을 멈추었다. 등 뒤로 식은땀이 주르륵 흘러내리는 것 같았다.

"검사님 상대로 지금 뭐 하세요?"

준호는 갑자기 들린 목소리에 세상을 구원하기 위해 나타난 신을 보듯, 반가움이 가득한 눈으로 참여계장, 지숙을 보았다.

"이보세요, 이곤형 씨. 당신 지금 여기 혐의 조사받으러 온 겁니다. 근데 어디서 건방지게 검사님을 상대로 말장난입니까? 여러 번 범죄를 저질러서 이번 일이 우스운 줄 아나 본데 여태껏 저지른 그 숱한 범죄가 당신 발목을 잡아 이번엔 쉽게 넘어가지 않을 겁니다. 게다가 피해자가 지금 깨어나지도 못하고 있는 상황에서 당신 형량이 낮을 것 같아요? 사람한테 칼을 휘두른 게 가벼운 일인 줄 아세요! 공무방해죄까지 더해 드릴까요?"

지숙의 목소리가 우렁차게 사무실을 울렸다. 피의자는 여자라는 이유로 지숙을 얕보려다 앙칼진 그녀의 음성에 조금은 못마땅한 듯 눈가를 찌푸리면서도 더는 쓸데없는 말을 하지 않았다. 준호는 이때다 싶어 못 다한 질문들을 퍼붓기 시작했다. 피의자가 돌아가자, 정석이 잽싸게 준호의 책상 옆으로 다가왔다.

"에휴, 이 검사님, 제가 누누이 말했잖아요."

조금은 풀이 죽어 있는 준호에게 정석이 거드름을 피우듯 말했다.

"피의자한테 말할 땐 목소리를 더 깔고. 이렇게, 이렇게 저처럼 눈을 부릅뜨고는."

정석이 눈에 힘을 주자, 없던 쌍꺼풀이 진하게 생겼다.

"이렇게 눈에 힘을 팍! 줘서 피의자를 딱! 보고. 어이, 대답 똑바로 안 해? 지금 나랑 한번 해 보자는 거야! 바로, 이렇게! 이거면 저딴 피의자도 한 방에 휘어잡을 수 있다니까요!"

방금 전 흉악한 생김새의 피의자가 있을 땐 엄청 바쁜 척 무언가를 해 대던 정석이 귀에 딱지가 생길 정도로 반복하던 말을 또 해 대는 모습에 준호는 어색하게 웃었다. 엄연히 정석은 자신을 보좌해 주는 사람에 불과한데 이 서울중앙지검에 먼저 있었단 이유로 가끔 이렇게 선배라도 되는 듯, 같잖지도 않은 조언을 하곤 했다.

"하여튼 우리 이 검사님은 아직 순수해서 큰일이야. 전에 모시던 검사님은 피도 눈물도 없어서는 낮이고 밤이고, 평일이고 주말이고 사람을 막 부려 가면서……."

"정석 씨는 제주도 가기 싫은가 보네."

"네?"

정석이 황급히 지숙을 돌아보았다. 지숙이 밉지 않게 정석을 흘겨보았다.

"나 그 말 고대로 일러바칠 거야. 정석 씨는 결혼식에 못 가겠는데? 그 무서운 검사님 어떻게 보려고?"

"아, 계장님! 방금 한 말은 제 진심이……."

"이미 늦었네요."

"계장님? 계장님!"

커피 한 잔 사 가지고 오겠다며 지갑을 챙겨 들고 사무실을 나가는 지숙을 애달프게 부르며 정석이 후다닥 뒤쫓아 갔다. 그들이 사라지고 조용해진 사무실에서 준호는 한숨을 푹 내쉬었다. 427호실. 이곳이 언제쯤이면 제집처럼 익숙해질까나, 생각하며.

† † †

5월이었다.

제주도에서도 시내를 벗어난 시골의 작은 마을이 평소와 다르게 사람들로 북적이고 재잘거림이 가득했다. 마을에는 작은 교회 하나가 세워져 있었다. 새하얀 페인트칠이 되어 있는 교회의 뒤편으론 나직한 오름이 듬직하게 버티고 서 있다. 그곳의 유채꽃이 만발하여, 멀리서도 태양만큼이나 환한 금빛을 뿜어내고 있다.

교회의 옆길을 쭉 따라가다 보면 그 끝엔 바다가 있다는 걸 마을 사람들은 알고 있었다. 교회 앞은 꽃길이 펼쳐져 있었다. 드문드문 테이블과 의자가 놓여 있고, 교회 안에 있던 피아노가 꺼내져 그 꽃길 옆에 나란히 놓여 있다. 살랑살랑 바람이 불어올 때마다 교회의 문에서 꽃길 가장 끝에 세워져 있는 장대까지 매달려 있는 얇은 시폰 천이 하늘거리며 춤을 추었다.

바람이 싣고 온 바다 냄새가, 5월의 피어난 꽃들의 달콤한 향내가 사람들 사이에 스며들고 있었다.

교회 안에 마련된 작은 공간에 5월의 신부가 있다. 신부는 드레스보다 소박한 팔꿈치 아래까지 소매가 이어진 순백의 원피스를 입고 있었다. 머리에 올린 화관에서 이어지는 긴 면사포가 신부의 등을 감싸고 흘러내렸다.

신부의 볼이 발그레, 곱게 물들어 있다. 이따금 얼굴을 길가에 핀 꽃을 꺾어 만든 동그란 부케에 묻으며 수줍게 미소 짓기도 했다. 세상에서 가장 아름다울 얼굴이었다.

"축하해요."

신부를 둘러싸고 한 마디씩 축하 인사를 전해 주는 사람들 안에서 신부는 부끄러운 듯 속내에도 없는 말을 한다.

"이 나이에 이게 무슨 주책인지 모르겠어."

신부, 주연은 또다시 부케로 얼굴을 가리며 수줍어했다. 다 늙어서 무슨 결혼식이냐며 손을 내젓던 그녀에게 손수 부케까지 만들어 건네주며 설득했던 소진이 그런 주연을 다정하게 보았다. 세월이 만들어 놓은 주름조차도 주연의 아름다움을 앗아 가지 못했다. 주연은 사랑을 하는 가장 아름다운 여자였다.

"예뻐요, 이모. 정말로 예뻐."

소진의 말에 빙그레 미소 지으며 주연이 제 어깨에 올려져 있는 그의 손을 감싸 쥐었다.

"소진아."

"네."

"우리 소진이……."

주연은 한 마디로 정의 내릴 수 없는 복잡한 감정이 담긴 눈으로 소진을 바라보았다.

"소진이가 우리한테 와 준 건."

"……."

"축복이야."

소진은 핑크빛으로 물들어 있는 입술을 안으로 물며 주연의 앞에 쪼그려 앉았다. 그런 소진의 얼굴을 부드럽게 쓰다듬으며 주연은 마저 말을 이었다.

"우리 이제 잘 살자. 오래오래."

소진은 그저 고개만 끄덕였다. 아주 힘차게 여러 번.

"아우, 죽겠다. 왜 이렇게 가슴이 떨리는지, 원. 으흠!"

결혼식을 코앞에 두고 신부가 있는 교회 안엔 들어가지 못하고 꽃길 옆에 서 있는 명학은 매고 있는 나비넥타이가 영 어색한지 자꾸 만지작거리며 헛기침을 여러 번 했다. 그런 명학을 우진과 명희가 웃음을 참느라 일그러진 얼굴로 보고 있었다.

"차장님, 안 어울려요! 좀 차분하게 있어 봐요. 자꾸 넥타이 만져서 흐트러지네!"

"아, 그래? 최 검사, 좀 봐 줘 봐. 넥타이 삐뚤어졌어?"

얼른 목을 들고 상체를 내미는 명학의 모습에 명희는 더는 참지 못하고 박장대소를 터트렸다.

"아하하! 나 미치겠네, 진짜! 야, 우진아. 차장님 아닌 것 같지 않냐? 수십 년을 흉악범을 잡아들인 양반이 무슨 결혼식 앞에서 이리 떨어 대."

명희의 말에 동의한다는 듯 우진도 피식댔다. 명학은 그런 둘을 째려보며, 너희도 내 나이 돼서 결혼해 봐! 하고 으박질렀다. 우진은 웃음기 어린 얼굴로 명학에게 다가가 그의 넥타이를 만져 주었다. 조금의 삐뚤어짐 없이 바르게 자리 잡은 넥타이에서 손을 뗀 우진은 자신을 빤히 바라보고 있는 명학과 시선을 마주했다.

"지금껏 그러신 것처럼만 이모 지켜 주세요. 이모부."

"!"

명학은 생각지도 못했던 말에 눈을 크게 떴다. 우진에게 바라지도 않았고, 굳이 그리 불려야 한다는 생각도 없었는데 막상 듣고 보니 오래 못 본 자식을 만난마냥 가슴이 벅차올랐다.

"우진아."

"저희한테 이모도, 이모부도 평생이 지나도 갚을 수 없을 것을 주었어요. 저와 소진이한테 두 분은 부모님입니다. 그러니까 저희 곁에서 오래 있어 주세요. 조금이라도 저희가 차근차근 갚아 나갈 수 있게, 꼭 그래야 합니다."

명학은 천천히 우진을 안았다. 저보다도 훨씬 듬직한 어깨를 가지고 있는 우진을 꼭 끌어안고 그 등을 두들겨 주며 명학은 연신 고맙다고 말했다. 모든 부모가 늘 자식들에게 말하듯 사실은 고마워해야 하는 건 그 자식들인데, 그럼에도 부모들이 진심으로 고마워하듯 명학은 우진을 꼭 안고 말해 주었다.

옆에서 명희가 코를 비비며 괜히 하늘을 올려다봤다. 청명한 하늘엔 구름 한 점이 없다.

피아노 소리가 청아하게 울렸다. 하얀 건반과 검은 건반을 누르는 손가락이 나비가 꽃에 앉듯 나풀댄다. 하얀 손가락이 길고 가느다랗다. 결혼식 날짜가 잡힌 그날부터, 소진은 피아노를 배우겠다고 했다. 신랑, 신부의 앞날을 축하할 피아노 연주를 제 손으로 하겠노라고, 교회 선생님에게 부탁까지 하고 배웠다.

틀릴까 봐 조금은 긴장된 얼굴로 하고 피아노를 치는 소진에게서 우진은 잠시도 시선을 떼지 않았다. 꽃길을 걷고 있는 신랑, 신부가 주인공임에도 불구하고 우진의 눈은 소진에게만 향해 있었다. 박수를 치며 주연과 명학을 축복하던 명희가 그런 우진을 보며 입을 뗐다.

"검사들 봉사 가는 것도 진저리 치던 네가 무료 변호 일을 도맡아할 줄 누가 알았겠어."

여전히 소진을 본 채 우진이 심드렁하게 대꾸했다.

"무료 아닌데."

"그럼?"

"가끔 물고기도 갖다 주고, 쌀도 갖다 주고, 귤도 갖다 주고. 아, 지난주엔 염소 한 마리 끌고 온다는 걸 간신히 말렸다."

명희가 키득대며 웃었다. 우진과 소진이 서울에서 가장 먼 곳에

374

서 자릴 잡자 명학은 제주지검으로 자리를 옮겼고, 주연과 함께 이곳으로 내려왔다. 한 가족이 새로이 터를 잡은 지 한 해가 훌쩍 넘었다.

그사이 우진은 가끔 눈에 밟히는 사람들을 돕다가 일이 점점 커져 본의 아니게 무료 변호 사무실을 갖게 됐고, 교회와 연계된 고아원으로 매일 봉사를 가는 소진을 따라 종종 그곳에서 짓궂은 아이들의 적이 되어 플라스틱 칼에 여러 번 희생되기도 했다.

단 한 번도 타인을 위해 봉사하며 살겠다는 꿈을 가진 적 없는 그가 어느새 정신을 차리고 보니, 그 옛날 제 부모님이 했던 일을 하고 있었다. 그러나 아무래도 좋았다. 언제 봐도 소진이 웃고 있으니, 그거 하나면 족했다.

"너 참 좋아 보인다."

명희는 진심을 다해 말했다. 오랜만에 보는 우진의 얼굴엔 조금의 그림자도 없었다. 이젠 지독한 나쁜 꿈이었다고 생각되기만 하는 오래전의 그날이 있고 나서, 무너진 하늘 아래 깔려 신음하는 사람처럼 그는 살아도 산 사람이 아니었다. 그는 소진이 눈을 뜨고 나서야, 소진이 저의 이름을 부르고 나서야 사람답게 살기 시작했다.

말 한 마디 안 하던 그가 소진이 눈을 떠 저를 부르자마자 아이처럼 울었다. 그때의 모습을 명희는 절대 잊지 못할 것이었다. 결혼 행진곡이 끝나자, 안도의 한숨을 내쉬며 싱긋 웃는 소진을 따라 우진도 미소 지으며 나지막하게 읊조렸다.

"……좋아. 항상 볼 수 있으니까."

한시도 소진에게서 눈을 거두지 않던 우진이 피아노 연주를 끝마치고 소진이 자리에 일어나자 따라 얼른 자리에서 일어났다. 주례 없이 서로에 대한 서약서를 읽는 주연과 명학을 살갑게 바라보던 소진이 이내 그들에게서 시선을 거두고 하객들 사이를 두리번거리자, 우진의 몸이 들썩였다.

자신을 눈으로 찾고 있는 소진을 조금도 기다리지 못하고 우진이 먼저 그녀 쪽으로 다가갔다. 명희는 그 모습에 못 말린다는 듯 고갤 저었다. 둘은 절대 서로를 떨어트리고는 못 사는 이들이었다. 우진을 발견한 소진이 웃으며 우진에게 손을 뻗었다. 우진은 소진의 손을 꼭 잡아 제 옆으로 데려왔다. 늘 그녀만을 위해 비워 둔 그 자리로.

"하여튼 세상에서 가장 유난이지."

명희는 시기 어린 눈으로 그들을 노려보다 픽 웃어버렸다. 테이블 위에 올려 두었던 명희의 핸드폰이 시끄럽게 진동을 울렸다. 핸드폰을 집어 든 명희는 못 이기는 척 전화를 받았다.

[최명희! 너 지금 어디야! 대체 내가 뭘 그렇게……!]

기껏 이제 좀 전화를 받아 줄까 했더니, 대뜸 소리부터 지르고 보는 동현의 목소리에 명희는 살포시 통화 종료 버튼을 눌러 버렸다.

"주동현, 넌 지우진 따라가려면 한참 멀었어. 이 멍청아."

전화가 끊긴 지 얼마 안 돼 핸드폰 액정에 문자 한 통이 떠올랐다.

미안해, 내가 잘못했어. 그니까 목소리만이라도 들려주라. 자기야.

글자를 쭉 읽어 나가던 명희는 새치름하게 지가 뭘 잘못했는지도 모르면서, 그리 중얼거리면서도 슬슬 올라가는 입꼬리를 어찌하지 못했다. 명희는 사랑을 하는 여자의 얼굴을 하고선 사랑을 하고 있는 그들의 모습을 지그시 바라보았다.

† † †

유채꽃이 하늘댄다.

얼기설기 나무판자들이 좌우에 유채꽃 밭을 두고 쭉 길목에 표지판처럼 꽂혀 있다. 우진의 손을 붙잡고 있는 손을 앞뒤로 흔들며 길을 거닐던 소진이 잠시 멈춰서 유채꽃을 만지기 위해 손을 뻗었다. 부슬부슬한 꽃이 살결을 훑고 지나갔다. 이번엔 코를 갖다 대었다. 몽글몽글한 꽃술에서 퍼져 나오는 달달한 향내가 전신으로 퍼져 나간다.

"우진아, 우리 이거 조금만 꺾어 갈까? 이모랑 이모부 방에 갖다 놓자. 아니다, 두 분 여행 갔다 오면, 유채꽃이 시들어 버려서 안 되겠다."

그래도 좀 아쉽다는 듯 유채꽃을 만지작거리는 소진을 우진이 뒤에서 끌어안았다. 태초부터 일부러 그렇게 짜 맞춘 것처럼 소진의 몸이 우진의 가슴 안으로 쏙 들어왔다. 우진은 소진의 머리 위에 턱을 괴고 소진이 하는 양을 그냥 지켜만 보았다.

"우진아, 오늘 이모 너무 예뻤지?"

"네가 더 예뻐."

"나도 이모부보다 네가 더 멋있어."

"당연한 소릴 하네."

제 머리 위에서 우진이 피식대는 떨림이 전해지자 소진도 가슴을 들썩이며 웃었다. 우진은 소진의 머리에 입을 한 번 맞추고는 그녀를 안고 있던 팔을 풀었다. 그러곤 소진이 만지고 있던 유채꽃을 하나 꺾었다. 소진이 의아하게 쳐다봐도 우진은 아무 말도 해 주지 않고 꺾은 꽃의 줄기를 둥그렇게 말아 꽃받침 밑으로 매듭을 지었다.

"손."

짤막한 우진의 말에 소진은 얼른 그의 커다란 손바닥 위로 손을 올렸다. 우진은 동그란 고리가 만들어진 꽃반지를 소진의 네 번째 손가락에 끼워 넣었다. 소진은 기분이 좋은 듯, 꽃반지가 장식하고 있는 제 손을 머리 위로 들어 보았다.

"예쁘다, 우진아. 고마워."

"지소진, 너도 시집갈래?"

"응?"

"너도 시집보내 줄까? 내가 괜찮은 남자를 하나 아는데 그 남자한테……."

"응!"

얘기를 다 듣지도 않고 고개를 끄덕여 버리는 소진을 우진은 어이없이 보았다.

"야, 너 내가 누굴 말하는 줄 알고."

"나 너한테 시집갈게, 우진아."

우진은 애써 웃음을 삼키며 짐짓 엄한 표정을 지었다.

"야, 여자가 그렇게 쉽게 프러포즈 허락하는 거 아냐. 손 다시 줘 봐."

우진은 소진의 손가락에 껴져 있던 꽃반지를 다시 빼내고 훈계하듯 소진에게 말했다.

"남자가 프러포즈를 하면 조금은 망설이다가 아, 생각 좀 해 볼게, 그래야지. 그래야 남자가 안달 나서 더 잘할 거 아냐."

"우진아, 어차피 넌 나한테 잘하잖아."

"그래도. 자, 다시 할 테니까 이번엔 잘 좀 해 봐."

"알았어."

뭔가 심오한 자세로 그가 다시 프러포즈하기를 기다리는 소진의 얼굴을 보며 우진은 웃음을 참기 위해 목을 가다듬었다.

"소진아."

"응."

"너 나한테 시집올래?"

"우진아, 잠깐만. 생각 좀 해 보고."

소진은 그리 말하고 잠시 그를 빤히 보기만 했다. 얼마나 시간을 흘려보냈을까. 이 정도 뜸을 들였음 됐다 싶은지 소진이 아까와 별 반 다를 것 없이 고개를 위아래로 끄덕이며 응! 하고 말해 버렸다. 우진은 소진의 머리를 헝클이며 웃어 버렸다. 그리고 그녀의 손을 끌어당겨 입술에 쪽 소리 나게 입을 맞추었다.

여러 번 소진의 입술에 짧은 입맞춤만 하던 우진이 이내 그녀의 허리를 바짝 끌어안고 더 깊숙하게 그녀의 입술을 훔쳤다. 우진의 손에 잡혀 있던 손을 빼내 소진은 그의 목에 팔을 감았다.

꽃반지가 껴져 있던 그 자리에, 영롱하게 빛을 내는 은색 반지가 반짝거렸다.

"우진아."

유채꽃이 흔들리는 그곳에서, 우진의 등에 업힌 채 그녀가 그를 불렀다.

"우진아, 넌 항상 내 곁에 있을 거지?"

터덜터덜, 흙길을 밟으며 그녀를 더욱 단단하게 받친 그가 그녀를 불렀다.

"지소진."

"……응."

"사랑해."

소진은 우진의 목을 꽉 끌어안았다. 두근두근, 그의 등이 말하고 있다. 아니다, 실은 그건 제 심장일지도 모른다.

우진아.

응.

있잖아, 우진아.

노을이 졌다. 하늘을 붉게 만든 노을이 유채꽃 옆으로, 그들의 그림자를 길게 만들었다. 두 개의 그림자가 하나가 되어 걸어 나간다. 멀리서 그 그림자를 향해 새하얀 것이 달려왔다. 복실아! 소진이 부르는 소리에 무릎까지 커 버린 복실이가 그림자의 주변을 뱅글뱅글 돌기 시작했다.

……사랑해.

—fin

작가 후기

　2013년, 여름에 처음 만났던 두 사람을 그 해 겨울, 마침표를 찍으며 보냈는데 2014년이 다 끝나 가는 이 시점에 다시 만났다. 스치듯 떠오른 단편의 상상으로 두 사람을 그리고 그들의 사랑을 써 내려가는 시간들은 꽤 많이 슬펐고, 또한 즐거웠다. 그리고 무엇보다 그들의 이야기를 더 많은 사람들이 볼 수 있게 되어 무척 행복한 한 해의 끝자락이다.

　대중이 좋아하는 사랑 이야기와 글쟁이가 쓰고 싶은 이야기는 다른 구석이 많다. 그런 면에서 이들의 이야기는 내내 내 자신을 책하게 만들었다. 과연 이 글을 재미있게 읽을 수 있을까, 하는 의문이 들었다. 그럼에도 불구하고 내 욕심인 줄 알면서 끝까지 붙들었던 이들의 사랑을 누군가는 이해해 줄 거라 믿는다. 세상 무수한 모양의 사랑들 중 이런 모양도 있을 뿐이다.

　나이를 한 살, 한 살 먹을수록 내가 누리고 있는 것들의 고마움을 절실히 알게 된다. 내 주변의 사람들, 갖고 있는 물건들, 부릴 수 있는 사치들이 누군가에게는 없는 것들이라는 생각을 하면 절로 소중해진다. 글 쓰는 일 또한 그렇다. 글을 쓸 수 있는 시간, 떠오르는 상상, 보일 수 있는 기회, 그 모든 것들을 귀하게 여겨 앞으로 정말 멋진 이야기를 다시 만날 수 있길 바라 본다.

요즘의 내 소원은 '나와 내 주변 사람들이 행복해지길.' 이다. 그 행복이 어디서 오는지는 각자 다를 테니, 그저 행복해지기만을 바란다. 이 책을 덮은 순간, 아주 잠시나마 누군가가 행복을 느꼈다면 내 소원은 이루어진 것이다.

어느 날, 전화 한 통으로 내게 다시 우진과 소진을 만날 수 있게 해 준 다향 로맨스의 노고에 진심으로 감사드린다. 덕분에 너저분한 가지들을 보다 쉽게 쳐 내 말끔히 글을 정돈할 수 있었다.

마지막으로 나의 행복에 지대한 영향을 미치는 '너나들이', 그들과의 인연이 영원하길⋯⋯.

2014, 겨울의 끝에서

순백의 진실

초판 1쇄 찍음 2014년 12월 15일
초판 1쇄 펴냄 2014년 12월 19일

지은이 | 오지혜
펴낸이 | 정　필
펴낸곳 | 도서출판 **뿔미디어**

편집장 | 이재권
기획 · 편집 | 주종숙, 정시연

출판등록 | 2002년 9월 11일 (제1081-1-132호)
주소 | 경기도 부천시 원미구 소향로 17, 303(두성프라자)
전화 | 032)651-6513 / 팩스 | 032)651-6094
E-mail | dahyangs@naver.com
블로그 | http://blog.naver.com/dahyangs
홈페이지 | http://bbulmedia.com

값 9,000원

ISBN 979-11-315-6136-2 03810

도서출판 뿔미디어 홈페이지 OPEN*!!*

안녕하세요.
지금껏 저희 뿔미디어를 응원해 주신
독자님들의 성원에 힘입어
이번에 새롭게 홈페이지를 오픈하였습니다.

저희 뿔미디어는 홈페이지에서 독자님들께서
보다 빠른 출간 소식과 미리보기 등
알찬 내용을 제공하기 위해 많은 노력을 기울였습니다.
또한 독자님들에게 도서 할인, 이벤트 등
다양한 혜택을 제공하고자 합니다.

저희 뿔미디어 홈페이지 오픈을 계기로
한층 더 독자님들과 가까워질 수 있는 기회가 되었으면 합니다.

보다 많은 관심과 사랑 부탁드리며,
앞으로도 더 좋은 컨텐츠 제공에 힘쓰도록 하겠습니다.

감사합니다.

-도서출판 뿔미디어 올림-

www.bbulmedia.com

www.bbulmedia.com

www.bbulmedia.com